Nybbas Nächte

Schattendämonen 2

Jennifer Benkau

SIEBEN VERLAG

Schattendämonen 1: Nybbas Träume
Schattendämonen 2: Nybbas Nächte

Umschlaggestaltung: Mark Freier, München
Satz: Sieben Verlag, Ober-Ramstadt
Druck und Bindung: AALEXX Buchproduktion, Großburgwedel
ISBN: 978-3-941547-14-8

www.sieben-verlag.de

1

Durch und durch verdorbene Seelen sind erstaunlich schwer zu finden. Ein Trost für die meisten, doch ein ernstes Problem für den Ilyan.

Elias lehnte sich gegen die Wand und hielt den Atem an. Der Hunger quälte ihn seit Tagen. Lange würde sich der Schatten in seiner menschlichen Hülle nicht mehr abhalten lassen, mit Gewalt zu holen, was er brauchte. Nahrung.

Auf der Suche nach Beute weitete er seine Sinne, bis sie das menschliche Maß überschritten. Aus dem Müllcontainer, der ihm Sichtschutz bot, drang ein unerträglicher Gestank nach Verwesung. Rattenpfoten kratzten am Metall, untermalt vom Summen der Schmeißfliegen. Die Geräusche der nahen Einkaufsmeile drangen nur peripher an Elias' Ohren. Schwatzende Menschen, das Klackern hochhackiger Schuhe, Gelächter. Irgendwo in dieser Gasse stand ein Fenster offen, im Inneren sah jemand ein Basketball-Spiel an. Eine College League. Uninteressant. Er konzentrierte sich auf die näher kommenden Stimmen. Eine davon war ein Volltreffer.

„In der Schule sagen sie, dass böse Menschen manchmal Lügen erzählen. Du lügst mich aber nicht an, oder?“

„Nein, Annie. Ich habe dir doch meine Polizeimarke und meine Dienstwaffe gezeigt. Polizisten lügen nicht, das weißt du doch. Und jetzt komm. Deine Mom will, dass du schnell bei ihr bist. Ich habe es ihr versprochen.“ Erwartungszitterndes Atmen untermalte die Worte und sprach eine Sprache, die das Kind nicht verstand. Sie verwandelten Elias' Ahnung, einen

Richtigen gefunden zu haben, in Gewissheit. Er blendete aus, was er hörte, sah und roch, und fokussierte seinen Geist aufs Fühlen. Nur das, wonach er suchte, brachte die Luft zum Schwingen. Und jetzt schwang sie nicht, sie bebte. Yeah, diese Seele war schwarz wie die Nacht. Klasse!

Die Schritte kamen näher. Die Schatten, ein großer bulliger, und ein kleiner daneben, glitten in sein Sichtfeld. Er ließ sie sein Versteck passieren und beobachtete sie unbemerkt. Das Mädchen hatte einen Pappbecher von Burger King in der Hand. Der Mann war Mitte vierzig, trug ausgebeulte Jeans und eine Kunstlederjacke. Eine Wolke von aufdringlichem Aftershave wehte hinter ihm her. Er hielt die Kleine am Arm fest und führte sie tiefer in die Schlucht zwischen den Hochhäusern. Dabei wichen sie Unrat aus, der auf den Wegen lag.

„Ich glaube, ich will doch lieber erst zu Dad." Unschuld lag in der Stimme. Naives Vertrauen.

Der Mann lachte leise. „Nun komm schon, Annie. Wir sind gleich da. Mommy wartet auf dich. Wir wollen sie doch nicht enttäuschen."

„Ich weiß nicht. Du hast gesagt, sie hat sich wehgetan … aber hier ist doch gar kein Krankenhaus."

„Es ist eine Arztpraxis."

Der nächste Atemzug des Mädchens war ein wenig lauter. Vermutlich hatte er den Griff um ihren Arm verstärkt. Sie sagte noch etwas, doch die Worte wurden von den Sirenen eines nahen Polizeiwagens verschluckt. Der Mann ging schneller.

Zufrieden seufzte der Ilyan unter seiner menschlichen Maskierung. Der Bostoner Süden war nicht mehr der Ort, den er in den Neunzigern verlassen hatte. Heute musste man die Gettos suchen, statt überall von ihnen gefunden zu werden. Doch zwischen manch einem asiatischen Take-away-Imbiss und dem benachbarten Irish Pub tat sich eine Gasse auf, die ihn in seine Zeit zurückversetzte. In dieser kämpften rivalisierende Banden um illusorische Ehre, Huren um die Freier und Junkies um den nächsten Schuss. Hier fand er, was er brauchte. Pechschwarze Menschenseelen. Außerdem die Erinnerungen, die seine Finsternis ein wenig erhellten.

Laureen.

Laureen, Nicholas und er. Eine Weile waren sie glücklich gewesen. Zumindest hatte er das immer geglaubt. Naives Kind, das er gewesen war. So naiv wie das kleine Opfer an der Hand des Pädophilen.

Er fuhr aus seinen Gedanken hoch, als der Mann einige Meter entfernt eine Haustür aufschloss. Das Mädchen bemerkte schüchtern, dass es ein sehr altes und schmutziges Haus sei. Raues Kichern kommentierte die Worte. Es weckte Lust in Elias, eine Dummheit zu begehen. Heute würde er eine Show darbieten. Gefahr hin oder her, aber dieser Mann würde dem Dämon ins Antlitz sehen, wenn er starb.

Hey, warum auch nicht? Selig sind die geistig Armen, und der Zug Richtung Genie war ohnehin abgefahren. Er ließ seinen menschlichen Körper hinter dem Müllcontainer fallen. Sein Schattenleib hob sich empor und manifestierte sich. Er spannte die Muskeln in seinen Flügelansätzen an und ein Zittern lief die Schwingen hinab. Mit den Fingern glitt er über den Griff seines Schwertes, fragte sich, ob er es heute brauchen würde. Im Geiste kostete er die Luft. Sie schmeckte sicher, aber das wusste man nie so genau. Amerika war voller Dämonen. Wo sie nicht waren, fiel die Aura eines Einzelnen umso stärker in den

Blick derer, die nach ihnen suchten. Die Clerica hatten weder Geruch noch Geschmack, wenn sie sich näherten. Nichts unterschied sie von normalen Menschen, bis auf die Fähigkeit, einen Dämon mit der Kraft eines Gedanken zur Hölle zu schicken.

Für heute konnten sie ihn alle mal. Kreuzweise, wenn es nach ihm ging, und bitte das Amen hinterher nicht vergessen. Er folgte dem Mann und dem Kind zu der Haustür, die langsam hinter ihnen zufiel. Fünfzig Klingelknöpfe, an wenigen standen Namen. Anonym, heruntergekommen und fast leer stehend. Ideal für das, was der Mann vorhatte. Das perfekte Klischee. Er, der Racheengel, war das Sahnehäubchen.

Einen Zentimeter, bevor das Türblatt den Rahmen erreicht hatte, legte er seine Hand auf das rissige Milchglas und drückte dagegen. Unter seinen Fingern knirschte es. Aus dem Flur schlugen ihm grelles Licht und der Geruch von Linoleum, kaltem Zigarettenrauch und Katzenkot entgegen. Das Mädchen fuhr herum, gab einen Schmerzlaut von sich, weil der Mann den kleinen Arm fester umklammerte. Zugleich warf dieser einen Blick über die Schulter. Seine Hand hielt auf dem Weg zur Fahrstuhltaste inne, die Augen weiteten sich ungläubig hinter der Brille. Er ließ das Kind los und drehte sich um, wich in derselben Bewegung bis an die Fahrstuhltür zurück.

Der Ilyan ließ die Tür hinter sich zufallen und trat näher, bis die Brillengläser des Mannes sein eigenes maskiertes Gesicht widerspiegelten. „Hi." Er klopfte ihm mit den Fingerknöcheln gegen die Brust. „Noch Luft für letzte Worte, Sterblicher?"

„Was soll die bescheuerte Verkleidung?", blaffte der Mann. Ausbrechender Schweiß auf seiner Oberlippe zeugte von Angst. „Bist'n Freak, hä?"

Das Mädchen streckte die Hand nach den Flügeln des Ilyan aus. Sie reichte ihm nicht einmal bis zum Nabel, war allenfalls acht Jahre alt. „Flügel“, flüsterte sie ehrfürchtig. „Bist du ein richtiger Engel?“

„Was soll der Scheiß?“ Die Stimme des Mannes wurde laut, gleichermaßen zittrig. Er hatte das Schwert gesehen. „Ich hab ihr nichts getan. Was willst du von mir?“

„Nichts, das von Bedeutung wäre.“ Der Ilyan spürte, wie die Finger des Kindes seine Schwingen berührten, aber beachtete es nicht weiter. Das energetische Summen des verdorbenen Menschen schoss verführerisch durch seinen Körper. „Ich will nur deine Seele. Leider muss ich dein Leben dazu nehmen, das ist die Drecksarbeit bei dem Job.“

Überraschend schnell griff der Mann unter seine Jacke, zog und entsicherte mit geübtem Griff eine Pistole. Der Ilyan fing die Waffe noch in der Bewegung ab und quetschte die Finger des Mannes gegen das Metall, sodass er den Abzug nicht ziehen konnte. Der Atem des Menschen wurde rau. Ganz langsam führte der Ilyan die Waffe an seinen eigenen Kopf, richtete sie zwischen seine Augen. Der Lauf kratzte über das Metall seiner Maske. Die menschliche Hand unter seiner eigenen bebte. Das Mädchen schnappte nach Luft und wich zurück.

„Drück ab“, flüsterte der Ilyan und ließ den Mann los. Er breitete die Arme aus. Nette kleine Show. In der Reflexion der Brille betrachtete er sein eigenes dünnes Lächeln. Mehr als lächeln konnte seine unbewegliche Miene nicht. Er hoffte, der Idiot würde schießen und sich den Querschläger einfangen.

Die Waffe schabte leise über seine Stirn, weil die Hand des Mannes zitterte. Ansonsten blieb es still.

„Feiger Versager." Elias schlug die Pistole mit dem Handrücken fort. Sie flog an die Wand und schepperte zu Boden. Grob packte er den Mann am Haar und zog dessen Gesicht bis an seines. Es begann sofort. Die verzweifelt gegen seine Brust trommelnden Schläge spürte er kaum, so sehr nahm ihn der Rausch gefangen. Er zerrte die Seele des Menschen aus seinem Körper, riss sie in tausend Splitter und atmete jeden einzelnen ein. Trank die Tropfen und füllte mit ihnen die Leere seiner eigenen Seele. In einem kreischenden Staccato jagten die Bilder durch seinen Kopf. Bilder, die ihn anwiderten, die Hass und blindes Verlangen nach Rache schürten. Jeder flüchtige Blick durch die Augen des Mannes, der so viel Gefallen an kleinen Körpern fand, schmerzte. Gleichzeitig waren diese Bilder das, was er wollte. Das, was er brauchte, wovon er lebte. Und so genoss er die Erinnerungen des Kinderschänders, wofür er sich verachtete. Sein Los als Racheengel. Er konnte nicht anders, aber das machte es kaum besser.

Der Blick des Menschen war leer, als er von ihm abließ. Längst war der Körper zu Boden gefallen und lag auf dem Rücken, die Muskeln schlaff, der Puls nur noch ein Wispern in den Adern. Dass er auf der Brust des Todgeweihten hockte wie ein Nachtmahr, wurde dem Ilyan erst jetzt bewusst. Noch immer lag ein feines Summen in der Luft – die Präsenz der finsteren Menschenseele. Vielleicht hallte nur ihr Echo aus ihm selbst zurück. Seine Seele war kaum besser.

Er lauschte, ob sich jemand näherte. In einer der unteren Wohnungen schwatzte eine alte Frau mit dem Fernseher, von weiter oben vernahm er den Streit eines Paares. Niemand hatte Notiz von dem Kampf genommen. Seine Hand glitt zum Schwert, doch inmitten der Bewegung hielt er inne. Das Kind musste nicht mit ansehen, wie er den Mann köpfte oder der Länge nach aufschlitzte.

Aber er wollte es. Das Verlangen war groß. Den Kerl seelenlos am Leben zu lassen, kam nicht infrage. Keine Zeugen hinterlassen. Schließlich umfasste er erneut den Kopf seines Opfers. Ein harter Ruck, ein schmatzendes Knirschen, und dieses Leben war beendet. Er legte den Kopf so ab, dass man ihm auf den ersten Blick nichts ansah, drückte die Lider über den starren Augäpfeln zu und wischte sich die Hände am schmierigen Fußboden ab.

Dann war er es, der erstarrte.

Das Summen klang nicht ab. Noch immer zitterte die Luft. Er fuhr herum. Das kleine Mädchen saß in einer Ecke, eng an die schmutzigen Treppenstufen gepresst. Sie hatte die Hände krampfhaft gefaltet, als würde sie beten, und starrte ihn aus großen Augen an. Ihre Limo war zu Boden gefallen und bildete eine Pfütze zu ihren Füßen.

„Ich glaube, der Mann war gar kein Polizist." Ihre Stimme war kaum zu hören. „Ist er jetzt im Himmel?"

Der Ilyan erhob sich, machte ein paar Schritte in ihre Richtung. Die Präsenz verdichtete sich mit jedem Zentimeter. Er stöhnte auf. Wie war das möglich? Sie war verdammt noch mal ein Kind. Ihre Seele konnte unmöglich derart finster sein.

„Vergiss ihn, der tut keinem mehr was. Brauchst keine Angst haben."

„Dann ist meiner Mom nichts passiert, oder?"

Er schüttelte schwach den Kopf und ließ sich mit etwas Abstand zu ihr auf der Treppe nieder. Verflucht sei sie – es war dumm, hier Zeit zu vergeuden. Er musste seinen Körper schnappen und verschwinden, bevor noch Clerica auftauchten. Doch zunächst wollte er ihr Geheimnis lüften. Diese dunkle Aura konnte nicht die ihre sein. Erneut streckte sie die Hand zaghaft nach seinen Flügeln aus. Im Moment der Berührung zerbrach jeder Zweifel. Das Lied der schwarzen Seelen sang dumpf in seinen Knochen.

„Ich hab keine Angst", sagte das Mädchen. Er hätte ihr fast geglaubt. „Du bist gekommen, um mich zu retten. Grandma hatte recht. Ich habe einen echten Schutzengel, wie sie gesagt hat."

Er lachte freudlos auf. „Nee, vergiss das schnell wieder. Annie … so heißt du, richtig?"

Sie nickte und in ihren Augen funkelte ein Sternchen aus Enttäuschung. „Aber du bist doch ein Engel."

„So etwas in der Art. Aber ich war nur zufällig hier. Du hast einfach verfluchtes Glück gehabt."

„Du redest gar nicht wie ein Engel. Wie kannst du denn reden, wenn deine Lippen sich nicht bewegen? Warum hast du diese Maske im Gesicht?"

„Keine Ahnung. Ist vielleicht besser so."

Sie zupfte an einer Feder und verengte die Lider. „Und deine Flügel sind hart und nicht weich wie bei Vögeln. Kannst du überhaupt fliegen?"

Ihre Neugier, gepaart mit der Gewissheit, wie verloren sie war, berührte etwas in ihm. Er rang mit dem Impuls, ihr übers Haar zu streichen, tat es aber nicht. „Ja, kann ich. Aber nicht in diesem Körper. Die Flügel sind nutzlos. Sie sind nur im Weg."

Sie atmete lautstark ein, runzelte empört die Stirn. „Gar nicht wahr. Sie sind wunderschön! Wenn ich solche Flügel hätte, würden alle staunen. Ohne sie wärst du nur ein halb so schöner Engel."

Jetzt konnte er nicht mehr anders, als die Hand

nach ihr auszustrecken. Seine weiße Haut bildete einen faszinierenden Kontrast vor ihrem nussbraunen Haar. Das lockende Summen wandelte sich mit der Berührung zu Energie. Es schoss in seine Finger, lief durch seinen Arm und verlor sich erst in seiner Brust. Endlich begriff er. Ihre Seele war nicht mit Schwärze gefüllt. Aber auch mit nichts anderem. Sie war leer. Vollkommen leer, als hätte dieses Kind keine Seele, sondern stattdessen ein schwarzes Loch in seinem Inneren. Was nicht möglich war.

„Hast du gehört, was ich zu dem bösen Mann gesagt habe, Annie?“ Er war nicht sicher, ob es Erschütterung oder bloß morbides Interesse war, das seine Stimme dünn werden ließ. „Dass ich ihm die Seele wegnehmen musste, hast du das verstanden?“

Sie schluckte, nickte und senkte den Blick.

„Du hast das schon einmal gehört, oder? Ich bin nicht der Erste, der so etwas sagt.“

Sie flüsterte: „Ich darf das nicht verraten.“

„Doch, darfst du.“ Er musste sich beherrschen, sie seine Erregung nicht spüren zu lassen. „Ich bin ein Engel, schon vergessen? Der … Herr von ganz oben schickt mich, damit ihr Menschen mir alles sagen könnt, was sonst keiner erfahren darf.“ Großartig, jetzt erzählte er schon Märchen vom lieben Gott. Langsam wurde es lächerlich. Aber Lügen waren sein Metier, und nun zählte allein die Antwort.

„Da war eine Frau“, begann sie. „Ich glaube, sie war auch ein Engel, denn sie war so schön. Sie kam vor ein paar Wochen, als mein kleiner Bruder David ganz schlimm krank war. Ich saß auf der Schaukel im Park und hab geweint, weil David im Krankenhaus bleiben musste. Wir hatten alle Angst, dass er sterben würde.“

Sie zog die Nase hoch, wischte sie dann mit den

Fingerrücken ab und vergrub ihre kleine Hand in der seinen. Die nächsten Worte entgingen ihm. Einerseits, weil er unbewusst seine zweite Hand schützend über ihre feuchten, klebrigen Finger gelegt hatte. Er wusste nicht, warum. Andererseits musste er gegen den Drang ankämpfen, sie von sich zu stoßen. Ihre Leere sandte ihm elektrische Impulse durch Mark und Bein, die in jedem Knochen schmerzten. Gut, dass seine Miene starr war, ansonsten hätte er das Gesicht verzogen. Er kämpfte mit sich, hielt es aus und konnte sich endlich auf ihre Worte konzentrieren.

„… wollte ihn wieder gesund machen, aber sie sagte, sie bräuchte dazu meine Hilfe. Ich sollte ihr versprechen, dass sie meine Seele haben darf, wenn ich alt genug bin."

Er keuchte auf. „Wann? Sag mir, wann das passieren soll, Annie."

„Wenn ich groß bin. Bis dahin soll ich schön brav bleiben, hat die Frau gesagt. Und tun, was meine Eltern sagen."

„Fuck!"

Sie kicherte trotz der Tränen in ihren Augen und entblößte eine breite Lücke in den Reihen ihrer Milchzähne. „So was sagen Engel eigentlich nicht."

„Warum hast du das gemacht, Kleine?" Die ungewollte Schärfe seiner Stimme ließ das Kind zusammenschrecken. „Hast du eine Ahnung, was du da verkauft hast?"

Ihre Unterlippe begann zu zittern. „N-nein. Bis ich groß bin … das ist doch noch so lange hin. Ich musste David helfen. Und der Frau auch. Sie tat mir so leid." Ein Schluchzen schüttelte ihren Körper, die kleine Hand krallte sich um seine Finger. „Hab ich etwas Falsches gemacht? Ist Gott jetzt … böse auf mich?“

„Blödsinn, Annie.“ Er mahnte sich zur Ruhe. „Keine Angst, ist schon gut. Keiner ist böse auf dich, alles cool. Erklär mir nur eins: Warum musstest du der Frau helfen?“

Die Augen des Mädchens verengten sich trotzig, erneut zog sie heftig die Nase hoch. Ein Funken uralter, unmenschlicher Wut flammte in den blauen Augen auf. „Jemand hat eines ihrer Kinder getötet. Ein Verräter. Sie sagte, sie muss ihn suchen und bestrafen, aber dafür braucht sie viele Kinder, die ihr helfen, stark zu bleiben.“

Der Boden schien sich unter ihm aufzutun. Er fiel in eiskaltes Wasser aus Gedanken ohne Zusammenhang. Im Moment des Luftholens gefroren sie zu einem Stück Erkenntnis, das ihn in seiner Mitte einschloss und ihm jede Regung verbot.

Die Gerüchte waren wahr. Legenden würden sich mit der Realität vermischen.

Der erste Fürst bereitete die Jagd vor.

2

Seltsam, wie schnell die Fassade einer heilen Welt durch ein einziges, triviales Geräusch zerstört werden und in Scherben niederfallen konnte.

Joana wusste nicht, warum das Klopfen an der Haustür sie so erschreckte. Vielleicht war es die Art, mit der Nicholas aufsah. Die ihr vertraute Weise, mit der er Gleichgültigkeit nach außen kehrte, sobald ernsthaft Grund zum Gegenteil bestand. Während seine Gesichtszüge ruhig blieben, nahm der Dämon die Witterung auf.

Ohne ein Lesezeichen hineinzulegen, klappte Joana ihr Buch zu und ließ es aufs Sofa sinken. Sie erkannte nicht, was er ahnte, doch als sie aufstehen wollte, um zu öffnen, winkte er ab. Er stellte sein Weinglas mit zu viel Schwung auf den gekachelten Tisch und ging zur Tür. Sie folgte ihm, teils neugierig, teils besorgt. Abendlicher Besuch war selten, um nicht zu sagen, noch nie vorgekommen. Kunden und Geschäftspartner ihres Oldtimerhandels riefen an. Die paar Angestellten hatten keine Gründe, unangemeldet zu erscheinen. Nachbarn gab es nicht. Außerdem zeigte die Uhr schon Viertel nach elf.

Joana atmete tief durch, roch Mandarinen, Bienenwachskerzen und Nicholas' Körper. Es sollte niemand an der Tür stehen. Wer immer es war, er gehörte hier nicht her.

Sie folgte Nicholas, blieb jedoch einen guten Meter hinter ihm und sah über seine Schulter, während er die Tür öffnete. Sogleich fand sie sich im Blick eines Mannes wieder, den sie nie gesehen hatte und dennoch sofort erkannte.

Erleichterung erfüllte sie. „Elias!“ Die Augen, traurig und zugleich spöttisch verengt, verrieten ihn. Solche Augen hatte nur Elias.

Nicholas griff nach ihrem Arm und hielt sie zurück, als sie sich an ihm vorbeidrücken wollte. „Nun, jetzt wohl nicht mehr, oder?“ Er sah den jungen Mann in der Tür misstrauisch an.

Dieser erwiderte Joanas Lächeln. Seines schien unglücklich wie eh und je. „Elias ist schon okay. Ehrlich, ich mag den Namen, belassen wir es dabei.“

„Komm rein“, wies Nicholas an.

Erst jetzt schlug er dem anderen freundschaftlich auf die Schulter und entspannte sich. Joana atmete so laut auf, dass es den Männern sicher auffiel, aber sie ließen sich nichts anmerken und traten gemeinsam in den offenen Wohnbereich.

Elias' Geschmack war erlesen. Dieser Körper war nur wenig älter als der des Jungen, den Joana zu kennen geglaubt hatte, allenfalls Mitte zwanzig. Rehbraunes Haar, im Kerzenlicht von rötlichen Strähnen durchzogen, stand ihm stachelig vom Kopf ab. Die großen, braunen Augen erinnerten ebenfalls an ein scheues Tier, und seine undurchschaubare Mimik war altbekannt. Die eisige Maske des Racheengels schien durch seine Haut zu schimmern.

„Hübsch.“

Elias sah sich um. Er ließ seinen Blick die hohen Natursteinmauern emporgleiten, folgte den Ebenholzbalken an der Decke und zog mit den Fingern im Vorbeigehen eine Linie auf dem Kaminsims.

„Staubig“, verbesserte Joana und beide bemühten sich zu lachen.

Nicholas blieb befangen. Ohne Elias aus den Augen zu lassen, setzte er sich auf die Couch. Er traute ihm nicht. In gewisser Weise schien er ihn zu fürchten, obwohl die beiden eine innige Zuneigung verband. Sie würden füreinander sterben – und doch war nicht auszuschließen, dass sie sich gegenseitig irgendwann umbrachten. Joana hatte die Ambivalenz in Nicholas' Gefühlen nie verstanden. Den dämonischen Gesetzen zufolge war Elias sein Eigentum, in Wahrheit jedoch besaß dieser Macht über Nicholas. Etwas, das sie nicht durchschaute und er ihr nicht zu erklären bereit war.

Sie schüttelte die Gedanken ab, ehe sie sich selbstständig machten, und nahm ein weiteres Weinglas aus der Vitrine. Von den bauchigen Rauchkristallkelchen besaßen sie nur noch die beiden, die bereits auf dem Tisch standen. Es waren sechs gewesen, als sie das komplett ausgestattete Haus angemietet hatten. Zwei der teuren Gläser waren ihrer Schusseligkeit zum Opfer gefallen, zwei weitere Nicholas' Wutanfällen. Ausgeglichen, sollte man meinen. Zumindest, solange man den Inhalt der Küchenschränke außen vor ließ.

Sie kam nicht umhin, Elias ein Weißweinglas mit Dao Noble zu füllen. Jeder portugiesische Weinbauer hätte sie für diesen Frevel augenblicklich des Landes verwiesen. Selbst Nicholas hatte den Anstand, bei dem Anblick den Kopf zu senken und ein schuldbewusstes Lächeln aufzusetzen. Er griff über den Tisch nach ihrer Hand, zog sie um das Möbel zu sich auf den Schoß. Seine Nase teilte ihr Haar und sie spürte einen Kuss im Nacken. Eine liebevolle Geste und zugleich ein deutliches Zeichen an Elias. Nichts ging über dämonische Besitzansprüche. Die Verhältnisse sollten in all ihrer Deutlichkeit demonstriert werden.

Elias schien es egal, er kippte den Rotwein stehend in einem Zug runter und ließ sich in einen der Ledersessel fallen.

„Hattest du einen guten Flug?“, begann Nicholas, Konversation vorzugaukeln.

Joana unterdrückte es, die Augen zu verdrehen. Als würde ihn das interessieren. Er hatte ganz andere Fragen.

„Ich bin mit dem Wagen hier. Hab vorne an der Straße geparkt, weil ich das Haus nicht sofort finden konnte.“

„Es liegt etwas abseits. Wir sind gern unter uns. Besuch ist für gewöhnlich lästig und macht Dreck.“

„Du Ekel!“ Joana knuffte Nicholas in den Oberschenkel, setzte einen Klaps gegen seinen Hinterkopf nach und blickte Elias entschuldigend an. „Er übernimmt sich mal wieder mit Höflichkeiten. Beachte ihn nicht.“

Braune Augen zwinkerten ohne Humor in ihre Richtung, doch wirkliche Aufmerksamkeit schenkte er ihr nicht. „Ist schon okay, Mann. Ich wollte euch echt nicht stören. Oder gar von irgendwelchen Dingen abhalten, die man in einer sternenklaren Nacht so treibt.“ Er grinste und schüttete sich das Glas ein zweites Mal voll. „Alter, wir haben November und es ist nachts noch mild wie in Deutschland im Sommer. Ihr habt euch ein lauschiges Plätzchen ausgesucht, ich bin schwer beeindruckt.“

Nicholas verlagerte das Gewicht und Joana kippte fast von seinem Schoß. „Wie hast du uns gefunden?“ Seine Frage klang nach einer Anklage.

„Sei froh, dass ich euch gefunden habe.“

In Joana weckten diese Worte ein unangenehmes Kribbeln. Die Tatsache, dass er in ihrer Anwesenheit offenbar nicht weitersprechen wollte, ließ dies zu Sorge anschwellen. Sie glitt von Nicholas’ Beinen neben ihn, sodass sie ihn ansehen konnte. Zwei winzige Grübchen zeigten sich auf seinen Wangen. Ein Zeichen, dass er die Kiefer zusammenpresste, auch wenn seine Lippen locker blieben. Sie strich ihm übers Gesicht und wie ertappt entspannte er sich. Sie konnten sich beide nichts mehr vormachen und versuchten es doch immer wieder.

Nicholas blieb beharrlich. „Ich hab dich was gefragt, oder?"

„Was willst du hören?", schnappte Elias zurück. „Wie leicht du zu finden bist, Jason Borne? Es war erschreckend einfach. Mir war klar, dass du nach Portugal gehen würdest, nachdem du deine Frau gefunden hattest. Wolltest sie nach Hause bringen, was?"

Joana zuckte unter einem seiner nervösen Seitenblicke zusammen. Portugal war ihre Entscheidung gewesen, zumindest hatte sie das angenommen. Möglicherweise ließ Nicholas sie das aber auch bloß glauben.

Nein, er manipulierte sie nicht. Sie war eine Clerica. Zwar war sie von dieser Dämonenjäger-Gilde nicht ausgebildet worden, aber allein durch die Gene ihres Vaters war sie dämonischen Mächten gegenüber unempfindlicher als normale Menschen, wenn auch nicht vollkommen immun. Der Verdacht, dass Nicholas gegen ihren Willen ihre Gedanken beeinflusste, war jedoch abwegig.

„Ich mag jung sein", fuhr Elias gemäßigt fort, „aber nicht blöd. Ich kenne die Traditionen, an denen wir alle hängen, ob wir wollen oder nicht. Niemand, der dich sucht, würde anzweifeln, dass du sie nach Portugal gebracht hast."

Sein Schnauben wagte sich in die Nähe von Spott und Nicholas Oberarm verspannte sich an Joanas Schulter.

„Euren genauen Standort zu finden, war ein Kinderspiel. Es ist naheliegend, dass du weder monatelang von deinem Vermögen lebst noch irgendwo als Angestellter arbeitest. Wie viele Kleinunternehmen mögen in den letzten Monaten gegründet worden sein, Nick? Und wie viele davon hinterlassen in den Kreisen der neureichen Menschenschnösel solchen Eindruck, wie dein nettes Geschäft mit maßlos überteuerten Oldtimern?“

Joana fühlte sich wie von kaltem Wasser übergossen. „Ich habe es dir gesagt“, flüsterte sie. Das hatte sie. Unzählige Male hatte sie ihn gebeten, seine Mentalmanipulation nicht bei Kunden anzuwenden, um ihnen höhere Preise abzuverlangen. Es musste auffallen, wenn ein derart kleiner Autohändler ein überteuertes Objekt nach dem anderen verkauft. Abgesehen davon war es nicht fair. Er hatte sie ausgelacht und ihre Sorge als unnötiges Gutmensch-Spielen abgetan. „Jeder nutzt seine individuellen Möglichkeiten“, hatte er gesagt. „Das tust du auch. Alles andere wäre Vergeudung der Ressourcen.“

Nicholas zuckte mit den Schultern. „Womöglich war ich etwas leichtsinnig, aber es bestand auch nie Grund zur Sorge. Wer außer dir sollte nach mir suchen?“

Elias wich jedem Blick vielsagend aus und schenkte sich den letzten Rest Rotwein ein. Das Klirren, das die Berührung von Flaschenhals und Glasrand begleitete, vertonte die Provokation der alles beherrschenden Stille. Joana überlegte, eine weitere Flasche aus dem Keller zu holen, um diesem angespannten Schweigen zu entkommen. Oder den Wahrheiten, die folgen würden. Doch Elias sah aus, als hätte er jede Menge Wein nötig, und das Letzte, was sie jetzt gebrauchen konnten, war ein betrunkener Racheengel. So blieb sie sitzen und versuchte zu ignorieren, dass die Luft dünner wurde.

„Wer?“, wiederholte Nicholas barsch.

Er schien in Elias’ abgewandter Miene zu lesen, vielleicht vernahm er sogar dessen Gedanken.

Keine Antwort. Das sagte mehr als tausend Worte.

Nicholas’ Lider verspannten sich, seine Züge wurden hart. „Okay“, meinte er dann sanft, als hätte Elias geantwortet. Er nahm Joanas Hand, betrachtete sie eine Weile und küsste ihren Puls. „Dann besteht nun wohl Grund zur Sorge.“

Nicholas brachte Elias nach oben, um ihm das Gästezimmer zu zeigen. Joana blieb zurück und starrte durch die verglaste Hinterwand in die Schwärze der Nacht. Sie versuchte, nicht traurig zu sein, so unglücklich ihre Reflexion in der Scheibe auch auf sie zurücksah. Es war nur eine Illusion von Glück, die hier endete. Sie hatte nicht ernsthaft gedacht, diese andere Welt würde sie so schnell gehen lassen? Das friedvolle Leben der vergangenen Wochen war nichts als ein Aufschub gewesen. Eine Pause, bevor die Jagd begann. Nicholas hatte es gewusst. Immer war er wachsam. Sein Schlaf war unstet, als hielte er die Augen unter geschlossenen Lidern auf Tür und Fenster gerichtet. Er hatte eine weitere Waffe gekauft und nicht versäumt, Joana wie zufällig mit ansehen zu lassen, wo er sie aufbewahrte.

Sie öffnete die Tür zur Terrasse und trat ins Dunkel. Wind zupfte an ihrem T-Shirt und kühlte ihre vom Wein erhitzten Wangen. Am Ende des Gartens pellten sich langsam die Schemen der Aprikosenbäume und Dattelpalmen aus dem Nichts. Aus der Schwärze wurde Grau. So war es immer. Je näher man sich an die Finsternis heranwagte, desto heller und durchscheinender wurde sie. Doch mit ihr zu verschmelzen, kostete seinen Preis.

Barfuß tappte sie über die Holzpaneele der Terrasse und ließ sich an deren Ende auf eine von drei Stufen nieder, die auf die Wiese führten. Der Granatapfelbaum zu ihrer Linken trug noch Früchte. Saure, harte Biester, die nicht reif werden wollten, und laut Nicholas nur taugten, um jemanden damit totzuwerfen. Ob sie mit der Zeit noch genießbar werden würden, sollten sie wohl nicht mehr herausfinden. Alle Zeichen deuteten auf ein schnelles Weiterziehen. Elias' plötzliches Auftauchen veränderte alles. Sie verabschiedete sich in Gedanken von ihrem Garten, von Portugal und von der Hoffnung, hier ein normales Leben führen zu können. Das Asyl brach zusammen wie ein Kartenhaus. Sollte wohl nicht sein.

Die gläserne Schiebetür hinter ihrem Rücken glitt unter einem leisen Geräusch auf.

„Ich bin's", sagte Nicholas, ehe sie sich umdrehen konnte. „Willst du allein sein?"

„Ja. Mit dir allein."

Sein leises Lachen war mehr in der Luft zu spüren als zu hören. Einen Moment später saß er neben ihr. Warm strichen seine Finger unter ihr T-Shirt und wanderten ihre Wirbelsäule entlang. Erst jetzt bemerkte sie, wie kühl die Nacht war. Seine Lippen berührten ihre Ohrmuschel, aber es folgte kein Kuss.

„Du brauchst keine Angst zu haben."

„Und du brauchst nicht zu lügen."

„Würde ich nie tun."

Seine Worte waren so trocken, dass Joana zugleich lachen und husten musste. Zärtlich drehte er ihr Gesicht in seine Richtung, strich mit der Nase über ihre Wange und küsste sie weich auf den Mund. Sie öffnete die Lippen, wollte den Kuss erwidern, doch er wich ihr aus, lächelte gerissen und neckte ihren Mundwinkel mit der Zunge, ehe er sich erneut zurückzog und sie selbstzufrieden ansah.

„Schwarz."

„Nur zur Hälfte", verbesserte sie ihn irritiert. Ihre Mutter war Schwarze, ihr Vater war Deutscher gewesen. Das sollte er inzwischen wissen.

Sein Grinsen wurde breit. „Ich meine deine Augen, mein dummer kleiner Mensch. Wenn ich dich küsse, werden sie schwarz."

Sie war unsicher, was das nun wieder zu bedeuten hatte, doch Nicholas lachte nur angesichts ihrer Emotionen, die er sicherlich deutlich spürte.

„Deine Pupillen", erklärte er mit verschwörerisch gesenkter Stimme, die seine Erheiterung nicht verbarg. „Wenn ich dich küsse, weiten sie sich, sodass kaum noch Braun übrig bleibt. Ich vermute, das bedeutet, dass du mich leiden kannst."

„Ja, ich vermute, damit könntest du recht haben."

„Sehr gut. Und nun mach dir bitte keine Sorgen mehr, Jo. Wir werden ein bisschen weiterreisen. Einfach noch eine Weile immer geradeaus, zielloses Zigeunerleben." Er hob die Brauen, ein stummes *Okay?*. „Ich dachte, du magst das."

Das hatte sie auch gedacht. Bis jetzt. Ihre Augen hatten sich inzwischen so sehr an die Dunkelheit gewöhnt, dass diese im Süden die hügligen Umrisse des Cerro da Cabeca freigab. „Irgendwie ist es hier anders", gestand sie. „Ich will nicht fort und frage mich, warum. Was meinte Elias, als er von euren Traditionen sprach?"

Nicholas gab ein missmutiges Geräusch von sich, halb Knurren, halb Seufzen. „Geschichten. Es heißt, ein Dämon, der sein endgültiges Gegenstück gefunden hat, bringt es an den Ort zurück, an dem sein Portal zu dieser Welt liegt. Der Ort, an dem er beschworen wurde." Er wiederholte den abfälligen Laut. „Was angeblich schon zu manchen Trennungen geführt hat. Normalerweise binden wir uns artintern und dann kommt es zu einem Konflikt, da es beide Partner an den Ort ihrer Beschwörung zieht."

Es gelang Joana nicht, darüber zu lachen, obwohl die Vorstellung von einem zankenden Dämonenpaar sie amüsierte. „Sind wir deshalb hier?"

„Nein. Ich wurde im Norden dieses Landes beschworen, Jo. Nicht hier."

„Dann wolltest du mich nicht an diesen Ort bringen?"

„Es sind bloß Geschichten." Er schwieg und pustete sich eine Haarsträhne aus dem Gesicht. „Aber irgendwann bringe ich dich hin." Jäh erhob er sich und verlieh seinen Worten damit den Effekt einer Drohung statt eines Versprechens. „Komm rein, es wird kalt."

„Wann brechen wir auf?", fragte sie, seine Aufforderung ignorierend.

„Morgen. Komm jetzt."

Für einen Moment lauschte Joana dem Rauschen der Bäume im Wind. Alles schien voller Schatten. Da war er also wieder, der Nicholas, der es gewohnt war, Entscheidungen zu treffen, ohne wenigstens vorzugeben, dass ihn die Meinung anderer interessiert. „Nein. Lass uns noch einen Tag bleiben. Ich will morgen Abend noch einmal zum Strand runter. Vielleicht haben wir Glück und einer der Fischer macht ein Feuer und verkauft gebratenen Stockfisch." Die Möglichkeit bestand auch im Herbst durchaus. Ein spontanes Lagerfeuer lockte an kühlen Abenden immer Menschen an. Irgendwer hatte meist eine portugiesische Gitarre dabei, und wenn deren Töne erst den Strand entlangwehten, dauerte es nie lange, bis sich ein Einheimischer fand, der dazu den Fado sang. Melancholische Lieder, die erzählen, was Menschen träumen, hier und überall auf der Welt. Und nicht nur Menschen hatten diese Träume.

An diesen Abenden saßen sie meist abseits der Portugiesen. Vielleicht, weil Joana annahm, nicht zu ihnen zu passen. Weil die Sprache ihr noch schwerfiel und sie sich schämte, ins Englische ausweichen zu müssen, sobald sie die richtigen Worte nicht fand. Vielleicht aber auch, weil sie Nicholas nicht in der Nähe dieser emotionalen Leute sehen wollte. Der Dämon in ihm brauchte die Gefühle von Menschen, davon lebte er. Er traf seine Auswahl unwillkürlich wie instinktiv, und sie war dankbar, dass er dies im Stillen tat. Nie ließ er sie erfahren, wenn er einen Menschen seiner Emotionen beraubte. Sie wusste, dass es seinen Stolz verletzte, sein wahres Sein vor ihr zu verbergen. Daher verschloss sie die Augen dankbar und akzeptierte den bitteren Geschmack der Verdrängung. Die Liebe zwischen einem Dämon und einer Jägerin hatte ihren Preis. Solange Moral und Stolz das Einzige waren, zahlten sie ihn beide gern. Wenn Nicholas aufs Meer blickend am Strand saß, salziger Wind an seinem inzwischen schulterlangen Haar zupfte und der Feuerschein auf seinem Gesicht spielte – Schatten malte, die wirklich nur harmlose Lichtumrisse waren – fiel dies unverschämt leicht. „Es wäre ein schöner Abschied", murmelte sie in sein

Schweigen hinein. „Denkst du, es wäre ein Problem?“

Er kniete erneut neben ihr nieder und drehte ihr Gesicht in seine Richtung. Verdammt, ihre Augen glänzten sicher feucht. Seine waren dunkel.

„Nein, kein Problem. Wir bleiben noch ein paar Tage, wenn es dir wichtig ist. Und wir kommen zurück, sobald sich alles geklärt hat.“

Die Worte waren sanft und schnitten dennoch wie ein Messer in ihr Inneres. Sie durchtrennten Schwermut und legten die darunter verborgene Furcht frei. Wie sollte sich eine derartige Bedrohung klären? Ein Schauder prasselte wie Hagelkörner über Joanas Rücken. Sie registrierte, dass Nicholas fragend den Kopf schief legte.

„Jo, was hast du?“

„Nichts. Es ist schon gut.“ Nichts war gut. Diese Jagd war die Konsequenz seiner Liebe zu ihr. Weil er sie liebte, hatte er sich gegen seine einstigen Verbündeten gestellt. Um sie zu schützen, war er zum Mörder an einem der Söhne des Luzifers geworden, was ihm die Gesetze unter strengsten Strafen verboten. Denn auch Nicholas zählte zur Bruderschaft des ersten Höllenfürsten, auch wenn er den Grund nicht kannte. Einem Treueschwur hatte er sich nie unterworfen, den Maximen musste er dennoch folgen. Für Joana war er zum Verräter an seinem Fürsten geworden.

Wie egoistisch sie sich fühlte. Sie trauerte einer halbherzigen Heimat nach, während er nur noch ein Name auf einer Liste war.

Der Abschussliste des Luzifers.

~*~

„Wer ist hier der Lügner?“ Nicholas folgte mit den Spitzen von Zeige- und Mittelfinger ihrer rechten Augenbraue und dem ausdrucksstarken Schwung ihrer Wange. Sie drehte den Kopf, bis ihre Lippen seine Haut berührten.

„Wenn du das sagst, klingt es wie ein Kosewort.“ Die letzten Silben fühlten sich an wie kleine Küsse. „Es tut mir leid, Nicholas. Ich will nicht lügen, aber …“

„Das ist kein Problem.“ Ihre Mundwinkel hoben sich, als er die Hände unter ihr T-Shirt schob, mit gespreizten Fingern ihre Rippen hochstrich und die Daumen in Richtung ihrer Brustwarzen streckte. „Ich mach es wahr, dann ist es keine Lüge. Ich mach alles gut.“

Sie schloss die Augen. Ihre Brüste hoben sich beim Atmen, aber noch berührte er ihre Knospen nicht, streifte nur hauchfein den Stoff des BHs. Er wartete auf dieses winzige, sehnsuchtsvolle Geräusch, welches verriet, dass sie es kaum noch aushielt. Ein hungriges, kleines Seufzen, das ihr ungewollt über die Lippen kam.

„Elias könnte am Fenster stehen und uns beobachten“, hauchte sie stattdessen.

„Das tut er.“

Sie öffnete erst ein Auge, dann das zweite, machte aber keine Anstalten, sich ihm zu entziehen. „Dann sollten wir ins Schlafzimmer gehen.“

„Das macht keinen Unterschied. Er wird an der Wand lauschen.“ Nicholas war nicht danach, hineinzugehen. Er hatte an vielen Orten mit Joana Sex gehabt, aber noch nie in diesem Garten, in der ihr jedes Pflänzchen heilig war.

Sie linste zum Fenster des Gästezimmers, doch hinter der Scheibe war nichts als Dunkelheit zu erkennen. „Ich weiß n…“

Ehe sie ihm das Gesicht wieder zuwenden konnte, hatte er den BH zwischen ihren Brüsten geöffnet und Joana an sich gezogen. Halb erregt, halb widerwillig stöhnte sie seinen Namen, während er ihren Hals küsste und den Saum ihres T-Shirts mit jedem Streicheln höher schob.

„Sag Nein.“

Sie ließ den Kopf in den Nacken sinken. „Ich will aber nicht Nein sagen. Ich will nur nicht, dass Elias zusieht.“

„Er sollte aber zusehen. Er muss wissen, woran er ist.“

„Du glaubst doch nicht wirklich“, Joana kicherte heiser, „dass er etwas von mir will? Bist du eifersüchtig?“

Er verneinte mit einem Brummen, das unweigerlich in ein Seufzen überging, als er das T-Shirt über ihre Brüste schob. Die zweite Hand ließ er zwischen ihren Schenkeln verschwinden. Sie war nicht feucht, sie war nass. Wie für ihn gemacht, damit er das schmerzliche Brennen seiner Erektion in ihr löschen konnte. „Nein, aber du solltest es sein. Ich bin es, den er will. Er liebt mich.“

Sie versteifte sich bei seinen geknurrten Worten, er spürte sie schlucken und zerrte an ihrem Slip. Das Ding musste weg, und da sie keine Anstalten machte, ihm behilflich zu sein, zerriss er den Stoff.

Sie zischte einen unverständlichen Fluch, wollte ihre nackten Brüste bedecken, aber er drückte sie auf den Rücken und hielt ihre Hände über ihrem Kopf fest. Die Holzdielen knarzten. Joanas Augen funkelten wütend.

„Warum tust du das, wenn du weißt, dass er zusieht? Wenn es stimmt, was du sagst, ist das einfach nur grausam von dir.“

Er beugte sich tiefer, streifte ihre hoch aufgerichteten Brustwarzen mit dem Stoff seines Hemdes. Nahm die Lust im Flattern ihrer Lider wahr, auch wenn sie dies zu unterdrücken versuchte.

„Dir sind Grausamkeiten gerade völlig egal, Joana. Hab ich recht?“ Der Wind wehte ihr das Haar ins Gesicht, er streichelte es mit den Lippen beiseite und flüsterte in ihr Ohr: „Dies ist mein Zuhause. Meine Frau unter meinen Händen. Glaubst du, dieser Racheengel – mein Racheengel, falls du es vergessen hast – hätte mir Vorschriften zu machen?“

Er presste den Unterleib an ihre Oberschenkel, rieb sich an ihr, doch es half nichts. Das Verlangen wurde drängender, erinnerte in seiner Intensität bereits an eine zärtliche Variante von Wut. Ihr ging es genauso, ansonsten hätte sie Kontra gegeben, doch sie schüttelte nur schwach den Kopf. Er hätte sie nehmen können, aber er wusste, wie der Sex mit ihr war, wenn er sie überrumpelte. Gut. Das reichte nicht mehr, seit er erfahren hatte, wie intensiv er fühlen konnte, wenn sie ihn ebenso dringlich begehrte wie er sie.

„Besitzansprüche sind für uns sehr wichtig“, erklärte er, obwohl das Sprechen immer schwerer fiel. „Wenn er zusieht, dann nutze es. Zeig ihm, wer du bist. Zeig ihm, was dir gehört. Er hat sich dir zu unterwerfen, nicht du seinen Schwächen.“ Sie sann darüber nach und er beschleunigte ihre Überlegungen. „Ich beneide ihn. Ich würde gern einmal zusehen, wie wir uns lieben.“

„Es wäre fair, oder?“ Sie sprach zögernd. Er spürte, wie sie die Schenkel ein wenig spreizte. „Er sollte sich keine falschen Hoffnungen machen."

„Wie immer du es nennen willst. Du machst hier die Regeln. Dein Zuhause, dein Garten ..."

„Das alles hier ist meins?" Sie lächelte gerissen und er tat es ihr innerlich nach.

„Alles." Ihre Bedenken zu zerstreuen, war nicht immer so einfach. Offenbar wollte sie ihn wirklich, ob mit oder ohne Elias hinter dem Fenster.

„Öffne meine Hose." Er hätte es selbst getan, aber es war ein zu gutes Gefühl, ihre Hände freizugeben und stattdessen ihr Gesicht zu halten, während sie tat, was er verlangte, seine Jeans aufknöpfte und sie ihm samt Shorts über die Hüften zog. Länger zu warten war ihm nicht möglich, er kickte seine Jeans im hohen Bogen von sich, warf das T-Shirt hinterher, raffte ihren Rock und kniete zwischen ihren Beinen nieder. In sie zu stoßen, war wie ein Ausbruch in die Freiheit nach Gefangenschaft. Wie wohltuender Schatten, wenn die Haut von der Sonne verbrannt ist. Sie gab sich hin, die Augen geschlossen, die Hände in ihrem eigenen Haar vergraben. Dann richtete sie sich mit einem trägen Lächeln auf, um sich an seine Brust zu schmiegen, ihn zu küssen und ihn erneut spüren zu lassen, worauf er Jahrhunderte gewartet hatte. Sie ignorierte seine ungestümen Bewegungen, zwang ihm mit ihrem Becken ihre eigenen auf. Sanft und tief, wie ihre Küsse. Sie kam mit ihm zusammen. Der Orgasmus schien seinen Körper zu verlassen, ihren zu durchströmen wie eine Flutwelle und in seinen zurückzukehren. Ihre miteinander verschlungenen Glieder erschienen ihm kontrolllos, zuckten, verspannten sich, wurden schwach und schwer. Und doch gelang es Joana, währenddessen sein Gesicht zu streicheln, auch wenn ihre Hände vor Anstrengung zitterten.

Sie auf diese Art erobert zu haben, vor den vermeintlichen Augen eines Engels, war ein Triumph, den er bisher noch nicht gekostet hatte. Und er schmeckte vorzüglich. Erst morgen würde er ihr verraten, dass er Elias das Zimmer gegeben hatte, dessen Fenster zur anderen Seite des Hauses hinausging.

„Du hattest recht“, hauchte sie ihm ins Ohr, während die Welt langsam wieder Konturen annahm. „Du kannst wirklich alles gutmachen, oder?“

Vom Spott in ihrer Stimme amüsiert, entwich ihm ein abgrundtief zufriedenes Seufzen. „Gut? Gib mir fünf Minuten, und ich zeige dir ‚besser‘. Morgen früh wirst du meine Definition von ‚perfekt‘ verstehen.“

3

Nicholas hupte und André Bergot ließ das Metalltor zu der Halle, die zugleich Werkstatt als auch Verkaufsausstellung darstellte, aufschwingen. Elias betrachtete das halbe Dutzend Oldtimer durch das herabgelassene Beifahrerfenster und nickte anerkennend.

„Nette Pferdchen hast du im Stall."

Nicholas fühlte sich auf bisher unbekannte Weise schwermütig. „War ein schöner Zeitvertreib." Langsam ließ er den BMW zwischen den geparkten Autos ausrollen. Nur zwei Monate hatten er und Joana die Tage hier verbracht, daher war die Halle am Standrand von Faro noch ein Provisorium und den edlen Klassikern bei Weitem nicht angemessen. Die Pläne für den Umbau würden Pläne bleiben. Er war ein letztes Mal hier, um die persönlichen Dinge sowie die Unterlagen aus dem Büro zu holen. Es erfüllte ihn nicht mit der Traurigkeit, die er bei Joana gespürt hatte, aber auch er wäre gern geblieben. Wegen ihr. In ölverschmierten Jeans inmitten der alten Autos hatte sie tiefste Zufriedenheit versprüht. Diese fehlte, als er nun ausstieg. Kein helles Lachen, das von den Decken hallte. Kein Fluchen über die Lieferzeiten von Ersatzteilen, die bloß noch einzeln in Werkstätten irgendwo in der tschechischen Pampa hergestellt wurden. Ohne Jo erschien die Halle leer und trotz der Luxusschlitten wertlos.

„André, wie weit bist du mit dem Engländer?", rief Nicholas auf Portugiesisch, kaum dass das Tor hinter ihm ins Schloss gefallen war.

Er wollte von hier fort.

Sein Mechaniker knallte die Motorhaube des silbernen Bentleys zu, an dem er gerade gearbeitet hatte. In aller Seelenruhe zog er Streichhölzer aus der Hemdtasche und beachtete seinen Chef und dessen Begleiter erst, nachdem er einen Zigarillo angezündet und den ersten Zug genommen hatte.

„Immer mit der Ruhe“, antwortete er schließlich und hielt ihnen die Holzschachtel mit seinen Selbstgedrehten hin. „Lohnt sich nicht, zu hetzen. Der Wagen war dreiundvierzig Jahre auf der Straße. Der freut sich über jeden Tag in der Werkstatt. Geduld hat er. Müsst ihr jungen Deutschen manchmal noch lernen.“

Asche fiel zu Boden und vermischte sich mit einem frischen Ölfleck. Nicholas schmunzelte über die typische Gelassenheit des Portugiesen, nahm eine der dünnen Zigarren und übersetzte die Worte für Elias. Dieser unterdrückte mühsam das Lachen und entfernte sich, um die anderen Oldtimer anzusehen.

„Ich werde das Land für eine Weile verlassen“, erklärte Nicholas André mit dem Zigarillo im Mund. „Muss ein paar Dinge regeln.“ Kurz überlegte er, ob er ihm verraten sollte, dass er auf der Flucht vor einer Art Mafia war. Aber dann wäre André vermutlich nicht mehr hier, sollte er wider Erwarten doch zurückkommen, und einen besseren Mechaniker würde er nicht finden.

„Ah. Und die Senhora?“

„Die lass ich dir bestimmt nicht hier, alter Schwerenöter.“

André schüttelte bedauernd den Kopf, verharrte dann, die ergrauten Brauen kritisch hochgezogenen. „Ich reparier dir alles, was kaputt ist, Boss, und wenn es eine Waschmaschine ist. Aber wenn du willst, dass ich die Verkäufe übernehme, dann schlag dir das aus dem Kopf. Mit deinen reichen Herrschaften komm ich nicht klar.“

Demonstrativ rieb er die ölverschmierten Hände quer über seine Hemdsbrust. Der Kerl war der reinste Eigenbrötler und darauf bedacht, es auch zu bleiben.

„Keine Sorge, Mann. Wir machen hier solange dicht und du hast Ruhe mit deiner Kinderschar aus Blech. Wenn du fertig bist, bekommst du ein paar Wochen bezahlten Urlaub.“

„Klingt großzügig.“ André blies einen Rauchkringel in die Luft. „Heißt das, ihr habt Ärger, Boss?“

„Das heißt, du hast Ärger, mein Freund, wenn der 79er VW-Käfer für die Senhora bis dahin nicht fertig und auf Hochglanz poliert ist. Und denk daran, die Trittbretter zu kontrollieren. Senhora sagt, da rosten diese Kisten am liebsten.“

„Wie gut, dass wenigstens einer hier Ahnung von Autos hat, he? Macht ihr mal euer Ding, Boss, der alte André hält die Stellung und den Mund.“

Der Mann zuckte mit den Schultern, als wäre es ihm gleichgültig. An den Kotflügel des Wagens gelehnt, rauchte er in aller Ruhe seinen Zigarillo.

Nicholas wandte sich ab. Er wollte die aufgesetzte Lüge des Portugiesen nicht an dessen Emotionen durchschauen. Die Situation machte ihn nervös und er hasste sich für diese Schwäche, ebenso sehr wie für die bevorstehende Flucht. Er wollte nicht fliehen. Er wollte dem Luzifer gegenübertreten und kämpfen. Sollte er unterliegen, würde er die Konsequenzen klaglos akzeptieren, aber leicht machen wollte er es dem Fürsten nicht.

Doch es war müßig, sich über eine Revolte den Kopf zu zerbrechen, denn zu dieser würde es nicht kommen. Noch nicht. Er musste Joana schützen und dies konfrontierte ihn mit einem ganz anderen Gegner; seinem Stolz, den er in die Knie zwingen musste, um mit ihr zu fliehen. Wenn doch immer Nacht wäre, und man die Realität im Dunkeln ignorieren könnte.

Er folgte Elias, der einen Volvo aus den Sechzigern inspizierte und verbot sich weitere Gedanken.

„Wie bist du eigentlich auf die komische Idee gekommen, uralte Autos zu verkaufen?“, wollte Elias wissen.

„War Joanas Idee. Sie kennt sich mit Oldtimern aus und wollte immer schon einen haben. Also hab ich ihr einen besorgt. Wir sind damit herumgefahren und haben ihn verkauft, als der Tank leer war. Lief gut, darum sind wir dabei geblieben. Die alten Kisten sind hier schwer begehrt.“

Elias ließ sich in den Fahrersitz des Volvos fallen und verstellte die Rückspiegel. „Du mimst den Gebrauchtwagenhändler und sie spielt das Heimchen am Herd. Echt klassisch menschlich, Nick. Ehrlich gesagt hätte ich euch was Individuelleres zugetraut.“

„Lass sie das hören und sie bannt dich mit dem nackten Arsch in die Bratpfanne.“ Die bloße Vorstellung erheiterte Nicholas – er sollte Joana von Elias' Spott erzählen. „Sie macht einen guten Job. Die deutschen, englischen und französischen Geschäftsleute, die hier ihre Ferienhäuser haben, sind Joanas Kunden. Ich kümmere mich um die Spanier und Portugiesen, solange sie die Sprache noch nicht beherrscht. Sie macht die Finanzen, ich die Korrespondenz. Und sie wählt die Ware aus.“ Er sah zu seinem Mechaniker hinüber. „Hey, André! Versteht die Senhora etwas von Autos?“

„Senhora findet Perlen, da wo andere nur sehen Schalen von Muscheln“, gab dieser in gebrochenem Deutsch zurück. „Hat Respekt von mir, wie nur meine mamãe sonst."

Elias verzog amüsiert den Mund. „Und sie stellt die Regeln auf, was? Lass mich raten. Die Angestellten sind tabu? Sie hat dich echt im Griff, Alter. Meinen Respekt hat sie auch."

„Willst du mich nerven?" Nicholas spürte Groll aufsteigen. Der gutmütige Spott hätte ihn kalt gelassen, wenn er noch ein wenig länger mit Joana Mensch spielen könnte. „Gutes Personal ist schwer zu finden. André ist okay. Wenn er frech wird und Joana auf den Hintern guckt, verpasse ich ihm Visionen, in denen ich ihn skalpiere. Schon ist er wieder brav und behält seine Augen unter Kontrolle."

„Der Typ hat kaum Haare auf dem Kopf. Den kriegst selbst du nicht skalpiert."

Nicholas zeigte seine gefletschten Zähne. „Genau dafür, mein Freund, erfand ich einst das, was Kleingeister wie du heute als Sparschäler kennen."

Einen Moment grübelte Elias sichtlich, ob in dieser Geschichte ein Fünkchen Wahrheit steckte. Er kämpfte gegen ein Grinsen. Sogleich wurde er aber ernst und betrachtete das Lenkrad.

„Gutes Personal ist also schwer zu finden, ja? So wie gute Frauen?" Seine Worte klangen scharf, und so bedrohlich leise, dass sie kaum zu hören waren.

„Leck mich, Kleiner, du brauchst mal einen anderen Geschmack im Mund." Nicholas wusste genau, worauf Elias hinaus wollte. Laureen. Elias würde ihm ihren Tod in hundert Jahren nicht verzeihen. Er nahm einen tiefen Zug von seinem Zigarillo. Das verdammte Kraut brannte in den Lungen. „Du hast keine Ahnung, also misch dich nicht in Dinge ein, die dich nichts angehen."

Elias sah zu ihm auf. In seinem Blick stand eine

Herausforderung geschrieben, die Nicholas nie zuvor an ihm gesehen hatte. „Denkst du, ja? Ich glaube eher, dass du es bist, der keine Ahnung hat. Sonst würdest du nicht ständig alles zerstören, was dir etwas bedeutet. Du sagst, du bereust nie. Vielleicht solltest du mal damit anfangen. Sonst wird Joana nicht anders enden als …“

Nicholas ließ den Zigarillo fallen. Er griff in Elias' Kragen, zerrte ihn aus dem Volvo und drückte ihn gegen den danebenstehenden Mustang. Das Grinsen in Elias' Gesicht kitzelte seine Beherrschung. Seine Fäuste brannten vor Lust, ihn zu schlagen. Zugleich erzürnte ihn die Tatsache, dass er sich provozieren ließ.

„Eh!“, schallte Andrés Stimme durch die Halle. „Vorsicht da. Die Baby ist 45 Mille wert!“

Nicholas trat einen Schritt zurück. „Überleg dir in Zukunft besser, wie du mit mir redest, Kleiner. Ich lass mich verspotten, aber nicht beleidigen, hast du verstanden?“

Elias reckte das Kinn. Seine Mimik bettelte nahezu um Prügel. „Du bringst sie in Gefahr. Gesteh es dir wenigstens ein.“

„Tu ich.“ Nicholas rang den Wunsch nieder, den Ilyan aus seinem Körper zu schlagen, und sei es nur für das Vergehen, ihm die Wahrheit vorgehalten zu haben, wie einen Spiegel, in den er nicht sehen wollte. „Nicht zu bereuen, heißt nicht, dass ich nicht lerne. Das Thema ist beendet. Erledigen wir, weshalb wir hergekommen sind.“

„Es gibt eine Möglichkeit, es wieder gutzumachen“, stichelte Elias weiter und verschränkte die Arme.

Er zuckte nicht zurück, als Nicholas so nah an ihn herantrat, dass sie sich fast berührten. Auf widerwillige Weise empfand Nicholas Achtung vor Elias' Dreistigkeit. Dreck noch mal, der Kleine entwickelte sich. Leider nicht in die geplante Richtung. Aber Feigheit konnte man ihm nicht länger vorwerfen.

„Ich muss nichts wieder gutmachen."

„Ich hab einen Grund für dich, darüber noch mal sehr genau nachzudenken, Nybbas." Elias brach den Augenkontakt nur eine Sekunde ab, um sich zu vergewissern, dass der Mechaniker nicht zuhörte. „Der Luzifer hat eine neue Methode der Jagd auf Seelen entwickelt. Er nimmt jetzt Kinder."

„Wie kommst du zu der Annahme, mich würde interessieren, was der Luzifer treibt?"

„Dich juckt das so wenig wie mich. Aber es dürfte Joana interessieren, sollte sie davon erfahren. Ich glaube nicht, dass sie das kalt lässt."

Touché. Elias' Worte waren nichts anderes als eine knallharte Drohung. Erpressung – und sie wirkte. Nicholas' Respekt wuchs parallel zu seiner Wut. „Kleiner. Was willst du?"

„Erinnerst du dich, was Lillian sagte? Der Luzifer frisst Seelen guter Menschen, aber sie müssen sie ihm freiwillig geben. Ich habe recherchiert und ein wenig in alten Aufzeichnungen geblättert. Die Runde der anderen sechs Fürsten hat ihm einst verboten, die Seelen von zu jungen Menschen zu nehmen. Kinder sind leichtgläubig. Die anderen Dämonen befürchteten, dass der Luzifer es übertreiben und zu viele Homo sapiens zerstören würde. Daher haben sie es ihm untersagt. Nett, nicht wahr?"

Nicholas stieß verächtlich den Atem aus. „Vernünftig. Letztlich sind wir auf sie angewiesen. Kaum ein Dämon kann sich an seelenlosen Zombies nähren und nur Fleischesser an anderen Dämonen. Ohne eine gewisse Zurückhaltung bei den Menschen würden wir uns auf Dauer selbst schaden."

„Eben. Aber für Fürsten gelten die üblichen Gesetze nicht. Darum musste der Luzifer einen einzigartigen Eid leisten, in dem er schwor, keinem Unberührten die Seele zu nehmen. Die Menschen sollten die Möglichkeit bekommen, sich fortzupflanzen, ehe sie ihm als Opfer zur Verfügung standen. Jungfrauen waren demnach vor ihm sicher." Elias kämmte sich mit den Fingern durch das stachelige Haar. Was immer er spielte – es schien ihm Spaß zu bereiten.

„Waren?", fragte Nicholas.

„Waren, ja. Ich habe entdeckt, dass er eine Lücke im Gesetz gefunden hat."

„Lass hören."

„Er nimmt den Kindern nicht die Seele, sondern das Versprechen, diese später zu bekommen. Er braucht die Zustimmung des Menschen, aber nichts zwingt ihn in einen zeitlichen Rahmen. Er holt sich die Erlaubnis, solange sie noch jung und ahnungslos sind, der Dreckskerl. Dann markiert er sie, um sie später einzusammeln."

„Gewieft", meinte Nicholas trocken. „Was haben Joana und ich damit zu tun? Oder betrifft es wieder mal Laureen?"

Elias zuckte bei dem Namen zusammen, schüttelte jedoch entschieden den Kopf. „Ich traf vor gut zwei Wochen auf ein Mädchen. Ihr Name ist Annie, im Sommer wurde sie acht Jahre alt. Sie versprüht die Aura einer abgrundtief schwarzen Seele, weil sie markiert wurde. Von ihr weiß ich, dass der Luzifer seine Jagd auf dich vorbereitet. Und darum, Kumpel, bist du ihr was schuldig."

„Ich bin niemandem etwas schuldig." Das war nicht

ganz richtig. Aber ein Menschenkind gehörte nicht zu den zwei Wesen auf der Welt, für die er so empfunden hätte. „Und du, Kleiner, solltest auch aufhören, die Verantwortung für alles, was geschieht, bei dir zu suchen."

Für einen Moment bröckelte die Fassade, und Elias gab einen Hauch Verzweiflung zu erkennen. „Ich muss ihr helfen, Nick. Sie hat mich berührt, und … ich kann es nicht erklären. Ich will ihr helfen."

Nicholas verstand. Elias wollte dieses Kind retten, in der Hoffnung, dadurch Laureens Geist zur Ruhe zu bringen. Laureen, die Elias beschworen hatte, von beiden geliebt und von Nicholas getötet worden war. Sie verfolgte sie noch immer, in jedem Moment, den sie einander in die Augen sehen mussten. Nicholas ließ sich von dieser Präsenz nur selten irritieren. Elias trieb sie schier in den Wahnsinn.

Er boxte leicht gegen Elias' Oberarm. „Hör auf mit den lächerlichen Versuchen, mich unter Druck zu setzen, hast du verstanden? Das funktioniert nicht. Bitte mich einfach. Vielleicht helfe ich dir, wenn ich kann."

~*~

Die beiden Reisetaschen mit ihren persönlichen Sachen waren gepackt. Kleidung, Laptop, ein paar CDs und Bücher, allen voran der uralte Black Beauty Roman, den ihre Mutter ihr nachgeschickt hatte. Ein Erbstück ihres Vaters und ein Schatz von immensem emotionalem Wert.

Nervenstärkende Kaubonbons, das Asthmaspray und alle Papiere befanden sich in ihrem kleinen, roten Lederrucksack, den sie statt einer Handtasche trug.

Viel mehr besaß Joana kaum, daher musste sie nicht überlegen, was sie mitnehmen und was zurücklassen wollte. Zuletzt bettete sie den Schrumpfkopf zwischen die Wäsche in eine der Taschen. Als Joana sich mit ihm gegen den Angriff eines Clerica verteidigt hatte, war das widerliche Ding zu ihrem Talisman geworden. „Gute Nacht, John-Boy“, murmelte sie und zog den Reißverschluss über der Fratze zu.

Noch hatte sie sich nicht wirklich mit dem Gedanken angefreundet, in der nächsten Zeit aus dem Koffer zu leben, aber es erschreckte sie nicht mehr. Zumindest musste sie dieses Mal nicht von einer auf die andere Minute aus einem beschaulichen Leben in eine ungewisse Zukunft fliehen.

Ein Blick aus dem Schlafzimmerfester offenbarte einen wolkenverhangenen Nachmittagshimmel, der ihre Pläne für den Abend bedrohte. Doch sowohl der bei Regen menschenleere Strand als auch die anschließenden Stunden auf der Couch vor dem offenen Feuer hatten ihren Reiz. Sie ging nach unten, griff nach dem Handfeger und einem Eimer und kniete sich vor den Kamin. Wenn sie ihn heute anfeuern wollte, musste sie ihn wohl oder übel zunächst ausfegen. Kurz überlegte sie, die Arbeit an Nicholas abzutreten, verwarf den Gedanken aber. Er regelte schon alles Notwendige in der Werkstatt. Sie hatte es nicht über sich gebracht, hinzugehen und das Wissen mitzuschleppen, zum letzten Mal dort zu sein. Vor André Bergot einen weinseligen Abschied hinzulegen war inakzeptabel. Nachher würde der alte Kauz noch mitheulen – das würde ihr wirklich das Herz brechen.

Joana grübelte, wohin sie gehen konnten. Sie hatte wenige Stunden zuvor Frankreich vorgeschlagen, aber auch das war eine Übergangslösung. Mit einem Stückchen verkohlten Holz zog sie Striche auf die rötlichen Bodenfliesen vor dem Kamin, zeichnete die Umrisse Europas und malte die Wege nach, auf denen sie reisen könnten. Ihre Gedanken machten sich auf und davon, folgten den schwarzen Linien. Keine führte in eine Gegend, die Sicherheit versprach. Nicholas' Verfolger und deren Vasallen konnten überall sein. Sie lauerten irgendwo dort draußen, schwärmten aus und suchten nach ihnen. Vermutlich war es nur eine Frage der Zeit, bis sie sie erwischten. Was dann geschehen sollte, wollte Joana nicht wissen. Sie fragte sich, ob sie all das bereute. Von dem stillen Zweifel beschämt biss sie sich auf die Lippe.

„Gar nichts bereue ich", sagte sie zu sich selbst. Nicholas hatte ihr Leben völlig umgekrempelt, sicher. Doch dieses Leben war von Grenzen bestimmt gewesen; von einer Kontinuität, die sie nervte, und elender Langeweile. Inzwischen war sie auf der permanenten Flucht an der Seite eines Mannes, in dessen Innerem sich ein düsterer Schatten, ein blutrünstiger Dämon sowie ihr sensibler Liebhaber und bester Freund aneinander pressten.

Es war in Ordnung. Nein. Es war perfekt. Ein ruhiges Leben war an seiner Seite nicht möglich, aber sie würde sich nie wieder langweilen, oder Gleichgültigkeit sich selbst gegenüber empfinden. Wie seltsam, dass ausgerechnet ein Dämon beweisen musste, wie wichtig ihr das Leben war.

Sie sah auf die Kacheln, auf denen sie noch immer gedankenverloren mit dem Kohlescheit herumgekritzelt hatte. Neben der Karte war ein zweites Bild entstanden. Sie hatte seit einer Ewigkeit nicht mehr gezeichnet, doch diese Skizze war auf Anhieb gelungen. Nicholas' Profil. Eine markante Kinnpartie, schmale

Lippen und scharfe Wangenknochen, während die Züge um die Augen sanft erschienen. Eine Haarsträhne hing in der Stirn und ein paar Bartstoppeln zierten Kinn und Oberlippe. Über dem Profil prangte ein zweites. Wie ein Heiligenschein umschattete es sein Porträt. Harte Linien diesmal. Dunkle Haut. Schwarze Höhlen an den Stellen, wo man Augen vermutete. Nicht zu vergessen die Reißzähne und die Hörner, fast verborgen unter filzigem Haar.

Kurz war Joana versucht, die Kohlestriche mit dem Handfeger zu verwischen, doch sie tat es nicht. Es war ihre erste Zeichnung, seitdem Sascha ermordet worden war und sie die Malerei aufgegeben hatte. Sie war erschreckend, aber zugleich wunderschön. Es gelang ihr nicht, die Augen abzuwenden.

Erst als sie ein Motorengeräusch vernahm, schreckte sie aus ihren Träumereien. Rasch wischte sie die Skizze mit der Handfläche fort und schloss die Faust, als könnte sie das Bild mit dem Kohlenstaub noch ein wenig festhalten. Im nächsten Moment registrierte sie, dass es kein Automotor war, den sie hörte. Es klang nach einem Motorrad, eher noch waren es zwei oder mehr. Joanas Puls beschleunigte sich. In dem Augenblick, als die Maschinen vor dem Haus verstummten, sprang sie auf die Füße und eilte auf Zehenspitzen zur Tür. Ein Blick durch den Spion ließ sie schaudern. Draußen bockte ein hünenhafter Mann in schwarzer Ledermontur sein Motorrad auf, ein zweiter näherte sich bereits der Tür. Die sind nur auf Tour und haben sich verfahren, redete sie sich ein. Sicher wollten die Männer nur nach dem Weg fragen. Die Hoffnung sackte in sich zusammen, als der erste eine Pistole zog.

4

Zum Garten raus oder hoch? Für die Entscheidung blieb nur der Bruchteil einer Sekunde. So schnell sie es lautlos vermochte, rannte sie die Treppen hoch. Das Handy lag im Schlafzimmer, Nicholas' neuer Revolver ebenfalls. Noch auf halbem Weg kam ihr die Einsicht, wie dumm es war, ins Obergeschoss zu flüchten. Zum Umkehren war es jedoch zu spät. Die Kerle machten sich bereits an der Tür zu schaffen.

Sie huschte ins Schlafzimmer und schloss die Tür, ohne ein Geräusch zu verursachen. Wie in Zeitlupe drehte sie den Schlüssel um. Ein Poltern ließ sie zusammenfahren. Sie presste sich die Hand vor den Mund, um nicht zu schreien. Die Männer hatten die Tür aufgebrochen. Hektisch griff sie nach dem Handy, tippte Nicholas' Kurzwahl und durchwühlte zugleich die Kommode.

Unten wurden Möbel umgestoßen. Zwischen der Bettwäsche stießen ihre Finger auf das kalte Metall der Waffe. Nicholas meldete sich im gleichen Moment. „Es sind Einbrecher im Haus", wisperte sie. „Bewaffnet. Sie …"

„Wir sind in fünf Minuten bei dir." Seine Stimme war kalt vor Schreck, im Hintergrund hörte sie den Motor röhren. „Haben sie dich gesehen?"

„Nein. Ich bin im Schlafzimmer, die Kerle randalieren im Erdgeschoss." In der Küche lief das Radio, eine Kerze hatte sie ebenfalls angelassen. Die Einbrecher wussten, dass jemand im Haus war.

„Versteck dich irgendwo, Jo. Du weißt, wo eine Waffe ist."

„Ich hab sie in der Hand." Joana schlich ans Fenster

und lugte hinaus. Shit. Ein dritter Mann stand im Garten. „Sie sind zu dritt, Nicholas. Soll ich die Polícia rufen?“

„Nein.“ Er schwieg, atmete stoßweise. Reifen quietschten und Elias sagte etwas, das sie nicht verstand. Dann wieder Nicholas: „Ich glaube nicht, dass es Menschen sind.“ Stattdessen Dämonen auf der Jagd. Und sie war die Beute. Unweigerlich entrang sich ihr ein Schluchzen.

„Ruhig, Jo“, befahl Nicholas. „Bleib ganz ruhig. Du versteckst dich jetzt, wir kommen.“

Sie umklammerte das Mobiltelefon mit der einen und den Revolver mit der anderen Hand. Aus dem Flur drangen laute Schritte. Sie stürmten die Treppen hoch. „Scheiße“, hauchte sie, kletterte in den niedrigen Wäscheschrank und kauerte sich im Inneren zusammen. „Beeilt euch. Bitte beeilt euch.“

„Nimm den Revolver in beide Hände, Joana. Schieß erst und versuch dann einen Bann.“ Die vertraute Ruhe in seiner Stimme brach, er presste die Worte hervor. „Drei Minuten, Jo. Nur beschissene drei Minuten, dann bin ich da. Knall jeden ab, der dir zu nahe kommt. Versprich mir, dass dir nichts passiert.“

Sie flüsterte ein „Okay“ und legte das Telefon beiseite. Die Waffe war schwer. Sie umschloss den gummierten Griff mit beiden Händen und legte einen Zeigefinger über den Abzug. Der Lauf zitterte. Aus dem Flur ertönten Stimmen, die Klinke wurde runtergedrückt.

„Hier ist abgeschlossen“, rief jemand auf Englisch. „Sie ist hier drin.“

Sie. Die Kerle suchten gezielt nach ihr. Um den Hahn zu spannen, brauchte Joana beide Hände. Das Klicken, mit dem die Trommel sich drehte, durchbrach die Stille in ihrem Versteck. Beherrsch dich!, mahnte sie sich. Ich habe eine Waffe. Ich habe eine Waffe und werde sie nutzen. Ich verstecke mich nicht – ich lauere ihnen auf! Die stumme Selbstbeschwörung gab Zuversicht. Einen Moment später krachte es. Sie traten die Tür ein. Das Holz gab beim zweiten Versuch nach und sie polterten durch den Raum. Scharfes Knallen, jemand schoss, wieder und wieder. Joana hörte den Spiegel bersten sowie Kugeln in die Wände schlagen. Sie grub die Zähne in die Unterlippe bis Blut kam. Wut rüttelte an ihrer Angst. Mit nach vorn gerichtetem Lauf zwang sie sich zur Ruhe. Wer immer die Schranktür öffnete – er würde es bereuen.

Sie sprachen nicht. Anhand der Geräusche vermutete sie, dass die Eindringlinge zuerst die große Schrankwand durchwühlten.

Einer riss die Tür zu ihrem Versteck auf.

Wie automatisch löste sich der Schuss und warf den Mann zurück. Der Revolver schlug Joana vor die Brust. Schmauch peitschte in ihre Augen und nahm ihr die Sicht. Eine Sekunde glaubte sie, man hätte sie getroffen, dann begriff sie, dass es der Rückstoß gewesen war. Beißender Gestank brannte in ihren Atemwegen, in ihrem Mund schienen sich Asche, Salz und Blut zu mischen. Sie hob den Revolver erneut, ohne etwas zu sehen, spannte zitternd den Hahn. Jeder Muskel ihres Oberkörpers schmerzte. In ihren Ohren rauschte und klingelte es, darunter mischten sich Schreie. Eine Salve von Schüssen donnerte außerhalb des Raumes los. Irgendwo in dieser Kakofonie glaubte Joana, eine vertraute Stimme zu erkennen. Ihre Augen brannten, nahmen nur noch Konturen wahr. Eine dunkle Gestalt kam auf sie zu, streckte den Arm aus.

Zielte er?

Sie presste die Augen zusammen und schoss blind. Wieder schlug der Revolver gewaltig zurück, diesmal entglitt er ihren Händen. Der Schmerz jagte durch ihren ganzen Körper. Mit einem dumpfen Poltern schlug der Angreifer vor ihr auf dem Boden auf. Sie tastete mit tauben Armen nach ihrer Waffe. Ein weiterer Schemen näherte sich, sprang über den Niedergeschossenen hinweg. Sie riss den Revolver mit einem heiseren Schrei nach oben und suchte den Abzug. Oh Gott, ihre Finger waren wie gelähmt. Endlich fand sie die kleine Metallschlaufe, zerrte kraftlos daran. Im nächsten Moment spürte sie Nicholas' Hände im Gesicht, seine Lippen an ihrer Stirn. Seine Brust drückte gegen den Lauf der Waffe, sodass sie sie nicht herunternehmen konnte.

„Joana." Samtweich legte sich seine Stimme über das grässliche Rauschen in ihren Ohren. „Oh danke, danke, danke! Bist du verletzt?"

„N-nicht wirklich", stammelte sie. „M-mir t-tut nur alles weh." Sie drückte mit dem Unterarm gegen ihr schmerzendes Dekolleté und stöhnte.

„Kein Wunder." Er gab ein Geräusch von sich, das halb Lachen und halb Schluchzen war, nahm ihr den Revolver weg und küsste ihre pochenden Hände. Seine zitterten. „Das ist eine Smith & Wesson 500 Magnum. Gehört zu den durchschlagstärksten Handfeuerwaffen, die es gibt. Hat aber gewisse Nachteile. Sie spuckt und tritt aus wie ein Pferd." Mit dem Daumen rieb er ihr notdürftig die Schmauchpartikel aus den tränenden Augen.

„Ich will das Ding nie wieder in die Hand nehmen." Ekel stieg in ihrer Kehle auf, bitter wie Galle. „Hab ich … jemanden getroffen?"

„Oh ja." Ein garstiges Lächeln würzte seine Stimme. „Einen hast du umgenietet, wie ich es nicht besser hingekriegt hätte. Und keine Sorge. Du bekommst eine süße kleine Beretta."

Bevor sie erwidern konnte, dass sie lieber gar keine Pistole mehr in die Hände nehmen wollte, drehte er sich um und durchmaß den Raum in langen Schritten. Warum ging er weg? Er sollte nicht weggehen.

Erst jetzt sah Joana, dass Elias in Gestalt des Racheengels neben der Tür stand und einen der Männer an die Wand gepresst hielt. Sie krabbelte aus ihrem Versteck und wünschte sofort, sie wäre drin geblieben. Der von ihr niedergeschossene Mann lag auf dem Boden vor dem Fenster. Seine Beine waren abgeknickt, sodass die Oberschenkel über den Waden ruhten. Im linken Ärmel seiner Lederjacke prangte ein besudeltes Loch. Aber das Schlimmste war der Kopf. Er war in einem anatomisch unmöglichen Winkel zurückgeworfen, sein Kehlkopf regelrecht in Stücke gerissen. Nur ein paar fleischige Fetzen und gummiartige Sehnen verbanden den Kopf noch mit dem Rumpf. Weit aufgerissene Augen starrten in eine Zimmerecke.

Ein Mensch. Es war ein Mensch gewesen. Die riesige Blutlache schimmerte im einfallenden Licht und weitete sich unaufhaltsam aus. Sie sog sich bereits schleichend die Vorhänge empor. Diese seltsamen Vorhänge, die sie jeden Abend schloss, und die jeden Morgen wieder offen waren. Sie hatte dem Mann den Hals zerschossen. Gott, sie hatte einen Menschen getötet. Die Luft fraß sich warm, von Eisengeruch geschwängert, in ihren Körper und zwang sie zum Würgen. Sie taumelte in größtmöglichem Abstand um den Toten herum, um nicht barfuß in das Blut zu treten. Den Leichnam ließ sie nicht aus den Augen. Wenn er nun nach ihr packte …

Erst als sie an dem Toten vorbei war, wurde ihr das Ausmaß des Überfalls bewusst. Ein weiterer Mann lag leblos am Boden und ein dritter halb auf dem Bett. Kein Möbel, das nicht mehrere Schusslöcher aufwies. Die Bilder waren von den Wänden geballert, die Spiegel zerstört. Ihr Zitronenbäumchen hatten sie in der Mitte durchgebrochen. Allein die hässliche Tiffanylampe über dem Bett war unversehrt. Absurd, aber sie ärgerte sich über diese Ungerechtigkeit.

„Geh raus, Jo!“

Nicholas’ Anweisung brach herrisch durch die verlogene Ruhe. Er stand neben dem letzten noch lebenden Kerl, den Elias mit nach hinten gebogenen Armen festnagelte. Der hünenhafte Einbrecher regte sich nicht. Auf dem Boden bildeten mehrere Pistolen und Messer einen Haufen Terror. Die Männer waren tatsächlich Kopfgeldjäger gewesen, ein Rudel bis an die Zähne bewaffneter Killer. Sie presste sich an all dem vorbei, blieb jedoch im Türstock stehen. Alleinsein ging jetzt überhaupt nicht.

„Unten ist keiner mehr“, erklärte Nicholas, ohne sie anzusehen. Sein Blick fixierte den Gefangenen. „Geh runter. Bitte.“

Er legte den Kopf schief und lächelte teuflisch, als hätte er sie im gleichen Moment vergessen. Aus seinem Gesicht strahlte wildes Verlangen. Sie sollte tun, was er sagte und nach unten gehen. Was immer hier geschehen würde – sie wollte es nicht sehen. Aber ihre Beine waren starr und bleiern. Ihre Augen weigerten sich, die Szene freizugeben.

Elias ließ den Hünen los, Nicholas stieß ihn herum und mit dem Rücken gegen die Wand. „Was wolltest du hier?“, zischte er ihm ins Gesicht. „Wer schickt dich?“

Es folgte keine Antwort, nur heftige Atemzüge. Die Augen des Mannes waren hart und kalt wie Steine. Joana begriff, was Elias und Nicholas vermutlich längst wussten. Die Einbrecher waren Inanen, ihres Willens beraubte Menschen. Werkzeuge. Sklaven eines Dämons. Wenn Nicholas diesen Inanen nicht manipulieren konnte, musste der Herr des Mannes mächtiger sein als der Nybbas.

Ein Krachen riss sie aus ihren Gedanken. Von Nicholas’ Faust getroffen schlug der Kopf des Hünen gegen die Wand. Er wehrte sich nicht, hob nicht einmal die Arme.

„Wer schickt dich?“, wiederholte Nicholas.

Seine nächsten Schläge platzierte er auf Höhe von Magen und Leber. Der andere keuchte, stöhnte, gab jedoch kein Wort preis. Nicholas zog die Smith & Wesson aus seinem Hosenbund, zielte und drückte noch in der Bewegung ab. Blut sprühte aus dem zerschossenen Knie, der Mann schrie auf und sein Bein gab unter ihm nach. Nicholas presste ihn mit der freien Hand an der Kehle gegen die Wand und verhinderte, dass er fiel. Der Mann röchelte, seine Adern im Gesicht schwollen an. In Nicholas’ Augen glänzte sadistische Lust. Er hielt dem Killer den Revolver an die Nase.

„In der Trommel sind noch zwei Kugeln, du Held. Sag mir, wer dich schickt, und die nächste beendet dein Leben. Schweig, und sie wird sehr, sehr wehtun. Du wirst noch Stunden um die letzte betteln.“

„Fick dich.“ Der Kerl schloss die Augen, als wäre es ihm egal.

In Nicholas’ Knurren vibrierten zugleich Wut und

Freude, als er abdrückte. Blut spritzte, die Kugel schlug in die Zimmerdecke ein. Der Mann brüllte, versuchte mit den Händen die fleischigen Fetzen zu berühren, die zuvor seine Nase gewesen waren. Sein Geschrei versoff in einem Gurgeln. Nicholas schleuderte ihn quer durchs Zimmer, setzte ihm nach und warf ihn neben dem Bett zu Boden. Joana biss sich vor Schock in einen taub gewordenen Finger. Nicholas setzte sein Knie zwischen den Schulterblättern des Mannes auf und griff ihm ins Haar, riss den Kopf hoch. Dann brachte er sein Gesicht nah an das des anderen. Die blutverschmierten Züge des Killers waren leer, in Nicholas' dagegen stand bösartiger Zorn. Seine Nasenlöcher weiteten sich, als er den Blutgeruch einsog.

Er genoss, was er tat.

Seine Lust pulsierte in der Luft und verschlang den Sauerstoff. Joana griff an den Türrahmen. Ihr schwindelte. In ihrem Inneren verwischten zwei Bilder, die sich nicht vereinen durften. Es war immer alles sorgsam voneinander getrennt gewesen. Nicholas, der Mann, den sie liebte und der sie liebte, auf der einen Seite. Der Mann, der zärtlich war, witzig und wortgewandt. Auf der anderen Seite stand der Dämon; das wild kämpfende Monster mit seiner animalischen Blutrunst. Es war Teil von ihm und doch etwas völlig Gegensätzliches. Wie zwei Seelen in einer Brust. Bis zu diesem Moment. Diesmal hatte er seinen Menschenkörper nicht fallen lassen, nicht im Leib des Dämons gekämpft.

Ein Dämon war er dennoch.

Nicholas schlug den Kopf des Mannes auf den Parkettboden, zog ihn wieder hoch. Er beobachtete das aus den Wunden sprudelnde Blut mit einem faszinierten Lächeln.

„Mehr? Willst du mehr? Es tut nichts zur Sache, was du willst. Ich will mehr."

Dieser Moment zerstörte alle Illusionen.

Nicholas war ebenso ein Monster wie der Nybbas in ihm. Zum ersten Mal wurde Joana in aller Deutlichkeit bewusst, dass die Grenze, die sie gezogen hatte, nur in ihrer Fantasie existierte. In Wirklichkeit gab es keine Grenze. Die beiden Seelen waren eins.

Erneut hämmerte Nicholas das Gesicht seines Opfers auf den Boden. Wieder und wieder. Knirschend brachen weitere Knochen. Blutrinnsale liefen aus Nase und Mund des Killers, bahnten sich karmesinrote Wege über das helle Holz. Nicholas ließ seine Wut zügellos heraus und schlug blind auf den Mann ein. Er sprach nicht länger, er grollte wortlos und wild. So sehr sie seinen Zorn verstand, die Euphorie, mit der er den längst wehrlosen Menschen folterte, machte ihr Angst. Mehr noch, es stieß sie ab und erschütterte sie. Wäre es ihr gelungen, so hätte sie sich abgewandt. Sie hörte sich flüstern. „Hör auf. Hör endlich auf. Es ist genug."

Doch Nicholas beachtete sie nicht, wahrscheinlich hörte er sie nicht. Ganz sicher hatte er noch lange nicht genug.

„Mann, es reicht!"

Der Ilyan trat näher. Nicholas versetzte ihm einen Stoß, ohne den Blick von seinem Opfer zu lösen.

„Nick!", brüllte der Racheengel. „Der Typ kann dir nichts sagen, man hat es ihm verboten. Reg dich ab und leg ihn um."

Er neigte den Kopf in Joanas Richtung und Nicholas sah auf. In seinem Gesicht verschwamm die Lust am Töten zu einem Ausdruck von Besorgnis. Stück für Stück, wie die Farben in einem Kaleidoskop verliefen und dabei absonderliche Muster bildeten, die es eigentlich nicht geben konnte. Der Boden schwankte unter Joana. Nicholas stand auf, schoss dem Mann in den Kopf, ohne auch nur hinzuschauen. Blut und Hirnwasser spritzten gegen seine Hose und bis an Joanas nackte Füße. Er kam auf sie zu, während ihr Sichtfeld sich um ihn herum verdunkelte. Die Schwärze rahmte ihn ein und wurde dichter. Als er den Revolver beiseitewarf und die blutverschmierte Hand nach ihr ausstreckte, spürte sie ihre Knie nachgeben. Er fing sie auf und presste sie an seine Brust, hielt sie fest und strich ihr übers Haar. Etwas Feuchtes klebte ihr die Locken an den Kopf. Sein Hemd roch bitter nach Schweiß, Blut und Schmauch. All das nahm ihr den Atem und es wurde dunkel.

~*~

Joana war nicht ernsthaft verletzt, das spürte Nicholas. Doch als nach wenigen Sekunden der Ohnmacht ihre Lider wieder flatterten und ein erschöpftes Stöhnen über ihre Lippen kam, schlug ihm die Erleichterung regelrecht ins Gesicht.

„Hey Jo, was machst du denn?“ Er zwang sich zu einem Lächeln. „Musst du mich so erschrecken?“

„Tut mir leid.“

Ihre Stimme blieb tonlos. Die sie umgebende Aura aus Angst und Abscheu blendete seine Sinne. Er hob sie hoch und trug sie nach unten. Sie protestierte nicht, was ihn erschreckte, wusste er doch, wie sehr sie schwache Momente hasste. Doch nun ließ sie es ohne verschämte Kommentare geschehen. Seine Hüfte brannte, er ignorierte es. Der Typ, der ihn mit einem Streifschuss erwischt hatte, lag tot auf den unteren Treppenstufen, Nicholas' leergeschossene Glock daneben. Er stieß sie mit dem Fuß beiseite.

Im Wohnzimmer legte er Joana auf der Couch ab, dem einzigen Möbelstück, das noch an seinem Platz stand. Er zog eine Wolldecke über ihre Beine und strich ihr über die Wange. Sie zuckte unter seiner Berührung zurück. Für einen Moment schmerzte das mehr als die Schussverletzung. Dann registrierte er, dass seine Hände mit Blut besudelt waren, das wenigste davon sein eigenes.

„Ich bin gleich zurück."

In der Küche wusch er seine Hände und tränkte ein Tuch mit warmem Wasser. Aus dem Radio dudelte Musik, ein langweiliger Popsong, der niemandem etwas getan hatte. Nervtötend. Statt das Gerät abzuschalten, fegte er es von der Fensterbank und es verstummte.

Der Dämon grollte immer noch voller Gier in seinem Körper. Ihn zu beherrschen fiel schwer. Zu allem Überfluss war im Eisfach kein Coolpack zu finden, sondern nur eine Tüte tiefgefrorener Erbsen. Die mussten reichen. Ihm klingelte noch der Ellbogen von den Rückschlägen der beiden Schüsse aus der S & W. Joana hatte die Wucht vermutlich das Handgelenk gestaucht oder gar die Finger gebrochen. Allein der Gedanke reichte aus, um den Wunsch anzufeuern, dem toten Kerlen ein weiteres Mal mitten ins Gesicht zu schießen.

Stattdessen ging er zurück ins Wohnzimmer, wo Joana aufgerichtet auf der Couch kauerte. Die Decke hatte sie um ihre Schultern gewickelt. Der Ilyan kniete vor ihr und hielt ihre Hand zwischen seinen. Nicholas spannte die Fäuste an, Hitze schoss in seinen Kopf.

Er kühlt nur ihre Finger, redete er sich ein. Es half nicht wirklich.

Der Ilyan wich sofort zurück, als hätte er Nicholas' Eifersucht gespürt. Besser für ihn. Joana schenkte ihm ein dankbares Lächeln und mied Nicholas' Blick. Ihre Verwirrung lag wie ein störender Geruch in der Luft, und die Emotionen verdichteten sich unter jeder seiner Berührungen. Sie zitterte, als jagten Blitze durch ihren Körper. Er verstand nicht, warum sie derart unter Schock stand. Sie hatte Schlimmeres mit größerer Nervenstärke überstanden.

„Ist dir wirklich nichts passiert?" Er kühlte ihre Hände und wischte ihr das Gesicht mit dem feuchten Tuch ab. „Oder magst du keine Erbsen?"

Der flache Scherz erreichte sie nicht, sie presste die Lippen aufeinander und starrte auf ihre Finger. „Wer waren diese Männer?", flüsterte sie.

„Späher." Das Wort gab seinem Zorn erneut Zunder und die darauf folgenden Überlegungen ließen diesen ausbrechen wie einen Vulkan. Die Erklärung konnte er nur noch knurren. „Nur Inanen. Völlig chancenlos gegen uns. Sie wussten, dass du allein warst." Er drehte sich zu dem Ilyan um. Den Zusammenhang sah er erst jetzt. „Ich frage mich, woher."

Der Racheengel wich zurück, obgleich er in diesem Körper nicht nur stärker als Nicholas, sondern zudem mit einem Anderthalbhänder bewaffnet war. Nicholas stand auf und trieb ihn langsam rückwärts.

„Wie eigenartig, dass von Dämonen gesteuerte Killer auftauchen, kaum dass du uns gefunden hast."

Der Ilyan stieß mit dem Rücken gegen die Wand. „Du irrst dich, Nick. Was immer du glaubst – es ist nicht wahr."

„Seltsam, dass du dich plötzlich für alte Autos interessierst und mich begleiten wolltest, statt bei ihr zu bleiben.“

„Ich hab mit diesen Typen nichts zu tun.“

„So ein Zufall, dass Joana fast erschossen wird, kaum eine Stunde, nachdem du dich an einer lächerlichen Drohung versuchst.“

„Nicholas, ich …“

„Halt dein dreckiges Maul, Verräter!“

Er presste den Ilyan mit dem Unterarm gegen die Wand, packte nach seiner Schwerthand, doch der Ilyan entwand sich mühelos seinem Griff. In dämonischer Gestalt war er ihm überlegen. Keine Sekunde später spürte Nicholas die Klinge an seiner Halsbeuge. Joana schrie heiser auf. Nicholas lachte dem Ilyan ins Gesicht.

„Tu's. Na los, tu, wonach es dir verlangt. Aber du weißt, mein Kleiner, dass ich dich danach in Stücke reißen werde.“

„Ich will nicht mit dir kämpfen, Nick. Aber ich tu es, wenn du nicht endlich dein Misstrauen ablegst.“

Ein Faustschlag traf den Ilyan in den Magen, aber der reagierte kaum. Nur das Schwert vibrierte. Kaltes Metall zog einen feinen Schnitt durch Nicholas' Haut, er spürte warme Blutstropfen über sein Schlüsselbein rinnen.

„Du hast sie hergeführt.“ Adrenalin glühte wie Lava in seinen Adern. Es kreischte in seinem Kopf, erschütterte seinen Verstand. Der Nybbas wollte dem Ruf folgen, tobte in seiner Hülle, doch Nicholas hielt ihn zurück. Dies war sein Kampf. Sein Ilyan sollte nicht chancenlos fallen. „Nur deiner Rache wegen verrätst du mich erneut. Ich hätte mich deinem Hass gestellt, Elias, wenn du mich darum gebeten hättest.

Ebenso dem Zorn des Luzifers. Ich laufe nicht weg. Alles, was ich wollte, war Zeit. Ein Menschenleben Zeit nur. Dreck noch mal, ist das zu viel verlangt?"

Er rammte die Faust dicht neben dem Kopf des Ilyan gegen die Wand. Putz bröckelte. Der junge Dämon stand unbeweglich, sah aus der starren Maske auf ihn nieder. Das Schwert zuckte, Nicholas erwartete weiteren Schmerz, tieferen. Doch der Ilyan warf seine Waffe in einer knappen Bewegung zu Boden.

„Ich will nicht gegen dich kämpfen", wiederholte er.

Oh, aber Nicholas wollte. Doch dann schlossen sich kühle Hände von hinten um seinen Arm. Joana klapperte vor Angst mit den Zähnen. Angst, die seine Atemluft stickig machte. Aber ihr Gesicht schien beherrscht.

„Er kann uns nicht verraten haben. Sie hätten keine hilflosen Menschen geschickt, wenn sie sicher gewesen wären, uns zu finden. Du hattest recht, es waren nur Späher. Bauernopfer. Dass sie nicht zurückkommen, wird dem Dämon, der sie geschickt hat, nur eins sagen. Nämlich, dass sie dich gefunden haben." Sie schluckte schwer. „Ginge es ihm um Rache, hätte er mich längst töten können, Nicholas. Komm, lass ihn los."

Keines ihrer Worte dämpfte seinen Zorn. Zudem lag ihrer Theorie ein entscheidender Fehler zugrunde. Die Menschen hatte man ihretwegen geschickt. Dämonen konnte Joana bannen, zumindest dachten die anderen Dämonen, dass sie es konnte. Menschen gegenüber war sie wehrlos.

„Halt dich da raus." Er versuchte, ihr seinen Arm zu entreißen, doch sie rückte näher, griff an seine Hüfte und fasste direkt in die Schussverletzung. Es gelang ihm nicht, den kurzen Schmerzlaut zu unterdrücken.

„Du blutest ja.“

Sie betrachtete erschrocken ihre Finger, stieß angestrengt Luft aus und lehnte ihre Stirn gegen seinen Oberarm. Ihre zwiespältigen Gefühle straften die vertrauensvolle Geste Lügen. Sie verwirrten ihn.

„Komm schon“, bat sie leise. „Lass uns nach der Verletzung sehen. Hör endlich auf. Das alles macht mir Angst. Ich ertrage es nicht, dich so zu sehen. Du machst mir eine ganz beschissene Angst.“

Er ließ den Ilyan los und fuhr so jäh herum, dass Joana ins Taumeln geriet. Die Wut brannte in ihm, als er beide stehen ließ und zur Tür stürmte. Sie verlangte Unmögliches. Nach allem, was passiert war, wollte er nicht kämpfen, nein, er musste es. Es bebte in ihm. Er war im Recht!

Doch gegen Joana zu kämpfen, kam nicht infrage. Jeder weitere Schlag hätte unweigerlich auch sie getroffen, tief in ihrem Inneren. Sie wusste das und nutzte seine Schwäche. Er verließ das Zimmer, ignorierte ihre Rufe. Die Tür schlug er derart heftig hinter sich zu, dass die Wucht sie wieder aufwarf. Gut so, er hätte sie auch nicht mit dem Ilyan allein gelassen. Er zwang sich zum Stehenbleiben und brachte sich unter Kontrolle.

Das war es also, was sie so schockiert hatte. Nicht die Killer. Nein, Killer ließen jemanden wie Joana kalt. Nicht der Körper des Nybbas, den fand sie nur abscheulich, weshalb er ihn kaum mehr hinausließ. Sein wahres Wesen war es, das sie entsetzte. Ganz allein er, und alles, was er tatsächlich darstellte.

Der Zorn über diese Tatsache brannte nur intensiver, da Nicholas nichts und niemanden fand, auf den er ihn projizieren konnte. Wer trug Schuld daran? Er selbst? Joana? Womöglich Lorenna, die den Nybbas erschaffen hatte, doch die war längst tot. Sie zu hassen würde ihm nichts mehr geben.

Plötzlich hörte er Joana schluchzen und schoss ins Wohnzimmer, bereit, Elias seine verfluchten Federn einzeln auszureißen, wenn er sie angefasst hatte. Doch der Ilyan stand im hinteren Teil des Raumes. Joana zuckte bei Nicholas' plötzlichem Auftauchen zusammen und unterdrückte einen Schrei. Sie kniete neben der Tür inmitten des Durcheinanders aus Kleidung, Büchern und CDs. Offenbar hatten die Dreckskerle ihre Taschen durchwühlt und dabei nichts verschont. Sie hielt ein zerfetztes Buch auf dem Schoß, es bebte in ihren Händen.

„Jo?" Er versuchte es sanft, doch seine Stimme klang brutal, und sie schien sich emotional vor dem Kosenamen zu ducken.

„Lass mich einen Moment allein."

Es gab ihm einen Stich, dass sie ihn nicht sehen wollte, und einen noch viel schmerzhafteren, da sie Elias nicht wegschickte.

„Gut, aber nur kurz", antwortete er kühl. „Wir brechen auf, so schnell es geht. Ich bereite alles vor. Elias?" Nicholas ließ sich zu keinem Blick in die Richtung des Ilyans herab. „Ich habe eine Aufgabe für dich, du Vogel. Flatter ab."

5

Joana hätte die letzten Stunden in ihrem Haus in Portugal gern aus ihrer Erinnerung gelöscht. Oder weggewischt, wie einen Fettfleck vom Fernsehbildschirm, den man im Moment des Entfernens bereits vergessen hat. Leider führt ebendieser Wunsch nach Vergessen meist dazu, dass sich Erinnerungen besonders tief ins Gedächtnis ätzen.

Die folgenden Tage waren kaum mehr als eine Aneinanderreihung von Ablenkungsmanövern. Nur nicht den Gedanken zulassen, dass es sich um Flucht handelte. Nicht daran denken, dass es ein Dämon war, der an ihrer Seite floh. Nicholas hatte eine Gasleitung manipuliert, da ein heftiger Brand die einfachste und schnellste Möglichkeit war, die Leichen zu entsorgen und Kampfspuren zu verwischen.

Die Explosion war noch in mehreren Kilometern Entfernung zu spüren gewesen, wo Joana wartete. Für die portugiesische Polizei war es ein misslungenes Attentat, bei dem nicht die Hausbewohner umgekommen waren, sondern die Attentäter. Auf dem Revier erklärte Nicholas das Ganze damit, dass er ein Aussteiger einer fanatischen Motorradgang war, und man an ihm Rache nehmen wollte. Zeugen, die eine Gruppe randalierender Rocker in Loulé gesehen hatten, untermauerten die Aussage. Ob man ihm glaubte oder er mental nachhalf, war Joana unklar. Auf jeden Fall hatten die Beamten Verständnis, dass er seine verstörte Frau aus dem Land bringen wollte.

Frau. Auf ihrem gefälschten Pass – dem dritten innerhalb weniger Monate – stand nun der gleiche Nachname wie auf seinem. Ânjâm, Nicholas und Joana Ânjâm. Sie fragte sich, was der Name bedeutete. Er hatte ihr einmal erzählt, dass seine Namen immer eine Bedeutung trugen. Doch sie sprach ihn nicht darauf an. Sie wusste, dass er alles für sie tat. Er selbst wäre vermutlich einfach verschwunden und hätte das Haus, die Leichen und auch die Oldtimer-Werkstatt sich selbst überlassen. Aber er kannte ihre Träume, er wusste, dass die Aussicht auf eine Rückkehr ihr Halt gab. So schuf er die Möglichkeit, ohne ein Wort darüber zu verlieren.

Ebenso wenige Worte verloren sie über ein Ziel ihrer Reise. Sie hatten sich darauf geeinigt, mögliche Verfolger zu verwirren, indem sie ohne Plan und ohne feste Richtung drauflosfuhren. Dreihundert Kilometer nach Osten, danach hundert Kilometer zurück nach Westen, eine Stunde gen Süden und dann im Zickzackkurs quer durchs Land. Portugal, Spanien, Zwischenstopp in Andorra, schließlich Frankreich. Rockmusik dröhnte permanent aus den Boxen und machte das Schweigen erträglich.

Eine Übernachtung in einer winzigen Pension in Toulouse, eine weitere Nacht in einem sündhaft teuren Hotel bei Saint Tropez. Ein Sechs-Gänge-Menü zum Dinner und Panoramablick aufs Mittelmeer inklusive. Später eine Absteige, in der die Kakerlaken so groß waren, dass nach Joanas Versuch, sie in die Kanalisation zu befördern, der Duschabfluss verstopfte. Ein Café au Lait, ohne ein Wort in einem Bistro unter dem Eiffelturm getrunken, der sich von Millionen von Lichtern beleuchtet vor einem indigoblauen Abendhimmel abzeichnete. Landstraßen wurden zu achtspurigen Autobahnen und dann zu engen Pässen in den Bergen. Hochhausschluchten verwandelten sich in Dörfer, die aussahen, als hätten sie sich in den letzten hundert Jahren nicht verändert. Weinlaub in allen Schattierungen von Gold, Ocker, Bordeaux und Orange ließ die Plantagen zu beiden Seiten der Straßen wie flammende Felder wirken. Dahinter lagen die Berge, von sattgrünen Wäldern überzogen. Die Lavendeläcker der Provence waren bereits ergraut, dufteten dennoch, und schimmerten im Mondlicht silbern. Wolken quollen über den Himmel und entluden ihren Regen. Graupel prasselte auf die Windschutzscheibe sowie in den Wagen, wenn Nicholas zum Rauchen das Fenster öffnete.

Sie blieben nirgendwo länger als zwei Nächte. Joana wollte nicht verharren, es trieb sie weiter. Sie fuhr am liebsten selbst und hielt erst, wenn sie so müde war, dass für lange Gespräche keine Energie mehr blieb.

In abgelegenen Gegenden pausierten sie und Nicholas ließ Joana mit der neu gekauften Beretta Schießübungen machen. Im Wagen verlangte er von ihr, die Waffe auseinanderzunehmen und wieder zusammenzubauen, wenn er fuhr. Fuhr Joana, sollte sie das Nach- und Durchladen üben, ohne den Blick von der Straße zu nehmen. Irgendwo besorgte Nicholas eine Armbrust. STRYKER stand auf deren Seite. Joana wunderte sich, wie schwer und umständlich die Waffe in den Händen lag, und was er damit vorhatte.

„Unhandlich und auffällig“, erklärte Nicholas, während er ihr zeigte, wie man damit anlegte, „aber dafür ist sie lautlos und hat keinen Rückschlag. Die Bolzen bekommen eine Geschwindigkeit von bis zu vierhundertfünfzig Stundenkilometer – sie zerfetzen Knochen, als wären sie aus Pappmaschee. Durch die Spannhilfe brauchst du kaum Krafteinsatz und mit dem Zielfernrohr ist sie eine ideale Waffe auf Distanz.“

Auf Distanz. Natürlich.

Joana schoss einen neongelb befiederten Bolzen auf eine nahe Pappel und verfehlte um mehr als zwei Meter. Wen zum Geier sollte sie auf Distanz beschießen? Ihr drängte sich der böse Eindruck auf, dass es hier längst nicht mehr um Selbstverteidigung ging, und dieser Gedanke gefiel ihr ganz und gar nicht.

Nicholas beobachtete sie kritisch. „Wenn es hart auf hart kommt", meinte er sardonisch, „dann interessiert dich fairer Zweikampf einen feuchten Dreck. Dann musst du dein Leben retten. Mit allem, was du hast."

Nicholas blieb in ständigem Kontakt zu Elias, der nach England geflogen war, um etwas über den Auftraggeber der Inanen herauszufinden. Noch immer traute er Elias nicht. Joana spürte, dass er lieber selbst auf die Jagd gegangen wäre. Nicholas hasste es wegzulaufen, es zog ihn in die entgegengesetzte Richtung. Der Grund, der ihn abhielt, nach England zu fliegen, war sie. Dieses Argument würde bröckeln, sobald Elias eine Spur gefunden hatte – und sie fürchtete sich davor. Funklöcher wurden zu Erholungspausen in der Anspannung.

Joanas Verbindung zu Nicholas dagegen schien von ständigen Störungen belastet, als würde ein Rauschen aus Ambivalenz jede Kommunikation behindern. Sie verstand sich nicht mehr, und ihn noch weniger.

„Ich spüre deine Furcht", hatte er einmal im Wagen gesagt, ohne sie anzusehen, „aber ich verstehe sie nicht. Ich versuche es hinzunehmen, dass du für falsch erachtest, was für mich das einzig Richtige war, doch das ist nicht einfach."

„Für mich auch nicht, Nicholas."

„Ich weiß. Lass mich wissen, wenn du meine Nähe

wieder erträgst."

Zum ersten Mal, seitdem sie sich kannten, blieb er auf Distanz. Nicht im körperlichen Sinne, aber selbst wenn er sie in den Arm nahm, schien es, als hätte er eine hauchdünne Trennwand zwischen sich und ihr errichtet. Als berührte er nur noch ihre Haut, nicht aber sie selbst. Wenn ihr Albtraum sie nachts wach rüttelte, streichelte er wie immer ihr Haar, bis sie sich wieder entspannte, doch selbst diese Geste bekam nun etwas Mechanisches. Er ließ Joana schweigen, redete wenig, und sie wusste nicht, ob sie ihm danken oder ihn verfluchen sollte. In ihrem Inneren wünschte sie, er würde sich ihr erklären. Sein wildes, hasserfülltes Verhalten in Worte fassen, die sie begreifen konnte. Sie wünschte, er würde eine Entschuldigung aussprechen, oder ihr zumindest sagen, dass er sich in Zukunft bemühen wollte, sein Temperament zu kontrollieren. Er sollte ihr sagen, dass jeder Mann, ob Mensch oder Dämon, in dieser Situation dasselbe getan hätte.

Doch er tat nichts davon und letztlich war es das, wofür sie ihm dankbar war, denn es ließ sie verstehen, was wirklich in ihm vorging. In seinen Augen hatte er richtig gehandelt. Es gab nichts zu rechtfertigen und noch weniger zu entschuldigen. Er war er selbst gewesen. Er hatte getan, wonach es ihn verlangt hatte. Für jemanden wie ihn gab es vermutlich nichts, was sich richtiger anfühlte, als dem Verlangen nachzugehen. Jahrelang hatte er den Befehlen einer Nekromantin, der Dämonenbeschwörerin Lorenna, gehorchen müssen, die sogar über seine Empfindungen regiert hatte. Gefühle ausleben zu können, wie sie ihn überkamen, bedeutete Freiheit für Nicholas. Joana wusste, wie wichtig ihm dies war.

Doch so leicht es fiel, sein Verhalten zu erklären, so schwer war es, zu vergessen, was er getan hatte. Wie er es getan hatte. Das Schlimmste war das Gefühl, dass sie es langsam selbst nicht mehr als Grausamkeit wahrnahm. Immerzu suchte sie Erklärungen und Rechtfertigungen, fand sie und ertappte sich bei dem Gedanken, dass sie vielleicht ähnlich reagieren würde, wäre sie dazu in der Lage.

~*~

Knappe zwei Wochen nach dem Überfall übernachteten sie in einem kleinen Hotel in Marseille. Nicholas hatte diese Stadt unbedingt besuchen wollen, aber keine Gründe genannt. Er verschwand am späten Abend, wie er es oft tat, um seinen speziellen Bedürfnissen nachzugehen. Auf Opfersuche ging er immer allein. Eine von Joanas Bedingungen lautete, nicht sehen zu wollen, welchen Menschen er Gefühle stahl. Trotzdem blieb an diesem Abend eine schmerzende Leere zurück, als er das Hotelzimmer verließ. Der gemütlich eingerichtete, in warmem Gelb und Terrakotta gehaltene Raum verhöhnte Joana. Sie konnte sich nicht erinnern, sich je einsamer gefühlt zu haben. Dabei war sie immer gern allein gewesen, hatte sich in Gesellschaft oft gelangweilt. Nun war alles anders. Vielleicht war sie mit einem Loch in ihrem Inneren geboren worden. Ein Loch, das sie nie als solches wahrgenommen hatte, da sie von klein auf daran gewöhnt war. Sascha hatte dieses Loch gefüllt, doch er war gewaltsam aus ihrem Leben gerissen worden. Und dann war Nicholas gekommen.

Möglich, dass sie nun auch ihn verlor, oder längst verloren hatte. Oder – und die Vorstellung klang noch schlimmer – es war nicht er, der diese Leere in ihr füllte, sondern nur eine Illusion von dem, was sie in ihm hatte sehen wollen. Etwas, das es nicht gab.

Als sie Deutschland mit ihm verlassen hatte, war ihr keine andere Wahl geblieben, selbst wenn sie nach einer gesucht hätte. Die Clerica jagten sie beide, ebenso die Dämonen, die den Tod des Paymon rächen wollten, den Nicholas getötet hatte. Ohne Nicholas hätte Joana keine Chance gehabt. Man hätte sie gefangen genommen und im besten Fall eingesperrt. Sie hatte sich nie die Frage erlaubt, ob sie unter abweichenden Umständen anders entschieden hätte.

Sie trat ans Fenster und sah hinaus. Das Hotel lag in einer schmalen Gasse, zu beiden Seiten drängten sich in Pastellfarben getünchte Häuser mit den typischen weiß umrahmten Fenstern dicht aneinander. Autos bahnten sich langsam ihre Wege und wichen vergnügungssüchtigen Passanten aus, die sorglos über die Straße schlenderten, weil sie auf der gegenüberliegenden Seite etwas Interessantes entdeckten. Die Menschen verschwanden unter den bunten Markisen, tauchten wieder auf, huschten unter die nächste. Sie spazierten von Rosa nach Hellblau, von Bar zu Restaurant, von Restaurant zu Diskothek, von Hellblau zu Mintgrün und wieder zurück in eine Bar. Junge Frauen drehten übermütig Pirouetten vor den leuchtenden Augen ihrer Begleiter. Flirteten. Lachten.

Joana wäre zur Ablenkung ebenfalls gern ausgegangen, doch Nicholas würde erst zurückkommen, wenn sie zu müde war. In den vergangenen Tagen blieb er immer länger weg. Normalerweise war es ihr recht. Es war schwer, seine Anwesenheit – denn als Nähe konnte sie es nicht mehr bezeichnen – zu ertragen, wenn diese so widersprüchliche Gefühle wachrief.

„Ich fürchte mich vor dir", sprach etwas in ihrem Herzen. „Ich liebe dich, selbst für deine Grausamkeiten. Und fürchte mich vor mir selbst."

Als sie spürte, dass es in ihren Augen brannte, ging sie ins Bad, zog sich aus und stellte sich unter die Dusche, wo ihre Tränen unsichtbar blieben.

Sie hatte bereits geschlafen, als Nicholas zurückkehrte. Reglos blieb sie liegen, die Augen geschlossen. An den Geräuschen hörte sie, dass er im Bad verschwand und schließlich zum Bett kam. Er seufzte und ließ sich neben ihr nieder, ohne sich zuzudecken. Vermutlich hatte er sich nicht einmal ausgezogen; fast als wollte er gleich wieder gehen. Das Zimmer blieb dunkel, doch von einer nahen Straßenlaterne drang so viel Licht durchs Fenster, dass Joana etwas sehen konnte. Eine Weile spürte sie seine Blicke im Rücken, dann spielte er mit einer ihrer noch feuchten Haarsträhnen. Sie wollte so gern mit ihm reden, doch fand keine Worte.

„Du kannst irgendetwas sagen", flüsterte er. „Mir ist egal, was."

Innerlich zuckte Joana zusammen. „Liest du neuerdings meine Gedanken? Warst du auf einer Fortbildung für dämonische Fähigkeiten?"

„Nein." Er lachte nicht. „Ich spüre deine Unsicherheit. Wenn du schläfst, verströmst du andere Gefühle."

Was ihr Unterbewusstsein ihm nachts offenbarte, wollte sie lieber nicht wissen. Es war kein angenehmer Gedanke, jede Nacht völlig entblößt neben ihm zu liegen.

Nun lachte er doch, wenn auch leise. „Keine Angst. Wenn Menschen schlafen, spüre ich alles und nichts in ihren Emotionen. Im Schlaf etwas klar herauszuwittern, wäre die Suche nach einer Nadel im Heuhaufen.“ Er rückte näher, sodass sein Gesicht in ihrem Haar vergraben lag. „Deine Träume gehören dir.“

Sie dachte, sich unter der Dusche hinreichend ausgeweint zu haben, aber nun schwammen ihre Augen schon wieder. Beim angestrengten Versuch, sowohl ihre Gefühle zu verbergen, als auch die Tränen zu unterdrücken, hielt sie die Luft an. Er verspannte sich, sie spürte es an der winzigen Stelle, wo sich ihre Körper berührten.

„Ich will dir erklären, wie meine Welt funktioniert“, sagte er. Es klang belanglos, aber das war es nicht und sie lauschte auf jedes Wort. „Du machst einen Fehler und schon hetzt dir jemand hinterher, dem das nicht passt. Er wird dich schnell bekommen, sehr schnell, denn du bist nicht feige. Du läufst nicht weg. Die Angst vor Konfrontation ist winzig im Vergleich zum Schmerz der Schande, den du spürst, wenn du wegrennst wie ein Hase.“ Er sprach sanft, sein Atem streifte warm ihren Nacken, aber an einem Unterton erkannte Joana, dass er dagegen ankämpfte, die Zähne zu fletschen. „Du wirst gefunden und zahlst den Preis für deinen Fehler. In manchen Fällen bist du hinterher tot. In anderen Fällen bist du im Recht, weil der andere tot ist. In jedem Fall ist die Sache dann erledigt, soweit niemand hinter dem anderen stand. Ansonsten geht das Ganze von vorne los.“

„Hast du schon viele solche Fehler gemacht?“

„Du bist der erste.“

Nun war es Joana, die die Zähne aufeinanderschlug. Das hatte gesessen. „Du betrachtest mich als Fehler?“

„Soll ich lügen?“

Seinen Worten zum Trotz strich er zart über ihren

Oberarm. Natürlich hatte er recht. Wenn sie nicht wäre, wenn sie sich nicht verliebt hätten, müsste er nicht fliehen, um ihr Leben zu schützen. Sie hatte sich die Überlegungen nach dem Bereuen immer verboten, was ihre Gefühle betraf. Ob er es bereute, fragte sie sich dagegen ständig.

„Du warst ein furchtbarer Fehler, Jo." Immer noch streichelte er ihren Oberarm, wanderte mit den Fingern zu ihrer Schulter und ihrem Hals. „Deinetwegen verlangt der erste Fürst der Hölle nach meinem Kopf, um ihn als Trophäe über sein Bett zu hängen. Wegen dir fühle ich mich wie ein Feigling. Du lehrst mich Dinge, die ich nicht lernen sollte. Mal angenommen, ich hätte eine Wahl …"

„Willst du mir ein schlechtes Gewissen machen?", unterbrach sie ihn. Es war eine sachliche Überlegung, kein Vorwurf.

„Ja." Lächelte er? Sie meinte es, in seiner Stimme zu hören. „Ja, denn anders kann ich auf deine Grausamkeiten nicht mehr reagieren. Es gibt Augenblicke, in denen ich dich schütteln möchte; dich schlagen, würgen, deinen Kopf an den Haaren packen und an die nächste Wand donnern. Noch häufiger will ich einfach nur jedes Gefühl aus dir heraussaugen, um wenigstens deinen Körper für mich zu haben."

Er sagte dies mit einem Enthusiasmus, als plante er einen Tag in Disneyland, aber seine Finger zitterten kaum wahrnehmbar an ihrer Kehle. Ein Zeichen, dass er dies durchaus ernst meinte.

„Was hindert dich?" Bewegungslos blieb sie liegen und staunte, wie lässig sie diese Offenbarungen hinnahm. Ihr Selbsterhaltungstrieb hatte schon bessere Tage gesehen.

„Ich würde es vielleicht bereuen."

Wie vertrauenerweckend. Ein morbider Teil in ihrem Kopf kreierte einen Werbeslogan für eine Lebensversicherung. ‚Wir töten Sie nicht – wir würden es vielleicht bereuen.' Sie kicherte, es klang nicht einmal hysterisch.

„Fakt ist", fuhr Nicholas ungerührt fort, „dass ich nie bereue. Möchtest du ein Beispiel? Es gab einmal einen Dämon, der mich aus dem Bann befreite, aus dem schrecklichsten Zustand, den ich mir vorstellen kann. Er holte mich da raus und hielt mich tage-, wochenlang fest, damit ich mich im Wahn nicht umbrachte. Ich schulde ihm mein Leben, meinen Verstand, meine Freiheit, und alles, was ich habe. Weißt du, was ich getan habe?"

Sie konnte sich denken, auf wen es hinauslief. Auf Alexander. Den Whiro.

Ehe sie antworten konnte, sagte Nicholas leidenschaftlich: „Ich habe ihn in den Bann gelockt. Ihn dem Schrecklichsten ausgeliefert, was es für unsereins gibt."

„Weil er uns töten wollte."

„Ich brachte ihm das Einzige ins Haus, wovor er sich fürchtete. Wer könnte es ihm verübeln, mich dafür zu töten?" Seine Finger bewegten sich zärtlich über ihre Schlagader. „Er bereut, mich gerettet zu haben, da sei dir sicher. Nur ich, ich bereue nie. Aber ich fürchte, auch in diesem Fall würdest du mich neue Erfahrungen machen lassen. Erfahrungen, auf die ich verzichten möchte."

„Time-out." Sie griff nach seiner Hand, die immer noch an ihrem Hals lag, und betrachtete seine Finger zwischen ihren. „Du bereust nie etwas, siehst mich aber als einen Fehler? Logikfehler, Nicholas."

Er schüttelte den Kopf. Die Bewegung zog an ihren

Haaren, auf denen er lag. „Nach allem, was passiert ist, wäre es Schönmalerei, dich keinen Fehler zu nennen. Allerdings, und das wollte ich dir sagen, bevor du mich unterbrochen hast, bist du der wundervollste Fehler meines Lebens. Hätte ich erneut die Wahl, würde ich bereuen, ihn nicht zu begehen."

Ein Lächeln schlich in Joanas Gesicht, sie schmiegte ihren Rücken an seine Brust, fuhr mit den Lippen die rauen Narben nach, die sich quer über seinen Puls zogen, und mit den Fingern die flammenartigen Tätowierungen auf seinem Unterarm.

Nicholas schnaubte trocken. „Eigentlich wollte ich, dass du dich jetzt schlecht fühlst. Mindestens so schlecht wie ich. Aber offenbar bin ich deinen Grausamkeiten nicht nur ausgeliefert, sondern auch hoffnungslos unterlegen. Macht das Spaß?"

„Typisch. Kaum fühle ich mich besser, wirst du ungerecht."

„Ungerecht", wiederholte er gedehnt. „Ja, es ist vermutlich ungerecht, aus Angst um jemanden den Verstand zu verlieren. Eine seelenlose Bestie zu töten, weil sie einem das nehmen wollte, was man braucht, ist sicher auch ungerecht. Ach, und ich vergaß: Es ist schrecklich ungerecht, nicht einfach hinzunehmen, dass man von jemandem, den man liebt, für ein Monster gehalten wird."

Joana biss sich auf die Unterlippe. Er litt unter ihrem Verhalten, aber dachte er, sie würde mit Absicht so fühlen? „Hättest du dich anders verhalten, wenn ich nicht in Gefahr gewesen wäre?" Ihre Stimme zitterte, weil sie die Antwort kannte. „Angenommen ich wäre nicht dabei gewesen. Hättest du den Inanen dann nicht gefoltert?"

Er sprang so schnell auf, dass Joana erschrak. Eiskalt sagte er: „Du hast keine Ahnung, was Folter ist. Wenn du nicht da gewesen wärst, Joana, wenn ich meinen Verstand beisammengehabt hätte, dann hätte ich ihn wirklich gefoltert."

Sie drehte sich langsam um, beobachtete, wie er im engen Zimmer auf und ab lief. Drei lange Schritte vom Bett bis zur Tür, drei zurück. Eine Hand in der Hosentasche, eine am Kinn. Die typische Haltung, wenn es ihn nach einer Zigarette verlangte.

„Siehst du. Das meine ich."

Nicholas blieb unvermittelt stehen. Ein Grinsen kräuselte seine Lippen, es wirkte eher bitter als amüsiert. „Ich hatte mir das anders vorgestellt", murmelte er, als spräche er zu sich selbst.

Er griff nach einem flachen Paket, das auf der Kommode lag. Joana hatte es zuvor nicht gesehen, er musste es mitgebracht haben. Eine Weile betrachtete er es, dann warf er es neben ihr aufs Bett.

„Was ist das?" Im schummrigen Licht erkannte sie nur, dass es in grobes Packpapier gewickelt war.

„Ein Geschenk."

„Für mich?"

Er verzog das Gesicht zu einem mokanten Für-wen-sonst?. Joana berührte das Paket zaghaft, als würde es ihr jeden Moment um die Ohren fliegen. Das war gar nicht so unwahrscheinlich. Womöglich machte ihre Kampfausbildung Fortschritte und in den nächsten Unterrichtsstunden ging es um TNT und Plastiksprengstoff. Sie wollte trotzdem riskieren, das Papier vorsichtig zu öffnen, als Nicholas' Handy klingelte.

Er stieß den Atem aus, nahm den Anruf aber an. „Elias, was ist?"

Er lauschte. Zeit verging, viel zu viel Zeit, in der er

kein Wort sagte. Seine Gesichtszüge versteinerten. Dann folgte ausgerechnet das, was Joana am wenigsten hören wollte.

„Das ist große Scheiße. Ich komme."

Er schwieg, offenbar redete Elias nun wieder, und was Nicholas darauf erwiderte, verstand Joana nur bruchstückhaft. Er schimpfte Elias einen bescheuerten Idioten, fragte mehrmals, ob er sicher sei, drohte, ihn zu rupfen wie ein Huhn, und wurde dann still. In ihren Ohren rauschte es, nur ihr Herzschlag unterbrach das störende Geräusch.

„Was ist passiert?", hauchte sie, als Nicholas auflegte, ans Fenster trat und hinaussah. Auf der Straße fuhr ein Auto vorbei und tauchte seine ausdruckslose Miene erst in weißes Leuchten und dann in das rötliche der Rücklichter.

„Erinnerst du dich an die Droge, von der ich dir erzählte, Jo?"

Wie hätte sie das vergessen können? Bevor sie sich kennengelernt hatten, ließ Nicholas im Auftrag eines höherrangigen Dämons in Hamburg ein Medikament entwickeln, mit dessen Hilfe Menschen manipuliert werden sollten. Ihre Feinde hatten das Mittel nutzen wollen, um auch Joana aus dem Weg zu räumen.

„Tja, das Zeug ist aufgetaucht. Und offenbar wirkt es inzwischen." Er schüttelte den Kopf, als könnte er es nicht glauben. „Ich hab mir gleich gedacht, dass da etwas faul sein musste. Kein Dämon befehligt so viele Inanen zugleich."

„Die Männer, die bei uns eingebrochen sind, standen unter Drogen?" Joana richtete sich im Bett auf. Sie wusste nicht, ob sie dies noch schauriger finden sollte als die Vorstellung, man hätte diesen Männern die Gefühle geraubt und sie willenlos gemacht.

„Sie waren Inanen. Emotionslos. Aber man hat durch das Mittel nachgeholfen, um sie zu kontrollieren. Elias hat weitere gefunden."

„Wie kann das sein? Die Clerica haben die Firma sicherlich durchsucht. Wie kann diese Droge trotzdem in die Hände von anderen Dämonen geraten sein?"

„Lillian", antwortete Nicholas in einem fragenden Tonfall, als wunderte es ihn, dass sie selbst nicht auf die Idee kam. „Die Nabeshima. Vor dem Kampf sicherte sie alle Daten. Für jemanden, der hin und wieder aus seiner Haut fährt, gibt es dazu nur eine Lösung: Das Ganze wird per E-Mail an eine geheime Adresse verschickt und alle Beweise werden gelöscht."

Joana fror, sie zog die Decke bis zum Hals hoch. „Was bedeutet das?"

„Dass ich nach England fliegen werde. Allein."

6

„Nein!“

Joana sprang so schnell auf, dass sie fast gestolpert und aus dem Bett gefallen wäre. „Du kannst jetzt nicht gehen, bitte nicht, ich …“

Nicholas fuhr mit einem zischenden Geräusch zu ihr herum und fasste sie grob an den Schultern. „Warum nicht?“, herrschte er sie an. „Weil du Angst hast? Bin ich gut genug, um dein Bodyguard zu sein, auch wenn du dich eigentlich vor mir fürchtest? Dann fürchtest du dich noch nicht genug.“

Pure Wut schüttelte Joana. Wut auf sich, auf ihn, auf diese verfluchten Welten, die sich unterschiedlich drehen mussten, was Einigkeit so schwer machte.

„Ich will mich nicht vor dir fürchten, verdammt!“

Sie ignorierte, mit welch bedrohlicher Kraft er ihre Schultern umschloss und legte ihre Hände in seinen Nacken, um ihn festzuhalten oder sich selbst; was aufs Gleiche hinauslief. Er starrte an ihr vorbei.

„Da steht etwas zwischen uns, Nicholas. Eine Wand. Wenn du jetzt gehst, dann verlieren wir uns.“ Dass ihre größte Angst darin bestand, dass er nicht zurückkommen würde, sprach sie nicht aus.

Sein Blick war kühl und unergründlich. „Ist vielleicht besser so.“ Er lachte, leise und abfällig. „Joana, ich habe diese Droge mitentwickelt. Ich kann nicht erlauben, dass sie in falsche Hände gerät.“

Eine Welle aus Aggression überflutete ihre Gedanken. „Ach, bekommst du jetzt Gewissensbisse? Wirst du plötzlich zum Menschenfreund und musst die Welt retten?“

„Diese Menschen interessieren mich einen Dreck“,

gab er eisig zurück. Sie hätte sich gerne eingeredet, er würde sich kälter geben, als er wirklich war. Leider wusste sie zu gut, dass dies naiv wäre. Er sprach die Wahrheit. „Aber das Zeug wird gegen uns eingesetzt, Jo. Gegen mich und dich. Da hat mir jemand persönlich den Krieg erklärt, und zwar auf äußerst arrogante Weise, indem er meine eigene Waffe auf mich abfeuert. Ich muss das klären. Sofort."

„Nein", wollte sie scharf entgegnen, stattdessen kam der Widerspruch in einem Schluchzen.

Wie konnte sie ihn abhalten wollen, gegen den Dämon anzutreten, der diese Droge unter die Menschen brachte? Wer auch immer die Menschen mit dem Mittel willenlos machte, musste aufgehalten werden. Und sie hielt Nicholas davon ab. Sie schämte sich für ihren feigen Egoismus, doch Fakt war, dass ihre Angst um ihn einfach größer war als die Sorge um fremde Menschen. Schließlich würde er allein einer Übermacht gegenüberstehen. War das nicht ohnehin ein aussichtsloses Unterfangen?

Sie berührte sein Kinn und seine Wange, wo sich die Bartstoppeln wie Sand unter ihren Fingern anfühlten. Fuhr über seine Lippen. „Lass mich jetzt nicht allein", bat sie, nur ein Wispern. „Ich brauch ein wenig Zeit, Nicholas. Alles in mir weiß, dass ich dir vertrauen kann, bitte gib mir ein paar Tage Zeit, bis ich es mir selbst wieder glaube. Ich brauche dich, bleib hier."

Sie suchte mit dem Mund nach seinen Lippen und ließ nicht zu, dass er sich abwandte. Zunächst erwiderte er ihren Kuss nicht, sondern nahm ihn passiv hin, jeden Muskel angespannt. Sie presste das Becken gegen seines, zwang ihren Körper gewaltsam an seinen. Er schnappte regelrecht nach ihr, als sie nicht von ihm abließ, und mit der Zunge über seine Unterlippe fuhr. Worte, die ihr so schwerfielen, dass sie sie erst ein einziges Mal ausgesprochen hatte, kamen ganz leicht über ihre Lippen und berührten seinen Mund.

„Ich liebe dich."

Sie rissen seine Beherrschung ein wie ein Kartenhaus, aus dem nun ein wildes Tier ausbrach. Er grub eine Hand in ihr Haar, die andere schoss unter ihr T-Shirt und umfasste ihre Brust wie ein Ertrinkender einen Rettungsring. Sein Kuss wurde so leidenschaftlich, dass es an Brutalität grenzte. Er zerrte Joana herum, presste sie mit dem Kreuz gegen die Fensterbank. Seine Erregung wuchs an ihrem Unterleib, drückte sich hart und verlangend an ihren Körper. Hastig glitten ihre Hände unter sein Hemd, über seinen nackten Brustkorb, wollten so schnell es ging so viel wie möglich von ihm berühren, jeden Muskel einzeln spüren und keinen Herzschlag verpassen. Mit Druck fuhr sie über die Hämatome an seinen Rippen, die davon zeugten, dass er im ständigen Kampf mit seinem freiheitsliebenden Inneren stand. Er fühlte sich so gut an. Seine Zunge stieß in ihren Mund und sandte kleine Wellen aus Elektrizität durch ihren Körper, die sich erst in ihrem Schoß verloren. Wann hatte er ihr zuletzt gezeigt, wie sehr er sie begehrte? Es waren nur gute zwei Wochen gewesen, in denen er Abstand zu ihr gehalten hatte, aber es fühlte sich an, als wären sie beide in dieser Zeitspanne vollkommen ausgehungert.

„Und du nennst mich einen Sadisten", stieß er zwischen zwei Küssen atemlos hervor. „Gegen deine Grausamkeit bin ich ein Waisenkna…" Das Wort verlor sich in einem Stöhnen, als sie die Nägel in seine Schultern grub. „Ah, verdammt, Jo. Mach damit weiter und ich beweise dir, dass du gut daran tust, Angst vor mir zu haben.“

„Tu das.“ Sie ließ den Kopf in den Nacken sinken, genoss das Kratzen seiner Zähne an ihrem Hals und den Druck seiner Hände, die überall zu sein schienen. „Gib mir endlich einen Grund.“

Er ging rückwärts aufs Bett zu, zog sie mit und ließ sich nach hinten fallen. Als er auf der Matratze landete, gab er einen kleinen Schmerzlaut von sich, der in einem derben Fluch mündete. Er zerrte das Paket, auf dem er unsanft aufgekommen war, unter seinem Rücken hervor und betrachtete es für einen Moment, als wollte er die nächstliegende Wand damit einwerfen.

Joana musste kichern. „Darf ich es auspacken?“ Zunächst war es nur ein Scherz. Ihr Körper verlangte feucht und heiß nach ganz anderen Geschenken zum Auspacken, ihre Finger zitterten beim Öffnen seiner Hemdknöpfe, aber sein göttlicher Blick war die kleine Verzögerung wert. Nicholas verharrte ungläubig in der Bewegung, das Päckchen mit einer Hand in die Luft gehalten.

„Jetzt? Kleines, meine Shorts fangen gleich Feuer, ich möchte hören, wie du schreist – und du willst erst …?“

Sie senkte den Kopf, zog einen Schmollmund und schlug die Lider hoch. „Bitte.“

Sekundenlang starrte er sie an, dann schnaubte er resigniert und legte es ihr in die Hände. „Ich bin hart im Nehmen, also pack es aus, Foltermeisterin. Pack es schnell aus.“

~*~

Joana rutschte von seinem Schoß, knipste die Nachttischleuchte an und kniete sich neben ihm aufs Bett. Eine Locke fiel ihr vors Gesicht, sie beachtete sie nicht. Behutsam öffnete sie die Klebestreifen und löste das Packpapier. Nicholas musste trotz der drängenden Erregung grinsen, als ihr der Mund aufklappte und ihre Augen tellergroß wurden. Es lag ein gewisser Eigennutz dahinter, ihr dieses Buch zu schenken. Er hörte ihr gern zu, wenn sie las. Immer schon hatte er es genossen, Menschen zu beobachten, wenn sie Bilder malten oder Fotografien anfertigten. Er genoss es, ihnen zu lauschen, wenn sie Musik machten oder sangen. Manchmal fragte er sich, warum er all das nicht selbst versuchte. Doch das hätte die Magie dieser Künste zerstört. Denn in dem Moment, wenn Menschen etwas taten, das sie liebten, webten sie ihre Gefühle hinein und erschufen einen Moment emotionaler Perfektion. Unerreichbar für seinesgleichen und dadurch kostbar. Wenn Joana vorlas, war das wie Musik. Ihre Bücher, selbst die trivialsten, glichen edlen Instrumenten.

Joana sah verstört zu ihm auf und riss ihn aus seinen Gedanken. „D-das ist … m-mein B-black Beauty Buch“, stammelte sie, nachdem sie ehrfürchtig den Einband aufgeschlagen hatte.

Dann, und das war nicht Teil seines Planes, brach sie in Tränen aus. Dass ihr vor Rührung die Augen feucht werden würden, hatte er vermutet. Doch mit der Heftigkeit, mit der sie sich an seine Brust warf, hatte er nicht rechnen können.

„Jo, alles in Ordnung?“

„Ja“, heulte sie und schüttelte den Kopf an seiner nassen Haut.

„Hab ich etwas falsch gemacht?“

„Nein.“ Jetzt nickte sie.

Nicholas spürte Trauer, Wut, aber zugleich auch ein köstlich süßes Gefühl, das wie Freude roch. Verwirrt streichelte er ihren Rücken, bis sie sich so weit beruhigt hatte, dass es ihr gelang, die Nase hochzuziehen, sich zu räuspern und aufzurichten.

„Entschuldigung“, fiepte sie, tastete in der Nachttischschublade nach einem Päckchen Taschentücher und schnäuzte sich. Dann fuhr sie mit der Spitze ihres Zeigefingers sanft die Schrift auf dem Leineneinband nach. „Verzeihung.“ Ein weiteres Räuspern. „Du hast ja keine Ahnung, was dieses Buch mir bedeutet. Es ist wirklich meines, oder? Du hast es mitgenommen und restaurieren lassen.“

„Ein paar Seiten musste der Buchbinder neu setzen. Das meiste ließ sich retten und ist aus den Überresten deines Buches neu gebunden.“ Nicholas blätterte zu einer der Stellen, an denen die Seiten eine Nuance heller war. „Es wurde zwar ein spezielles Papier verwendet, aber man sieht leider einen kleinen Unterschied.“

Joana starrte erst das Buch an, dann ihn und wieder das Buch. „Danke“, flüsterte sie. „Wenn du wüsstest, wie sehr ich an diesem alten Buch hänge.“

„Erzähl mir die Geschichte.“ Er wickelte sich eine ihrer Locken um zwei Finger, zog ihr Gesicht sacht an seines und küsste eine übrig gebliebene Träne von ihrer Haut. Ja, eindeutig süße Freudentränen.

„Die Geschichte von Black Beauty?“

„Dummer Mensch.“ Neckend zupfte er an ihrer Haarsträhne. „Die Geschichte dieses Buches.“

Sie lächelte, ein Moment reiner Glückseligkeit. „Es gehörte meinem Vater.“

Nicholas spürte in aller Deutlichkeit, wie sein Herz

einen Schlag ausließ und dann in doppelter Geschwindigkeit losraste. Er zog seine Hand zurück, sodass ihr das Haar ins Gesicht fiel. Innerhalb eines Augenblickes bildete sich Schweiß auf seiner Oberlippe. Dreck noch mal, warum hatte er gefragt?

Joana blätterte liebevoll in ihrem Buch. Das war sein großes Glück, denn ansonsten hätte sie ihn vermutlich erbleichen sehen. Ausgerechnet ein Erbstück ihres Vaters! Nicholas trug die Schuld an dessen Tod, und im Sterben schwor ihm der Clerica damals, dass er erst Ruhe finden würde, wenn sein Tod gerächt war. Von frühster Kindheit an quälten Albträume Joana und Nicholas konnte sich nur einen Grund vorstellen. Der Geist ihres Vaters verlangte, dass sie ihr Erbe antrat und auf Dämonenjagd ging.

Wenn das Schicksal Gestalt annehmen konnte, dann sollte es seine Brötchen als Comedian verdienen.

„Mein Vater war ein Pferdenarr", erzählte Joana mit vor Bewunderung sanfter Stimme. „Mama sagte immer, dass er ein guter Reiter war, und als Kind glaubte ich, es ihm nachmachen zu müssen, damit er", sie stockte und ein Hauch von Röte flog über ihre Wangen, „na ja, damit er im Himmel stolz auf mich wäre. Ich bettelte eine Ewigkeit, bis meine Mutter mich in der Reitschule anmeldete, obwohl wir uns das eigentlich nicht leisten konnten. Und als es so weit war, klappte überhaupt nichts."

Er lächelte bemüht, durfte sie seine Unruhe nicht spüren lassen. „Du hast sein Talent nicht geerbt?"

„Schlimmer. Ich hatte panische Angst vor den Pferden und hab die ganze Stunde gegen das Heulen ankämpfen müssen. Hinterher war ich völlig enttäuscht. Da schenkte meine Mutter mir dieses Buch aus seinem Nachlass. Sie meinte, ich könnte Pferde ja auch in meiner Fantasie lieben. Dann hätte ich meine Gemeinsamkeit mit meinem Vater und müsste ihnen dennoch nicht zu nahe kommen."

„Wie praktisch." Nicholas verbiss sich einen allzu sarkastischen Unterton. „Warum liest du keine Horror-Romane?"

Sie sah zu ihm auf, forschte lange in seinem Gesicht. „Es muss schwer für dich sein, wenn ich von meinen Eltern erzähle, habe ich recht?"

Irritiert schüttelte er den Kopf, antwortete zu schnell. „Warum sollte es?" Was ahnte sie?

„Weil du keine Eltern hast."

Er winkte ab. „Man vermisst nicht, was man nie kennengelernt hat."

„Das stimmt nicht." Sie ließ sich, ihr Buch an die Brust gedrückt, auf den Rücken sinken und legte ihren Kopf in seinen Schoß. „Ich habe meinen Vater vielleicht nie kennengelernt", sagte sie, und er wusste, dass sie nun ebendies aussprechen würde, was er als Letztes hören wollte. „Aber ich vermisse ihn schrecklich."

Dies war er, der Moment. Nicholas spürte es mit der Intensität, als raste ein ICE auf ihn zu. Es war der Augenblick, in dem er die Wahrheit sagen musste. Der Augenblick, auf den er gewartet hatte, seit er es wusste. Und er ließ ihn vorübergehen. Mehr noch, er verschloss die Erinnerung in sich, um sie dort vergammeln und verrotten zu lassen. Es war keine Lüge, redete er sich ein. Die Sache war lange her, er hatte nach dem Vorfall unbestimmte Zeit unter Felsen begraben gelegen. Er hätte es vergessen können. Wie er auch die Zeit unter Lorennas Leibdienerschaft vergessen hatte. Die Jahre im Bann.

Vergessen.

Vergessen wäre eine tolle Sache, wenn es funktionieren würde.

Joana streichelte über seine Brust und murmelte ihm müde und zufrieden etwas zu: „Du bist nicht immer ganz leicht im Handling, Nicholas. Aber irgendwie glaube ich, dass du doch ein gutes Herz hast.“

Wenn Joana eines perfektioniert hatte, dann, im richtigen Moment das Falsche zu sagen. Er genoss den bitteren Schmerz, den ihre Worte rissen. Den hatte er verdient. Er half darüber hinweg, dass sie litt.

„Ganz sicher sogar“, gab er zurück. „Es schlägt kräftig, regelmäßig und nach einem Systemabsturz fährt es immer brav wieder hoch. Es macht einen klasse Job. Das meinst du doch mit ‚gut‘, oder?“

Vor allem aber, dachte er, schlägt es für dich. Dieses sowie das nächste und das darauf folgende.

Es schien, als suchte sie nach einer Antwort, dann gab sie auf, seufzte amüsiert und küsste ihn.

Die folgende Nacht schlief sie zum ersten Mal seit vielen Tagen wieder in seinen Armen. Ihr Körper war erschöpft, lag süß verschwitzt an seinem, und duftete wie ihr Geist nach Befriedigung sowie Vertrauen. Vom Ticken der Uhr geweckt, erwachte Nicholas alle paar Minuten, nur um sich zu vergewissern, dass ihm noch Zeit blieb, und um sie einmal mehr an sich zu schmiegen und von ihrer friedlichen Entspannung gewärmt einzuschlafen.

Wenn er ehrlich war, kam die Droge in England genau zur rechten Zeit. Im Licht der Vernunft betrachtet, war es besser zu gehen, die offenen Rechnungen zu begleichen und nicht zurückzukommen. Joana wäre dann sicher. Der Luzifer hatte kein Interesse an ihr, er wollte nur ihn. Dummerweise wollte Nicholas nicht gehen.

Als der Morgen nicht mehr fern war und graue Schlieren in die Schwärze der Nacht malte, legte er ihr die Hand über die Augen und presste seine eigenen zu, sodass kein Lichtstrahl zwischen seinen Lidern hindurchgelangen würde.

Diese Nacht sollte nicht enden. Noch nicht.

Trotz des Fauxpas um Joanas Vater waren die folgenden beiden Tage wie Balsam auf wunden Seelen. Das umeinander Herumschleichen schien überwunden, oder zumindest auf Eis gelegt, da vorerst andere Belange dringlicher erschienen. Es vergingen keine drei Stunden am Stück ohne Streit oder Sex. Meist resultierte das eine aus dem anderen oder die beiden Komponenten flossen zusammen und ergaben einen höchst explosiven Cocktail, nach dessen Genuss sie sich im Arm hielten, keuchten und still aufeinander fluchten.

Nicholas bestand darauf, dass er nach England musste. Allein. Joana war anderer Ansicht und zückte das Handy, sobald er nur zu intensiv an das Buchen eines Fluges dachte, um ebenfalls ihre Reise zu organisieren. Für sie war die Sache einfach: In England sah sie kein Problem, doch sie wollte ihn begleiten. Die dort lauernden Gefahren betrachtete sie nicht als ernst zu nehmende Argumente. Nicholas tat dies sehr wohl.

Es dauerte achtzehn Stunden, bis er auf die Idee kam, ihr den Pass wegzunehmen. Wobei er aufgrund ihrer Gegenwehr gewaltsam vorgehen musste, sie zu Tode erschreckte und sich im Eifer des Gefechts eine Ohrfeige sowie einen Knietritt in äußerst empfindliche Körperregionen einhandelte. Am Flughafen bemerkte er, dass Joana der Idee des Passdiebstahls zuvorgekommen war. In seiner Brieftasche fand sich lediglich ein Post-it mit dem Hinweis:

„Ich freue mich, dich wiederzusehen. Und zwar sofort, wenn ich bitten darf! J."

Vielleicht wäre es ihm gelungen, die Menschen allesamt zu manipulieren und ohne Pass nach London zu fliegen, aber seine Wut zerfetzte die nötige Konzentration und schürte stattdessen unaussprechliche Lust, seiner Frau erst den Hintern zu versohlen und ihr danach Schlimmeres anzutun. Woraus nichts wurde, da sie vor Erleichterung in Tränen ausbrach, als er zornschnaubend ins Hotel zurückkehrte.

Insgeheim genoss er das liebevolle Gekabbel, auch wenn ihm klar war, dass er sich nicht ewig von Joana aufhalten lassen durfte. Andererseits musste auch nichts überstürzt werden. Wie alle Dämonen verfügte er über eine legere Einstellung, was Eile betraf. Die Ungewissheit, mit der diese Reise verbunden war, tat ihr Übriges.

Ausgerechnet ein Telefonat mit Joanas Mutter sollte sich als Zünglein an der Waage herausstellen und die Frage um die Englandreise klären. Es war ein Dienstagabend, einer der ersten wirklich kalten Tage. In den Regen hatte sich am Nachmittag Schnee gemischt. In schweren, nassen Flocken klatschte er zu Boden und schmolz auf dem Asphalt. Sie kamen vom Abendessen aus einem gemütlichen Bistro zurück ins Hotel, und während Joana ihren bodenlangen, mit Schmutzwasser vollgesogenen Rock gegen eine Sporthose tauschte, verschwand Nicholas im Bad. Als er zurückkehrte, saß sie mit weit aufgerissenen Augen im Schneidersitz auf dem Bett und stammelte in ihr Mobiltelefon.

„Unglaublich! … Ja, aber … Mein Gott! Nein, vergiss es!“

Er spürte, wie aufgeregt sie war, und zog fragend eine Braue hoch, doch sie wedelte nur abweisend mit der freien Hand und formte mit den Lippen das Wort ‚Später‘.

„Ich fasse es nicht, dass du dieses Thema nicht einfach ruhen lassen kannst!“, fuhr sie fort, ihre Aufmerksamkeit wieder ganz auf das Handy gerichtet. „Nein, das war keine gute Idee. Überhaupt nicht. Halt dich da raus, ich habe keine Lust, dass du diesen Psychos in die Hände fällst.“

Sie stritt also mit ihrer Mutter. Interessant. Nicholas beschloss, das Gespräch zu verkürzen, indem er sich einen Stuhl heranzog, sich falsch herum draufsetzte, die Arme über der Lehne verschränkt, und Joana mit seinem Blick durchbohrte. Das funktionierte immer, sie konnte nicht telefonieren, wenn er sie anstierte. Wie erwartet brach sie das Gespräch rasch ab und war nicht einmal böse über die Störung.

„Sie hat den Verstand verloren“, erklärte sie, und sprach so akzentuiert, als redete sie zu einem kleinen Kind. „Meine Mutter hat eine abtrünnige Clerica ausfindig gemacht, die mich ausbilden will. Mama badet immer zu heiß, musst du wissen, dabei scheint ihr Gehirn eingelaufen zu sein.“

Sie vergrub das Gesicht in den Händen, raufte dann ihre Haare und begann zu erzählen. Mary Sievers war nach Joanas Flucht unter falschem Namen nach Berlin gezogen, um weder Dämonen noch Clerica die Möglichkeit zu bieten, sie zu bedrohen, und damit Joana unter Druck zu setzen. Dort hatte sie eine alte Bekannte ihres verstorbenen Mannes getroffen und diese wiederum hatte Kontakt zu einer weiteren Bekannten hergestellt. Rut Jensdóttir war Isländerin, hatte in Deutschland studiert und war dort zur Clerica ausgebildet worden. Nach einigen Jahren war es zwischen ihr und einer Dämonin zu einer Freundschaft gekommen, und nachdem sie verhindert hatte, dass man diese Dämonin bannte, verstieß man sie. Letztlich war sie mit ihrer Freundin geflohen.

„Meine Mutter hat sie in Island ausfindig gemacht." Joana warf Nicholas einen bösen Blick zu, als wäre es seine Schuld. Sie teilte ihr Haar im Nacken und kämmte es unstet mit den Fingern. „Sie hat ihr unsere Geschichte in Ansätzen erzählt. Außerdem besteht da wohl noch eine Art alte Schuld. Mein Vater hat dieser Rut Jensdóttir wohl mal das Leben gerettet. Zumindest hat sie behauptet, dass sie mir möglicherweise beibringen kann, was ich wissen muss, wenn ich zu ihr nach Island reise." Sie stieß ein abfälliges Zischen aus und wischte ihr Haar nervös wieder nach hinten.

„Wow." Nicholas musste sich das durch den Kopf gehen lassen. Es würde sein Leben wahrhaft einfacher machen, wenn Joana die Möglichkeit hätte, sich effektiv gegen Dämonen zu verteidigen. Weiterhin wäre sie aus der Schusslinie, während er sich um das Problem in England kümmern könnte. In erster Linie aber würde all dies ihr eigenes Leben sicherer machen. „Und warum behagt dir die Sache nicht?"

Ihre Augen wurden schmal. „Warum sie mir nicht behagt? Nicholas, ich will mit diesem Verein wirklich nichts mehr zu tun haben."

„Diese Isländerin offenbar auch nicht. Wo liegt dein Problem, Jo?"

Sie öffnete den Mund, um etwas zu erwidern, unterließ es aber und blickte zu Boden. Als sie wieder sprach, war ihre Stimme leise geworden. „Mein Leben lang hat meine Mutter mich belogen. Um mich zu schützen, das glaube ich ihr gern. Aber sie hat nichts daraus gelernt. Selbst jetzt mischt sie sich in meine Belange ein. Ungefragt. Ist es so schwer zu verstehen, dass ich ein normales Leben führen will?“

„Das ist so leicht zu verstehen, wie es unmöglich ist.“ Zumindest solange sie dieses Leben an seiner Seite verbringen wollte, aber das sprach er nicht aus. „Das geht nicht mehr, Süße. Und das weißt du selbst. Ich will nicht, dass du schutzlos bleibst. Ich will, dass du jedem Dämon, der dir zu nahe kommt, den Arsch aufreißt, ehe er auch nur ‚Buh!‘ sagen kann. Du musst dorthin und lernen.“

Sie schob die Unterlippe vor. Es sollte wohl trotzig wirken, aber auf ihn hatte es eher eine verlockende Wirkung.

„Ich wollte diesen Hokuspokus nie.“

„Auch nicht, wenn er dein Leben retten kann?“

„Es soll gar nicht so weit kommen, dass es nötig wird.“ Sie zögerte, sah ihn lange an. „Ist das ein naiver Wunsch?“

„Mehr als naiv. Fast schon dumm würde ich sagen.“ Und das war noch untertrieben.

Sie nickte stumm. An der Art, wie sie die Schultern straffte, erkannte er, dass sie ihm recht gab, wenn auch ungern. Sie seufzte. „Soll ich unseren Flug buchen?“

„Nur deinen Flug.“

„Du kommst nicht mit?“

„Nein.“

Sie schnappte nach Luft, schlug heftig die Zähne zusammen. „Das ist nicht dein Ernst.“ Dann verwandelte sich der ungläubige Ausdruck in ihrem Gesicht in ein Lächeln. Ein boshaftes Lächeln. Dabei sehr, sehr sexy. „Wusstest du“, fragte sie schmeichelnd, „dass es bis auf die Dämonenfreundin Rut Jensdóttir keine Clerica auf Island gibt?“

„Das klingt verlockend.“ Den Menschenkörper wieder einmal fallen lassen zu können und unbehelligt den Schatten von der geliebten Freiheit kosten zu lassen, ohne dafür sofort gejagt zu werden, klang sogar schmerzhaft verlockend. „Trotzdem geht das nicht. Nicht jetzt, Jo. Diese Droge in der Blutlaufbahn der Inanen war ein Hinweis. Eine Fährte, der ich nachgehen muss.“

„Ich glaube, dass es eine Falle ist“, verbesserte Joana.

„Auch möglich, das tut aber nichts zur Sache.“

„Dann willst du also mit offenen Augen in diese Falle stiefeln, während ich mich hilflos einer Frau ausliefere, die mit einer Dämonin in einem Haus wohnt?“

Touché. Die Dämonin war ein verdammt gutes Argument. Dämonen war nicht zu trauen. Nie.

„Meine Mutter sagte, es handle sich um eine Bluttrinkerin.“ Joana strich sich beiläufig über den Hals. „Wenn du mich loswerden willst, dann sag es mir doch, ehe du mich einem Dämon frei Haus lieferst, als wäre ich eine Pizza.“

Bluttrinkerin? Scheiße.

Seit Lillian, die Nabeshima, die ihm wie eine Freundin gewesen war, ihn damals verraten hatte, reichte schon der Gedanke an einen dieser Wadenbeißer, um sein Blut vor Wut und der nagenden Erinnerung an Schmerz brodeln zu lassen. Joana wusste das und spielte ihren Trumpf ungerührt aus. Grässlich, wie leicht sie ihn durchschaute.

„Okay.“ Er unterdrückte ein Seufzen. „Du lernst diese Banngeschichte und ich mache ein paar Tage Urlaub in Island und passe auf deine Arterien auf.“

Sie wirkte zufrieden. „Abgemacht. Und danach fliegen wir nach England. Gemeinsam. Sobald ich die Bannzauber erst vernünftig einsetzen kann, bin ich dir auch eine Hilfe und keine Last. Wer auch immer dort auf dich wartet, wenn ich erst eine Clerica bin, dann machen wir sie gemeinsam fertig!“

Es würde in die Hölle schneien, ehe er mit ihr zusammen feindliche Dämonen jagte. Aber nach weiteren Diskussionen stand ihm nicht der Sinn, so zog er den Mund breit und zuckte mit den Schultern. „Dann buche meinetwegen unsere Flüge. Sobald du meinen Pass wieder rausrückst, können wir los.“

„Thema Pass …“

Er schnitt ihr das Wort ab. „Hast du ihn vernichtet? Dann ist es deine Schuld, wenn's länger dauert.“

„Das meine ich nicht. Ich frage mich nur, was hinter dem Namen steckt. Ânjâm. Was heißt das?“

„Du heißt so, Joana.“ Genüsslich registrierte er ihre aufschäumende Neugier. Sie war immer neugierig auf ihn gewesen. Vielleicht hatte er sich auch ein wenig in ihre Neugierde verliebt; damals, als er noch nicht gewusst hatte, dass diese Frau ihm mehr bedeuten sollte, als er es sich je hätte träumen lassen. „Dass ich auch so heiße, war reine Bequemlichkeit. Mir fiel auf Anhieb kein zweiter Name ein. Irgendwann verrate ich dir, was er bedeutet. Aber noch nicht.“

„Ich könnte es googeln.“

„Könntest du. Aber du wirst es nicht tun, weil ich es spüren würde.“ Er griff sich theatralisch an die Brust und sah ihr flehend in die Augen. „Es würde mir das Herz brechen, dich nicht am perfekten Tag damit zu überraschen."

„Per…fekter Tag?" Röte schoss ihr ins Gesicht, so heftig, dass Hitze von ihrer Haut abstrahlte, so, wie er es erwartet hatte. „Hat das irgendetwas mit den dämonischen Ritualen zu tun, von denen Elias sprach?"

Oh, sein Lieblingsmensch war so herrlich leicht aus der Fassung zu bringen.

„Vielleicht", meinte er und reichte ihr das Handy, bevor sie weitere Fragen stellen konnte. „Warne Island vor, Jo. Wir kommen. Es soll dort übrigens recht frisch sein, du weißt, was das bedeutet."

„Oh nein. Alles, aber das nicht!"

„Oh doch." Er setzte seine sardonischste Miene auf. „Wir gehen shoppen."

7

Elias war frustriert. Der Sprühregen nervte. Die schwarz glänzenden Pfützen auf dem Kopfsteinpflaster, in denen die Farben der Neonreklameschilder schwammen, noch mehr. Seit er in London angekommen war, regnete es ununterbrochen. Die kalte Nässe bereitete ihm Kopfschmerzen. Im Grunde störte ihn alles, seitdem er der kleinen Annie begegnet war. Nicholas' Misstrauen und schroffe Abweisung bei ihrem letzten Zusammentreffen hatten das nicht besser gemacht. Als Spürhund war er ihm dagegen gut genug. Vielen Dank auch, sehr gnädig. Er hasste Nicholas dafür. Noch mehr hasste er sich selbst, da er Nicks Job im gleichen Augenblick zu seiner obersten Priorität erklärt hatte. Nun jagte er Tag und Nacht den Spuren nach, die im englischen Regen verwässerten, zu Nebel wurden und ungreifbar um ihn herumgeisterten. Um ihn zu verhöhnen, wozu auch sonst?

Eine ihm bekannte Dämonin hatte ihm bezüglich der Inanen-Rockergang schnell weiterhelfen können und verraten, dass sie häufiger in einem Londoner Club gesehen wurden. Über den Dämon, der dahinter stand und an den Fäden zog, verlor sie kein Wort. Dass sie nichts wusste, glaubte er ihr nicht. Sie hatte Angst.

So war Elias in London geblieben und hatte sich in einem Hotel in Soho einquartiert. Wenige Tage später krönte ein erster Erfolg seine Suche. Im nahen Chinatown war ihm eine kleine Gruppe randalierender Kerle über den Weg gelaufen. Er hatte sofort gespürt, dass etwas nicht stimmte. Da es in London jedoch vor Clerica nur so wimmelte, war er gezwungen, in seinem schwachen Menschenkörper zu bleiben. Statt sie anzugreifen, hatte er die Polizei gerufen. Wie erwartet war es zu Festnahmen gekommen, bei der sie auch Elias Handschellen anlegten und er sich auf die Wache abführen lassen musste. Dort angekommen hatte er das Missverständnis aufgeklärt und kam mit einer Zeugenaussage davon, während den Inanen, die erbitterten Widerstand leisteten, Blut abgenommen wurde, um es auf Drogen zu untersuchen. Eine Probe zu stehlen war nicht leicht gewesen. Elias hatte innerlich übel geflucht, nicht mit ähnlichen Fähigkeiten wie Nicholas bedacht worden zu sein, doch schließlich war es ihm gelungen. Später in der Nacht hatte er nur noch in eine schlecht gesicherte Arztpraxis einbrechen müssen, wo er ein Mikroskop und alle Utensilien fand, die er benötigte, um das Blut des Inanen auf Spuren von Obs11, Obsequium11, wie Nicholas' Designerdroge bei Meyers' Pharmazeutika offiziell genannt wurde, zu analysieren. Volltreffer. Wie gut, dass er als Mädchen für alles bei Meyers' auch im Labor eingesetzt worden war und demnach wusste, was er tat.

Er grinste beim Gedanken an Nicks zornige Reaktion, als er ihm Bericht erstattet hatte. Machte er sich etwa Sorgen um ihn? Das war ja rührselig.

Seit diesem Erfolg war Elias allerdings kein Stück weitergekommen. Er war den Inanen nach deren Freilassung unauffällig gefolgt, hatte aber keinerlei Hinweise gefunden, dass sie in Kontakt zu einem Dämon standen. Zwei ihrer Wohnungen hatte er bereits durchsucht, war in einem Fall erwischt und zur Flucht gezwungen worden, wodurch er es nicht mehr geschafft hatte, seine Spuren zu verwischen. Na toll, demnach wussten sie, dass sie unter Beobachtung standen. Er dagegen wusste verdammt noch mal nichts. Niente, nada, nothing.

Noch dazu ging ihm das Alleinsein an die Substanz. Er hasste es, längere Zeit allein zu sein. Unter Menschen fühlte er sich immerzu allein, selbst wenn er sich, wie an diesem Abend, mit einer Haschtüte betäubte, um sich ihnen ähnlicher zu fühlen. Nachdem er etwas geraucht hatte, war die Kluft zwischen ihm und den Menschen nicht mehr so gewaltig. Leider ließ der Stoff viel zu schnell nach und die Realität packte ihn wieder im Nacken. Wenn wenigstens Nicholas endlich seinen Hintern nach England bewegen würde. Aber der wollte zunächst Joana in Sicherheit bringen. Tolle Idee – wie stellte er sich das vor? Wollte er sie auf den Mond schießen?

Inzwischen war es halb elf am Abend. Von Trance-Klängen aus seinem iPod begleitet, schlenderte er am Royal National Theatre vorbei, das er trotz seines königlichen Namens nur als hässlichen Betonblock bezeichnen konnte. Linker Hand lag die Queen Elisabeth Hall. Die war ebenso grau und optisch noch weniger ansprechend. Als er die Themse vor sich ausmachte, fühlte er sich an den Hamburger Hafen mit seinen klotzigen Bauten erinnert. Es roch sogar ähnlich. Nach Dreck im Wasser, Abgasen und ein wenig nach Diesel. Der Regen kräuselte die Wasseroberfläche, sodass die Lichtreflexionen darin tanzten, die die Straßenlaternen auf der Waterloo-Bridge hineinwarfen.

Als er die Brücke betrat, bemerkte er einen dunkelgrünen Jaguar auf der anderen Straßenseite, der ihn schon zweimal passiert hatte. Elias hätte sich gerne eingeredet, zu irren, doch in solchen Punkten tat er das nie. Die Aufmerksamkeit, mit der er Dinge registrierte, die er nur aus dem Augenwinkel wahrnahm, war seine große Stärke.

Mit gesenktem Kopf schlenderte er weiter, gab vor, nichts bemerkt zu haben. Nach einigen Metern bremste ein Auto an seiner Seite ab, rollte in Schrittgeschwindigkeit neben ihm her. Scheiße, es war der Jaguar. Er wusste nicht gleich, warum, aber es fühlte sich mies an. Der Schatten in seinem Inneren schmolz zusammen, als wollte er seine Präsenz verbergen. Elias ließ den Blick nach links schweifen, fort von dem Wagen, der sich beharrlich neben ihm hielt.

Hinter der Hungerbridge malte das gewaltige Riesenrad London Eye einen blau leuchtenden Zwilling in die Themse. Der Westminster-Palast hob sich golden vor dem wolkenverhangenen Nachthimmel ab. In gewisser Weise schien ihn diese Richtung zu rufen.

Komm schon, lass den Körper fallen, hau nur schnell ab da.

Er tat es nicht, überzeugt, dass eine Flucht aussichtslos war. Der Jaguar rollte noch, doch nun öffnete sich die hintere Tür und eine zierliche Frau setzte mit einem geschmeidigen Sprung hinaus. Sie sprach ihn an, doch er musste zunächst den Kopfhörer aus dem Ohr ziehen, um sie zu verstehen, und außerdem achtgeben, dass ihm der Mund nicht aufklappte. Die junge Frau verkörperte optische Perfektion. Mit ihren langen, gewellten blonden Haaren, den großen braunen Augen und der milchweißen Haut war sie das schönste Wesen, das ihm je unter die Augen gekommen war. Gleichzeitig verströmte sie eine Energie, die so machtvoll und finster war, dass ihm übel wurde. Es war, als ginge ein unerträglicher Gestank von ihr aus, nur dass es nichts nützen würde, die Luft anzuhalten, weil dieser Geruch ihm durch jede Pore in den Körper drang. Elias war der Ilyan, ein Racheengel – und ihm gegenüber stand ein Wesen, an welchem es nicht möglich war, sich zu rächen, obwohl es dies mehr verdient hatte als irgendjemand sonst auf der Welt.

„Du bist also Elias“, sagte sie sanft und trat an seine Seite.

Zusammen gingen sie weiter die Brücke entlang, gaben nichts auf das Hupen, mit dem andere Autos am Jaguar vorbeifuhren, der immer noch neben ihnen blieb. Elias' Hände schwitzten, er grub sie tiefer in die Taschen seines Parkas.

Als er nicht antwortete, lächelte sie. „Ich hörte, du suchst nach mir. Du mischst meine Inanen auf, ich weiß nicht, ob ich das gutheißen kann.“

Er fragte nicht nach ihrem Namen. Bei der Kraft, die sie ausstrahlte, kamen ohnehin nicht viele infrage. Allenfalls sieben, wenn man die Macht, Inanen zu schaffen bedachte, dann noch weniger. Der erste Name, der ihm einfiel, war der Letzte, mit dem er es hätte aufnehmen können.

„Du fürchtest dich ja vor mir“, stellte sie amüsiert fest. „Das ist gut. Sehr vernünftig. Ich wünschte, alle wären so respektvoll wie du, mein Kleiner, dann hätte ich weit weniger Scherereien.“

„Ich mach niemandem Scherereien“, murmelte Elias. Scheiße, er machte sich fast in die Hose und schämte sich für seine Feigheit. Er biss die Zähne zusammen und überlegte, was Nicholas in dieser Situation tun würde.

„Oh, da kenne ich dich aber besser, Elias. Ich weiß so einiges von dir.“

„Lass mich raten. Von der Nabeshima.“ Es war typisch für die Dämonin, die sich früher Lillian genannt hatte, sich mächtige Freunde zu suchen. Mit den Informationen über Nicholas und seine Droge galt die Freundschaft zu ihr vermutlich als wertvoll. „Von ihr hast du auch die Zusammensetzung von Obs11. Was musstet ihr an der Rezeptur ändern, damit es wirkt, ohne die Leute umzubringen?“

„Das wissen wir noch nicht.“ Sie seufzte, aber es schien ihr keine Sorgen zu bereiten. „Wir haben Wissenschaftler in den Reihen unserer Anhänger, so fähig wie willfährig. Eine von Englands vielversprechendsten Forschungsinstitutionen hat keine anderen Ziele, außer mich glücklich zu machen. Und doch ist es uns noch nicht gelungen, Obsequium11 vollständig auszuarbeiten. Bei normalen Menschen wirkt es nicht. Ihr Herz hält der Belastung nicht stand. Inanen allerdings sind nicht so empfindlich, bei ihnen funktioniert es ausgezeichnet.“

Nicht dumm. Elias wollte anerkennend pfeifen, doch seine Lippen waren so trocken, dass der Versuch misslang. Er konzentrierte sich auf das Geräusch, das ihre Füße auf dem Asphalt verursachten. Es hatte etwas Beruhigendes.

Die Frau hob eine Hand und berührte seinen Oberarm. „Du zitterst vor Furcht, mein Junge. Vielleicht musst du dich gar nicht vor mir fürchten.“

Im Licht eines vorbeifahrenden Motorrollers riskierte er einen knappen Blick in ihre Augen. Sie waren warm, erinnerten ihn an süße, geschmolzene Milchschokolade und machten keinen hinterlistigen Eindruck. Nein, sie zeigte ganz offen, dass sie mit analytischer Präzision in seinem Gesicht forschte. Sie konnte seine Gedanken nicht lesen, doch sie las in seinen Zügen, und ihm war klar, dass ihr nichts von dem entgehen würde, was er dachte.

„Wir sind uns sehr ähnlich, du und ich.“ Ihre Hand

ruhte immer noch auf seinem Arm, als wollte sie ihn führen. „Und du verfügst über etwas, das ich gerne hätte. Nichts Bedeutsames, es ist nur ein Kontakt."

Luzifer. Er hatte es vermutet, aber ihre Worte bliesen die Ahnung davon und legten Gewissheit frei. Er sprach mit dem ersten Fürsten, dem Luzifer. Der hinter Nicholas her war.

„Ich weiß nicht, wo der Nybbas zu finden ist", log er unwillkürlich. „Ich würde es dir sagen, wenn ich es wüsste, denn ich hasse ihn schon lange, aber …"

Sie unterbrach ihn mit einem Schnalzen ihrer Zunge. „Hat es sich also erneut als Märchen herausgestellt, dass Engel immer die Wahrheit sagen? Böser Junge. Ich würde es bedauern, mich ernsthaft über dich ärgern zu müssen, Elias, also sei ehrlich zu mir."

Sie sprach mit ihm wie mit einem Welpen, den man zwar schimpfen musste, ihm aber nicht böse sein konnte. Doch das täuschte. Der Luzifer konnte mehr als nur böse werden. Elias lief Schweiß zwischen den Schulterblättern hinab. Angstschweiß. Nun dankte er dem Regen, denn ansonsten würde sie sehen, dass auch seine Stirn feucht war vor Nervosität.

„Was willst du von Nicholas?"

„Nur mit ihm reden, Elias." Sie sprach so glaubhaft, dass er ihr gerne vertraut hätte. „Über alte Zeiten. Leider gibt es ein Problem. Du weißt, wovon ich rede. Dasselbe Problem hält auch dich von ihm fern, habe ich recht?"

„Joana?" Elias entwich ein Schnauben. Sie hatte recht, Joana machte Nicholas für sie beide unerreichbar, wenn auch aus unterschiedlichen Gründen. Nicholas war ihm gegenüber nie wirklich offen gewesen, aber seitdem Joana an seiner Seite war, trat er ihn mit Füßen. Er hatte Elias nun nicht mehr nötig.

„Es war ein kluger Schachzug von ihm, sich mit einer Jägerin zu verbünden“, sagte sie. „Ein Dämon ist besiegbar, eine Clerica ebenso. Doch wenn sie ihre Kräfte vereinen, hat diese Mischung das Potenzial großer Macht. Ich wusste immer, dass er gerissen ist, doch mit diesem Clou hat dieser Gauner selbst mich überrascht.“

Elias erwähnte nicht, was wirklich hinter dieser Beziehung stand. Sein Schweigen war es, das zu viel verriet.

„Dann lebt sie also noch.“ Die Frau sah ihn scharf an und er begriff zu spät, dass die Chance, für Joanas Sicherheit zu lügen, vertan war. Er wandte den Blick ab.

„Dir ist doch klar, dass ich ihn aufhalten muss, Elias. Als Fürst habe ich Macht, die mit Verantwortung einhergeht. Die Verbindung von Dämon und Clerica ist gefährlich für unsere Art sowie für die Menschen. Wer sollte sie aufhalten, wenn sie gegenseitig ihre Schwachstellen schützen? Mische ich mich nicht ein, können sie unaufhaltsam werden. Das dürfen wir nicht zulassen. Du weißt das.“

Für einen Moment betrachtete er seine Spiegelung, die sich verzerrt auf dem nassen Lack des Jaguars abzeichnete. Konnte er zum Verräter werden? Er hatte Nicholas oft verraten wollen, und es in letzter Konsequenz doch nie über sich gebracht. Aber zuvor hatte ihm auch nie der Luzifer einen Pakt angeboten. Einen Fürsten abzuweisen war Selbstmord und das ließ sie ihn mit zuckersüßer Stimme wissen.

„Nur wenige, Elias, haben die Möglichkeit, sich an meinen gedeckten Tisch zu setzen, obschon sie genauso gut auf der Speisekarte stehen könnten. Verspiel diese Einladung nicht unbedarft.“

Es wäre so leicht, ihr zu verraten, dass Joana keine vollwertige Clerica war und es kaum schaffte, ihre Kräfte zu nutzen. Nicholas zu verraten wäre die eine Sache gewesen. Er hätte es sofort getan, ehe er es sich anders überlegen konnte. Wäre es doch die ideale, weil einzige Möglichkeit, diese aussichtslosen Gefühle für ihn endgültig loszuwerden. Joana jedoch, die sich auch gegen ihren aufbrausenden Dämonenfreund auf Elias' Seite gestellt hatte, würde dieser Verrat das Leben kosten. Sie war freundlich zu ihm gewesen, was er weder verdient hatte noch gewöhnt war. Aber er hatte diese Freundlichkeit bitter nötig gehabt. Elias war nicht sicher, ob es das wert war. Er brauchte Zeit, um nachzudenken.

„Hör mal, Engelchen." Mit einer Geste bat sie ihn, stehen zu bleiben. Sie hatten das Ende der Brücke erreicht und, wie könnte es anders sein, hielt auch der Jaguar prompt an. „Ich verlange nicht viel von dir. Dein Gewissen bleibt rein und dem Nybbas wird vorerst nichts geschehen." Sie legte sich eine Hand vor die Lippen, kicherte hinter ihren Fingern. „Darum geht es dir doch, nicht wahr? Hab keine Angst. Es ist nicht in meinem Interesse, das Potenzial einer solchen Verbindung durch einen ordinären Mord zu vernichten. Du musst dich nicht sofort entscheiden. In Kürze wirst du von mir hören."

Ehe er sich versah, küsste sie seine Wange. Ein weiches, warmes Gefühl auf der Kälte seiner regennassen Haut. Dann stieg sie in den Jaguar. Die Tür schlug zu und der Wagen rauschte davon, gleichmäßige Spurrillen in die Nässe des Asphalts ziehend. Sie verschwammen vor Elias' Augen.

8

Joana hauchte in ihre vor Kälte schmerzenden Hände, bevor sie um das Lenkrad des Landrovers griff. Das Heizgebläse spie ihr eisige Luft entgegen, sodass ihr Atem im Wageninneren Wölkchen bildete.

„Ich hatte angenommen, dass es in Island kälter ist“, meinte Nicholas, nicht zum ersten Mal an diesem Vormittag.

Dabei zog er die Hände in die Ärmel seiner Lederjacke, unter denen der Wollpullover hervorlugte, und verbarg das Kinn hinter dem Rollkragen.

Sie warf ihm einen frostigen Blick zu. „Also mir reicht's.“

Nicholas presste die Lippen zu einem schmalen Strich zusammen, wie er es in den letzten Tagen häufiger tat. Elias' Anrufe wurden seltener, seine Berichterstattungen von Tag zu Tag knapper. Die Enttäuschung drückte ihm aufs Gemüt, dies senkte Joanas Laune, und die ihnen beiden verhasste Kälte tat ihr Übriges. Dass ihr von all den Kaubonbons, mit denen sie sich im Flugzeug über ihre Flugangst hinweggetröstet hatte, ein bisschen übel war, machte die Situation keinen Deut besser. Sie justierte den Rückspiegel und fuhr vom Hof der Mietwagenstation in Keflavik. Der Geländewagen erinnerte sie an Nicholas' BMW, auch wenn er bei Weitem nicht so komfortabel war und der Dieselmotor grollte, anstatt zu schnurren.

Island hatte sie mit schummrigem Zwielicht empfangen, doch nun, gegen Mittag, machte sich die Sonne gemächlich ans Aufgehen und vertrieb das Grau der Dämmerung.

„Ob wir Polarlichter sehen werden?“, überlegte Joana, während sie auf die Hauptstraße abbog.

„Möglich." Nicholas drehte den Temperaturregler der Heizung hin und her, um diese davon zu überzeugen, endlich ihren Job zu erledigen. „Aber ich hoffe nicht. Weißt du nicht, dass es ihretwegen nahezu keine Dämonen auf Island gibt?"

„Wegen harmloser Lichter?"

„Harmlos sind die ganz und gar nicht. Es heißt, wir würden ihnen verfallen. Sie zwingen uns, ihnen in den Himmel zu folgen, bis wir so hoch steigen, dass die Sonnenwinde uns ins All zerren, wo wir elendig verhungern."

Nein, das wusste Joana nicht. „Das hättest du mir vielleicht erzählen sollen, bevor ich darauf bestand, dass du mit herkommst."

Er zog arrogant einen Mundwinkel hoch. „Keine Sorge. Ich steh auf Frauen, die ich anfassen kann. Funzeln sind nicht mein Typ."

Bald hatten sie die kleine Stadt verlassen und befanden sich auf einer schnurgeraden Straße Richtung Reykjavik, die eine Landschaft aus sanften, kärglich von Wintermoosen, Farnen und anspruchsarmen Gräsern bewachsenen Hügeln durchschnitt. Eine Weile sah Joana linker Hand den nachtblauen Nordatlantik, manchmal reichten die Meerzungen oder eine Bucht bis auf wenige Meter an die Straße heran. Zu ihrer Rechten durchbrachen von Flechten bewachsene Felsen und dunkel glänzendes Lavagestein die Graslandschaft.

Nur hin und wieder kam ihnen ein Fahrzeug entgegen, noch seltener war der Anblick von einsamen Häusern, Gehöften oder winzigen Siedlungen.

Nach zehn Kilometern erbarmte sich endlich die Heizung und mit den Temperaturen im Wageninneren stieg auch Nicholas' Laune. Er streckte die Arme, so gut es im begrenzten Fahrzeuginnenraum möglich war, ließ die Gelenke knacken und wandte sich Joana zu. Schalk blitzte in seinen Augen, deren Farbe an den nahen Nordatlantik erinnerte. Ein Strudel aus Grau und tiefem Blau, darin helle Punkte, wie Schaumkronen.

„Kennst du eigentlich die Geschichte, wie Island entstand, Jo?"

„Hat sie irgendetwas mit dem zu tun, was meine Erdkundelehrerin versuchte, mir beizubringen? Ich erinnere mich an das Wort ‚Mittelatlantischer Rücken', aber an nicht viel mehr."

Nicholas schnaubte amüsiert. „Ihr Menschen mit euren Märchen. Wir haben da eine andere Geschichte. Hast du nie von Stoorworm gehört?"

Sie hob die Brauen. „War das ein Dämon?"

„Ihr würdet ihn ein Ungeheuer nennen, aber ja, er war ein Dämon. Sah aus wie eine riesige Seeschlange. Der Legende nach wurde er von einem größenwahnsinnigen Kelten namens Assipattle herausgefordert. Im Kampf schlug er mit seinem Schwanz die Meerenge zwischen Norwegen und Schweden. Assipattle drosch ihm die Zähne aus dem Maul und diese wurden zu den schottischen Inseln. Dann tötete der Kelte Stoorworm. Der Kadaver wurde fortgespült, bis er an besagtem Meeresrücken hängen blieb, wo er versteinerte und zu Island wurde."

„Wir fahren also gerade über die fossile Leiche eines Riesendämons? Nett."

Nicholas ignorierte ihren Sarkasmus. „Manche sagen ja, er sei gar nicht tot. Daher gibt es häufig Erdbeben, so viele Vulkane und heiße Quellen auf Island." Er verstellte seine Stimme, sodass sie tief und schaurig klang. „Weil sein Herz alle paar Jahre noch einen Schlag tut und er tief im Inneren dieser Insel …“

Ein Knuff in den Oberschenkel brachte ihn zum Schweigen. „Hör auf damit.“

„Gruselt es dich?“ Er grinste selbstzufrieden. „Oder findest du die Vorstellung ekelhaft?“

„Sie macht mich traurig.“

Sein Grinsen verwandelte sich in ein liebevolles Lächeln, doch er erwiderte nichts mehr, und sie konzentrierte ihren Blick auf die Straße. Vor ihnen wuchsen die Konturen der ersten größeren Bauten heran. Ein paar Kilometer weiter passierten sie einen Hafen, bald folgten Fabriken sowie ein Einkaufszentrum. Joana musste vom Gas, denn nun führte der Weg mitten durch die um Reykjavik gescharten Kleinstädte.

Rut Jensdóttir wohnte im Südosten Reykjaviks, in einer Reihenhaussiedlung, in der die Fassaden und Dächer der Häuser in bunten Mischungen aus Blau, Weiß und Rot, den Farben Islands, zusammengewürfelt waren. Die wurmstichigen Holzwände von Ruts Haus waren blau gestrichen. An den Ecken sowie den weißen Fenstern und Türen blätterte die Farbe ab, der Vorgarten war verwildert. Im Gegensatz zu den anderen Häusern war dieses nicht vorweihnachtlich geschmückt, machte sogar einen verfallenden Eindruck.

Joana parkte am Straßenrand, gemeinsam stiegen sie aus. Auf dem Weg zur Haustür griff sie nach Nicholas' Hand und drückte sie leicht.

Seine Mundwinkel zuckten amüsiert. „Keine Angst, ich werde mich benehmen.“

Anstatt zuzugeben, dass sie tatsächlich Unhöflichkeiten befürchtet hatte, verdrehte sie die Augen. In ihrem Magen machte sich ein dicker Kloß aus Nervosität breit, als sie an die Tür klopfte, wobei unter ihren Fingerknöcheln weitere Farbsplitter vom Holz rieselten. Im Inneren des Hauses erhob sich schrilles Gekläff und hielt noch an, als die Tür geöffnet wurde.

Eine ältliche Frau mit blassrotem, zu einem Dutt gedrehtem dünnem Haar, musterte erst Nicholas und dann Joana über den Rand ihrer Brille hinweg. Dann zischte sie ihrem Hund einen isländischen Befehl zu. Das Bellen verstummte und wurde zu einem heiseren Knurren. Joana verstand nicht viel von Hunden, sie erkannte nur, dass das rotbraune Tier an einen Spitz erinnerte, mindestens dreimal so viel wog als gesund gewesen wäre, und äußerst schlechte Stimmung verbreitete.

„Frau Jensdóttir?", fragte sie und zwang sich zu einem freundlichen Lächeln, das möglichst wenig Nervosität verriet. „Guten Tag. Ich bin Joana Sievers. Das", sie wies auf Nicholas, der sein harmlosestes Gesicht zur Schau trug, „ist mein Freund Nicholas Ny… Ânjâm." Shit. An die richtigen Nachnamen hatte sie sich immer noch nicht gewöhnt. Sei es drum, die Clerica wusste ohnehin, wer sie waren. Sie ließ der Älteren ein paar Sekunden Zeit, um zu reagieren, doch die musterte sie nur kritisch. Joana stutzte. Hatte sie sich im Haus geirrt?

„Wir hatten uns für den Mittag angekündigt", half sie nach. „Sie erinnern sich doch an unser Telefonat, nicht wahr?"

„Ich bin nicht so alt, dass die Demenz mich schon im Griff hat." Rut Jensdóttir sprach mit heiserer Stimme, ihr Deutsch hatte einen harten Akzent, an eine Mischung aus Russisch und Niederländisch erinnernd. „Ich hatte euch später erwartet. Ist der da ungefährlich?" Sie zeigte auf Nicholas, als wollte sie ihm den Finger zwischen die Rippen bohren.

„Der will nur spielen", antwortete Nicholas und warf dem knurrenden Hund einen betont freundlichen Blick zu, der diesen sofort in einen der angrenzenden Räume flüchten ließ.

Joana war nicht mehr sicher, ob Nicholas' Begleitung eine kluge Idee war. „Sie haben nichts zu befürchten, Frau Jensdóttir."

„Rut. Nennt mich Rut. Das ist hier bei uns so üblich." Sie seufzte, murmelte etwas Unverständliches von einem Himmeldonnerwetter und straffte dann die schmalen Schultern. „Na was soll's. Gut, gut, rein mit euch."

Rut schlurfte vor und führte Nicholas und Joana durch einen mit Bildern vollgehangenen Korridor in eine Wohnküche. Hätte nicht aufdringlicher Fischgeruch in der Luft gestanden, wäre der Raum gemütlich und rustikal erschienen. So jedoch musste Joana sich Mühe geben, flach zu atmen und sehnsüchtige Blicke zum geschlossenen Fenster zu vermeiden. Auf den Fensterbänken welkten Topfblumen vor sich hin. Als sie sich an einem grobschlächtigen Holztisch niederließen, bemerkte Joana, dass Rut angestrengt durchatmete. Sie machte einen erschöpften, kranken Eindruck. Obgleich sie nicht viel älter als sechzig sein konnte, wirkte ihr Körper ausgemergelt.

Joana wartete geduldig, bis Rut bereit war zu sprechen. Nicholas sah sich augenscheinlich gelassen um, doch sie spürte, dass er angespannt blieb. Die Gesellschaft einer fremden Clerica behagte ihm nicht, mochte diese Frau auch schwach aussehen. Das konnte täuschen. Um ihn zu bannen, hätte sie nicht mehr als eine Handbewegung und einen konzentrierten Gedanken benötigt.

„Ihr wollt also meine Hilfe“, schnaufte Rut schließlich.

Joana setzte auf Ehrlichkeit. „Es gibt sonst niemanden, der uns helfen kann. Mächtige Dämonen sind gegen unsere Beziehung, die Clerica nicht weniger. Wir haben nicht viele Freunde.“

„Das kann ich mir vorstellen.“ Rut lachte. Es klang wie ein Bellen und endete in einem Husten. „Nun gut, ich habe deiner Mutter schon gesagt, dass ich mir vorstellen kann, dir zu helfen. Aber ich erwarte eine Gegenleistung.“

Nicholas zog kritisch eine Braue hoch und auch Joana wunderte sich. Sollte sie der Frau den Haushalt schmeißen oder was erwartete sie? Rut nahm ihre Brille ab, hauchte darauf und polierte sie mit ihrer speckigen Schürze, wobei sie einen Schmierfilm auf den Gläsern hinterließ.

„Vor einigen Jahren“, erzählte sie, „ließ sich ein machtvoller Dämon ganz in der Nähe nieder und scharte die Halbdämonenkinder Islands um sich herum.“

„Halbdämonen … bitte was?“ Das Wort fühlte sich wie eine Backpfeife in Joanas Gesicht an. Zwar nahm sie nach wie vor die Pille, doch sie hatte sich beharrlich eingeredet, dass es keine Mischlinge aus Mensch und Dämon geben konnte.

„Du meinst die Legende der Fuchsmenschen? Der Kitsune?“ Zum ersten Mal sprach Nicholas Rut direkt an.

Diese nickte, Joana verstand nichts und er erzählte die Geschichte in raschen Worten. Im siebzehnten und achtzehnten Jahrhundert wurden in Island Dutzende Menschen der Hexerei angeklagt und zum Tode verurteilt, da man ihnen vorwarf, mit dem Teufel im Bunde zu sein, der sie in weiße Wölfe verwandelte. In Wahrheit ging dies auf wenige Dämonen zurück, die in wahrer Gestalt die Körper von anormal großen Polarfüchsen annahmen. Eine weibliche Dämonin entschied sich zu dieser Zeit aus Liebe zu einem Menschenmann für ein Leben als Mensch. Sie schwor ihrem Gatten, nie wieder ein menschliches Wesen zu töten. Trotz ihrer Entscheidung fielen sie durch Verrat in die Hände der Inquisitoren und der Mann sowie der Menschenkörper der Frau wurden getötet. Die Dämonin floh in Fuchsgestalt, denn sie war schwanger und wollte ihre Kinder retten, ohne dabei ihren Schwur zu brechen. Sie zog sich tief in die einsamsten Gegenden des Landes zurück und gebar einen Wurf Junge, die zugleich Mensch und Dämon waren, aber nichts davon in letzter Konsequenz. Weder Schattengestalt noch Unsterblichkeit stand den Mischlingskindern zur Verfügung, stattdessen konnten sie ihre Körper direkt verwandeln und waren dadurch nicht auf menschliche Hüllen angewiesen. Paarten sie sich mit Menschen, bestand die Möglichkeit, dass dieser Verbindung erneut ein Halbdämon entsprang.

„Es gab in Island immer einige Skröggandi, wie wir sie hierzulande nennen“, erklärte Rut weiter. „Aber nachdem der fremde Dämon sich hier ansiedelte, vermehrten sie sich rapide. Die Schäfer und Bauern beklagen seitdem viel häufiger Verluste unter ihren Schafen. Inzwischen wurden schon die Überreste von Ponys gefunden, man entdeckte Bissabdrücke von Füchsen an ihren Kadavern. Doch die dummen Menschen glauben, dass diese nur an dem Aas genagt hätten. Ich allerdings denke …“

„Dass Füchse Ponys reißen?“ Joana hielt das für

ausgeschlossen.

„Keine Füchse, Jo. Dämonen.“ Nicholas schien an der Geschichte interessiert. Seine über den Tisch gebeugte Haltung und die verschränkten Finger zeugten von Neugierde.

„Es sind bereits Menschen verschwunden“, fuhr Rut fort. Sie räusperte sich akzentuiert. „Ich bin niemand, der Vorurteile hegt. Aber ich sorge mich um mein Heimatland. Wenn ihr möchtet, dass ich dich ausbilde, Joana, dann verlange ich im Gegenzug, dass ihr für mich herausfindet, was dort vor sich geht.“

„Wir sollen auf Fuchsjagd gehen?“ Nicholas neigte den Kopf.

„Nein, nein. Findet heraus, was der Dämon plant. Ich würde es selbst tun, aber ich bin alt, und mit meiner Gesundheit steht es nicht zum Besten.“

Joana tauschte einen Blick mit Nicholas, dieser zuckte mit den Schultern. „In Ordnung. Sofern du Joana im Austausch ein paar Zauber lehrst, sehen wir uns den Fuchsbau mal näher an.“

Rut zeigte ein erleichtertes Lächeln, schlug dann die Hände zusammen und bemerkte mit einem resoluten „Himmeldonnerwetter“, dass sie ihren Gästen noch keinen Kaffee angeboten hatte.

Joana hörte, wie die Haustür aufgeschlossen wurde, zeitgleich erhob sich Rut, wobei sie sich auf die Lehne ihres Stuhls stützte. Dieser kippte unter ihrem Gewicht nach hinten. Joana schoss vor und packte die alte Frau unter den Armen, ehe sie zu Boden stürzte. Rut keuchte unter ihrem Griff auf. In ihrer Kleidung war sie schon dünn anzusehen; aber wie knochig und leicht sich ihr Körper anfühlte, war besorgniserregend.

Ein schriller Schrei, den Joana nicht zuordnen

konnte, ließ sie zusammenfahren. Nicholas stieß sie samt Rut unwirsch zur Seite, sodass sie beide auf die Dielen krachten. Das Nächste, was sie wahrnahm, war ein Butterfly-Messer. Es steckte bis zum Heft in Nicholas' Schulter.

~*~

Der Dämon befand sich im Leib eines jungen Mädchens, gekleidet in einen Lederminirock, ein Comic-Art-Shirt und geringelte Strumpfhosen; was Nicholas nicht davon abhielt, auszuholen und sie mit dem verletzten Arm am Hals zu packen. Es donnerte und Holz knarrte, als er ihren zierlichen Körper gegen den Türrahmen stieß und sie dort festnagelte. Mit gebleckten Zähnen warf sie den Kopf herum, drosch auf ihn ein und trat so stark gegen sein Knie, dass er um ein Haar das Gleichgewicht verloren hätte. Er riss das Balisong-Messer mit der freien Hand aus seinem Fleisch und hieb es neben ihrem Gesicht ins Holz, um sodann ihre Fäuste abzuwehren, die nach ihm schlugen. Bevor er ihre Handgelenke umfasst hatte, gelang ihr ein Treffer gegen seine Schläfe. Der Schlag kam mit einer solchen Wucht, dass rote Kringel vor seinen Augen rotierten.

„Ganz beschissene Idee", fauchte er, als sie nur noch hilflos zappeln konnte.

Sie gab unartikulierte Laute von sich und spuckte. Wie er verließ sie ihren Menschenkörper trotz ihrer prekären Lage nicht. Hinter ihm redeten Joana und Rut wild aufeinander ein, die alte Clerica heulte. Es dauerte eine paar Sekunden, bis er das Wort „Missverständnis" heraushörte. Jo erschien neben ihm, die dunklen Augen weit aufgerissen und starr vor

Schreck, eine Hand beschwichtigend auf seiner Schulter.

„Sie dachte, ihr … greift mich an“, stammelte Rut, verirrte sich ins Isländische und fand dann doch die Worte wieder, die er verstand. „Sie wollte mich schützen, sie wollte mich …“

Es irritierte ihn, dass sie ihn nicht bannte. Sie versuchte es nicht einmal. Er ließ der Dämonin ein wenig Luft. „Stimmt das? Rede jetzt, oder du kannst es gleich nicht mehr.“

„Sie ist stumm“, jaulte Rut. „Sie kann nicht sprechen. Bitte lass sie los, tu ihr nicht weh.“

Dreck noch mal, aber die Entschlossenheit, mit der das Dämonenmädchen seinen Blick erwiderte, gefiel Nicholas. Die Kleine war vermutlich nicht besonders alt. Ein junger Dämon, aber mutig wie ein Großer. Ein Balisong zu beherrschen und mit solcher Präzision zu werfen, zeugte von Geschick. Er schleuderte sie herum und stieß sie von sich, sodass sie rücklings gegen den Tisch prallte. Sofort hinkte Rut an ihre Seite und die beiden umarmten sich tröstend, wobei die Dämonin Nicholas nicht aus den skeptisch verengten Augen ließ. Rut redete auf Isländisch beruhigend auf sie ein, erklärte ihr offenbar, was passiert war, und was die Fremden in ihrem Haus zu suchen hatten.

Joana atmete vernehmlich aus, zupfte vorsichtig an seiner durchlöcherten Jacke und streifte ihm diese dann von der Schulter, um sich die Verletzung anzusehen. Sein Arm kribbelte, die Finger zuckten unruhig. Er roch das Adrenalin in Joanas Körper, aber noch deutlicher lag ihre Sorge in der Luft. Auch ihre Hände zitterten und dies war nicht darauf zurückzuführen, dass das Messer ursprünglich sie hatte treffen sollen.

„Ich bin okay, Jo.“ Nun gut, das Blut quoll stoßweise hervor, tränkte seinen Pullover und tropfte aus der Wolle zu Boden. Eisige Kälte kroch durch seinen Arm. Das Miststück musste die Achselarterie erwischt haben.

„Na klar.“ Hinter Jos aufgesetzter Ruhe vibrierte es bedenklich. „Diesmal hat dich ja auch nur ein Messer durchbohrt. Kinderkram für jemanden wie dich. Was denkst du, brauchst du ein Heftpflaster, oder reicht es, wenn ich puste?“ Sie biss sich auf die Lippe, während sie das Loch in seinem Pullover mit den Fingern weiter riss, ihre Hand darunterschob und auf die Wunde presste, was verdammt wehtat. „Nicholas, das blutet wie verrückt.“

Ihm schwindelte, er lehnte sich gegen den Türrahmen.

„Nicholas?“, stieß sie hervor. „Du wirst jetzt nicht blass, oder? Hör auf mit dem Mist.“

„Du brauchst keine Angst zu haben, Jo.“ Lallte er? Nein, seine Stimme klang nur belegt, weil sein Mund so trocken war. „Wirklich, es besteht kein Grund zur … Mein Blut heilt Wunden sehr schnell, und …“

„Dann heil bitte schneller, verdammt, solange noch Blut in deinem Körper ist.“

Ihre Stimme klang verzerrt, beinahe hysterisch, nahm jedoch an Lautstärke ab, als würde ihr jemand den Ton runterdrehen. Er wollte sie fragen, ob alles in Ordnung war, da gaben dummerweise seine Beine nach. Der Schatten begehrte mit einer plötzlichen Dringlichkeit auf, der er nichts entgegensetzen konnte. Als Nybbas entwich er und betrachtete erstaunt, wie sein Körper zu Boden fiel, mit einem Poltern aufschlug, um auf den Dielen liegen zu bleiben.

Es war wohl ein bisschen viel Blut gewesen.

Rut und ihre Dämonin schreckten auf, als beide seine dämonische Präsenz nun in aller Deutlichkeit spürten. Ihr Anstarren unterschied sich kaum von Menschen, die zum ersten Mal einen Dämon sahen. Zunächst riss Rut die Hände hoch, im Begriff, eine Glyphe zu zeichnen, um ihn zu bannen, doch Joana hielt sie mit einem schrillen „Nicht!“ zurück.

„Ich glaube, er ist ohnmächtig geworden“, rief sie aufgebracht und sah ihn an. „Kein Grund zur Sorge, was? Oh, du dämlicher Kerl!“

Ohnmächtig? Wenn es möglich gewesen wäre, hätte er gelacht. Der instinktive Teil in ihm rief dröhnend danach, das Haus zu verlassen und sich in den Wind zu werfen, um die Freiheit auszukosten, die dieses Land bot. Er war so lange nicht mehr geflogen und noch nie mit der Gewissheit, dass kein Clerica in der Nähe war, der ihn hätte bannen können. Allerdings konnte er Joana nicht mit diesen Fremden und seinem erkaltenden Körper allein lassen. Also glitt er unstet und mit ausreichend Abstand zu der verdutzt schauenden Rut und der zerknirscht wirkenden Dämonin im Raum auf und ab, ließ durch seine pure Anwesenheit ein paar Nippesfigürchen auf dem altmodischen Sekretär vibrieren und überlegte, wie er zurück in seinen Körper gelangen sollte, ohne dass ihm dieser sofort verblutete. Das sah übel aus, und nun näherte sich auch noch Rut seinem Refugium. Doch Joana schien der Frau, die sich mit viel Mühe und unter angestrengtem Stöhnen niederkniete, zu vertrauen.

„Gut, dass er seinen Körper verlassen hat“, sagte die alte Clerica zu Joana, während sie die Stichwunde untersuchte. „Da das Herz nicht mehr schlägt, hat die

Blutung aufgehört. Ich fürchte, wir müssen trotzdem einen Arzt rufen, der das näht."

Sie rief ihrer Dämonin, die sie mit dem Namen Sunna ansprach, etwas in ihrer Sprache zu, und diese griff nach dem Telefon und brachte es Rut.

Sie wollten also einen Arzt ausfindig machen, der an einem theoretisch toten Körper eine Stichwunde versorgte. Hatten die in Island nichts Besseres zu tun? Da war er aber gespannt. Wäre Joana nicht so besorgt gewesen, und würde nicht ihre Unruhe die Luft bitter schmecken lassen, so hätte ihn das alles ungemein erheitert. So aber blieb er in ihrer Nähe, lauschte ihren Flüchen und ließ sich von ihr beschimpfen. Ihren Worten zum Trotz sah sie ihn durchaus liebevoll an. Ihn, den Schatten, nicht seinen in einer Blutlache liegenden Körper, an dessen Seite sie blieb, als müsste sie ihn bewachen. Es fühlte sich gut an, wie freundlich sie zu ihm war, selbst im Schattenleib, vor dem sie oft zurückschreckte. Stattdessen überspielte sie ihre Hilflosigkeit und sagte, dass alles gut werden würde.

Süß.

Verdammt, wäre er nicht sicher, dass er ihr damit Angst einjagen würde, so hätte er sich materialisiert. Wäre zu dem Dämon geworden, der den Schatten warf, um sie berühren zu können. Um sie zu riechen und sie mit aller dämonischen Kraft zu begehren, und zugleich genau davor zu schützen. Er spürte die Energien flackern, seine Gestalt flimmern, als wollte sein Körper die Entscheidung an sich reißen.

Nein, du Narr! Reiß dich zusammen.

„Danke", flüsterte sie, als er näher kam, so nah, dass seine Präsenz fast gefährlich für sie wurde. „Dafür, dass du das Messer aufgefangen hast. Aber beim nächsten Mal nimm bitte etwas anderes als deinen

Körper dazu.“

Während sie warteten, versuchte er mit seiner mentalen Stimme zu Sunna zu sprechen. Sie hatte ihr Balisong aus dem Türstock gezogen, und, er schauderte, leckte die Klinge kurzerhand sauber, ehe sie es zusammenschnappen ließ und in ihre Tasche steckte. Seine Anwesenheit ignorierte sie. Zwar hörte sie ihn, aber offenbar verstand sie keine der Sprachen, mit der er sie ansprach, und Isländisch zu lernen hatte er immer als überflüssig erachtet. Sie versuchte gar nicht, ihm zu antworten. Möglicherweise war sie vollkommen stumm, sowohl im Menschenkörper, als auch im dämonischen.

Sein Misstrauen ihr gegenüber nagte nicht mehr ganz so störend, als sie sich zu Joana kniete und ihr über den Rücken strich, um sie zu beruhigen. Sunna bemerkte, dass Joana infolge der Nähe zu seiner Schattengestalt vor innerlicher Kälte bebte. Sie holte eine Wolldecke und legte sie Joana über die Schultern. Rut zog ihren Mantel an. Trotzdem froren beide Clerica. Nicholas spürte Sunnas Emotionen nicht, Joanas dagegen waren für ihn ein offenes Buch. Sie verzieh Sunna die Messerattacke, offenbar glaubte sie, dass Sunna sie für eine Angreiferin gehalten hatte, die Rut Böses wollte. Mehr noch, Joana schien Sunna zu mögen.

Wenig später traf der Notarzt ein, ein kleiner kugelförmiger Mann mit einer blank polierten, an eine Bowlingkugel erinnernde Glatze. Nun gelang es Sunna wahrlich, Nicholas zu beeindrucken. Sie drang konzentriert in den Geist des Arztes ein, manipulierte diesen, sodass er seine Arbeit verrichtete, ohne zu bemerken, dass sein Patient tot war. Sorgfältig reinigte und desinfizierte er die Stichwunde, spülte sie mit

Antibiotika und setzte sich eine Lupenbrille auf. Von morbider Faszination gebannt betrachtete Nicholas, wie der Arzt die Wunde mit einer Klemme weitete und mithilfe einer winzigen, gebogenen Nadel die größeren Adern nähte. Schweiß glänzte bald auf der Bowlingkugel, dabei hatte der Arzt seit den toten Schweinen im Studium sicher keinen derart kooperativen Patienten mehr gehabt. Nicholas' Körper hatte vor lauter Entgegenkommen sogar das Bluten eingestellt.

Joana dagegen wandte sich Stich für Stich weiter ab, ihre Gesichtsfarbe ließ die Vermutung aufkommen, dass sie sich danebenlegen würde, wenn sie zu genau hinsähe.

Nachdem die Menschenhülle sorgfältig geflickt und verbunden war, ließ der brave Doktor sie widerspruchslos liegen. Zwar schlug er offenbar weitere Behandlungsmaßnahmen vor – in diesem Moment bedauerte Nicholas, kein Isländisch zu verstehen, denn er hätte gerne erfahren, ob man Toten hierzulande eine Bluttransfusion gönnte – aber der Arzt akzeptierte, dass Rut ablehnte. Auch den Vorschlag „spítali" verneinte sie. Die Bowlingkugel rollte davon und Joana seufzte erleichtert.

„Ich muss dich um etwas bitten, das dir nicht gefallen wird." Auffordernd tippte sie seinem Körper gegen die Brust. „Das wird jetzt sicher wehtun, aber deine schattige Anwesenheit macht aus Ruts Haus einen Clerica-Kühlschrank und ich kann dich auch definitiv nicht zum Hotel tragen. Darf ich bitten?"

9

Joanas Training begann am nächsten Morgen. Das Hotel, in dem sie sich einquartiert hatten, befand sich nur wenige Hundert Meter von Ruts Haus entfernt und Joana ging allein, vom frommen Wunsch begleitet, Nicholas würde sich nach der gestrigen Verletzung erholen. Dass er dies tun würde, hielt sie allerdings für unwahrscheinlich, zumal die Wunde tatsächlich schon viel besser aussah. Er hatte recht gehabt, sein Körper verfügte über eine erstaunliche Selbstheilung. Eine Ausnahme bildeten einzig die Spuren an seinen Handgelenken. Die durch Handschellen aus einem diamanthaltigen Metall verursachten Narben schienen ihm sogar noch wehzutun, auch wenn er das natürlich niemals zugab. Doch Joana entging nicht, dass er ständig über die Stellen rieb, wenn er nachdachte oder unruhig war.

Kaum bei Rut angekommen, wurde Joana mit Kaffee aus einer rissigen Tasse, der außerdem der Henkel fehlte, versorgt. Ein fleckiger Läufer verbarg die Stelle, an der gestern Blut in den Dielen versickert war. Die Möbel waren zur Seite gerückt, um Platz fürs Training zu schaffen. Sunna saß am anderen Ende des Raumes am Tisch, die nackten Zehen im Fell des darunter dösenden, übergewichtigen Hundes vergraben. Sie trank Coca Cola mit einem Strohhalm aus einer Zweiliterflasche und strickte.

Ließ man die Tatsache außen vor, dass Sunna stumm war, hätte man annehmen können, sie wäre ein stinknormaler Teenager. Sie trug rebellische Kleidung, hatte die Augen dunkel geschminkt und ihr Haar schwarz gefärbt. Den Kaugummi kaute sie mit geöffnetem Mund und um ihren Hals baumelten die

Knopfkopfhörer eines MP3-Players. Nun gut, hin und wieder trank sie Blut, aber weitere Unterschiede zu anderen Jugendlichen schien es nicht zu geben. Da wirkte es schon verwunderlich, dass sie strickte. Und wie sie strickte! Joana hätte es nicht erstaunt, wenn die Nadeln Funken geschlagen hätten. Sie wandte den Blick von der seltsamen Dämonin ab und konzentrierte sich auf Ruts Anweisungen.

Schon nach den ersten Minuten stellte das Training sie auf eine harte Geduldsprobe, denn Rut war der Ansicht, Joana müsste zunächst lernen, ihre Gedanken zu reinigen, um sich aus absoluter Leere hinaus zielgenau auf den Befehl des Bannzaubers zu konzentrieren. Die Gedanken leer zu fegen war allerdings genauso machbar wie einen Liter Wasser in der hohlen Hand unterzubekommen. Vermutlich lag es daran, dass sie so eine grottenschlechte Clerica war. Ständig floss etwas durch die Finger ihres Geistes und so war es kein Wunder, dass sie gegen Mittag noch keinen Schritt weitergekommen war. Rut trug es mit Fassung und sprach nicht darüber. Sunna war so anständig, vorzugeben, sie hätte sich derart auf ihre Strickarbeit konzentriert, dass ihr Joanas Misserfolge entgangen waren.

Nur Joana war und blieb bis in die letzte Faser frustriert.

~*~

Als das Mobiltelefon summte, und den Anrufer als unbekannten Teilnehmer anzeigte, war Elias sofort klar, wer es war. Er sog tief Luft ein und ließ sie langsam wieder ausströmen. Eine atemlose, abgehetzt klingende Stimme konnte er nun nicht gebrauchen.

Sein Anrufer – oder sollte er vielleicht sagen: seine Anruferin? – musste auch nicht wissen, dass er bis eben geschlafen hatte. Es war früher Abend und durch die Scheibe erkannte er das flackernde Licht der Neonbuchstaben, die unter seinem Fensterbrett das Wort ‚Hotel' bildeten. Beim Griff nach dem Telefon warf er eine halb leere Bierflasche auf dem Nachttisch um. Der Inhalt ergoss sich über das unbehandelte Pressholz und tropfte auf den versifften Teppich. Es störte ihn nicht.

„Ja?"

„Genau das möchte ich hören", antwortete die weibliche Stimme.

Er hörte sie schmunzeln und konnte einen leisen Fluch nicht unterdrücken, obwohl es keine Überraschung war, dass der Luzifer ihn anrief.

„Hast du es dir überlegt, Engelchen?"

„Hab ich eine Wahl?"

„Nein."

Er setzte sich im Bett auf, stellte die Füße auf den bierdurchtränkten Boden und straffte den Rücken. „Ich habe …", eine Bedingung, wollte er sagen, aber seine Zunge war feiger als sein Gehirn, „einen Wunsch."

Schweigen am anderen Ende der Leitung dröhnte in seinen Ohren. Sollte er dies als Zeichen verstehen, zu sprechen oder war es eine Abfuhr?

„Da ist dieses Mädchen in Boston", tastete er sich schließlich vor. „Du hast sie markiert. Ich möchte, dass du sie gehen lässt."

„Das lässt sich einrichten, wenn ich von dir bekomme, was ich will."

„Dann habe ich es mir soeben überlegt. Scheiße noch mal, was willst du wissen?"

„Nur den Ort. Mehr nicht."

Elias sackte in sich zusammen, stützte die Ellbogen auf die gespreizten Knie und ließ den Kopf hängen. Die Antwort kam leise, als könnte die Lautstärke die Schwere des Verrats beeinflussen.

„Island. Reykjavik. Doch er macht dort nur einen Zwischenstopp und wird in Kürze hierherkommen. Nach London."

„Sieh mal einer an", antwortete sie sanft. „Das kommt mir sehr gelegen. Danke, Elias."

Sie legte auf, bevor er sich noch einmal nach Annie erkundigen konnte. Ebenso fassungslos wie eingeschüchtert wartete er mehrere Sekunden ab, bevor er sich wagte, sie aufs Schärfste zu beschimpfen. Er setzte dazu an, das Handy an die Wand zu werfen, doch dann hielt er das für eine blöde Idee, rief stattdessen die Auskunft an und ließ sich mit dem Flughafen verbinden, um zu buchen.

Dass er Nick verriet, bedeutete nicht, dass er ihn im Stich ließ.

~*~

Nicholas war überzeugt, am richtigen Kilometerstein von der vierspurigen Straße in einen schmalen Schotterweg abgebogen zu sein. Den See Kleifarvatn, der sich zwischen Grashügeln und kilometerweit ins Land reichenden Ebenen aus schartigem Lavagestein versteckte, hatte er auch rasch gefunden. Doch wo er in dessen Nähe eine Brutstätte von Fuchsdämonen ausmachen sollte, blieb ein Rätsel. Die Gegend war unbewohnt. Einige der höheren Berge in der Umgebung waren dünn mit Schnee bestäubt, er hatte Skilifte wahrgenommen, doch diese waren noch nicht in

Betrieb. Seit er an einer heißen Quelle vorbeigefahren war, in der ein paar Menschen badeten, hatte er niemanden gesehen. Es war Nachmittag und bläuliche Dämmerung senkte sich über das Land und tauchte alles in ein unwirkliches Zwielicht. Der See wirkte wie aus Quecksilber und reflektierte den graublauen Himmel. Um ihn herum schimmerte der Kies silbrig, und die Lavawüste erweckte den Anschein, als funkelte zwischen dem Anthrazit und Schwarz Edelgestein wie Aquamarin, Azurit oder Lapislazuli hervor.

Nicholas sah zum wiederholten Male auf die Uhr und fragte sich, wie lange er Joana allein lassen konnte. Er war zuvor um das Haus der alten Clerica spaziert, um nach dem Rechten zu sehen. Nachdem Joanas Gefühle entspannt geblieben waren, hatte er beschlossen, dem von Rut in eine Karte eingezeichneten Gebiet südlich von Reykjavik einen ersten Besuch abzustatten und nach dem Fuchsbau zu suchen. Jetzt gratulierte er sich, Joana zur Erkundung nicht mitgenommen zu haben. Sie wäre vom Anblick dieser im Dämmerlicht versinkenden Natur sicher so gefangen genommen, dass er alle paar Meter hätte anhalten müssen, damit sie die Landschaft bewundern könnte. Vor lauter Staunen wäre ihr sicher auch der steinige Pfad entgangen, den Nicholas nun entdeckte. Kaum mehr als vage Reifenabdrücke, von schmalen Gefährten verursacht, keinesfalls PKWs. Er tippte auf Quads und Motorräder, und zwar mehrere.

Erstaunt bemerkte er, dass die Spuren direkt auf eine meterhohe Steilwand zuführten. Das nannte er gut versteckt, denn von einem Steinbrocken verdeckt, führte ein Stollen in den Berg, den man erst wahrnahm, wenn man unmittelbar davorstand. Für den Wagen war der Durchgang zu eng, doch die schmalen

Spurrillen folgten dem Weg, so tat Nicholas es ebenfalls, wenn auch zu Fuß.

Er hatte eine primitive Höhle erwartet, doch nachdem der von seinem Handydisplay schwach beleuchtete Stollen sich in einer engen Kurve ein Stück in den Berg wand, klappte ihm beinahe der Mund auf, denn mit einem Mal gingen zu beiden Seiten Lichter an. Mit einem Griff an die Hüfte, wo die 10-mm-Glock im Hosenbund steckte, drehte er sich um die eigene Achse. Noch war er allein, offenbar waren die ins Gestein eingearbeiteten Spots durch einen Bewegungsmelder eingeschaltet worden. Der Höhlenboden war nicht nur sauber gefegt, sondern auf einen matten Glanz poliert. Geradeaus verhinderte eine massive, mit kyrillischen Symbolen verzierte Stahltür das Weitergehen.

„Aber hallo“, murmelte Nicholas, trat ohne ein Zögern auf die Tür zu und klopfte kräftig mit der Faust. Es wurde sofort geöffnet, ganz so, als hätte man auf ihn gewartet. Ein drahtiger Mann mit struppigem Haar, spitzem Gesicht und großen, aber misstrauisch verkniffenen Augen lugte durch den Spalt. Nicholas' erste Assoziation war: Fuchs.

„Hast du's also doch noch gefunden“, knurrte der Kerl.

Zu Nicholas' Überraschung sprach er akzentfreies Deutsch und legte in einer ruckartigen Bewegung den Kopf schief. Nicholas verschränkte die Arme vor der Brust und sah kritisch auf den kleineren Mann hinab.

„Ich werde erwartet?“

„Ja sicher. Mein Herr lässt dich hereinbitten, Nybbas.“

Sein Blick glitt mit Genauigkeit zu der Stelle an Nicholas' Hüfte, an der er die Waffe unter seiner Kleidung versteckte. Dennoch nickte er knapp und stieß die schwere Tür mit erstaunlicher Kraft auf, sodass sie hart gegen die Wand prallte.

„Immer rein in die gute Stube. Behalt deine Waffen, wenn du willst, aber lass sie, wo sie sind. Du hast nichts zu befürchten, solange du dich friedlich verhältst.“ Ein wölfisches Grinsen umspielte seine Mundwinkel. „Greif uns an, und du findest deine Eingeweide als Schmuck um deinen Hals wieder. Wir haben uns doch verstanden.“

Er hatte keine Frage formuliert, daher sparte sich Nicholas die Antwort. Die dreiste Ehrlichkeit des Kerlchens war fast sympathisch. Er zögerte nicht, ihm in den Berg zu folgen, allerdings beglückwünschte er sich ein weiteres Mal, ohne Joana hergekommen zu sein. Es war womöglich nicht ganz risikofrei, diesen Bau zu betreten, aber das kümmerte ihn nicht. Für den Augenblick war er zu interessiert an der ganzen Sache.

Gleich nach dem Tor zweigte ein Gang scharf nach links ab und mündete nach wenigen Metern in einer Garage. Nicholas erkannte Motorräder und Quads, wie er vermutet hatte. Der seltsame kleine Mann wies ihn jedoch an, geradeaus zu gehen. In raschen, geschmeidigen Bewegungen eilte er voraus. Der Tunnel, der Nicholas tiefer in den Berg führte, war von angenehm warmem Licht erhellt, verursacht von in das Gestein eingelassenen Spots an den Wänden, Decken und im Fußboden. Die Wände waren glatt abgeschliffen und poliert, wirkten wie aus Marmor. Fresken, die Wälder, Berge und das Meer zeigten, zierten die Decken. Er hatte ein Erdloch erwartet, stattdessen erinnerte ihn alles an einen unterirdischen Palast. Überall zweigten Türen aus dunklem, geöltem Holz ab sowie weitere Gänge und in denen standen eng an den

Wänden Grüppchen von tuschelnden Personen, die wie Nicholas' Führer nur Halbdämonen sein konnten. Mit ihren zierlichen Körpern und den runden, scheuen Augen in den spitzen Gesichtern ähnelten sie klugen Füchsen. Erstaunlicherweise konnte er ihre Emotionen spüren, als wären sie Menschen. Sie waren unruhig, ängstlich oder misstrauisch; im besten Falle neugierig, wie der junge Mann, der ihn führte und nun an eine der vielen Türen klopfte. Auf das gedämpfte „Herein" öffnete er, blieb jedoch im Gang stehen. Er winkte Nicholas an sich vorbei und griff in der gleichen Bewegung in die Tasche seiner Lederweste, aus der er ein Kartenspiel hervorzog, das er zu mischen begann.

Nicholas betrat ein weiträumiges, aber spärlich eingerichtetes Büro. Die Tür fiel hinter ihm ins Schloss und er war allein mit einem breitschultrigen blonden Mann, der hinter einem breiten Schreibtisch saß und ihn mit sichtlichem Interesse musterte. Überraschung. Dieser Kerl war eindeutig ein reinblütiger Dämon, ein alter noch dazu.

„Bitte, setzen Sie sich", forderte er Nicholas unumwunden auf. Seine Stimme war freundlich, klang durch einen starken, russischen Akzent zugleich herrisch. Jedes Wort rollte volltönend durch seine Kehle, als wollte er den ganzen Berg mit seinen Anweisungen füllen. „Es geschieht nicht oft, dass wir Besuch erhalten, ich brenne darauf, den Grund zu erfahren."

Nicholas setzte sich in den ihm zugewiesenen Ledersessel. Die den Worten mitklingende Warnung war ihm nicht entgangen. Es war besser für ihn, wenn ein Grund existierte. Ein möglichst glaubwürdiger. Doch der Russe sollte nicht glauben, ihn verunsichern zu können. Daher stellte Nicholas sich zunächst in Seelenruhe mit Namen vor, legte einen Fußknöchel über den Oberschenkel und einen Ellbogen bequem auf die Sessellehne, als wäre er in diesem Büro zu Hause.

„Verzeihen Sie mir.“ Sein Gegenüber lachte breit und zog zwei Gläser und eine bereitgestellte Flasche Rotwein heran. „Mein Name ist Demjan Choskeih, ich nenne mich den Statthalter dieser Siedlung.“

„Und was verschlägt Sie nach Island, Demjan Choskeih?“ Nicholas lehnte sich vor wie ein interessierter Journalist und zog ein Päckchen Zigaretten sowie sein Zippo aus der Tasche seiner Lederjacke.

Choskeihs Lider zuckten, ein Hauch von Verärgerung streifte seine Züge, doch er setzte sogleich wieder sein höfliches Lächeln auf und schenkte beide Gläser voll. „Eine gute Frage, die ich auch Ihnen zu stellen gedenke. Aber ich habe keinen Grund für Geheimnisse. Ich lebe seit guten drei Jahrzehnten hier und gebe den armen Verstoßenen eine Heimat, Arbeit und ein sicheres Leben.“

Ein Wohltäter, fantastisch. Nicholas zündete sich eine Zigarette an und hielt dem Russen das Päckchen hin.

„Nein, danke. Doch rauchen Sie ruhig, das Belüftungssystem dieser Anlage ist mein größter Stolz. Es arbeitet äußerst effizient.“

Nicholas ging nicht weiter darauf ein. „Was meinen Sie mit Verstoßenen? Halbdämonen?“

„Fuchsgeister, Skröggandi, Kitsune-Kinder. Wie immer Sie sie nennen mögen. Gefürchtet von den Menschen und verachtet von Dämonen streiften sie ziellos umher. Erbärmliche Existenzen, denen ich Sicherheit und einen Lebenssinn angeboten habe. Sie nahmen dankbar an, wie Sie sich vorstellen können.“

Choskeih erhob sich, trat zu einem Flachbildschirm

an der Wand und schaltete ihn ein. Ein paar flinke Tastenkombinationen auf dem darunterstehenden Computer ließen Bilder aufflackern.

„Lassen Sie mich die Frage nach der Finanzierung dieses Projektes sofort beantworten."

Nicholas hatte sich zunächst andere Fragen gestellt. Allen voran die nach den Fähigkeiten seines Gegenübers. Doch er richtete seinen Blick auf den Monitor. Dieser zeigte einen Querschnitt unterirdischer Gesteinsschichten in thermografischer Aufnahme. Rote Streifen, umsäumt von Orange und Grün, leuchteten inmitten großer blauer Bereiche.

„Meine Mitarbeiter arbeiten für mich an der Entwicklung und Optimierung von geothermischer Energiegewinnung", erklärte Choskeih mit einem selbstzufriedenen Gesichtsausdruck. „Energie, gewonnen aus Erdwärme. Preiswert, regenerativ und umweltfreundlich. Vor allem aber äußerst rentabel. Die Menschen sind ganz verrückt nach unseren Forschungen und zahlen gut dafür. Aufgrund des enormen Vulkanismus' in Island haben wir reichlich Erdwärme zum Verarbeiten. Aber auch in Amerika und Asien liegt das Geld quasi in der Erde. Meine in der Geologie und Architektur geschulten Mitarbeiter arbeiten inzwischen auf der ganzen Welt in kleinen Familienbetrieben. Zweigstellen meiner Firma, aber das weiß kaum jemand."

„Nicht dumm." Das war untertrieben. Die rührselige Wohltätergeschichte war eine leicht zu durchschauende Tarnung, doch der Plan dahinter war brillant. Dämonen erlaubten nur selten, dass Artgenossen in ihren Gebieten wilderten; auch nicht, wenn es sich bei der Beute um finanzielle Profite handelte. In Amerika und Asien stand kaum ein Fleckchen Erde nicht unter den Fittichen eines mehr oder minder mächtigen Dämons. Choskeihs Halbdämonen jedoch mussten auf diese menschlich wirken. Unauffällig und harmlos. Was sie auch waren, ignorierte man die Tatsache, dass sie unter den Augen der Dämonen deren Geld davontrugen und in Choskeihs Fuchsbau verscharrten.

„Meinen Respekt, Ihre Nase fürs Geschäft ist fein." Nicholas nahm das Weinglas an sich und lehnte sich im Sessel zurück. „Ich frage mich nur, wie es Ihnen gelingt, die nötige Diskretion zu wahren, wenn Sie einem flüchtigen Besucher, von dem Sie kaum etwas wissen, ihr Geschäftsgebaren offenlegen." Er schwenkte den Wein sacht im Glas und roch daran, nahm aber nichts Verdächtiges wahr außer einem angenehmen Firnton, der auf ein stolzes Alter schätzen ließ. Den Russen schien der Einwand zu erheitern.

„Ich weiß mehr von Ihnen, als Sie glauben, mein lieber Nicholas."

Ein weiteres Mal huschten seine Hände über die Computertastatur. Statt des bunten Wärmebildes zeigte der Monitor nun eine Straße im nachlassenden Dämmerlicht, die Nicholas bekannt vorkam. Kurze Zeit zuvor war er diesen Weg entlanggefahren.

„Alles im Umkreis von vielen Kilometern ist videoüberwacht. Ihr Gesicht wurde aufgenommen und durch eine zugegeben nicht ganz offizielle Datenbank gejagt, bevor Sie auch nur in die Nähe meiner Festung gelangten. Mein Freund, Sie stecken tief im Schlamassel. Zwar konnte ich nicht in Erfahrung bringen, was Sie getan haben, aber offenbar reicht es aus, um einen Fürsten immens unleidig werden zu lassen. Haben Sie eine Ahnung, wer hinter Ihnen her ist?"

Dass sich seine Probleme bereits herumgesprochen hatten, wunderte Nicholas nicht. „Eine vage.“

Choskeih zuckte mit den Schultern. „Mir ist das Sicherheit genug. Sie sind niemand, der Informationen nach außen trägt, denn im Gegensatz zu mir haben Sie wahrhaft Grund, sich zu verstecken. Damit sind Sie keine Bedrohung für mich, Nicholas. Ich hätte Sie ans Messer geliefert, bevor Sie auch nur blinzeln. Doch so dumm sind Sie nicht.“

„Dann wollen Sie wissen, was mich herführt“, stellte Nicholas fest, ehe der Wohltäter-Dämon noch auf die Idee kam, ihm eine Kammer in seinem Fuchsbau als Asyl anzubieten. Nein danke.

„Ich muss Ihnen leider mitteilen, mein Freund“, die Bezeichnung betonte Nicholas ähnlich akzentuiert, wie sein Gegenüber es zuvor getan hatte, „dass Ihre Machenschaften nicht ganz unentdeckt geblieben sind. In gewissen Kreisen befürchtet man, Ihre Fuchsrotte könne zu stark wachsen und Ihre Interessen seien nicht allein auf wirtschaftlichen Erfolg ausgerichtet. Sie waren ehrlich zu mir, Demjan, daher will auch ich nicht lügen. Sie stehen unter Beobachtung scharfer und gefährlicher Augen.“

Nicholas registrierte den Schatten von Besorgnis im Blick des anderen. Indem er Choskeih glauben ließ, ihn im Auftrag eines mächtigen Dämons unter die Lupe zu nehmen, begab er sich auf dünnes Eis. Doch was machte das Leben aus, wenn nicht aufregendes Knistern unter den Füßen?

„Sie sind ein Spion?“, fragte Demjan Choskeih gefährlich leise.

Nicholas trank einen Schluck Wein. „Kein guter, wie Sie sehen. Ich werde bezahlt, in der Tat, und das großzügig, will ich meinen. Doch was ich sehe, und woran ich mich später für das Protokoll erinnere, sind zwei Paar Schuhe. Ich will ebenso wenig Ärger wie Sie, Demjan. Daher schlage ich vor, wir spielen gemeinsam unsere kleine Posse. Sie verraten mich nicht und ich sehe offiziell nichts anderes als einen verrotteten Bau, in dem ein paar verlauste Füchse hausen. Genau das will mein Auftraggeber sehen, wir bekommen also alle, was wir wollen. Ist das ein Angebot?“

Die Züge des Russen hatten sich langsam wieder entspannt, nun schlich sich wieder der Ansatz von Selbstzufriedenheit in sein Gesicht. „Ein gutes. Mein Freund.“

10

„Dann hältst du ihn für ungefährlich?“

Nicholas lachte über Joanas Frage und klappte das Notebook zu. Im Internet hatte er nachgeprüft, ob Demjan Choskeih die Wahrheit bezüglich seiner Firma gesagt hatte. Offenbar war dies der Fall.

„Ich sagte, er sei friedliebend. Kein Wort davon, er wäre ungefährlich.“

„Ich weiß nicht, wie das bei euch ist“, meinte Joana, setzte sich aufs Bett und zog die Beine an den Körper, „aber friedliebende und ehrliche Menschen sind in der Regel harmlos.“

„Mitnichten.“ Sein Lächeln war nachsichtig, als hätte sie soeben etwas sehr Dummes gesagt. „Wer den Frieden liebt, ist zu allem bereit, um ihn zu verteidigen, und damit keineswegs ungefährlich. Es kommt nur darauf an, auf der richtigen Seite zu sein.“

„Ist er denn auf unserer Seite?“

„Er ist auf seiner eigenen Seite und hofft, dass ich es auch bin. Mir geht es ähnlich und nun schleichen wir umeinander herum und hoffen“, er zuckte mit den Schultern, „dass unsere Seiten sich nicht gegenüberstehen.“

„Es wäre gut zu wissen, wer er genau ist, Nicholas.“

„Durchaus.“

„Aber du hast ihn nicht gefragt.“

Er seufzte. „Jo, es gibt Dinge, die fragt man einfach nicht. Unhöflichkeiten sind eine Sache, aber grob beleidigen werde ich einen Dämon nicht, solange ich in seiner Festung bin und nicht mit den Füßen zuerst und einem Zettelchen am Zeh wieder raus möchte.“

„Gut so“, beeilte sich Joana zu sagen. Er war immer

so leichtsinnig. Zu hören, dass er dennoch Vorsicht walten ließ, beruhigte sie. „Vielleicht kann ich dir helfen. Rut besitzt umfangreiche Aufzeichnungen über Dämonen. Mit deinen Informationen finde ich möglicherweise etwas heraus. Allerdings will ich beim nächsten Mal mitkommen. Mir gefällt der Gedanke nicht, dass du einfach da reinspaziert bist."

Das war eine grobe Untertreibung. Als sie das Hotelzimmer leer vorgefunden hatte, war ihr erster Plan gewesen, ihm eine saftige Szene hinzulegen. Allerdings wusste sie zu gut, dass man Nicholas damit nicht beeindrucken und erst recht nicht beeinflussen konnte.

Nicholas verengte die Augen, sodass er verärgert ausgesehen hätte, wäre nicht das Amüsement in seinen Mundwinkeln sichtbar.

„Wer bist du, Joana? Meine Babysitterin?"

Sie setzte sich rittlings auf seinen Schoß, schmiegte sich an seine Brust und schnurrte: „Deine Leibwächterin, Baby."

„Die viel zu viel Kleidung am Leib trägt", raunte er zurück und öffnete einen Knopf ihres wollenen Cardigans. „Aber um diesen Makel werde ich mich höchstpersönlich kümmern. Erzähl mir nur erst, wie dein Training lief."

Joana unterdrückte ein Seufzen. Sie hatte gehofft, er würde nicht fragen. Natürlich tat er es trotzdem, auch wenn er sich bereits an den nächsten Knopf ihrer Strickjacke machte.

„Jo, Schnellversion bitte."

Sie stieß die Luft aus, raufte sich das Haar. „Rut ist wirklich nett, aber auch nervig", sagte sie, unfähig, ihre eigene Unzulänglichkeit zu erwähnen. „Sobald jemand am Haus vorbeigeht, hängt sie mit der Nase hinter den Gardinen und späht nach draußen. Wenn die Nachbarn von der Arbeit kommen, rennt sie jedes Mal hinaus, weil angeblich der Hund pinkeln muss. Der allerdings hat überhaupt keine Lust, das Haus zu verlassen. Sie ist schrecklich neugierig und schmollt, weil ich nicht mein gesamtes Leben vor ihr ausbreite wie eine Boulevardzeitschrift."

Nicholas öffnete den letzten Knopf ihrer Strickjacke. Grinsend ließ er sich auf einen Ellbogen zurücksinken.

„Was ist mit der Blutsaugerin. Starrt sie dich auf zweideutige Weise an?"

Die Art, wie er seine Fingerspitzen über ihre Kehle und ihr Dekolleté Richtung Herz wandern ließ, hatte eindeutig etwas Zweideutiges.

„Sunna ist in Ordnung. Wirklich, sie ist sehr lieb und hat sich auf ihre Art mehrmals bei mir entschuldigt wegen der Messerattacke. Sie hofft, dass du ihr das nicht länger übel nimmst. Aber irgendwie …" Sie schüttelte den Kopf, nicht sicher, wie sie ihren Eindruck erklären sollte.

„Macht sie dir Angst? Ich kann morgen bei dir bleiben."

„Nein, sie macht mir keine Angst. Mich irritiert das innige Verhältnis zwischen ihr und Rut."

Nicholas fuhr ihre Lippen mit den Fingerspitzen nach und weckte ein heißes Kribbeln unter der berührten Haut.

„Ein inniges Verhältnis zu einem Dämon, soso." Seine Stimme klang träge, tief und unglaublich sexy. „Das ist wahrlich widerlich, Jo."

Es gelang ihm, sie zum Lächeln zu bringen, aber nicht, ihre Bedenken zu zerstreuen. „Es ist schwer zu erklären, aber sie verhalten sich seltsam. Als wäre Rut

Sunnas Mutter. Dass Rut in diese Rolle schlüpft, kann ich noch nachvollziehen. Sie hat keine leiblichen Kinder. Aber Sunna spielt das Ganze authentisch mit. Sie ist sogar zickig wie ein Teenager. Und …“, Joana stockte, „ich habe Fotos gesehen, mit Jahreszahlen versehen. Ich kann nicht beschwören, dass sie immer Sunna zeigten, aber ich vermute es. Nicholas – sie wird nie erwachsen. Sie ist immer im Körper eines jugendlichen Mädchens, manchmal sogar eines Kindes. Am Türrahmen sind Markierungen, die ihr Wachstum anzeigen. Sie ist wie eine lebendige Puppe.“ Ein Schauder rieselte ihre Wirbelsäule hinab.

„Sie ängstigt dich doch“, stellte Nicholas prosaisch fest.

„Es ist mehr eine Art Gruselgefühl.“ Joana versuchte es abzuschütteln, aber es gelang ihr nicht. Nicholas war wohl der Letzte, mit dem sie über diese Bedenken reden sollte, aber im Stillen fragte sie sich, woher Sunna die Körper der jungen Mädchen nahm.

„Du musst das nicht gutheißen.“ Sein Blick, der tief in ihre Gedanken einzudringen schien, machte ihr klar, dass er nicht mehr über Sunna sprach. Manchmal vergaß sie, dass auch er unschuldiges Blut an den Händen hatte. Viel Blut. „Du solltest nur lernen, es zu akzeptieren.“

„Das sagt sich leicht.“

Er ließ den Kopf in den Nacken fallen, lächelte gequält. „Ich kann mir vorstellen, wie schwer es dir fällt, aber es ist unumgänglich, dass du es tust. Anderenfalls“, er hob den Kopf wieder an und musterte sie, „musst du eine konsequente Entscheidung treffen, dieser Welt den Rücken kehren und deiner Bestimmung nachgehen. Uns jagen und aufhalten. Vielleicht sollte ich dich drängen, dies zu tun, aber das will nicht. Noch weniger will ich zusehen, wie dich dein Konflikt kaputtmacht, Jo.“ Eine Hand an ihr Gesicht gelegt, strich er ihr liebevoll aber kräftig mit dem Daumen über Augenbraue, Schläfe und Wangenknochen. „Deine Gewissensbisse nagen an dir. Du bist stark, aber sie werden dich auffressen, wenn du nicht akzeptieren kannst, dass auch jene ein Anrecht auf ihre Existenz haben, die sich nicht menschlicher Moral unterwerfen.“

Seine Worte klangen absurd. Wie sollte man kaltherzig hinnehmen, dass ein Dämon Kinder tötet, um ihre Körper zu rauben? Noch viel schmerzhafter jedoch war die Tatsache, dass er recht hatte. So unmöglich es schien, aber wenn sie keine Clerica werden und diese Geschöpfe aufhalten wollte, musste sie akzeptieren, dass all dies geschah. Sie hatte nicht das Recht, darüber zu urteilen, solange sie nicht alles in ihrer Macht stehende tat, um es zu verhindern. Ebendies hätte bedeutet, Nicholas zu verlassen. Doch wenn alles andere zu wanken schien, eine Sache war unumstößlich: Sie liebte ihn, egal was er war und egal was sie war. All die ambivalenten Gefühle der vergangenen Tage hatten sie in dieser Hinsicht sicherer gemacht als sie je zuvor gewesen war. Die tief versteckte Bosheit war nur ein kleiner Teil von ihm, ein einziges Fragment von Milliarden im Mosaik seiner Seele, welches ihm zudem eine Nekromantin – und damit ein Mensch – aufgezwungen hatte.

Ändere, was du nicht akzeptieren kannst, und akzeptiere, was du nicht ändern kannst; so hieß es doch. Es sollte ihr nicht schwerfallen. Aber das tat es.

Man müsste es eine Farce nennen, dass auf die Frage „Was denkst du?“ so häufig mit dem einfachen Wort

„Nichts“ geantwortet wird. In den meisten Fällen ist dies wohl gelogen. Joana verzweifelte an diesem Morgen schon seit zwei Stunden an der Aufforderung, an nichts zu denken. Sie war allein mit Rut und konnte sich voll und ganz auf das Training konzentrieren. Wie am Tag zuvor gelang ihr jedoch rein gar nichts.

„Gedanken mit dem Atem ausströmen lassen“, wies Rut an, wie schon etliche Male zuvor. „Stell dir vor, alles Denken verlässt dein Gehirn in einem stetigen, schmutzigen Fluss. Dann atmest du wieder ein und sauberes, reinstes Wasser erfüllt dich. Du bist wie ein kristallener See.“

Dass Rut das Fenster weit geöffnet hatte, half geringfügig. Joana gab sich auch alle Mühe ein kristallener See zu werden. Leider reichte es trotzdem nur zu einem brackigen Tümpel, trübe von Milliarden Gedankenpartikeln, schlierigen Fäden aus Erinnerungen und wuchernden Sorgen.

„Bald geb ich's auf.“ Enttäuscht ließ sie sich in einen Sessel sinken.

„Nicht den Mut verlieren.“ Rut, die in eine Wolldecke gehüllt in ihrem quietschenden Schaukelstuhl saß, füllte die Kaffeetassen aus einer Thermoskanne nach. Joana raste schon das Herz vor lauter Koffein. Vermutlich lag der beachtliche Kaffeekonsum der Isländer daran, dass es während des Winters nur für knappe vier Stunden richtig hell war. „Du weißt, dass du es kannst. Du hast diesen Dämon damals gebannt, als er deinen Freund töten wollte. Das beweist, dass die Magie da ist.“

„Hand aufs Herz. Wenn ich sie nur dann aktivieren kann, wenn Nicholas vor meinen Augen fast umgebracht wird, dann will ich diese Magie nie wieder spüren.“

Rut seufzte. „Vielleicht kümmern wir uns zunächst um die Identifikation des Dämons."

Sie klopfte mit den knochigen Fingern auf einen Stapel dicker Bücher, die sie vor dem Training aus einem Hohlraum unter einer losen Holzdiele in der Küche hervorgeholt hatte.

„Ich hätte sie nicht behalten dürfen", hatte sie Joana erklärt, „aber nachdem diese Teufel mir alles raubten, nahm ich ihre Ansichten über Eigentum nicht mehr so genau."

Zu einer Erklärung, was ihr die Teufel, womit sie die Clerica meinte, genommen hatten, war sie nicht bereit. Sie hatte nur hektisch den Kopf geschüttelt und die Finger in ihre Schürze gekrallt.

Joana nahm das oberste Buch an sich und schlug es wahllos in der Mitte auf.

„Wo sollen wir anfangen? Viele Informationen haben wir nicht." Es war einerseits höchst ärgerlich, dass Nicholas den anderen Dämon nicht einfach fragen konnte, schließlich wusste dieser auch, wer Nicholas war. Andererseits wollte sie auch keinesfalls riskieren, dass er sich in Gefahr begab.

„Bei A, ganz am Anfang", antwortete Rut mit einem weiteren Seufzer. Sie zog einen Bleistift aus der Kitteltasche und reichte ihn ihr. „Wir markieren am besten alle, die infrage kommen, beim Ersten angefangen."

„Beim Ersten angefangen", sinnierte Joana und biss auf das Bleistiftende. „Hast du eigentlich je über den Ursprung der Dämonen nachgedacht, Rut?" Sie stellte sich oft solche Fragen, doch alles, was Nicholas ihr hatte erklären können, war, dass sie von einem Ort absoluten Chaos stammten, an dem es weder Regeln noch Hierarchie zu geben schien, und die Existenz auf eine rein spirituelle Ebene reduziert war. Der erste ins Diesseits beschworene Dämon war seines Wissens nach Lilith gewesen, doch hier endete sein Kenntnisstand, denn Nicholas interessierte sich nicht für Vergangenes. Er sagte, dass ein Zurückblicken in die Vergangenheit der Zukunft Zeit stahl. Manchmal glaubte Joana, dass er vor seiner eigenen Vergangenheit davonlief. Er sprach selten über frühere Zeiten seines Lebens, und wenn er es tat, dann zog er seine Erzählungen ins Ironische und machte sich darüber lustig. Bevor Sascha, ihr damaliger Verlobter, ermordet worden und Joana in ein emotionales Loch gestürzt war, hatte sie Psychologie studiert. Wenn sie leichtgläubig annahm, dass die Psyche eines Dämons nicht grundsätzlich anders funktionierte als die eines Menschen, dann musste sie an Verdrängung denken. Darüber hätte er natürlich wieder gelacht, aber wenn sich jemand mit Verdrängungsmechanismen auskannte, dann war es Joana. Eigene Erfahrungen machten sie zur selbst ernannten Expertin.

„Du meinst die Geschichte von Lilith?", riss Rut sie aus ihren Gedanken.

Mechanisch nickte sie, und Rut begann zu erzählen. Legenden behaupteten, dass es der Dämonin Lilith gelang, die Membran zwischen dem Diesseits und der Chaoswelt aus eigener Kraft zu durchstoßen. Während der ersten Tage der Menschheitsgeschichte gelangte sie als wunderschöne Frau zu den Menschen, die sie alsbald verehrten und sie aufgrund ihrer Fähigkeit, aus ihrem Körper zu fahren und zu verkörpertem Wind zu werden, Windgöttin nannten. Sämtliche Männer buhlten um ihre Gunst, doch nachdem alle nichts anderes wollten, als die Windgöttin zu unterwerfen und zu ihrem Eigentum zu machen, hatte diese genug von ihnen. Sie machte ihnen ein Geschenk:

In den folgenden hundert Tagen vereinte sie sich mit hundert Männern, und jedem davon überließ sie eine besondere Gabe, die diese an ihre Nachfahren vererbten. Lilith jedoch verschwand wieder im Chaos.

An dieser Stelle unterbrach Joana. „In den jüdischen Midraschim heißt es, Lilith war Adams erste Frau, doch sie verließ ihn, weil sie sich ihm nicht unterordnen wollte."

„Ganz recht." Rut nickte sanft. „Diese Geschichte ist von der Wahrheit nicht weit entfernt, wenn Adam als das Sinnbild der ersten Menschen steht. Kannst du dir denken, welche Gabe Lilith ihren Liebhabern zurückließ?"

„Sie machte sie zu Nekromanten?", riet Joana, doch Rut verneinte.

„Sie machte sie zu Clerica."

Wie seltsam. Warum sollte eine Dämonin Dämonenjäger erschaffen? Bevor sie Rut fragen konnte, sprach diese weiter.

„Natürlich verstand zunächst niemand ihre List. Die Männer rühmten sich, nun Magie in sich zu tragen, obschon dies natürlich reine Theorie war. Du erinnerst dich, dass man Dämonenblut braucht, um die Kräfte eines Clerica zu wecken."

„Dann ergibt das alles keinen Sinn. Es gab nach Liliths Fortgang keine Dämonen mehr, oder doch?"

„Zunächst nicht." Rut ließ sich von ihrem ungeduldigen Fußwippen nicht aus der Ruhe bringen und nahm einen Schluck aus ihrer Kaffeetasse, bevor sie weitersprach. „Erinnerst du dich nicht an die Regeln der Clerica?"

Die würde sie nie vergessen, es waren ja nur zwei. „Clerica töten keine Menschen und gehorchen ihrem Mentor", betete sie herunter.

Erstaunt zog Rut die schmalen Brauen über den Rand ihrer Brille. „Mehr hat man dir nicht gesagt? Ach nein, natürlich nicht, du bist ihnen sehr rasch entkommen.“ Sie faltete die Hände über ihrem Bauch und wirkte tief bedrückt. „Die weiteren Regeln erfährt man erst zum Ende der Ausbildung, sobald sie sicher sind, Vertrauen in die neuen Mitglieder setzen zu können.“

Joanas Mund wurde trocken. Rut schien ihr mit einem Mal so traurig und erschöpft, dass sie geneigt war, das Gespräch abzubrechen. Doch sie musste herausfinden, was es mit den Clerica wirklich auf sich hatte.

„Was sind das für Regeln und was hat das Ganze mit der Lilith-Legende zu tun?“

„Zwischen zwei Clerica ist jeder intime Kontakt strengstens verboten. Die Menschen fanden erst viele Generationen nach Lilith heraus, wo diese den Pferdefuß an ihrer Gabe versteckt hatte.“ Rut räusperte sich. „Der Verbindung zweier Clerica entspringt ein Nekromant.“

Au Backe. Das war eine clevere List von Lilith. Indem sie ihren Liebhabern die Macht gegeben hatte, Dämonen zu bannen, verfluchte sie gleichzeitig deren Nachkommen zu Dämonenbeschwörern. Es war ein Kreis, ein buchstäblicher Teufelskreis: Der Dämon aktivierte die Macht des Clerica, der Clerica erschuf den Nekromanten, und der Nekromant wiederum beschwor den Dämon. Ein äußerst nachhaltiges Geschenk, anders konnte man das nicht nennen. Lilith musste eine Leidenschaft für Ironie gehabt haben.

„Du sagtest, sie verraten diesen Umstand erst, wenn sie wissen, dass sie dem neuen Mitglied vertrauen können“, überlegte Joana leise, fast mehr an sich selbst gerichtet. „Was geschieht mit denen, in die sie dieses Vertrauen nicht setzen?“

Ruts Gesicht wurde ausdruckslos. „Zwangssterilisation.“

In Joanas Bauch zog sich etwas zusammen. Es dauerte einen Moment, bis sie den Grund begriff, aber dann verstand sie, warum Rut die Clerica hasste.

„Das ist dir geschehen, nicht wahr? Sie verhinderten, dass du jemals Mutter werden konntest. Sunna ist die Tochter für dich, die du nie haben durftest, habe ich recht?“

Rut stieß einen kleinen, qualerfüllten Laut aus, doch sie schüttelte rasch den Kopf, als wollte sie den Schmerz nicht tiefer dringen lassen. „Es war in den Siebzigern, ich hatte eigentlich Glück. Es ist noch nicht lange her, da war eine solche Operation noch gefährlich und viel schmerzhafter. Es tat nur ein paar Tage weh.“

Ruts Lüge ließ Joanas Augen brennen. Wie barbarisch. Die alte Frau litt bis heute darunter. Mitfühlend legte sie ihre Hand auf Ruts knochige Finger. „Es tut mir sehr leid.“

„Ich weiß. Es ist nicht so, dass ich die Gründe der Clerica nicht nachvollziehen kann. Ich weiß von Sunna, wie grausam Nekromanten sein können. Dieses Versklaven der Dämonen ist die wahre Grausamkeit und macht sie erst gefährlich. Es wäre das Beste, wenn man verhindert, dass weitere Menschen die Macht dazu bekommen. Und trotzdem …“ Rut schüttelte den Kopf, als untersagte sie sich, zu viele ihrer Gefühle preiszugeben. „Ich bete, dass dir nicht das gleiche Schicksal zustößt. Du musst sehr vorsichtig sein, Joana. Sie dürfen dich nicht in ihre Hände bekommen, versprichst du mir das?“

Sie fühlte sich wie unter Wasser gedrückt. „Ich verspreche es“, antwortete sie mechanisch. Gedanken prasselten mit ohrenbetäubender Lautstärke auf sie ein. Eine höhnische innere Stimme erhob sich. Wer ist hier barbarisch? Wärst du früher in die Hände der Clerica gelangt, hätten sie verhindert, dass du dein Kind getötet hast!

Gleichzeitig stiegen Erinnerungen an ihre Tante Agnes in ihr auf. Agnes, die Joana in ihrer Kindheit behandelt hatte, als wäre sie ihre Tochter und nicht ihre Nichte. Agnes, die nie Kinder geboren hatte. Aber auch Agnes, die sie aller Familienbande zum Trotz kaltherzig vor den Rat der Clerica schleifen und für ihren Verrat bestrafen lassen wollte.

Von ihren Erinnerungen bedrängt, glaubte sie, in dem muffigen Zimmer nicht mehr atmen zu können. Sie stürzte ans Fenster, sog die kalte Luft tief in die Lungen und nutzte eine Atemtechnik, die einen drohenden Asthmaanfall verhindern sollte.

„K-können wir bitte weitermachen?“, stammelte sie, nachdem sie sich gefangen hatte. Die Sorgen drängte sie krampfhaft wieder in eine schattige Gasse ihres Inneren, wo sie ihre finsteren Drohungen versprühen konnten, ohne dem Rest ihres Bewusstseins zu nahezutreten.

Der nächste Versuch, sich auf das Leeren ihrer Gedanken zu konzentrieren, wurde durch Sunna vereitelt, die mit dem dicken Hund an der Leine und zwei großen Einkaufstaschen nach Hause kam. Mit stolzem Gesicht führte sie Rut und Joana einen topmodischen Jeansmantel im Patchwork Stil vor, den sie sich in der Stadt gekauft hatte.

„Was hast du denn in der anderen Tasche?“, fragte Rut.

Sunna zeigte ein verschmitztes Lächeln, bei dem Joana erstmals die Reißzähne erkennen konnte. Sie war also mindestens seit zwei Jahren in diesem Körper. Joana wusste, dass es so lange dauerte, bis der menschliche Körper sich dem dämonischen nach und nach anglich. Eine Besonderheit aller Vampirartigen, die sie von anderen Dämonen unterschied.

„Oh, ich verstehe." Rut zwinkerte und Sunna legte schelmisch den Kopf schief.

Dann drehte sie sich einmal um ihre eigene Achse und tänzelte aus dem Wohnzimmer durch den Korridor die Treppen hoch, wo sich ihr Schlafzimmer befand. Den beiden zuzusehen, wie sie die glückliche Kleinfamilie vorspielten, war ebenso verstörend wie anrührend.

„Das war sicherlich ein Weihnachtsgeschenk für mich", vermutete Rut schmunzelnd, ehe sie sich wieder Joana zuwandte und mit einer aufmunternden Geste zu verstehen gab, dass die Pause beendet war.

Durch die starke Konzentration fühlte Joana sich von ihren Gedanken beengt. Sie wogen Tonnen, wie sollte sie sich je von ihnen befreien? Doch auch wenn sie nicht daran geglaubt hatte, spürte sie bei einem der nächsten Versuche eine plötzliche Veränderung. In ihrem Geist funkte eine Flamme aus gleißendem Weiß auf, schwoll an und verschlang alles andere. Reine, saubere Leere erfüllte sie. Inmitten des Nichts, das sie weder als hell noch als dunkel oder in irgendeiner Farbe bezeichnen konnte, schien sich ein haarfeiner Riss abzuzeichnen und langsam auszudehnen. Da war etwas hinter diesem Riss, ein Bild, das sie sehen wollte. Sehen musste. Unbedingt. Doch kaum hatte sie den Wunsch verspürt, es möge sich ihr zeigen, flossen wieder Gedanken in ihr Hirn. Die reale

Welt hatte sie zurück und prompt schien der Boden unter ihren Füßen weich zu werden.

Atemlos ließ sie sich auf eine Sessellehne sinken. Nun brauchte sie ihr Asthmaspray, nahm tiefe Züge und brachte ihren rasenden Puls wieder unter Kontrolle.

„Oh Gott“, keuchte sie. „Wird mich das jedes Mal so umhauen?“

Rut lachte herzlich. „Diese jungen Dinger heutzutage vertragen aber auch gar nichts. Du wirst dich schon daran gewöhnen.“

~*~

Joana staunte über die Schönheit der kargen Natur zu beiden Seiten der Straße. Als sie aufgebrochen waren, hatte sie ans Steuer gewollt, doch nun begriff sie offenbar, warum er darauf bestanden hatte, selbst zu fahren. Nicholas kannte sie gut genug, um zu wissen, dass sie sich an dem Schauspiel nicht sattsehen konnte. Die Sonne versank glühend am Horizont und goss lebendiges Burgunderrot über die Lavawüste und die von bräunlichen Flechten bewachsenen Hügel. Seen und Flüsse quollen wie blutende Wunden aus den Senken, heiße Quellen hauchten rosafarbenen Dampf in die kalte Luft.

Nach der etwa einstündigen Fahrt parkte er den Wagen am Eingang von Demjans Grotte. Er hatte den Motor noch nicht abgeschaltet, da huschte Joana bereits aus dem Auto. Sie zog sich die Wollmütze über die Ohren und zupfte den Schal über ihren Mund, sodass nur ein schmaler Streifen ihres Gesichts zu sehen war. Ihr Atem kam flach, was wohl an der Kälte lag, mit der ihre Bronchien Probleme hatten.

Auffrischender Wind riss an ihren unter der Mütze heraushängenden Haaren. Wie immer senkte sie den Kopf, sobald sie den Wagen verließ, und sah sich aus weit geöffneten Augen um, die Lider so weit hochgeschlagen, dass ihre Wimpern beinahe die Brauen berührten. Der übliche Ausdruck von leichtem Misstrauen prägte ihr Gesicht und man konnte meinen, sie würde lieber einen Schritt zurückmachen, um größeren Abstand zu halten. Abstand zu was auch immer. Eigentlich zu allem.

Sie herzubringen war eine dumme Idee gewesen. Zu gefährlich. So harmlos und idyllisch das Land sich gab, in kurzer Zeit würde es in die eisige Finsternis der Nacht getaucht sein. Finsternis, die Joana nicht umgeben sollte, weil sie zu weich war, um ihr standzuhalten. In Nicholas flackerte das dringende Bedürfnis, sie unter seiner Jacke zu verstecken und sie dorthin zu bringen, wo es warm und sonnig war. Andererseits war ein geschäftstüchtiger Dämon mit Wohltäter-Ambitionen vielleicht genau das, was sie erleben sollte, um die Befangenheit abzulegen, mit der sie seine Welt und manchmal auch ihn selbst betrachtete.

Ihre Finger waren eisig, als er sie ergriff, um sie ins Innere der Höhle zu führen. Ganz gewiss hatte sie Angst, aber das ließ sie ihn nicht spüren. Als Clerica war sie in der Lage, ihm ihre Gefühle vorzuenthalten, wenn sie es darauf anlegte. Er hatte ihr von der Extravaganz dieses Ortes berichtet, sie staunte dennoch, und beim Aufleuchten der Lichter im Tunnel zuckte sie zusammen. Er klopfte und Joana schob ihre Hände tief in die Taschen ihres Mantels.

Das Tor wurde von demselben Mann wie am Vortag geöffnet. Zwischenzeitlich hatte Nicholas erfahren, dass er Tomte hieß. Als er Joana erblickte, verdüsterte sich sein Blick.

„Tut mir leid, Nicholas, aber sie wird draußen bleiben müssen. Wir dulden hier keine Inanen, Befehl vom Boss."

„Sie ist keine ... Inane." Das letzte Wort spuckte Nicholas regelrecht aus.

„Sondern?"

Joana setzte ein kühles Lächeln auf. „Seine Leibwächterin."

Nicholas musste sich ein Schnauben verkneifen. Sie machte einen Schritt vor und hielt Tomte die Hand hin.

„Joana. Freut mich, Sie kennenzulernen."

Bodyguards legten für gewöhnlich ein anderes Verhalten an den Tag. Tomtes Blick glitt an ihr auf und ab, als schätzte er, ob dieser weiche, zutiefst weibliche Körper in der Lage zu einem ernsthaften Kampf sei. Definitiv nicht, aber ob sie unter ihrem Mantel weiche Kurven oder Muskeln verbarg, ließ sich schwer erkennen. Tomte zuckte mit den Schultern. Er packte ihre Hand in einer so schnellen Bewegung, dass sie nicht zurückweichen konnte, selbst wenn sie gewollt hätte, und schüttelte sie.

„Tomte", stellte er sich vor. „Zu Ihren Diensten."

Damit öffnete er das Tor gänzlich. Er verneigte sich sogar, als sie an ihm vorbeitraten. Joana beachtete die luxuriöse Architektur und Einrichtung kaum, die Halbdämonen dafür umso genauer. Wieder standen sie in menschlicher Gestalt in den Gängen, immer in kleinen Grüppchen eng beisammen. An diesem Tag verströmten sie weniger Angst und Misstrauen, dafür mehr offenes Interesse. Es stand in ihren Emotionen, wie auch in ihren großen Augen, die jeden Schritt der Besucher verfolgten, sich jedoch schnell abwandten, wenn ihre Blicke erwidert wurden.

Tomte führte sie diesmal einen anderen Weg entlang, einen schmalen, schwach beleuchteten Tunnel, der sich spiralförmig tiefer in die Erde schlängelte. Der Gang mündete in einem runden Raum. Parkettböden, mit Intarsien geschmückte Holztäfelung an den Wänden, eine gewölbte Decke und antike Möbel prägten das Bild. Im hinteren Bereich befand sich eine Tür, an der ein Metallschild mit kyrillischen Zeichen befestigt war. Nicholas besaß nur oberflächliche Kenntnis des Kyrilliza, doch es reichte aus, um zu entziffern, dass die Aufschrift den Durchgang für Unbefugte strengstens untersagte.

An einem runden Massivholztisch saß Demjan Choskeih über eine Aufzeichnung gebeugt, schob diese jedoch beiseite, als sie eintraten.

„Wie schön, dass Sie meiner Einladung gefolgt sind, Nicholas", tönte sein rollender Bass.

Der Russe erhob sich und wandte sich Joana zu, der er sich formvollendet vorstellte, bevor er einen Handkuss andeutete. Ihr Misstrauen musste Nicholas nicht erspüren, es stand ihr im Gesicht geschrieben und schwang in ihrer Stimme. Sie sagte kein Wort mehr als ihren Namen, mit einem Zögern zwischen dem Vornamen und dem falschen Nachnamen.

„Nicholas, mein Freund, Sie haben mir nicht erzählt, dass sie sich in so reizender Begleitung befinden. Wie konnten Sie mir diese bezaubernde Dame den ganzen gestrigen Tag verschweigen?"

Zur Hölle. Musste der jetzt Süßholz raspeln? Nicholas war kurz davor, sich für den Dämon zu schämen. So hatte er sich das nicht vorgestellt.

„Und ganz besonders begrüße ich, dass diese Begleitung auf freiwilliger Basis beruht. Verzeihen Sie das kleine Missverständnis meines Mitarbeiters." Er warf dem im Gang lehnenden Tomte ein knappes Nicken zu, und wandte sich dann an Joana. „Bitte legen Sie doch ihre Mäntel ab und setzen Sie sich."

Nicholas übergab Tomte seine Jacke und begutachtete, wie dieser Joana mit der freien Hand aus ihrem Mantel zu helfen versuchte, wobei er ihr nur im Weg war. „Kleiner", raunte er ihm zu, „von gewissen Kleidungsstücken abgesehen, kann sie sich selbst ausziehen."

Tomte errötete bis in die Ohren und rauschte davon. Joanas langer Mantel schleifte fast am Boden, so kurz geraten war der Kerl.

„Verzeihen Sie noch einmal etwaige Unhöflichkeiten", fuhr Demjan gelassen fort, wobei er immer noch allein Joana ansprach. „Tomte ist ein skeptischer Junge. Wir haben selbstredend von dem besonderen Talent der Bewusstseinsmanipulation Ihres ... Begleiters erfahren. Ich muss offen gestehen, dass mentale Versklavung von Menschen zu den Belangen gehört, die mir nicht geheuer erscheinen. Mehr noch", er senkte die Stimme, „ich lehne dies vollkommen ab."

In Joanas Mundwinkeln spielte trotz aller Nervosität eine gewisse Zufriedenheit. Nun ergriff sie das Wort. „Das ist mir überaus sympathisch, Herr Choskeih."

„Ach bitte, nennen Sie mich Demjan. Kaum etwas ist mir so wichtig wie die guten Beziehungen zwischen Menschen und unserer Welt der Paranormalität."

‚Welt der Paranormalität?' Nicholas zog eine Braue hoch. Das war ja brechreizerregend.

„Wenngleich diese in der Regel diskreter verläuft als in Ihrem speziellen Fall."

Ach. Sollte dies eine Art Tadel darstellen? Wenn ja,

konnte Demjan sich in Nicholas' Kopf sogleich in die lange Schlange der Klugscheißer einreihen, deren Meinung man mit Klopapier bedeckt bestattet.

Demjan hörte überhaupt nicht mehr auf, eine Schleimspur um Joana zu ziehen, was sie mit wachsendem Amüsement aufnahm.

„Ihr Fall, werte Joana, ist eine Rarität, tatsächlich eine grandiose Rarität. Ein Mensch in enger emotionaler Verbindung zu einem reinblütigen Nicht-Menschen ist nicht so selten, wie sie annehmen mögen. Doch für gewöhnlich basiert diese Verbindung auf einer alternativen Wahrheit, bei der die wahre Herkunft des paranormalen Parts sorgsam geheim gehalten wird."

So sehr Nicholas sich von dem Gesülze angeekelt fühlte, so ergiebig waren die Informationen, die er zog. Der Russe wusste demnach nicht, dass Joana eine Clerica war. Oder er wollte sie glauben machen, es nicht zu wissen. Interessant.

„Dieser Bau ist sehr eindrucksvoll." Joana sah an die gewölbte, mit Zierbalken versehene Decke. „So etwas habe ich noch nie gesehen. Wie ist es Ihnen gelungen, all das anfertigen zu lassen, ohne dass die Menschen davon erfahren haben? Ich nehme nicht an, dass es eine Baugenehmigung gibt?"

„Sind Sie von der isländischen Bauaufsicht oder von der Links-Grünen-Bewegung?" Demjan schmunzelte und schwieg, da ein junges Mädchen eintrat, zierlich wie eine Puppe und mit so großen Augen wie eine Mangafigur. Sie verteilte eine Kaffeekanne, eine Flasche Mineralwasser und eine Karaffe Wein nebst Tassen und Gläsern auf dem Tisch, jeden Augenkontakt meidend. Erst als das Püppchen ohne ein Wort davongehuscht war, ergriff Demjan wieder das Wort.

„Die Hauptgänge meiner Festung, wie ich diese Anlage gern nenne, sind schon mehrere Hundert Jahre alt. Ich habe das meiste vorgefunden, über viele Jahre hinweg ausbauen und nach und nach meinem persönlichen Stil angleichen lassen. Zu hundert Prozent von den Skröggandi, die im Übrigen dankbar waren, eine Arbeit gefunden zu haben. Südlich von hier ließ ich einen kleinen Fischereihafen umbauen, über den wir alle Werkstoffe unauffällig importieren. Glücklicherweise verfügte ich von Anfang an über ausreichend finanzielle Rücklagen für das Projekt, dennoch waren die ersten Jahre hart. Schließlich arbeitete ich zunächst mit vollkommen“, er rümpfte die Nase, „primitiven Geschöpfen, die im besten Falle vorher Bauern, Jäger oder Fischer gewesen waren. Seit ich meine Arbeitskräfte von früher Kindheit an gezielt zu Experten in den individuell erforderlichen Bereichen ausbilden lasse, hat sich alles zu unserem Vorteil entwickelt.“

Nicholas las die Frage in Joanas Gesicht, und ebenso die Hemmung, sie auszusprechen, also tat er es:

„Was meinen Sie damit, Ihre Arbeitskräfte gezielt auszubilden?“

„Nun, ich kann sie kaum zur Schule schicken.“ Demjan lachte, offenbar hatte er einen Witz gemacht, den außer ihm niemand verstand. „Sie müssen das verstehen. Die Skröggandi mögen menschlich anmuten, aber das sind sie nicht. Es sind wilde Tiere, solange niemand sie in sinnvolle Bahnen lenkt und in ihre Schranken weist. Gerade die Jugendlichen geraten mir hin und wieder außer Kontrolle. Dann sind die Schafe der Nachbarn in ernster Gefahr.“

„Mir kamen sie nicht gefährlich vor.“ Joana ignorierte den Wein, den der Russe ihr anbot, pustete stattdessen in ihren Kaffee, goss Milch hinein und ließ zwei Stücke Würfelzucker hinterherplumpsen.

„Haben Sie keine Angst", ließ Demjan sich vernehmen. „Normalerweise sind sie harmlos. Sie akzeptieren mich voll und ganz als ihr Alphatier."

Er lehnte sich über den Tisch und machte Anstalten, ihre Hand zu tätscheln. Jetzt war endgültig Schluss mit lustig. Nicholas warf Choskeih einen Blick mit der Aussage ‚letzte Warnung!' zu. Der zog seine Finger zurück. Sein Glück. Er konnte diesen aufgeblasenen Gockel von Sekunde zu Sekunde weniger leiden.

„Fakt ist aber", sprach Choskeih eilig weiter, „dass sie konsequenter Führung dringend bedürfen. Sie bleiben dumm und oberflächlich, wenn man ihnen gestattet, sich wie Menschen breit gefächert zu bilden. Das Potenzial ihrer Gehirne ist dafür nicht ausgerichtet. Konzentriert man ihre Entwicklung aber von früher Kindheit an punktiert auf einen Bereich, werden sie wahre Experten auf ihrem Gebiet."

„Ähnlich dem Savant-Syndrom?", fragte Joana, doch der Klugscheißer konnte mit dem Wort offenbar nichts anfangen, daher machte sie es ihm leichter. „Eine Inselbegabung?"

„Ja, so könnte man es nennen. Man muss sie von klein auf an ihre spätere Aufgaben gewöhnen, sonst …" Choskeih seufzte und Joanas Augenbrauen schossen in die Höhe.

„Sonst?"

„Sie können es an Tomte beobachten. Der Junge wuchs in Deutschland bei Menschen auf, die versuchten, ebenfalls einen Menschen aus ihm zu machen. Leider ist er dadurch von überwältigender Begabungslosigkeit und taugt nur zum Mädchen für alles. Was schade ist. Schade für ihn, denn sein Potenzial wäre sicher groß gewesen."

Nicholas warf einen Blick auf die Uhr und zog sein Zippo aus der Tasche, um es gelangweilt auf- und zuschnappen zu lassen. Klick-klack. Hübsch. Vor allem, da es Demjan zu nerven schien. Klick-klack, klick-klack. Dem Gespräch über die halbdämonischen Skröggandi wohnte er nur noch mit einem Ohr bei. Inzwischen war er überzeugt, dass der Wohltäter längst nicht so selbstlos war, wie er sich gab. Joana jedoch schien fasziniert, und so war zumindest dieser Teil seines Plans, ihr die Hölle für besser zu verkaufen, als sie war, aufgegangen. Die Welt der Paranormalität, so hatte Choskeih es genannt. Nicholas musste sich verkneifen, seine Abneigung offen zu zeigen. Wie weit war es gekommen, wenn schon reinblütige Dämonen das Wort ‚Hölle' nicht mehr in den Mund nehmen wollten?

Joana und Demjan waren inzwischen zu einer Bestandsaufnahme an Demjans Fuhrpark gekommen und bedauerlicherweise war dies ein Thema, mit dem man Joana imponieren konnte, besonders, wenn er die geländetauglichen Quads in der Garage bedachte.

Doch plötzlich zuckte sie zusammen, da sich ein wütender Schrei und metallenes Scheppern aus dem Nichts erhob. Nicholas lokalisierte die Geräusche rasch, sie kamen aus dem hinter Lamellen versteckten Belüftungsrohr in der Wand.

„Sie müssen entschuldigen." Demjan Choskeih sprach leise und hatte sichtlich Mühe, sein Schmunzeln zu verbergen, als die Laute zu einem Murmeln und leisem Klirren abebbten. „Ich bin sehr stolz auf das Rohrsystem, das alle Räume permanent mit frischer Luft versorgt. Leider hat es eine winzige Schwäche. Die Küche befindet sich gleich unter diesem Arbeitszimmer. Die Gerüche werden durch die Richtung der Luftströme zwar nicht hergeleitet, aber die Geräusche. Daher bevorzuge ich es, ab dem späten Nachmittag, wenn die Köche ihre Arbeit aufnehmen, in eines meiner anderen Büros zu gehen."

„Oh." Joana schien erleichtert. „Ließe sich das Problem nicht durch einen Umbau lösen?"

„Das wäre möglich. Allerdings ist es höchst aufschlussreich, was in der Küche besprochen wird, obwohl ich natürlich nur die lautstarken Gespräche verfolgen kann. Sie kennen doch sicher die alte Schiffsregel, Joana. Keine Meuterei, die nicht ihren Weg durch die Kombüse nimmt."

Nicholas registrierte zufrieden, wie der hehre Glanz des Russen in Joanas Augen erste Fettflecken bekam. Dass er seine Leute heimlich belauschte, gefiel ihr nicht. Nicholas dafür umso besser.

11

Tomte, dessen vollständiger Name Tomte Raik Svalanson lautete, was außer ihm aber niemanden interessierte, floh. Er duckte sich unter einer nach ihm geworfenen Metallschüssel, huschte durch die Tür und warf sie hinter sich zu. Nichts wie weg hier! Wenn der irre Koch ihn erwischte, würde er ihn filetieren wie einen seiner glupschäugigen Fische. Und zwar bei lebendigem Leibe. Unangenehm.

Auf den blanken Böden geriet Tomte mit dem abgetretenen Profil seiner Schuhe ins Rutschen, dennoch rannte er mit unverändertem Tempo durch die Gänge. Er bog mal links und mal rechts ab, stieß zwei junge Frauen zur Seite, die auf dem Weg in die Architekturbüros waren, und stoppte erst, als er sich in der Nähe der Schlafräume im oberen Sektor des Berges befand. Hier war er sicher. Hoffentlich.

Zufrieden mit sich schnupperte er an dem geräucherten Schinken, der die Größe eines Footballs hatte, weshalb er ihn wie einen solchen unter den Arm geklemmt trug. Der Hauch einer üblen Vorahnung mischte dem salzigen Duft eine unangenehme Note bei, doch er schüttelte die Sorge ab. Der dümmliche Koch war noch kleiner und magerer als Tomte, dafür leider gut mit Messern aller Größen ausgestattet. Er würde den Diebstahl in ein paar Stunden vergessen haben. Im schlimmsten Fall verriet er ihn, doch auch dies hatte nie ernsthafte Konsequenzen. Der Boss hatte meist Verständnis für Tomte. Viel mehr, als es normal gewesen wäre. ‚Junge', nannte er ihn, dabei war Tomte schon dreißig und damit allenfalls zehn Jahre jünger als der Boss aussah. Dreißig Jahre. Eine lächerliche Zeitspanne musste dies für einen Dämon darstellen, doch Skröggandi hatten den Zenit ihres Lebens in diesem Alter bereits überschritten, wurden sie doch selten älter als fünfzig.

Tomtes Drang, verlockende Dinge an sich zu nehmen, war im Rudel bekannt. Die meisten fühlten sich zwar gestört, doch solange er nur Gegenstände stahl, die in ausreichender Menge vorhanden waren, machte sich niemand viel daraus. Sie nannten es Kleptomanie. Eine traurige Folge dessen, dass er ohne ein besonderes Talent war.

Ach, wenn die wüssten!

Er schlenderte den zu dieser Tageszeit verlassenen Gang entlang und pfiff eine muntere Melodie durch die Zähne. Außer ihm waren alle bei ihrer Arbeit. Auch er sollte sich langsam wieder in die Nähe des Bosses begeben, falls dieser seine Dienste in Anspruch nehmen wollte. Doch zuvor machte er einen Stopp an einer Tür, die für jedermann wie alle anderen Türen aussehen musste. Nur nicht für ihn. Er drückte die Klinke runter. Natürlich war sie offen. Es gab kaum Schlüssel in der Feste, und wenn überhaupt etwas abgeschlossen wurde, waren es nicht die Privatgemächer der Skröggandi. Keinem von ihnen hätte es etwas bedeutet, eine Tür zu verschließen. Und Tomte wollte ja auch nichts stehlen. Diesmal nicht.

Er betrat Hellas Schlafzimmer, sog die abgestandene Luft ein und nahm sie ganz in sich auf. Ihr weiblicher Duft vermischte sich mit den schwachen Resten seines eigenen Geruchs wie die beiden ineinander verschlungenen Körper, die Hella und er am Morgen noch gewesen waren. Seufzend ließ er zu, dass das verlangende Vibrieren durch seinen Körper wanderte, um sich in seinen Lenden zu sammeln. Wie schade, dass er ihr nicht ernsthaft seine Aufwartung machen konnte. Aber den Mann, der er war, durfte sie nicht heiraten, und der, den sie heiraten durfte, konnte er nicht sein. Er war befugt, ihre sexuellen Bedürfnisse zu erfüllen. Mehr war nicht erlaubt zwischen ihm und der kleinen Programmiererin mit dem struppigen Kurzhaarschnitt, der so sehr an ihr wild duftendes Fuchsfell erinnerte, dass er beim bloßen Gedanken daran ins Schwärmen sowie darüber hinaus ins Knurren geriet.

Er schüttelte seine animalischen Gelüste ab, legte den gestohlenen Schinken als kleines Dankeschön für die vergangene Nacht auf den grob gezimmerten Tisch neben ihrer Pritsche. Unter dem Gewicht des Rauchfleischs neigte sich dieser, sodass eins der Holzbeine hilflos in der Luft hing. Tomte stieß ein ebenso amüsiertes wie abfälliges Geräusch zwischen den Zähnen hervor. Dummes Mädchen. Programmierte Maschinen, schweißte mit millimetergenauer Präzision an Festplatten, Computerchips und all diesem winzigen Zauberwerk herum, war aber nicht in der Lage, einen Tisch zu bauen, dessen Beine dieselbe Länge hatten.

Kopfschüttelnd verließ er den Wohnbereich und trottete seine Spielkarten mischend zurück zum Privatbüro des Bosses. Dabei grübelte er über die Gäste, die so unerwartet aufgetaucht waren und den Boss nervös gemacht hatten. Dies schien sich jedoch gelegt zu haben, der pfeffrige Geruch von Adrenalin hatte nachgelassen. Der fremde Mann, Nicholas, wirkte gefährlich, aber nicht akut bedrohlich. Er roch an ihm nichts, was auf Ärger hindeutete. Die Frau war ängstlicher als er, aber auch nicht so nervös, dass es den Anschein hatte, sie würde etwas im Schilde führen.

Als Nicholas sie mitgebracht hatte, war Tomte deutlich mehr Adrenalin an ihm aufgefallen. Zunächst war ihm das verdächtig vorgekommen, doch nachdem er bemerkt hatte, dass der Dämon nach der Menschenfrau roch, und die Menschenfrau nach dem Dämon, hatte er begriffen. Was immer sie auch war, seine Leibwächterin bestimmt nicht. Sie bedeutete ihm etwas, ihre Nähe zu anderen Dämonen beunruhigte ihn. Neugier wallte in Tomte auf. Warum hatten sie gelogen? Er hätte gern erfahren, weshalb dieses seltsame Paar hier war, und ob sie ihm möglicherweise nützlich sein könnten.

An seinem Ziel angekommen setzte er sich neben der Tür auf den Boden, verwies die Grübeleien seines Kopfes und begann eine komplizierte Patience mit zweiundfünfzig Karten nach Regeln, die außer ihm niemand kannte.

~*~

Mit der Zeit hatte Joanas Anspannung nachgelassen. Demjan Choskeih war ein Gockel, machte aber keinen aggressiven oder verlogenen Eindruck. Nicht, dass sie sich als Seismograf für dämonische Launen für besonders begnadet hielt, aber ihr Gefühl verhieß nichts Ungutes. Nicholas schien allenfalls genervt, nicht aber ernsthaft besorgt. So fragte sie ihren Gastgeber im Laufe des Nachmittags hemmungslos aus. Vielleicht kam sie an Informationen, die Rut weiterhelfen oder sie von dem Gedanken abbringen würden, dass dieser Dämon von Island aus die Weltherrschaft an sich reißen wollte. Als Demjan nach einem Blick auf sein Notebook jedoch den Vorschlag unterbreitete, dass Nicholas und Joana über Nacht bleiben sollten, wurde ihr allerdings mulmig.

„Das Wetter schlägt in unseren Breiten sehr schnell um", erklärte Demjan und drehte den Monitor, sodass Joana Satellitenaufnahmen erkennen konnte. „Vor einer knappen Stunde kündigte sich Niederschlag an, inzwischen liegen draußen bereits mehrere Zentimeter Neuschnee. Laut den Vorhersagen meiner Leute müssen wir von einem Schneesturm ausgehen."

„Unser Mietwagen hat Allradantrieb und Winterreifen sowie Schneeketten im Kofferraum", meinte Nicholas.

Demjan schüttelte langsam den Kopf. „Meine Sorge bezieht sich auf den Weg, der von hier bis zur Hauptstraße führt. Ist dieser erst zugeschneit, werdet ihr bei Dunkelheit die Fahrbahn nicht mehr erkennen. Zu beiden Seiten befinden sich unpassierbare Lavawüsten. Geratet ihr mit dem Wagen in einen der Krater, ist ein platter Reifen oder ein Achsenbruch noch das Harmloseste."

Joana wechselte einen raschen Blick mit Nicholas. Die Aussicht, nachts bei Schneesturm in einem fahruntauglichen Auto festzusitzen, behagte ihr noch weniger, als in der Bergfestung zu bleiben. So sagte Nicholas mit einem Schulterzucken zu.

Demjan strahlte, als hätte er das Wetter höchstpersönlich in Auftrag gegeben, um das Gespräch in die Länge zu ziehen. Er tippte auf einem Gerät herum, das Joana für eine Art Kommunikator hielt. Kurz darauf erschien Tomte und erhielt die Anweisung, zwei Zimmer für den Gast und seine Leibwächterin vorbereiten zu lassen. Der joviale Unterton, der das Wort ‚Leibwächterin' begleitete, ließ Demjans Wissen durchklingen, dass die getrennten Zimmer nicht in ihrem Sinne waren. Ganz besonders nicht in Nicholas'. Irrte sie sich, oder hörte sie ein Zähneknirschen?

„Was ist mit dir?", flüsterte sie Nicholas zu. Er musste den Dämon in seinem Inneren mit Emotionen füttern, sie wusste, dass er nicht länger warten sollte.

„Ich finde schon jemanden."

Demjan zog die Brauen zusammen. „Ich hoffe, du willst dich nicht an einem meiner Arbeiter vergehen, mein Freund. Du wirst ins nächste Dorf fliegen müssen. Der körperlose Zustand ist hierzulande sicher, du brauchst dir keine Sorgen machen. Es gibt keine Jäger auf Island."

Joana verkniff sich rechtzeitig die Bemerkung, dass sie darüber Bescheid wussten. Die Vorstellung, Nicholas würde den Berg verlassen und sie nicht, ließ ein Frösteln ihre Wirbelsäule herabrieseln.

„Ihr habt nichts zu befürchten."

In Demjans Lächeln spielte Impertinenz eine deutliche Rolle, als er zwischen Joana und Nicholas hin- und herblickte. Sichtlich genoss er die Tatsache, dass Nicholas ihm ungern vertraute. Leider wurde es für Nicholas höchste Zeit, sodass ein Aufschub Joana ernsthaft in Gefahr gebracht hätte. Seine Beherrschung stand auf wackligen Beinen, wenn er in diesem speziellen Sinne hungrig war. Sie wusste, wie stark der Dämon in ihm gerade ihre Emotionen begehrte und wie sehr ihre körperliche Nähe ihn herausforderte.

„Ich halte es für sicher", sagte sie in bester Leibwächterinnen-Manier, ihre Befürchtungen unterdrückend.

Demjan erhob sich und streckte den Rücken. „Tomte wird euch zu euren Zimmern führen. Es würde mich freuen, euch in zwei Stunden zum

Abendessen in der Halle begrüßen zu dürfen."

Zimmer. So hatte Demjan es genannt. Nun, es hatte vier Wände, einen Fußboden und eine Decke. Das waren aber auch schon alle Gemeinsamkeiten mit ordinären Zimmern. Joana bezeichnete es eher als Suite und fragte sich, ob alle hier in ähnlichen Verhältnissen lebten. Das Mobiliar war kantig und vollständig verchromt, was dem Raum etwas Futuristisches verlieh. Bis auf eine weinrote Vase, in der eine einzelne weiße Rose dem Verwelken noch mit stolz erhobenem Kopf entgegensah, gab es keinen unnötigen Deko-Schnickschnack. An einer Wand hing ein Flachbildschirm von solchen Ausmaßen, dass er das Wort ‚unbezahlbar' in den Raum reflektierte. Und das Bett! Das Bett war ein Traum. Ebenso breit wie lang machte es Joana unmissverständlich klar, wie müde sie war. Auf dem Boden davor breitete sich ein silberweißer Teppich aus, der sie augenblicklich zwang, ihre Schuhe und Strümpfe auszuziehen, damit ihre Zehen in dem hohen Flor versinken konnten. Herrlich.

Die Verbindungstür zu Nicholas' Zimmer öffnete sich. Er streckte den Kopf hindurch und sah sich um.

„Ganz nett, oder?"

Mäßig beeindruckt kam er zu ihr herüber und ließ sich aufs Bett fallen. Sie kniete sich auf den Teppich und grub die Hände hinein.

„Wenn dieses Teil nicht so unglaublich weich, sauber und pudrig wäre, würde ich sagen, dass es ein gigantisches Eisbärfell sein muss."

Mit einer Kopfbewegung deutete er nach oben. „Hast du die Fenster gesehen?"

Das hatte sie nicht. Als sie aufblickte, erkannte sie

staunend runde Deckenfenster unterschiedlicher Größe. Durch eine hauchdünne kristallene Schneedecke sah der dunkle Abendhimmel auf sie hinab. Neugierig drehte sie an einem Schalter neben der Tür und wie erwartet öffnete sich eines der Fenster. Pulverschnee rieselte aufs Bett und auf Nicholas, der sich amüsiert schüttelte und sie mit einer Handbewegung zu sich rief.

„Ich muss jetzt los, aber ich brauche nur eine halbe Stunde“, sagte er, zog sie über sich und küsste ihre Stirn. Ihr Haar fiel ihm ins Gesicht, sie spürte ihn tief einatmen. „Du solltest die Tür abschließen. Hast du deine Pistole?“

„Ich habe keine Angst.“ Joana war inzwischen überzeugt, dass man ihr nichts antun würde. Tomte hatte ihr versprochen, auf dem Gang zu bleiben. Ihm vertraute sie, wenn es vielleicht auch nur daran lag, weil er ihre Sprache sprach, und das zudem mit einem leichten norddeutschen Akzent, der ihr vertraut war. Er hatte erzählt, dass er erst seit drei Jahren in Island lebte und ursprünglich aus Bremen kam. Jemand, der sein Leben lang in der Großstadt den Menschen gespielt hatte, ohne auffällig zu werden, war bestimmt keine Gefahr. Seine Größe, er war ein wenig kleiner als Joana, sowie die knabenhafte Statur taten ihr Übriges. „Mach dir keine Sorgen.“

„Okay. Aber bleib im Zimmer. Ich bin gleich zurück.“

„Sei vorsichtig“, flüsterte sie und sah das winzige, dunkle Flackern in seinen Augen. Mit ihrer Bitte war nicht nur gemeint, er möge auf sich aufpassen. Ebenso bat sie ihn, achtzugeben, dem gewählten Menschen keinen bleibenden Schaden zu verursachen. Er antwortete nicht darauf, das tat er nie. Sie hoffte trotzdem, er würde ihrer Bitte nachkommen.

Joana trat einen Schritt zurück, als Nicholas seinen Körper verließ. Das immer gleiche Schaudern durchfuhr sie. Das Bild mochte ihr vertraut sein, doch es machte ihr nach wie vor Angst, wenn sich sein Körper vor Schmerzen krümmte. Anders ging es nicht. Eiseskälte strömte durch ihr Blut, und obwohl es rein gar nichts nutzte, schlag sie die Arme um den Oberkörper. Er beeilte sich und verschwand in einer fließenden Bewegung durch die kleine Fensteröffnung. Prompt ließ die Kälte nach.

Sie trat zur Tür, berührte den Schlüssel mit den Fingerspitzen. Seit dem Morgen ging ihr Tante Agnes nicht mehr aus dem Kopf. In den Gesprächen mit Demjan hatte sie erfahren, dass die Festung über eine topmoderne Hightech-Telefonanlage verfügte, von der aus Gespräche möglich waren, die sich von nichts und niemandem zurückverfolgen ließen. Die Gelegenheit war zu günstig, zu einmalig, um sie ziehen zu lassen. Statt den Schlüssel im Schloss umzudrehen, drückte sie die Klinke hinunter.

~*~

Mit seiner ganzen Größe atmete sein Schattenleib den eiskalten Wind, und der Wind atmete ihn. Wie lange war er nicht mehr frei geflogen? Es war zu lange her, seit er zuletzt Schneeflocken gespürt hatte, die seinen Körper teilten, durch ihn hindurchglitten wie Fische durch Wasser. Auch die Luft fühlte sich flüssig an. Er war eine kraftvolle Strömung, die durchs Meer jagte. Sein Ozean war der nachtschwarze Himmel. Die Gezeiten seines Hungers bestimmten die Richtung.

Die ersten Menschen witterte er nach wenigen Kilometern. Unter ihm befand sich ein Gehöft, eine Ansammlung kleiner Wohnhäuser, die sich Schutz suchend vor der sie umgebenden Einsamkeit aneinander schmiegten. Aus ihrem Inneren blinzelten Lichter, die ihn ebenso lockten wie die Düfte der menschlichen Gefühle. Neben einem der erleuchteten Fenster sank er nieder. Er materialisierte sich nicht vollständig, gab seinen Umrissen nur so viel Substanz, um gegen eine Fensterscheibe zu klopfen, wie ein Zweig im Wind es täte. Ein Gruß an die Frau, die er hinter dem Glas witterte. Sogleich spürte er Beklemmung, einen fragenden Laut in dieser bellenden Sprache. Die Stimme der Frau war eine Leine, die er mental ergriff. Sein Geist arbeitete sich an ihr entlang. Durch pure Konzentration gelangte er in ihr Bewusstsein, ohne ihr in die Augen sehen zu müssen.

Komm zu mir.

Es fiel ihm nicht leicht, sie ohne Blickkontakt zu manipulieren, sie schweigend und in traumwandlerischen Schritten zur Haustür gehen zu lassen. Sie gehorchte körperlich, doch ihr Geist wehrte sich heftig. Ihr Herz lockte mit seinem Gepolter und ließ ihn vor Hunger lautlos grollen. Es vibrierte in seiner Kehle, ohne dass er im Schattenleib einen Ton hätte von sich geben können. Als die Frau die Verrieglung der Tür öffnete, wäre sie ihm beinahe entglitten. Doch er hörte ein leises Aufseufzen in ihrem Atem und fand in dem Hauch ihrer Stimme genug Halt, um sie weiterzuziehen. Endlich verließ sie den trügerischen Schutz des Hauses und kam ihm entgegen. Sie trug einen abgetragenen Hausanzug und hielt ein Buch in der Hand. Vermutlich las sie abends gern, so wie Joana. Die Finger der Frau krallten sich so fest in das Buch, dass die Seiten zerknitterten. Grüne Augen starrten ihm aufgerissen und wilde Panik widerspiegelnd entgegen. Doch kein Laut verließ ihre Lippen, als er die Hände ausstreckte und sie um ihr schmales Gesicht schmiegte. Kein Laut, als er die Finger bewegte, sodass es aussehen musste, als würde er sie in ihr blondes Haar graben. Kein Laut, als er sein dämonisches Gesicht dem ihren näherte, fast wie zum Kuss. Sein Wille hielt sie und durch die halbexistente Präsenz seines Daseins als Schatten konnte er ihre Gefühle an sich nehmen. Sie flossen in ihn über, ungehalten und in Schüben. Wohlig schauderte er unter den nährenden Emotionen. Entsetzen, Sorge, vielleicht um ihre Familie, die im Haus nichts von alldem mitbekam, Todesangst. Die Gefühle krochen durch sein Inneres und legten sich wie eine warme, weiche Decke über eisigen Hunger. Er zwang sie näher an sich, schmiegte ihre willenlosen Glieder an seine Brust, spürte ihr Herz rasen und nahm intensiver, bis sie resignierte. Das Buch fiel mit einem Poltern auf die Holzdielen der Veranda. Der Gedanke, es wäre Joana, die sich in seinen Armen aufgab, erregte ihn wie jedes Mal und beschämte ihn zugleich. Er prägte sich das Gesicht der Isländerin ein, damit Joanas Bild vor seinem inneren Auge die Konturen verlor. Schließlich drückte er das Gesicht in ihr Haar, roch ihren weiblichen Duft. Er nahm ihr die Erinnerung und ließ sie fallen wie eine leere Verpackung, die sein Abendessen warmgehalten hatte. Krachend schlug ihr Körper auf, was im Haus Stimmen weckte. Schritte näherten sich, Besorgnis schwängerte die Luft. Köstlich. Doch für heute hatte der Nybbas genug. Er verschwand ungesehen.

~*~

Joana lugte um den Türrahmen. Der Gang lag leer vor ihr, auch von Tomte, der in der Nähe bleiben wollte, war nichts zu sehen. Wie zuverlässig der junge Mann doch war. Der Steinboden war kalt unter ihren bloßen Füßen, aber ginge sie jetzt ins Zimmer zurück, um ihre Stiefel zu holen, würde sie sich nicht mehr trauen, ein weiteres Mal hinauszugehen. Mit einem kräftigen Ruck zog sie die Tür hinter sich zu und ging den Gang entlang. Erstaunlich, wie dekadent dieser Bereich der unterirdischen Festung eingerichtet war. Ins Gemäuer waren kleine Nischen eingelassen, in denen Statuetten standen, die sie anstarrten. Mit altmodischen Öllampen bestückte Kandelaber spendeten Licht, hier und da schmückte eine Tapisserie die gewölbten Wände. Türen gab es nur wenige, sie klopfte mit den Fingerknöcheln verhalten gegen jede, bekam jedoch nie Antwort.

Plötzlich ertönten Schritte. Hinter der nächsten Biegung war jemand. Lauschend blieb sie stehen und vernahm, dass auch die Person jenseits der Kurve verharrte. Sie hörte ein leises Zischen, einen Moment Totenstille und dann ein schmerzerfülltes Stöhnen und Würgen sowie ein klatschendes Geräusch, als schlüge ein Körper auf den Steinfußboden. Einen Teil von ihr zog es um die Kurve, denn dort passierte zweifellos etwas Schlimmes. Sie war Ohrenzeuge. Verpflichtete sie das nicht dazu, nachzusehen, ob sie helfen konnte?

Der weit größere Teil von Joana wusste allerdings instinktiv, dass sie diejenige war, die Hilfe brauchte.

Langsam und keinerlei Geräusch verursachend trat sie zurück. In einer seit ihrer Kindheit in Fleisch und Blut übergegangenen Bewegung tastete sie ihre Tasche ab. Das Asthmaspray war da, ansonsten nichts.

Die Pistole befand sich in der Manteltasche, da lag sie mal wieder gut. Das Stöhnen ging in ein Röcheln über und verlor sich schließlich in heiserem Knurren. Au Backe, sie konnte sich vorstellen, was dort vor sich ging. Ihre rückwärts gerichteten Schritte wurden schneller, doch die Tür zu ihrem Zimmer war immer noch mehrere Meter entfernt.

Ein raues Kläffen ließ sie herumfahren und augenblicklich machte ihr Herz einen Satz in ihre Kehle und schnürte ihr den Atem ab. Zwischen ihr und der rettenden Tür standen zwei Fuchsdämonen. Hatte sie zuvor bezweifelt, dass diese Wesen in der Lage waren, Ponys zu reißen, wurde ihr der Irrtum sofort bewusst. Zwar besaßen sie das Aussehen von Füchsen, waren jedoch ungleich größer und erinnerten an riesige Hunde oder sogar Wölfe. Das zottige, graubraune Fell und die messerscharfen, gefletschten Zähne verstärkten diesen Eindruck. Trotz aller Aggressivität schienen die Viecher zu grinsen. Sie trat mehrere Schritte von den beiden zurück, obwohl sie wusste, dass um die Ecke mindestens eine weitere solche Kreatur wartete. Verdammt! Sie hatte ihr ganzes Leben Respekt vor Hunden gehabt. Irgendeine innere Stimme hatte ihr immer zugeflüstert, dass sie eines Tages gebissen werden würde. Instinktiv griff sie nach einer Statuette, um zu verhindern, dass dieser Tag heute sein würde. Passenderweise besaß das Ding die Form eines Mannes mit Fuchskopf, sie achtete aber weniger darauf, dafür mehr auf das Grinsen der langen Raubtierschnauzen. Diese Zähne wollte sie nicht in ihrem Fleisch spüren. Die Biester sahen nicht aus, als wollten sie nur spielen. Ein Kratzen auf dem Steinboden verriet, dass nun auch der dritte Fuchs um die Ecke gekommen war. Sie warf einen Blick über die Schulter. Dieses Tier war grau und sein wolliger Pelz war feucht und von Blutschlieren verklebt, als wäre es eben erst geboren worden. Oder hatte es sich gerade transformiert? Es schien geschwächt, denn es schwankte leicht und schüttelte hin und wieder den Kopf, als müsste es seine Gedanken klären. Gedanken?

„Hört mal, Leute!" Joana hatte keine Ahnung, ob die Halbdämonen in ihrem Tierleib die menschliche Sprache verstanden. Sie konnte ja nicht einmal ein Wort Isländisch bieten, also versuchte sie es auf Englisch.

„Ich bin bei eurem Boss zu Gast, ich glaube, er würde es nicht gern sehen, dass ich mich von euch ernsthaft bedroht fühle. Ich schlage vor, ihr dreht euch einfach um, zieht eurer Wege und wir vergessen das Ganze, okay?"

Der Plan lautete, keine Angst zu zeigen. Leider klang ihre Stimme nicht ansatzweise so lässig, wie sie es gern gehabt hätte. Stattdessen bebte sie. Oh, warum war sie nicht einfach in dem Zimmer geblieben?

Die beiden braunen Füchse kamen näher, einer gab ein trockenes Kläffen von sich, fast als würde er sie auslachen. Als der erste Fuchs auf sie zusprang, stürzte sie herum und warf sich dem einzelnen, der ihr schwach erschien, entgegen. Sie brüllte ihn an, ein verzweifelter Versuch, das Tier zu erschrecken. Tatsächlich zuckte es zusammen, legte die Ohren an den Kopf und zog den Schwanz zwischen die Beine, aber sogleich verzog sich sein Maul zu einer Drohgebärde. Sie nutzte den Moment des Zögerns und rannte an ihm vorbei. Er schnappte nach ihr. Zwar gelang es, den Zähnen auszuweichen, doch er erwischte den Bund ihres Pullovers. Joana schlug mit der Statuette zu und traf die Schnauze. Das Heulen schallte wie ein Geisterschrei durch die langen Korridore und warf Echos. Wolle riss und Joana rannte um die Kurve und stieß prompt mit jemandem zusammen, der massige Arme um sie schloss. Für einen Augenblick war ihr egal, wer sie an seine Brust presste. Er hatte weder Krallen noch Reißzähne. Das genügte fürs Erste.

Der donnernde Bass, der darauf einem Hurrikan gleich durch den Flur dröhnte, machte unmissverständlich klar, dass Demjan ihr Retter war. Er stauchte ihre Verfolger auf Isländisch zusammen, bis diese panikerfüllt das Weite suchten. Erst nachdem sie mit rutschenden Pfoten um die Ecke geschossen waren, wurde sich Joana ihrer peinlichen Lage bewusst. Sie hing immer noch mehr in seinen Armen, als dass sie aufrecht stand. Mit vor Scham glühenden Wangen trat sie rückwärts, räusperte sich angestrengt und nahm vorsichtshalber einen Zug von ihrem Asthmaspray.

„Verzeihung", stammelte sie, sich im gleichen Moment nach dem Grund fragend. Sie hatte schließlich nichts falsch gemacht. Oder doch?

„Ich muss um Verzeihung bitten." Demjan wirkte zerknirscht, was an diesem herrischen Hünen ein seltsames Bild abgab. „Ich hätte die Jugendlichen besser im Auge behalten sollen. Gerade wollte ich zu dir kommen, um dich vor ihren frechen Spielchen zu warnen."

„Freche ... Spielchen?" Joana wären für den Angriff passendere Synonyme eingefallen. Mordanschlag zum Beispiel.

„Sie hätten dich gewiss nicht verletzt. Es sind Rüpel, ganz besonders, wenn sie ihren Tierkörper annehmen, aber sie kennen ihre Grenzen."

„Nun, mit meinen Grenzen hatten sie ein Problem."

Das Atmen fiel ihr immer noch schwer.

Demjan zuckte in einer entschuldigenden Geste mit den Schultern. „Ich werde dafür sorgen, dass so etwas nie wieder vorkommt. Wo ist überhaupt dieser Nichtsnutz von Tomte?“

„Das wüsste ich auch gerne. Er wollte in der Nähe bleiben. Ich habe nach ihm gesucht.“

Er raufte sein akkurat geschnittenes Haar, bis es zu Berge stand, schüttelte dann den Kopf und sah Joana skeptisch an. „Was wolltest du denn von ihm?“

„Telefonieren.“ Mist, nun schoss ihr noch mehr dieser verräterischen Röte in den Kopf. Sie ignorierte es. „Ich habe mit angehört, dass ihr hier über Telefonverbindungen verfügt, die sich nicht zurückverfolgen lassen, und wollte fragen, ob ich diese für ein Gespräch nutzen darf.“

Demjan sah an ihr herab, sein Blick verharrte auf ihren nackten Füßen. Für einen Moment wirkte er auf schockierte Weise skeptisch. „Brauchst du Hilfe, Joana? Habe ich mich geirrt, als ich sagte, du wärst freiwillig an seiner Seite?“

Sie brauchte einen Moment, ehe sie verstand, was er meinte. Es musste schon eindeutig klingen, wenn sie jetzt, als Nicholas fort war, unbedingt ein sicheres Telefonat führen wollte. „Nein, keine Sorge, so ist es nicht. Ich würde nur gerne die Möglichkeit nutzen, um meine Tante wissen zu lassen, dass es mir gut geht.“ Hinter einem unschuldigen Lächeln versteckte sie die prekäre Wahrheit, dass es sich bei dieser Tante nicht nur um eine Clerica handelte, sondern dass Joana von dieser gejagt wurde. „Wäre das möglich?“

Demjan nickte. „Selbstverständlich.“

Er führte sie gefühlte Kilometer weit die Gänge entlang und öffnete schließlich eine Sicherheitstür, indem er einen Code in ein Tastenfeld tippte. Ein leerer, enger Korridor gähnte ihnen entgegen, an dessen Ende eine weitere Tür wartete, die Demjan erneut durch die Eingabe eines Codes zur Seite aufgleiten ließ. Ein junger Mann im Unterhemd saß vor einer Reihe von Monitoren und sah irritiert auf. Demjan schickte ihn mit wenigen Worten davon und schloss die Tür. Auf engem Raum mit ihm eingesperrt fühlte Joana eine unangenehme Beklemmung ihre Rippen emporklettern und gegen ihren Brustkorb drücken. Sie war ihm dankbar, dass er sich ohne weitere Worte auf dem Bürostuhl niederließ und auf eine Tastatur einhackte. Wenig später tutete eines von mehreren völlig identisch aussehenden Telefonen, die im hinteren Bereich der kleinen Kammer akkurat wie Zinnsoldaten nebeneinander angeordnet waren. Er nahm den Hörer ab, der mit einer altmodischen Schnur mit dem Apparat verbunden war, und reichte ihn ihr.

„Du kannst nun einfach die Telefonnummer wählen. Diese Leitung ist nicht zurückzuverfolgen und noch weniger abhörbar."

„Danke." Sie hielt den Hörer mit beiden Händen umklammert und wartete, bis er sie allein ließ, was er erst nach schier endlosem Zögern tat.

„Ich muss dich bitten, kein Wort über diese Anlage oder deinen Aufenthaltsort zu verlieren."

„Selbstverständlich", antwortete sie rasch. Sie hatte weiß Gott Besseres vor, als ihre Tante auf ihre Spur zu locken. „Du kannst mir in der Hinsicht vertrauen. Ich würde mich selbst verraten."

Mit einem nicht ganz zufriedengestellten „Gut" verließ er den Raum. Die Schiebetür schloss sich hinter ihm, und Joana brauchte einen Moment, um genug Mut zu sammeln. Ob es an dem nachlassenden

Schrecken lag oder an der Angst vor dem Telefonat, war ihr unklar, doch plötzlich schwindelte ihr. Vor ihren Augen wurde es dunkel, und in der Schwärze schienen kleine, helle Blasen zu platzen. Es rauschte in ihren Ohren, als verlöre sie gleich das Bewusstsein. Der Telefonhörer fiel zu Boden. Mit tauben Händen tastete sie nach dem Drehstuhl hinter sich und ließ sich kraftlos hineinfallen. Sie fluchte still. Dann blieb ihre Gedankenwelt für einen Moment undefinierbarer Länge stehen. Sie legte die Stirn auf die Knie und der Aussetzer fand ein Ende. Ihre Sicht wurde wieder klar und bis auf ein mehr als unangenehmes Gefühl blieben keine Nachwirkungen zurück. Sie stand auf und ging ein paar Schritte in dem engen Raum auf und ab. Der Kreislauf blieb stabil. Gut. Ihr Magen knurrte vernehmlich und sie musste beinahe lachen. Mit dem Geräusch hätte sie die Füchse sicher verjagt. So wie sie ihren Körper vernachlässigte, war es kein Wunder, dass er ihr ab und an unzufriedene Signale gab. Schließlich hatte sie seit dem Morgen nichts gegessen außer ein paar Weingummis im Auto. Da konnte einem schon mal flau werden. Am besten war es, sie brachte diesen Anruf hinter sich und organisierte sich dann schnellstens etwas zu essen.

Sie hob den Hörer auf, setzte sich zurück in den Drehstuhl und wählte erst die Vorwahl für Deutschland und dann Agnes' Telefonnummer.

12

Joana verließ die Kommandozentrale mit einem Kloß im Hals und brennenden Augen. Kaum dass die zweite Schiebetür zur Seite glitt, fand sie sich in Nicholas' eisigem Blick wieder. Die Daumen in den Jeansbund eingehakt, lehnte er an der Wand und verströmte stille Vorwürfe wie einen herben Geruch.

Er hatte sich gewiss Sorgen gemacht, weil sie sich nicht mehr im Zimmer befand, als er zurückgekommen war. Wahrscheinlich war er aus gutem Grund sauer, aber für den Moment war ihr selbst das egal. Sie ignorierte seine ablehnende Art ebenso wie Demjan, der in etwa zwei Metern Entfernung wartete, trat an Nicholas heran, lehnte sich an seine Brust und vergrub das Gesicht an seiner Schulter. Erst nach langem Zögern gab er ein fragendes Geräusch von sich.

„Ich habe meine Tante angerufen", flüsterte sie und spürte, wie er einatmete und die Luft anhielt. Natürlich gefiel ihm das nicht. Er hatte ihr oft genug gesagt, sie solle nichts riskieren und keinen Kontakt aufnehmen. Doch der Wunsch nach einer Aussprache sowie die naive Hoffnung, Agnes würde es mit etwas Abstand verstehen, war zu groß gewesen.

„Du hattest recht", sagte sie resigniert. „Du hast immer gesagt, es sei eine Scheißidee, sie anzurufen, und du hattest recht."

Er stieß die Luft aus und legte ihr endlich eine warme Hand in den Nacken. Mehr nicht. Er schwieg in solchen Situationen grundsätzlich und Joana schätzte diese Eigenart an ihm, war sie auch eine seiner unmenschlichsten. Welcher Mensch konnte schon ohne ein Wort in bitteren Gefühlen schwelgen, ohne auch nur zu versuchen, diese zu beeinflussen? Ob es Wut war, Trauer oder Verzweiflung, Nicholas fühlte diese Emotionen mit ihr, ohne zu lenken oder zu bremsen. Er war einfach nur mit ganzer Aufmerksamkeit bei ihr, viel intensiver als auf körperliche Weise, und gab ihr damit die Gewissheit, richtig zu fühlen.

Joanas Enttäuschung schwoll zu traurigem Zorn an, fand ihren Höhepunkt in einer einzelnen Träne, die sich über ihre Wange stahl, um dann langsam etwas abzuflauen. Sie trat einen Schritt zurück und wischte sich mit dem Handrücken übers Gesicht.

Erst danach erinnerte sie sich wieder an Demjan, der spätestens jetzt nicht mehr daran zweifeln konnte, dass sie doch mehr als eine Leibwächterin war. Als ob er ihnen das je abgekauft hätte.

Nicholas räusperte sich. „Du wolltest auf mich warten." Sein Blick, den er einen Wimpernschlag lang abfällig auf Demjan richtete, war nach wie vor frostig.

„Muss ich dich um Erlaubnis fragen, wenn ich das Zimmer verlassen will?", gab sie mit gesenkter Stimme zurück.

„Wenn du nicht in Schwierigkeiten stolpern willst, solltest du das tun."

„Pft." Joana verdrehte die Augen. „Ich pass schon auf mich auf."

„Ja, klar." Nicholas zupfte fester als notwendig an dem zerfetzten Saum ihres Pullovers, sodass dieser noch weiter aufriss. „Ich sehe es."

„Ich bin an einer dieser Figuren aus Bronze hängen geblieben." Unauffällig durchatmend hoffte sie, dass Demjan die Lüge nicht verraten würde. Täte er es, würde er sich selbst in Schwierigkeiten bringen, daher war sie sich seines Schweigens sicher. Mehr noch, der

Russe hielt zu ihr.

„Du brauchst dich nicht zu sorgen, Nicholas. Ich garantiere, dass Joana in meiner Festung sicher ist. Es ist doch verständlich, dass sie bei all der Aufregung und dieser fremdartigen Umgebung den Kontakt zu ihrer Familie braucht.“

Er lächelte und Joana erwiderte es dankbar, worauf sich Nicholas’ Miene noch verfinsterte.

„Ich würde es begrüßen, wenn wir uns in unsere Gemächer zurückziehen dürften“, gab er geschwollen zurück. Seine Stimme troff vor Süffisanz. „Natürlich nur, wenn es den Herrschaften recht ist und ich kein nettes Stelldichein unterbreche.“

Demjan spielte die Posse gelassen mit und deutete eine überhebliche Verbeugung an. „Ich lasse euch eine Kleinigkeit zum Abendessen bringen. Natürlich könnt ihr euch auch zu uns in den Speiseraum gesellen, doch sollte es euch lieber sein, den Abend allein zu verbringen …“

„Sei dir sicher“, unterbrach Nicholas ihn barsch. „Es ist uns lieber.“

Nur eine Sekunde flackerte ein Fünkchen Verärgerung in Demjans Augen, dann hatte er sein Gesicht wieder fest im Griff. „Selbstverständlich. Ich werde einen vertrauenswürdigen Mann auf eurem Gang postieren. Was immer ihr braucht, scheut euch nicht, ihn darauf anzusprechen. Ich wünsche einen angenehmen Abend.“ Damit wandte er sich ab und stolzierte von dannen, als schliffe ein bodenlanger Umhang hinter ihm her.

Auch Nicholas drehte sich um und ging in so langen Schritten den Gang entlang, dass sie beinahe laufen musste, um nicht zurückzubleiben. Er würdigte sie keines Blickes, zischte nur eine einzige Bemerkung in ihre Richtung. „Ich wusste nicht, dass Bronzefiguren Geiferflecken hinterlassen, wenn man an ihnen hängen bleibt."

Das Essen hätte gut geschmeckt, der Wein noch besser, wenn Joana in der Lage gewesen wäre, darauf zu achten. Stattdessen stocherte sie in den Klößen herum und ordnete das Ragout zu Mustern an. Auf den runden Deckenfenstern lag inzwischen eine Schneeschicht und ließ nur erahnen, dass es völlig dunkel draußen war. Nicholas redete wenig, aber zu viel, um ihn zu fragen, was nicht in Ordnung war. Was eine unnötige Frage gewesen wäre, da sie es selbst wusste. Doch wie sonst sollte man ein Gespräch beginnen, nachdem man einen Fehler gemacht hatte, den man nicht bereuen und noch weniger entschuldigen konnte?

Es brauchte zwei Gläser Wein, das zweite zu hastig hinuntergestürzt, bis sie zu reden begann. Ob er zuhören wollte, tat nichts zur Sache. „Sie hat es mit Verständnis versucht", erzählte sie, sich dabei eine Haarsträhne um den Finger wickelnd, so wie Nicholas es immer bei ihr tat. „Tante Agnes, meine ich. Sie sieht mich als Opfer. Ihrer Meinung nach lügst du mir etwas vor, um meine Kräfte zu deinen Zwecken zu nutzen."

Nicholas legte seine Gabel zur Seite und sah sie nachdenklich an. „Wow." Wie um Worte verlegen, schüttelte er langsam den Kopf. „Welch grandiose Idee. Das ist toll, so innovativ. Warum bin ich nicht selbst darauf gekommen?"

Er spielte die Ahnungslosigkeit brillant, aber Joana war nicht nach Lachen zumute. Es könnte die Wahrheit sein. Er war es, der darauf bestand, dass sie zur

Clerica ausgebildet wurde. Sie zuckte mit den Schultern. „Das ist nicht dein Plan."

„Woher willst du das wissen?"

Gute Frage. „Ich bilde mir ein, dich zu kennen. Irre ich mich?"

Nicholas studierte sein Dessert, als stünde eine Erklärung darin. Seine nächste Frage kam ohne jeden Zusammenhang. „Was hältst du von Demjan?"

„Ich weiß nicht recht", antwortete Joana wahrheitsgemäß. „Ein undurchsichtiger Typ. Aber in gewisser Weise … ritterlich."

„Ritterlich?" Nicholas betonte das Wort, als handelte es sich um Eiscreme mit Autoreifen-Geschmack.

Grinsend erwiderte Joana: „Ja, ritterlich. So steif eben, als würde er in einer Eisenrüstung stecken."

Er nickte grübelnd. „Dann bin ich also nicht ritterlich."

„Nee. In keiner Weise."

„Hm, und Demjan ist ritterlich und steif genug, dass du dich allein mit ihm in eine Kammer zurückziehst?"

Wie bitte? Beinahe hätte Joana sich verschluckt. Aber natürlich. Er hatte vom Flur aus nicht erkennen können, dass hinter der ersten Tür nur ein Korridor lag, und sie demnach nicht alleine mit Demjan in der Kommandozentrale gewesen war. Rasch wollte sie es ihm erklären, da fragte er schon weiter.

„Warum wirst du rot?"

„Ich werde nicht …" Spätestens jetzt wurde sie es wirklich. Shit.

Nicholas erhob sich, trat um den Tisch und schob ihren Teller beiseite, um sich auf die Tischkante zu setzen. „Mir gefällt nicht, wie er dich ansieht. Wenn du redest, dann fährt er sich mit der Zunge über die Zähne, als würde er sich vorstellen, wie dein Mund von innen schmeckt.“

Joana lag ein ‚du spinnst!‘ auf den Lippen, aber sie verkniff es sich. „Bist du eifersüchtig?“

„Nein, nur nicht bereit zu teilen.“

Sie fragte sich, wo der Unterschied lag, und beschloss, dass es keinen gab. Seine Worte verärgerten sie; mehr noch, sie beschämten sie und riefen Trotz wach. „Nun, ich muss gestehen, dass mir sein höflicher Charme nicht unangenehm ist. Du könntest dir an diesen geschliffenen Umgangsformen ein Beispiel nehmen.“

„Ich halte lieber gänzlich den Mund, so wie Sunna, ehe ich mir bei dieser Gesäßvioline etwas abschaue“, gab Nicholas trocken zurück und ärgerte Joana damit über alle Maßen.

„Dir wäre ein weiteres Intermezzo mit einem Wurfmesser vermutlich lieber, statt zuzusehen, wie jemand mir gegenüber freundlich ist.“

Nicholas antwortete mit einem vollkommen selbstverständlichen „In der Tat.“ Dann seufzte er und legte beide Hände auf die Oberschenkel, als hätte ihn die Kraft verlassen. „Ich benehme mich wie die Axt im Walde, kann das sein?“

„Ach, weißt du … eigentlich … Ja.“

Er lachte nicht, er tat nicht einmal so. „Das sollte mir leidtun. Die Einsicht ist vorhanden, aber das Gefühl will sich nicht einstellen. Dabei läuft alles nach Plan. Du gefällst ihm, das ist mehr als ich dachte, und besser als ich erwartet hätte.“

Wie überaus schmeichelhaft. „Was willst du mir sagen?“

„Ich hoffe, du bist mir nicht böse, Jo, aber ich habe dich aus einem bestimmten Grund mit hierhergenommen, auch wenn ich es als Risiko wahrnehme.“

Sie konnte sich diesen Grund denken. „Du willst Eindruck auf Demjan machen, stimmt's? Seine Neugier wecken."

„Ja", antwortete er leise. „Um ehrlich zu sein, bin ich es leid, permanent wegzurennen. Aber wir haben niemanden auf unserer Seite und für ein Himmelfahrtskommando gegen den Luzifer ist mir meine Existenz zu schade und dein Leben zu kostbar. Ich hatte gehofft, in Demjan einen Verbündeten zu finden. Jemanden, der unsere Chancen erhöht." Er warf die Arme in einer fast hilflos und zutiefst menschlich anmutenden Geste hoch und ließ sie wieder fallen. „Wenn ich mich weiterhin so anstelle, gewinnen wir allenfalls einen neuen Feind, fürchte ich. Aber ich kann in diesem Fall nicht aus meiner Haut."

„Du kommst nicht dagegen an, eifersüchtig zu sein?"

Er zuckte kaum wahrnehmbar mit einer Schulter, und dieses minimalistische Geständnis berührte sie im Herzen. In manchen Augenblicken ließ er sie spüren, wie unerfahren er trotz seiner vielen Lebensjahre in Liebesangelegenheiten war. In diesen Momenten fühlte sie sich ihm so nah und verbunden wie nie. Aller Ärger löste sich auf, egal wie sehr er ihn verdient hatte. Sie nahm seine Hand, führte sie an ihren Mund und küsste die vernarbte Haut über seinem Puls.

„Es ist schon gut."

„Er kratzt an einem wunden Punkt", knurrte Nicholas. „Er weiß, wie sehr mich das nervt, aber das macht es für ihn noch reizvoller."

„Um ehrlich zu sein, gefällt es mir, dass du nicht gerne teilst. Ich teile auch nicht gern. Aber du weißt, dass du dir keine Sorgen machen musst, oder? Du kannst mir vertrauen."

„Ich weiß." Er stöhnte die Worte fast. „Aber ich ahne, was in seinen Fantasien passiert und allein das bringt mein Gehirn zum Kochen."

Er sprach noch weiter, doch Joana verstand plötzlich nicht mehr, was er sagte. Da war wieder dieses Rauschen, als erfüllte das Schneetreiben eines Fernsehers ohne Empfang ihren Kopf. Es vibrierte, schwachen Stromstößen gleich, die zitternd durch ihre Hirnwindungen züngelten. Sie blinzelte, doch vor ihren Augen flimmerte es nur schwarz und weiß. Ein Bild erschien, es erschreckte sie beinahe zu Tode, doch im nächsten Moment war es verschwunden, und ließ nur einen üblen Nachgeschmack zurück sowie das Wissen, etwas Unvorstellbares gesehen zu haben. Etwas, das sie beschämte. Aber was? Sie schüttelte heftig den Kopf und suchte nach der Erinnerung, doch sie war verschwunden.

Nur langsam spürte Joana, dass sie gehalten und leicht geschüttelt wurde. Nicholas Stimme kämpfte sich durch das Rauschen, als teilte er mit ihr ein Meer.

„Jo? Jo, alles in Ordnung? Was ist mit dir, Kleines?"

„Ich … entschuldige." Sie rieb sich über die Augen. „Ich glaube, das war der Wein. Mir ist schwindelig geworden."

Nicholas kniete vor ihrem Stuhl. Er sah sie besorgt an und ließ ihre Schultern nicht los. „Du hast plötzlich die Augen verdreht. Ich dachte, du würdest in Ohnmacht fallen."

„Wäre nicht das erste Mal", murmelte sie peinlich berührt. Früher war ihr so etwas wegen ihres niedrigen Blutdrucks häufiger passiert. Die Asthmaerkrankung hatte ebenfalls schon für einige Blackouts gesorgt. „Mach dir keine Gedanken. Es geht schon wieder. Ich habe heute einfach zu wenig gegessen und zu viel getrunken."

„Willst du dich hinlegen?"

Für einen Moment war sie versucht zu nicken, doch dann schüttelte sie entschieden den Kopf. „Ich möchte duschen."

Es war mehr als das. Sie wollte nicht duschen, sie musste. Ein Gefühl von Schmutz und Ekel klebte an ihrem Körper, als wäre sie in dem Augenblick zwischen Bewusstsein und Ohnmacht mit stinkender Flüssigkeit übergossen worden. Hastig sprang sie auf und schob Nicholas ein Stück von sich, um in das angrenzende Bad zu eilen.

„Hey, geht es dir gut?", rief er ihr nach und machte Anstalten, ihr zu folgen. „Brauchst du mich?"

„Wirklich nicht, danke. Ich brauche nur etwas Wasser." Damit drückte sie die Tür ins Schloss. Das Bad hatte sie sich zuvor gar nicht angesehen. Nun staunte sie, denn die Wände waren vollständig verspiegelt, was den hell erleuchteten Raum noch größer wirken ließ, als er ohnehin war. Im Schrank neben dem Waschbecken fanden sich flauschige Handtücher und ein Arsenal an Duschcremes, Bodylotions und verschiedenen Shampoos. Ihre Füße versanken im dicken Duschvorleger. Die Spiegel wirkten einschüchternd, und zu allem Überfluss waren sie selbst im Inneren der geräumigen Duschkabine. Zwar hatte Joana längst Frieden mit ihrem Körper geschlossen, auch wenn dieser nicht lang und gertenschlank und schon gar nicht zierlich und elfenhaft war, ihn jedoch aus jeder Richtung vorgehalten zu bekommen, verursachte ein seltsames Gefühl beim Ausziehen. Sie war versucht, die Augen zu schließen, als sie das Wasser aufdrehte, doch der wagenradgroße Duschkopf barg eine weitere Überraschung: farbige LED-Lämpchen, die dem Nass Farbe verliehen. Zunächst ein kaltes Blau. Als sie es wärmer drehte, wurde daraus Violett, welches ihre Kurven umschmeichelte und sie im Spiegel auf weiche, weibliche Weise schön aussehen ließ. Sinnlich. Für einen Moment starrte sie sich an, dann verschwammen ihre Konturen im Wasserdampf, der sich auf die Scheiben legte. Sie sah an sich hinab und fand sogleich nichts an diesem Körper mehr sinnlich. Etwas stimmte nicht mit ihr, aber sie konnte nicht erklären, woran es lag. Es war fast wie in ihrer Jugend, als sie wegen ihrer dunklen Haut gehänselt worden war. Im Stadtpark von Hamburg hatte sie zum ersten Mal einen Jungen geküsst, einen Weißen. Eine Gruppe älterer Jungs mit rasierten Schädeln hatte etwas daran auszusetzen gehabt, dass sie nicht ebenso weiß war. Joana erinnerte sich, wie die Skins ihren damaligen Freund herumgestoßen hatten. Sie erinnerte sich an die Beleidigungen. Nutte aus dem Busch. Negerschlampe. Schlimmeres. Und dann hatten sie nach ihr gespuckt.

Der Ekel vor sich selbst war in jenem Moment größer gewesen als der vor dem Speichel, der ihr Haar verklebte. Eine Begebenheit, die sie fast vergessen hatte. Nicht verdrängt, sondern einfach akzeptiert, weil sie längst wusste, dass die Skinheads ihre eigenen Armutszeugnisse ausgestellt hatten.

Doch nun war es wieder da, dieses widerliche Gefühl von Häme auf der Haut.

Sie seifte sich ein, wusch den duftenden Schaum von der Haut und gab mehr Duschgel in ihre Handflächen, um es auf ihrem Körper zu verteilen. Die Faszination dieses Luxusbades konnte den so plötzlich hochkochenden Selbstekel nicht überdecken. Sie fragte sich, warum sie so fühlte. Ob es an dem schlechten Gewissen lag, Nicholas angelogen zu haben, ohne darüber nachzudenken? Nein, sie musste sich keine Vorwürfe machen. Er hatte ihr nicht vorzuschreiben, was sie tun oder lassen sollte. Möglicherweise lag es an den zunächst verzweifelt flehenden und dann garstig werdenden Bemerkungen ihrer Tante. Es sollte ihr egal sein. War es leider nicht.

Sie kratzte mit den Nägeln über ihre Oberarme und drehte das Wasser heißer, so heiß, dass es wehtat. Die LEDs änderten erneut die Farbe und tauchten den wabernden Dampf in rotes Licht. Er versteckte ihren Körper vor ihren skeptischen Blicken. Die Hitze trieb ihren heftigen Puls bis in die Fingerspitzen. Es war zu heiß, ganz sicher, doch Joana schloss die Augen und überließ sich dem Brennen auf ihrer Haut. Das über ihre Lippen rinnende Wasser schmeckte samtig, fast süß und unglaublich gut. Nie hatte sie einen derartigen Geschmack in Leitungswasser erlebt.

Die Tür glitt lautlos auf und kalte Luft schlug ihr entgegen. Nicholas starrte sie an. Ob sein Blick Irritation preisgab, Besorgnis oder Begehren konnte sie nicht sagen. Sie hätte am liebsten alles auf einmal von ihm gehabt.

„Sag mal, Jo“, sagte er gedehnt und bewegte eine Hand durch den rötlichen Dampf in ihre Richtung, ohne sie zu berühren, „warum willst du mich nicht dabei haben, wenn du hier ein Höllentor öffnest?“

Sie lehnte sich mit dem Rücken an die Spiegelwand. „Komm doch rein.“

Er ließ sich nicht zweimal bitten, trat zu ihr, ohne zuvor auch nur ein Kleidungsstück auszuziehen, und zischte leise, als das heiße Wasser seinen Pullover durchtränkte. „Du müsstest langsam gar sein“, meinte er, die Hand nach dem Temperaturregler ausstreckend, doch Joana fing die Bewegung ab.

„Lass es so."

„Ziemlich heiß."

Er strich über ihr nasses Haar, folgte den schwarzen Wegen, in denen ihre Locken über die Schultern bis zu den Brüsten reichten. Sein Blick wurde glasig, vielleicht lag es am Dampf. Sie zog ihn am Pullover an sich, bis der schwere Stoff an ihrer Brust rieb und das Wasser Nicholas aus dem Haar übers Gesicht rann. Als er ihren Mundwinkel zaghaft küsste, nur um an dieser Stelle sogleich ein sinnliches Spiel mit seiner Zunge zu beginnen, ließ Joana den Kopf in den Nacken sinken und schloss die Augen.

„Du solltest dich ansehen", sagte Nicholas. „Du hast keine Ahnung, wie schön du bist, wenn ich dich nehme."

Seine Stimme war rau, leise und mischte sich unter das Wasserrauschen. Er wischte über die seitliche Spiegelwand. Für einen Moment traf sie darin auf seinen Blick, dann verschwamm das Bild wieder. Nur ihre beiden Konturen waren noch zu erkennen. Sein dunkler Haarschopf, der ihren Hals herabglitt und Küsse auf nasser Haut hinterließ. Helle Umrisse, dicht an dunkle geschmiegt. Er umschloss ihre Brustwarze mit den Lippen. Im Vergleich zum heißen Wasser fühlte sich sein Mund kühl an, linderte das Brennen auf ihrer Haut und ließ sie noch viel mehr schwanken, als die Hitze es vermochte. Nicholas sank tiefer, ging vor ihr in die Knie und umfasste ihre Schenkel. Seine Lippen glitten ihren Bauch hinab zwischen ihre Beine. Er trank das Wasser, das über ihre Haut rann, und gab ein genüssliches Knurren von sich. Erneut wischte er über die Spiegeloberfläche, doch die gab kaum mehr als eine nasse, undeutliche Lavierung zu erkennen. Sie waren zu einem ineinander verlaufenden Aquarell geworden, unmöglich zu entscheiden, wo der eine Körper aufhörte und der andere begann.

„Ich … will dich in mir", stammelte Joana und zerrte unbeholfen am Halsausschnitt seines schwer gewordenen Pullovers. „Jetzt."

Sein Lächeln war sardonisch, als er aufsah. „Tatsächlich? Da wirst du dich gedulden müssen."

Er sah sie an, während er langsam die Zunge ausstreckte und kühl über heißes Fleisch leckte. Mit den Händen suchte sie an den glatten Wänden nach Halt, als er ihre Beine ein wenig spreizte, um ihr Inneres mit zwei Fingern ebenso genüsslich zu malträtieren, wie sein Mund es außen tat. Sie spürte, wie sie ihm entgegenschwoll, und vergrub die Hände in seinem Haar.

Nicholas kannte sie. Jede Reaktion ihres Körpers war ihm vertraut, und er ließ es sich nicht nehmen, dies voll und ganz auszunutzen, um sie um den Verstand zu bringen. Er trieb sie bis kurz vor den Höhepunkt und ließ sie dort wie bestellt und nicht abgeholt.

„Sieh mich an", verlangte er.

Irgendwie gelang es ihr, auch wenn ihre Lider flatterten. „Nicholas, bitte." Sie drückte zaghaft gegen seinen Kopf. Es war die reinste Folter, nun aufzuhören, das wusste dieser Schuft genau. Als Reaktion biss er sie in die Innenseite ihres Oberschenkels. Es schmerzte, kam gegen das Brennen ihrer Lust jedoch nicht an.

„Grausamer Kerl", stöhnte sie, kurz davor, sich selbst zu streicheln, da sie es kaum mehr aushielt.

In aller Seelenruhe zog er sich den Pullover aus. Mit der nassen, rauen Wolle rieb er über ihre Brüste, dann ließ er das Kleidungsstück auf den Boden der Dusche klatschen. Erneut berührte er sie, um die Lust nicht abflauen zu lassen. Ein kurzes Streicheln, ein Ruck seiner Finger in ihren Körper. Sie schnappte nach Luft, doch diese hätte sie inzwischen eher trinken können, als sie zu atmen.

Nicholas lachte leise. „Gehörst du mir?“ Mit jeder Silbe riss er einen Knopf seiner Jeans auf, erhob sich langsam und streifte die Hose von den Hüften. „Ja, du gehörst mir.“ Seine Erektion presste sich gegen ihren Bauch. „Ich könnte mit dir tun, was immer ich will. Du würdest es genießen.“

„Das hättest du gerne.“

Er strafte die Wunschträume mit einem innigen Kuss, der weitere Worte unnötig machte. Er hatte leider recht. Sie würde sich nackt in den Schnee und danach in glühende Kohlen werfen, wenn er es von ihr verlangte. Ihr Körper verriet es in jeder Bewegung, mit der er sich gierig an ihn presste.

Er streichelte ihre Brüste, malte mit der Zunge Kreise um ihre linke Brustwarze, bis diese so hart war, dass es wehtat. Ihr entfuhr ein Wimmern. Er umfasste ihre Handgelenke, drückte ihr schmales Armband dabei in ihre Haut, und presste ihre Arme gegen die Wand in ihrem Rücken. Dann zog er ihre Brustwarzen zwischen die Zähne, übte leichten Druck aus. Sie wollte seinen Namen rufen, es kam nur ein Krächzen und er ließ sie wieder frei.

„Sag, dass du mir gehörst“, murmelte er an ihre Brust und warf einen selbstgefälligen Blick zu ihr hoch. „Nur mir! Ich könnte dir sehr wehtun, wenn du es nicht tust.“

Wie zur Drohung schloss er die Zähne erneut um ihre Brustwarze. Trotz des heißen Wassers erzitterte sie. Sie konnte nicht mehr sagen, ob sie Angst empfand, er würde sie tatsächlich beißen. Vielleicht war es auch genau diese Furcht, die ihre Lust noch steigerte. Die Ungewissheit, ob sie recht darin tat, ihm ihren Körper so vorbehaltslos anzuvertrauen, egal was er zweifelsohne damit anstellen könnte.

Sie streckte sich ihm entgegen und er reagierte mit einem kurzen Zwicken. Süßer Schmerz zuckte durch ihre Brust, ließ ihren Magen flattern und ihren Schoß vibrieren. Doch sie sagte kein Wort, und erst recht nicht jene, die er hören wollte. Oh nein, sie war fest entschlossen, dieses kleine Machtspielchen zu gewinnen. Sein Glied zuckte eng an ihren Schenkel gepresst. Seine Schultern waren vom heißen Wasser gerötet, sein Atem kam inzwischen lauter als ihrer. Er würde nicht mehr lange spielen.

Allerdings hatte er ein Ass im Ärmel. Er ließ von ihr ab, küsste die gequälte Stelle ihres Körpers mit einem Seufzen und sah ihr unter halb geöffneten Lidern in die Augen.

„Bitte“, flüsterte er sanft, berührte ihre Stirn mit den Lippen, dann ihre Augenbrauen und Lider. „Folter mich nicht länger, ich muss das hören. Sag, dass du mein bist.“

Es war die reinste Unverschämtheit, dass dieser Kerl im einen Moment den dominanten Macho nach außen kehren, und sie im nächsten Augenblick mit einer zarten Bitte zum Zerfließen bringen konnte.

„Ich bin dein.“

Wie leicht die Worte plötzlich fielen. Sie überlegte, ein ‚Wenn du auch mein bist‘ anzuhängen. Doch wann hatte er ihr Grund gegeben, dies anzuzweifeln? Nicholas nahm ihr die Entscheidung ab und verschloss ihre Lippen mit einem hungrigen Kuss. Seine

Hände glitten kraftvoll über ihre glühende Haut bis in ihre Kniekehle, dann hob er ihr Bein an und legte es um seine Taille. Behutsam fast, als würde sie bei einer falschen Berührung zerbrechen. Nicht ganz zu Unrecht, denn ihr heißer Puls schlug ihr inzwischen mit solcher Wucht gegen die Schläfen, dass eine falsche Bewegung ihr Gleichgewicht kosten würde.

Eine geschickte Drehung seiner Hüften und er erfüllte sie, trieb ihr ein lang gezogenes Stöhnen aus der Kehle. Hitze. Dampf. Seine Härte tief in ihr und seine Hände überall.

Alles drehte sich um Joana und sie sank in Nicholas' Arme, ohne sich dagegen aufzulehnen. Plötzlich wurde sie hochgehoben, im gleichen Moment schlug ihr kalte Luft ins Gesicht. Er trug sie aus der Dusche, ohne ihren Körper zu verlassen, ließ sie zu Boden sinken, sodass sie zur Hälfte auf dem weichen Duschvorleger und zur anderen auf vor Nässe glitschigen Fliesen lag. Sie spürte seine harten, fordernden Stöße und zugleich weiche Lippen auf ihren. Hörte Fleisch gegeneinander klatschen sowie sanfte Worte. Hitze, Kälte, Härte und Zärtlichkeit spielten gegen- und miteinander. Die Komposition raubte ihr den Atem. Als Nicholas den Kopf zurückwarf und mit einem letzten tiefen Eindringen seinen Höhepunkt erreichte, riss er sie mit.

Er beließ es nicht bei einem Mal.

Irgendwann lag sie nackt und in eine warme Decke gehüllt neben ihm im weichen Bett und konnte sich beim besten Willen nicht erinnern, wie sie dort hingekommen war.

Unruhe weckte sie später aus dem Schlaf. Finsternis umgab sie, ihre schnellen Blicke durch den Raum machten kein noch so winziges Licht aus. Der Traum hallte noch nach und verschwamm in der Dunkelheit. Sie konnte sich an nichts erinnern, und trotzdem zog ihr ein sehnendes Gefühl den Magen und das Herz zusammen. Ganz so, als wäre sie im schönsten Augenblick des Traumes aufgewacht und bedauerte sein Ende. Doch etwas stimmte nicht, denn das Sehnen hatte eine Unternote. Es war schuldgetränkt. In der Traumdeutung war das Gefühl beim Aufwachen von großer Wichtigkeit, daher versuchte sie mühsam, es zu halten. Vergeblich, es flog ihr davon.

Erst als sie sich wieder entspannte fiel ihr auf, dass es zu ruhig im Raum war. Da war kein gleichmäßiges Atmen neben ihr. Das bedrohliche Gefühl, allein zu sein, flatterte in ihr auf. Sie tastete nach Nicholas und erschrak erneut. Er lag reglos neben ihr. Seine Brust war von kühlem Schweiß bedeckt, sein Herz raste. Als sie ihn berührte, sog er die Luft ein, als hätte er sie vorher lange angehalten.

„Was ist mit dir?“, flüsterte sie, nicht sicher, ob er überhaupt wach war.

Es dauerte endlose Sekunden, bis er antwortete. „Nichts von Bedeutung. Schlaf weiter, Jo.“

Sie wollte ihm trotz Müdigkeit widersprechen, wenn er nicht genau gewusst hätte, mit welchen Berührungen er ihren Körper selbst gegen ihren Willen in die Entspannung zwingen konnte. So schlief sie nach kurzem Grübeln wieder ein, während er ihren Nacken streichelte. Die Frage, was ihm solche Angst gemacht hatte, denn Angst war es eindeutig, nahm sie mit in den Schlaf.

13

Am nächsten Nachmittag war erneutes Training mit Rut angesagt. Joana rang um Konzentration, doch dies gelang nicht mal im Ansatz. Der Grund waren die Erinnerungen an Tomtes Gesichtsausdruck, die sie immer wieder ihre Beherrschung vergessen und stattdessen kichern ließen. Nachdem sie Tomte am Morgen um neue Kleidung für Nicholas gebeten hatte, da seine Sachen über Nacht klitschnass in der Dusche liegen geblieben waren, hatte der Fuchsdämon sie so konsterniert aus seinen großen Augen angestarrt, dass sie es vermutlich nie wieder vergessen würde. Außerdem war er knallrot geworden. Erst später, beim Frühstück, das sie gemeinsam mit Demjan einnahmen, hatte Joana erfahren, dass seine Verwirrung nichts mit ihrer Frage zu tun hatte, sondern mit ihrem Geruch.

„Er hat keine feste Partnerin“, war Demjans Erklärung gewesen. „Aber er wünscht sich eine. Sex zu riechen ist für ihn, als würdest du vor der Nase eines Alkoholikers auf Entzug besten Wein verkochen lassen.“

Nach seinen Worten war es an Joana, zu erröten.

Demjan schüttelte sich vor Heiterkeit und sagte: „Mach dir keine Gedanken. Er ist nicht an dir interessiert. Es ist schwer zu glauben, dass dir nicht jeder Mann verfällt, aber du bist nicht sein Typ.“

Nicholas betrachtete mit träumerischem Blick die Gabel, mit der er Rührei aufspießte, und sie benötigte nicht ein Zehntel ihrer Fantasie, um sich klar zu werden, dass er sich vorstellte, die Zinken in Demjans Fleisch zu versenken oder dessen Gedärme wie Spaghetti darauf aufzurollen. Ein böses Gefühl, mehr als böse.

Erst jetzt, mit einigen Stunden und vielen Kilometern Abstand zwischen Nicholas und Demjan konnte sie darüber lachen. Besser gesagt konnte sie kaum aufhören, darüber zu lachen. Rut schimpfte ein paar Mal und wandte sich dann kopfschüttelnd ab, um ihre Aufmerksamkeit statt ihrer untalentierten Schülerin lieber einem Kreuzworträtsel zu widmen.

Joanas Belustigung verwandelte sich in Ärger. Verdammt, sie musste endlich Fortschritte machen. Stattdessen alberte sie herum wie ein Kind. Es dauerte eine kleine Ewigkeit, bis sie sich im Gleichgewicht hatte, doch dann gelang es erneut: Ihr Geist fühlte sich leer an. Befreit. Ohne einen Gedanken daran zu verschwenden, dass überhaupt kein Dämon in der Nähe war, konzentrierte sie sich auf einen intuitiv gewählten Bann.

Cistó, der Lähmungszauber, der ihr schon einmal gelungen war, kam ihr als Erstes in den Sinn. Sie spürte Energien in ihrem Geist knistern, fühlte, wie diese sich unter ihrer Haut einen raschen Weg in ihre Hände suchten und in ihren Handflächen vibrierten. Aus einem Drang heraus zog sie die Glyphe in die Luft. Das Knistern schwoll in ihrem Körper zu einem kurzen Kreischen an und zersplitterte dann.

Joana schwankte und stützte sich auf dem Tisch ab. Für einen Moment schienen gläserne Scherben durch ihren Kopf geschleudert zu werden. Sie rissen etwas auf und ließen das Gefühl aus der Nacht frei. Diese schulddurchtränkte Sehnsucht.

Rut sah sie irritiert an. „Geht es dir gut, Mädchen? Hast du es geschafft?“

„Ich fürchte ja.“ Ihr Kopf dröhnte und der Raum

schien zu schwanken. „Ich muss einen Moment hinaus. Bin gleich zurück."

Sie rannte fast aus dem Haus und plumpste ohne jede Eleganz auf den Treppenstufen der Veranda auf den Hosenboden. Die Feuchtigkeit des Holzes durchdrang ihre Jeans. Die Luft war selbst hier am Rande der Großstadt so rein und klar, dass es Joana danach verlangte, sie gierig in die Lungen zu ziehen. Die Kälte vertrug sich allerdings nicht mit ihrem Asthma, daher zwang sie sich, flach und langsam zu atmen und fragte sich, was dieser Traumnachgeschmack ihr sagen wollte. Er schmeckte so bitter und real, dass er selbst den Albtraum von ihrem Vater in der Höhle fad erscheinen ließ.

Mit in die Hände gestützter Stirn verharrte sie zwischen Grübeleien und dem Wunsch, ebendiese aus ihrem Kopf zu verbannen, als sich leise Schritte näherten. Sunna. Mit fragendem Blick wies sie auf den Platz neben ihr. Joana nickte. Ein wenig schweigende Gesellschaft war nun sicher nicht verkehrt. Sunna ließ sich nieder und schob Joana eine Strickarbeit in den Schoß. Ein langer, breiter Schal, zusammengestrickt aus scheinbar wild gemischten Farben. Rot, Gelb und Grün dominierten, doch dazwischen fanden sich auch viele andere. Die Farben sagten Joana etwas, wenn sie auch nicht erkannte, was.

„Ist der für mich? Ich danke dir."

Sunna lächelte warm, hielt ihr die Handflächen offen hin, senkte sie und vollführte eine halbkreisartige Bewegung. Es war ein Wort in Gebärdensprache, und ohne diese zu beherrschen, verstand Joana den Sinn. Heimat. Die Muster des Schals stellten die Farben der afrikanischen Staatsflaggen dar.

„Das Land fehlt mir nicht", meinte sie leise, vergrub

die Finger jedoch in der kratzigen Wolle. „Ich war nie dort."

‚Aber du würdest gerne', hatte Nicholas einmal gesagt. Und irgendetwas schien ihr ja zu fehlen, oder was bedeutete dieses Sehnen ansonsten? Eine Heimat war da vermutlich noch das Einfachste, wenngleich sie nicht wusste, wo diese lag. Aber warum nicht glauben, dass sie Heimweh hatte? Heimweh war nichts Schlechtes. Es verriet, dass sie Wurzeln besaß, von denen sie immer geglaubt hatte, sie würden bei ihr nicht existieren.

Sunna hob die Hand und legte sie Joana auf den Oberschenkel. Joana hatte vampirartige Dämonen für kalt gehalten. Augenscheinlich ein Hollywoodklischee, denn Sunnas Haut war warm und ihre Berührung angenehm. Ein Hauch eines wohligen Ziehens breitete sich in ihrem Bein aus und Joana spürte, wie ein wenig Sorge von ihr abließ. Sunna zog die Hand zurück.

Joana schüttelte fasziniert den Kopf. Alles fühlte sich leichter an. Ein bisschen leichter nur, aber sie spürte es. „Hast du das getan?", fragte sie. Ein zaghaftes Nicken. Unsicher. Erneut streckte Sunna den Arm aus, hielt dabei Joanas Blick, als würde ein einzelnes Blinzeln sie zurückweichen lassen. „Es ist okay. Ich habe nichts dagegen."

Sunna nahm ihre Hand und dann war da wieder dieses angenehme Ziehen, welches Sorgen aus ihr hinauszusaugen schien.

Schließlich erhob sich Sunna und ging mit einem letzten freundlichen Blick zurück ins Haus. Joana blieb mit ihrem neuen Schal und dem Gefühl zurück, als hätte sie sich soeben stundenlang bei einer Freundin die Sorgen von der Leber geredet. Einerseits war es eigenartig, sich in der Nähe eines Blutsaugers wohlzufühlen. Andererseits teilte sie mit jemandem das Bett, der Gefühle stahl. Seit sie damals Nicholas' Opfer gewesen war, wusste Joana besser als jeder andere, dass der Mensch leichter auf einen Liter Blut als auf seine Emotionen verzichten konnte.

Am frühen Abend kam Nicholas, um sie abzuholen. Sie hatte das Training nach zwei weiteren, positiv verlaufenden Versuchen beendet und sich wieder dem Buch über Dämonen gewidmet, um mehr über Demjan herauszufinden. Sunna, die den ganzen Nachmittag im Wohnzimmer gesessen, und Joanas Fortschritte mit vor Begeisterung glänzenden Augen verfolgt hatte, ließ Nicholas ein und verzog sich in ihr Zimmer.

„Sie schämt sich noch immer", sagte Rut.

Sie sah nicht einmal von ihrem Kreuzworträtsel auf, als Nicholas ihr über die Schulter blickte und sich plötzlich versteifte. Seine Augen wurden schmal. Er griff nach dem Rätselheftchen sowie dem Kugelschreiber, zog Rut beides aus den Händen und ließ sich am Esstisch nieder.

Joana sah skeptisch zwischen ihm und der verärgerten Clerica hin und her. Rut stemmte die Hände in die Hüften, doch Nicholas beachtete sie nicht mehr und kritzelte mit seiner unleserlichen Handschrift am Rande des Heftchens herum.

„Aufgeblasener Dämon mit acht Buchstaben", brummte er und knallte den Kugelschreiber auf die Tischplatte.

„Wie bitte?" Joana verstand überhaupt nichts.

„Nein, ‚wie bitte' ist falsch."

Er klatschte das Heftchen über das Buch, das sie

aufgeschlagen im Schoß hielt. Seine Notizen ähnelten Hieroglyphen, doch Joana erkannte, auf welche Idee er gekommen war.

„Meine Namen bedeuten immer etwas", erklärte Nicholas. „Seine offenbar auch."

„Koshchei", stieß sie hervor. „Er ist der Koshchei, na klar! Er hat für seinen Nachnamen nur die Buchstaben umgeworfen. Aus Choskeih wird Koshchei. Oh mein Gott, es klingt sogar ähnlich."

„Nur wenn man es dilettantisch ausspricht." Nicholas wirkte amüsiert. „Aber es stimmt. Es lag überhaupt nicht in seinem Interesse, es zu verbergen. Dadurch habe ich es mir verdammt schwer gemacht, statt es auf die einfache Art zu versuchen. Der hat mich glatt verarscht. Dreck noch mal, er hat es gut gemacht."

Joana blätterte sich hektisch in dem Dämonologiebuch bis K vor. „Koshchei", las sie vor, unsicher, ob sie es richtig aussprach. ‚Koscheej', hatte Nicholas gesagt. Fast ein warmes Zischen. „Hüterdämon. Beschworen im achtzehnten Jahrhundert zum Schutze einer russischen Stadt vor der Dämonin Baba, einer menschenfressenden Hexe. Nimmt die Gestalt einer gestachelten Schlange an. Bezwingt nahezu jeden Dämon, der sich im wahren Leib oder als Schatten bewegt durch mentale Kontrolle."

Nicholas lehnte sich lässig zurück und verschränkte die Arme im Nacken. „Demjan. Die russische Form des Namens Damian, der da so passend lautet: der Bezwinger."

„So herrscht er also über die Fuchsgeister", mischte sich Rut ein.

„Es fügt sich in alle Informationen ein, die er uns gegeben hat." Joana konnte ein Gefühl der Erleichterung nicht von sich weisen. „Er hat nicht gelogen und uns keine falschen Tatsachen vorgespielt. Spricht irgendetwas dagegen, ihm langsam zu glauben, dass er nichts Böses im Sinn hat?“

„Ja, mein Wunsch, ihn in mundgerechten Häppchen an sein Fußvolk zu verteilen“, sagte Nicholas leichthin.

Leider spürte Joana, wie ernst es ihm damit war.

Ein paar kalte, von Schnee durchzogenem Nieselregen dominierte Tage vergingen mit Übungen, die Joana über den Rand der Erschöpfung trieben. Es wurde kaum hell in diesem Land, und obwohl sie Ruts starken Kaffee literweise trank, fühlte sie sich bald ebenso bleiern, wie der rauchgraue Himmel aussah.

Es gelang ihr inzwischen häufiger, die Magie zu bündeln und in eine Glyphe zu legen, jedoch benötigte sie weiterhin alle Energie dazu. Hin und wieder entglitt ihr die Magie. So nannte es zumindest Rut. Joana nannte es mentale, rostige Messer, die durch ihr Bewusstsein schnitten und eine verborgene Wunde aufrissen. Immer, wenn das geschah, verabschiedete sich ihr Geist für eine Weile, einer Ohnmacht nicht unähnlich, bis auf den Unterschied, dass sie erst danach zusammenbrach. Ein hundselendes Gefühl von Machtlosigkeit und Scham blieb zurück. Abends kam sie sich vor, als hätte das Training ihr alle Kraft aus Körper und Seele gewrungen, wie Wasser aus einem Schwamm.

Sie begann, Rut und Sunna mit anderen Augen zu betrachten. Die stille Sunna zeigte sich immer häufiger von einer warmherzigen, aber zurückhaltenden Seite und Joana genoss ihre Gesellschaft. War sie jedoch mit Rut allein, so nahm sie hauptsächlich die

Schnitte an deren dünnen Unterarmen wahr.

„Sie nimmt nicht viel", erklärte Rut. „Sie braucht nur einmal im Monat ein wenig Blut, kaum mehr als ein kleines Glas voll. Das bekommt sie von mir. So riskieren wir nicht, entdeckt zu werden und schaden niemandem."

Joana sah das anders. Rut, die gesundheitlich ohnehin angeschlagen war, auch wenn sie beharrlich verweigerte, Genaueres zu verraten, schadete es mit Sicherheit.

Doch die Worte der älteren Frau waren eindeutig: „Ich habe mir immer ein Kind gewünscht. Ein Kind, das mich braucht und das ich mit meinem Körper nähren kann. Ich bringe dieses Opfer gern."

Joana wollte etwas erwidern. Sunna war kein Kind. Aber wer war sie, Rut dies zu sagen? Der Mann, den sie liebte, war auch mehr als ein Mann, und sie vergaß dies nur allzu gerne.

Besuche bei Demjan und seinen Füchsen waren eine willkommene Abwechslung. Gerade der schüchterne Tomte wuchs ihr rasch ans Herz. Wenn Nicholas und Demjan über Vergangenheit und Zukunft sprachen, ließ sie die beiden inzwischen allein und durchquerte gemeinsam mit Tomte auf Quads die nähere Umgebung. Schnurrende Motoren, der Geruch nach Benzin und spritzender Schlamm unter den Reifen waren Joana lieber als sensible Gespräche über dämonische Politik. Wenn es für ihre Erkundungstouren zu dunkel oder der Boden durch die Regenfälle zu aufgeschwemmt war, spielte sie mit Tomte Karten. Eine anstrengende Sache, da sie seine Regeln nicht kannte und er sie erst erklärte, wenn sie Fehler machte. Learning by doing – oder besser gesagt: Learning by losing, denn eine Chance bestand gegen ihn nicht.

Seine Gesellschaft war trotzdem angenehm. Tomte stellte jene Art von zerstreutem Chaoten dar, wie man sie in Künstler-Cafés vorfand, wo sie nicht existentes Geld versoffen und darüber schwadronierten, dass anderswo der Himmel blauer und das Gras grüner sein musste. Nur dass sie ‚anderswo' leider noch nicht gefunden hatten.

Weiterhin galt es in seiner Nähe, stets Aufmerksamkeit walten zu lassen, denn er war bekennender Kleptomane. Er selbst hatte Joana mit breitem Grinsen gebeten, alle persönlichen Dinge im Blick zu behalten, da er gerne etwas mitgehen ließ. Seine Ehrlichkeit hatte sie regelrecht verzaubert. Seitdem achtete sie darauf, Nicholas' Geschenk, das filigrane Armbändchen, unter dem Ärmel zu verbergen. Wenn Tomtes sehnsüchtige Blicke wie beiläufig Nicholas' Zippo streiften, wurde ihr flau. Nicholas würde ihn auseinandernehmen, sollte der Fuchsdämon auch nur versuchen, ihn zu bestehlen.

Tomte war so sympathisch wie anstrengend, aber er lenkte sie von Ruts harten Lehrstunden und den wirren Träumen ab. Joana feilschte mit Nicholas um jede Stunde, die sie nicht trainieren musste, sondern ihn stattdessen zu den Füchsen begleiteten konnte.

Sie musste Nicholas für seine Beherrschung bewundern. Demjan ging ihm fürchterlich auf die Nerven, doch er überspielte dies mit Lässigkeit und hin und wieder sogar mit Charme. Freundlichkeit konnte man ihm nicht nachsagen, doch zumindest hielt er an einer prävalenten Höflichkeit fest, die ihm nach und nach die Türen öffnete und Demjan immer weiter auf seine Seite zog. „Ich tue, was ich tun muss", erklärte er. Und er war gut in dem, was er tat.

„Wir gehören quasi zum Rudel", verkündete er eines Abends selbstzufrieden. „Demjan bietet seinen Leuten Abwechslung, das muss man ihm lassen. Einer der Füchse feiert morgen seinen fünfzehnten Geburtstag und damit seine Volljährigkeit. Was ganz Großes. Es gibt eine Feier, anschließend gehen sie auf eine rituelle Jagd bei Nacht. Panem et circenses. Und wer ist eingeladen?"

Sie erwiderte seinen Blick bewusst herausfordernd. „Ich?"

„Wir beide, kleine Leibwächterin."

Joana ließ sich erschöpft aufs Bett fallen und vergrub das Gesicht im Kissen. „Unter einer Bedingung. Kein Training morgen. Wenn Rut mich erst in den Fingern hatte, bin ich danach Matsch und nicht mehr in der Lage zum Feiern."

„Keine Chance, Jo."

„Aber morgen ist Sonntag!"

„Für alle anderen, Kleines. Bis du eine richtige Clerica bist, ist für dich immer Montag."

Nein, in dieser Hinsicht war Nicholas unerbittlich. Er wollte Island, Rut und vor allem Demjan schnellstmöglich den Rücken kehren, daher kam ein unnötiges Hinauszögern nicht infrage. Vielleicht hätte Joana ihn in einer Diskussion umstimmen können, doch dazu war sie bei Weitem zu müde. Trotziges Schmollen glitt an ihm ab, gegähnte Worte wie „Barbar" und „Sadist" ebenso. „Sklaventreiber" ließ ihn laut lachen und dies wiederum brachte sie zur Kapitulation.

14

Selbst im menschlichen Körper glaubte Tomte, das angespannte Zittern der Barthaare zu spüren, die er nur als Fuchs besaß. Mineralischer Duft von Wasser, eisigen Steinen und ein Hauch des Schwefels einer fernen heißen Quelle würzte die Luft. Auch Schnee roch er bereits, obwohl der noch in grauen Wolken auf seinen Einsatz wartete. Der Wasserfall rauschte so laut, dass es Tomte nicht gelingen würde, nahende Schritte zu hören. Der Ankömmling könnte sich lautlos an ihn heranschleichen. Vielleicht hatte er darum diesen Treffpunkt gewählt.

Ein unangenehmes Gefühl, das ihm seine Feigheit unter die Nase rieb. Aber dem Mann, den er erwartete, war nicht zu trauen. Joana, seiner menschlichen Begleiterin, ganz sicher, doch von dem Dämon hätte Tomte sich lieber ferngehalten. Dumm nur, dass dieser Nicholas der Einzige war, der ihm helfen konnte, die Wahrheit herauszufinden und für Gerechtigkeit zu sorgen. Denn Nicholas ließ deutlich erkennen, dass er Demjan nicht mochte, und das wiederum machte ihn ohne sein Wissen zu Tomtes Verbündetem; Misstrauen hin, Unbehagen her.

Er musste nicht lange warten. Nicholas kam mit dem Wagen, dessen Motorengeräusche trotz der tosenden Wassermassen zu hören waren. Tomte sprang von dem Felsen und ging dem Ankommenden entgegen. Etwas abseits des Tosbeckens ließ es sich leichter reden. Nicholas erwartete ihn an den Kotflügel gelehnt.

„Du wolltest mich sprechen?“ Zu spät fiel Tomte ein, dass der andere ansonsten kaum hier wäre. Er war so darauf konzentriert, sich die Nervosität nicht anmerken zu lassen, dass diese vermutlich schon in seinem Gesicht leuchtete. Unübersehbar wie eine dieser Großstadt-Reklametafeln.

Nicholas hatte bislang uninteressiert die Spitzen seiner schweren Lederstiefel betrachtet, nun hob er den Kopf und sah Tomte durchdringend an. „Kommen wir gleich zum Wesentlichen. Du magst Joana."

Ach, du liebes Fell. War der Typ eifersüchtig? Das war nicht gut, das war überhaupt nicht gut. In Tomtes Hals schien sich alles zu verknoteten. Er bemühte sich, nicht zu schlucken, weil er seine Furcht nicht offen zeigen wollte. Stattdessen zuckte er mit den Schultern und fixierte den Boden zu Nicholas' Füßen. Eine Beschwichtigungsgeste. Hoffentlich sah der Dämon es auch als solche.

„Das ist gut", fuhr dieser überraschenderweise fort. „Sie hält dich für vertrauenswürdig und ich sehe keinen Grund, das anzuzweifeln. Ich möchte, dass du mir einen Dienst erweist."

Die Reklametafel in Tomtes Gesicht schien nun in Neonfarben zu pulsieren. „Worum geht es?" Wenigstens hielt die Stimme.

„Ich habe einen Anruf von einem Freund bekommen. Du hast vielleicht gehört, dass zwischen mir und einem der Fürsten eine gewisse Kontroverse besteht. Der Fürst ist augenscheinlich der Meinung, dass diese nun zu klären sei."

„Du musst fliehen?"

Das klang ratsam. Falls die Legenden wahr waren, dann lösten Fürsten ihre Konflikte auf endgültige Weise. Doch Nicholas schüttelte gemächlich den Kopf.

„Ich will das aus der Welt schaffen. Es ist", er

stockte einen winzigen Moment, „nicht meine Art, zu fliehen. Ich habe das lange genug versucht. Es gefällt mir nicht."

„Wie kann ich dir helfen?"

„Bring Joana hier weg. Ich werde den Fürsten in England aufsuchen, doch er weiß, dass wir hier sind, damit ist sie nicht sicher. Du wirst dafür sorgen, dass sie das Land verlässt. Sag ihr auf keinen Fall, wo ich bin. Lock sie unter einem Vorwand nach Deutschland zurück oder sonst wohin, und erkläre es ihr hinterher." Er rieb in einer geistesabwesenden Geste sein Handgelenk, bevor er schnell weitersprach. „Nur für den Fall, dass ich nicht zurückkomme und es ihr selbst erklären kann."

Wovon er offenbar ausgehen musste. Tomte schluckte nun doch. Er fragte sich, welches Interesse der Fürst an Joana haben könnte. Ihm fiel nur persönliche Rache ein, was allerdings kein ungewöhnlicher Grund zum Töten war.

„Ich kann hier nicht einfach weg", hörte er sich sagen.

Nicholas zog belustigt eine Augenbraue hoch. „Hängst du an deinem Job als Laufbursche?"

Tomte spielte mit dem Gedanken, ihm die Wahrheit zu sagen. Dass Grund zur Annahme bestand, Demjan habe Tomtes Vater getötet und sich auf diese Art der Rudelführung bemächtigt. Tomte hatte allerdings keine Beweise. Da waren die wirren Erzählungen seiner Mutter, die kurz vor seiner Geburt nach Deutschland geflohen war. Sie hatte ihr Kind, den Erben des Alpha-Ranges, in Gefahr gesehen. Der Mörder ihres Mannes war auch hinter Tomtes Leben her gewesen, um seine Macht zu festigen. Zumindest hatte seine Mutter dies behauptet, wenn er auch nie sicher sein konnte, was davon auf Wahrheit basierte und was ihrem schwindenden Geist entsprang. Um dies herauszufinden, war er nach ihrem Tod nach Island zurückgekehrt. Doch viele Jahre hatten ihre eigenen Spuren über die Fährten seines Vaters gelegt. Er hatte nicht in Erfahrung bringen können, was wirklich geschehen war. Nur eines lag klar wie ein Splitter aus Eis vor ihm: Der Tomte, der er nun war, würde einsam und ohne Familie alt werden. Hella würde einen anderen wählen müssen, egal wie sehr er um sie warb und wie sehr sie ihn wollte. Als Rudelführer sähe das anders aus, und das war der einzige Grund, warum Tomte es werden wollte.

Ein Blick auf Nicholas, der auf bewundernswert beherrschte Weise seine Sorge um seine Frau offenbarte, zeigte ihm jedoch, dass dieser derzeit kein Interesse an solchen Problemen hatte. Er stand kurz davor, seine Liebe zu verlassen, um in den Tod oder Schlimmeres zu gehen. Kein guter Zeitpunkt, um mit ihm über politische Intrigen zu sprechen.

„Ich tue es“, sagte Tomte schließlich, ahnungslos, was er sich davon versprach. Vielleicht die Aussicht auf Nicholas’ Unterstützung, sollte dieser den Zwist mit dem Fürsten überstehen. Oder ein gutes Gefühl, dieser Menschenfrau zu helfen, die immer freundlich zu ihm war. „Wann?“

Nicholas sah zum Wasserfall hinüber. Ein paar besonders starken Sonnenstrahlen gelang es, sich durch die Wolken zu kämpfen. Sie malten regenbogenartige Spektren in die Gischt des fallenden Wassers.

„Zu bald. Mein Flug geht morgen Abend.“ Seine Stimme klang ganz anders als das Wasser. Dunkel, ohne Farben und Gefühle.

~*~

Joanas Tag war die Hölle. So saß sie am Abend müde und von vielen Misserfolgen frustriert in der großen Halle der Bergfestung, stocherte in den Snacks herum, die ständig nachgereicht wurden, und schob Tomaten auf Nicholas' Teller, ehe er sie von ihrem stibitzte. Mit schweren Lidern beobachtete sie das muntere Treiben. Die niedrigen Decken des Baus sowie die schwache Beleuchtung einiger Fackeln machten den Raum zu behaglich, um trotz der Lautstärke nicht gelegentlich zu gähnen. Flackerndes Licht ließ die Schatten der Reliefs munter über die Wände tanzen.

Die Fuchsmenschen feierten ausgelassen, zeigten allerdings deutlich, dass sie lieber unter sich geblieben wären. Hatten sie Joana und Nicholas zunächst noch die vertraut gewordenen, misstrauischen Blicke zugeworfen, so ignorierten sie ihre Anwesenheit inzwischen stoisch und tanzten zu einer interessanten Musikzusammenstellung. Der DJ wechselte stimmungsvoll Oldie-Klassiker mit aktuellen Hits aus den Charts und Folklore. Psychedelische Rocksongs von isländischen Sängern, unter denen Joana nur Björk erkannte, rundeten die Mischung ab. Am Boden klebte bereits das eine oder andere verschüttete Getränk, die Gerüche mischten sich mit denen verschwitzter Körper.

Tomte kam hin und wieder auf ein paar Worte, bündelte seine Aufmerksamkeit aber sofort immer wieder auf eine magere junge Frau mit buschigem, lehmfarbenem Haar und einer entzückenden Lücke zwischen den Schneidezähnen. Es musste sich um Hella handeln; Tomte hatte Joana von seiner aussichtslosen Liebschaft zu ihr erzählt. Er liebte sie, sie liebte ihn. Doch da er als Laufbursche keinen hohen

Rang hatte, und ihr Vater zu den angesehensten Fuchsdämonen des Rudels gehörte, war den beiden allenfalls eine Affäre erlaubt, jedoch keine dauerhafte Verbindung. Romeo und Julia auf halbdämonisch.

Mit einem Seufzen wandte Joana den Blick von den Unglückseligen ab. Gerade rechtzeitig, um mit anzuhören, wie Nicholas Demjan zum ersten Mal auf dessen Fähigkeiten ansprach.

„Funktioniert deine Kontrolle bei jedem Dämon?", fragte er, einen herausfordernden Ton durchschimmern lassend. „Könntest du mich kontrollieren?"

Das versprach interessant zu werden, wenn nicht gar ein wenig gefährlich. Dämonische Fähigkeiten galten als pikantes Thema und Demjan hatte bislang gemieden, über seine zu sprechen. In Joanas Nacken richteten sich die ersten Härchen auf.

„Davon kannst du ausgehen, mein Freund." Demjan hielt den Blickkontakt, seine Augen wurden eisig. „Ich bin weit gereist, doch fand nur einen Dämon, der mir auch im echten Leib widerstand. Einen Fürsten. Ihm schwor ich meine Treue."

Nicholas entwich ein Schnauben, es klang abfällig, und alarmierte Joana. Mach keinen Mist, flehte sie innerlich.

„Du möchtest mich herausfordern, Nicholas?" In Demjans rauer Stimme vermischten sich Spott, Amüsement und ein Hauch von Drohung.

Joanas Nackenhärchen hüpften wild auf und ab. Nicholas würde darauf eingehen müssen, wenn er nicht das Gesicht verlieren wollte. Die Vorstellung, Demjan würde den Nybbas kontrollieren, erschreckte sie bis ins Mark. „Nein!"

Beide Männer sahen sie erstaunt an. In Nicholas' Gesicht stand ein Ansatz von Skepsis.

Demjan grinste. „Du brauchst keine Angst zu haben, Joana. Ich würde niemanden in Gefahr bringen."

Nein, er würde lediglich die Situation nutzen, um Nicholas zu diffamieren. Was dieser sich nicht gefallen ließe, soviel war Joana klar, und auch Demjan ganz sicher bewusst.

„Ich möchte nicht, dass er sich in seiner wahren Gestalt zeigt", presste sie hervor. Sie mied Nicholas' Blick; wusste, dass nun sie es war, die ihn beleidigte. Doch damit käme er zurecht. Ein Affront aus Demjans Mund zöge Konsequenzen nach sich, die den fragilen Waffenstillstand überstrapazieren und zerreißen würden. „Ich will es nicht", wiederholte sie fest. „Ich habe Angst vor ihm."

Hatte jemand eine Tür offen gelassen und Durchzug verursacht, oder waren es die Launen der beiden Männer, die die Temperatur plötzlich absinken ließen? Demjan schien von ihrem Geständnis einerseits überrascht, andererseits zeigte er offen seine Enttäuschung. Nicholas blieb äußerlich vollkommen gelassen, doch innerlich brodelte er. Joana sah, wie er unter dem Hemd seine Bauchmuskeln anspannte. Sie wusste, was das bedeutete. Den Nybbas drängte es gewaltsam hinaus und Nicholas brauchte alle Willenskraft, um zu widerstehen. Er würde mit einigen blauen Flecken für ihre Worte bezahlen müssen. Joana biss sich auf die Lippe und hoffte, dass es das wert war.

Es dauerte eine gute Stunde und mehrere Gläser Alkohol, bis die Stimmung sich wieder löste. Gleichzeitig kehrte Joanas Erschöpfung zurück, kroch verführerisch durch ihre Knochen und lockte ihren Blick immer wieder Richtung Uhr.

Demjan erzählte weinselig von den Tagen der ersten

Freiheit, wie er die Zeit nach dem Tod seines Nekromanten bezeichnete.

„Er war ein feiner Kerl“, berichtete er gutmütig, „aber mein eigener Herr zu sein war eine Erfahrung, die mich die Trauer vergessen ließ.“

Nicholas’ Blick ruhte gedankenverloren auf Joana. Sie fragte sich, ob er Demjans Ausführungen über dessen Wanderschaft quer durch Sibirien überhaupt zuhörte. Unter den Füchsen begann währenddessen die Pärchenbildung. Dies ging unter dieser Art von Halbdämonen üblicherweise schnell und zog in den meisten Fällen keinerlei Verbindlichkeiten nach sich. Joana wusste, dass man im Rudel offen zu seiner Sexualität stand und der Privatsphäre eher geringe Bedeutung beimaß. Es war also ganz normal, dass die Tanzenden ihre Hände unter den Oberteilen sowie in den Hosen ihrer gewählten Partner versinken ließen und sich nicht um Zuschauer scherten. Joana konnte sich nicht zwischen beschämtem Wegschauen und Neugierde entscheiden.

„Tanz mit mir, Jo“, raunte Nicholas irgendwann, ohne auch nur eine Atempause in Demjans Erzählung abzuwarten.

Ihrer Müdigkeit zum Trotz sandte seine tiefe Stimme ein Kribbeln durch ihren Körper. Sein Tonfall klang, als spräche er nicht vom Tanzen, sondern davon, sie augenblicklich und vor aller Augen auf dem Tisch flachzulegen. In ihrem Nacken wurde es feucht, sie teilte ihr Haar, um die erhitzte Haut zu kühlen. Ihr nächster Atemzug drang unweigerlich tiefer. Die Luft roch nach Sex.

Sie wollte tanzen. Das Problem war, dass sie es nicht konnte. Sie konnte einen Automotor reparieren, eine Handfeuerwaffe in Rekordzeit auseinandernehmen und wieder zusammensetzen, und manchmal sogar einen Dämon zur Bewegungslosigkeit verdammen. Aber tanzen? Neben den hemmungslosen Fuchsdämonen würde sie aussehen wie ein steifer Stock zwischen sich im Wind wiegenden Schilfgräsern.

„Jo?“ In Nicholas Stimme vibrierte Belustigung. „Ich kann auch nicht tanzen.“

„Sehr tröstlich.“

Sie stand dennoch auf, als er ihre Hand nahm, und ließ sich an den Rand der Tanzfläche führen. Ganz sicher tanzte man zu Frank Sinatras *Somewhere beyond the sea* anders, trotzdem fühlte es sich richtig an, als er ihre Handgelenke neben ihren Hüften umfasste und ihr ganz nah kam, sodass sie die Stirn gegen seine Schulter lehnen und die Augen schließen konnte. Er konnte wirklich nicht tanzen und versuchte es auch nicht. Das Einzige was er tat, war sein Gewicht zu verlagern, so minimal, dass es vermutlich niemand sah, und auch sie es nur bemerkte, weil ihr Körper so dicht an seinem jede Bewegung von allein mitging. Wenn dies Tanzen war, war es wundervoll.

Sie spürte, wie er das Gesicht in ihrem Haar vergrub, tief einatmete und lautlos seufzte. „Es tut gut, dich jetzt für mich zu haben“, murmelte er.

„Hm.“ Zu einer aussagekräftigeren Antwort, hätte sie die Lippen bewegen und das wohlige Gefühl der Schwere zerstören müssen.

„Demjan ist ein klebriger Kerl. Ich will ihn heute Abend nicht mehr in deiner Nähe haben“, fuhr Nicholas fort. Ein kaum vernehmliches Knurren untermalte seine Worte. „Nicht heute.“

„Liegt ganz in meinem Sinne“, antwortete sie und drehte ihm das Gesicht zu, sodass ihre Wange nun an seiner Schulter ruhte. „Du bist mir doch nicht böse, weil ich behauptet habe, Angst vor dir zu haben?"

Nicholas antwortete seiner Art entsprechend ohne ein Wort, und ohne zu erwähnen, dass es keinen Grund zur Verärgerung gab. Sanft pustete er ihr eine Haarsträhne ins Gesicht, um diese dann mit den Lippen zu berühren. Ein paar ihrer Haare verfingen sich in seinen Bartstoppeln. Die Musik kam wie durch Watte und Joana glaubte, tanzend auf der Stelle einschlafen zu können. Nicht aus Langeweile, nicht einmal aus Müdigkeit. Sondern aus dem abgrundtiefen Wohlgefühl heraus, in dem sie versinken wollte.

„Erzähl mir etwas", flüsterte sie. „Von dir. Demjan sprach von den Tagen der ersten Freiheit. Wie waren sie für dich, diese Zeiten?"

Ein lautloses Lachen zitterte in seiner Brust. Ein Lachen, welches ebenso der Dämon als auch der Mann von sich gegeben haben könnte. „Ich war auf See", berichtete er schließlich und schloss die Augen, vielleicht, um sich besser erinnern zu können. „Ich heuerte auf einem Frachtschiff an, einem Dreimaster, der Tabakwaren von Cuba und Puerto Rico nach Spanien importierte. Den Hafen, in dem abgeladen und verkauft wurde, wählte der Kapitän immer danach aus, wo es die billigsten Mädchen gab. Er meinte, es hätte keinen Nutzen, einen Auftrag anzunehmen, bei dem für den Tabak mehr gezahlt wurde, wenn die Differenz gleich im nächsten Freudenhaus wieder liegen blieb. Er hatte Sinn fürs Geschäft, der Gute. Hab eine Menge lernen können."

„Kaum vorstellbar, dass du irgendwo angeheuert hast. Ich dachte, es wäre eher dein Stil, dir ein schmuckes Kopftuch umzubinden, das schönste Schiff zu entern und den Kapitän über die Planke gehen zu lassen."

Nicholas lachte leise. „Touché. Mein erstes Schiff erstand ich auf diese Weise. Damals hisste ich sogar eine Totenschädel-Flagge. Kleiner Spaß. Ich konnte mir allerdings nicht vorstellen, wie schwer es ist, ein Segelschiff über den Pazifik zu bekommen. Der erste Sturm brach mir den Kutter entzwei und die Teile, mein damaliger Körper allen voran, sanken schneller als ein Dämon fluchen kann. Ich flog zurück an Land, besorgte einen neuen Körper und beschloss, zunächst ein tauglicher Seemann zu werden, bevor ich es erneut als Kapitän versuchen und Matrosen kielholen lassen wollte."

Joana wunderte sich, wie leicht es ihr fiel, sich über seine Erzählungen zu amüsieren. Diese Geschichten waren so lange her, dass ihre Realität für sie bereits zersplittert war, wie das Schiff in der unbarmherzigen Strömung und den gewalttätigen Einwirkungen von Meereskraft und Zeit.

„Wusstest du, dass ich auch eine Vergangenheit als Freibeuter habe?", fragte sie. „Damals, mit Sascha." Die Zeit schien nicht wenige Jahre, sondern ein ganzes Leben weit entfernt zu liegen. „Wir haben Fluch der Karibik angesehen, danach den Soundtrack auf CD besorgt, uns hemmungslos mit Barcardi betrunken und sind dann nachts über den Zaun eines Bootsverleihs geklettert. Ich trug eine Buddel voll Rum und Sascha schleppte den batteriebetriebenen Gettoblaster." Sie konnte sich kaum daran erinnern, wie alt sie gewesen war. Neunzehn oder schon zwanzig? Die Piercings, die Sascha in Nase und Unterlippe getragen hatte, sah sie dagegen noch vor sich, wie sie silberblaue Mondlichtreflexionen warfen. „Wir haben ein Ruderboot geklaut und sind von dieser fantastischen Musik begleitet den Alsterkanal entlanggeschippert. Irgendwann schien uns die See zu ruhig, also imitierten wir ein paar Wellen, indem wir das Boot zum Schaukeln brachten." Sie musste kichern, weil Nicholas eine Braue hochzog, als ahnte er den weiteren Verlauf. „Und ja, dann sind wir tatsächlich mitsamt dem CD-Player und der Buddel voll Rum gekentert. Wir haben alles untergehen lassen und sind geflüchtet. Unsere Sachen liegen wahrscheinlich heute noch auf dem Grund."

Das unterdrückte Lachen trieb ihr Tränen in die Augen, doch Nicholas hielt ihren Blick sanft und erwiderte es nicht, sodass sie wieder ernst wurde und ihren Kopf von seiner Schulter nahm.

„Okay, du hast recht. Neben deiner Piratengeschichte wirkt meine so aufregend wie ein Strudel in der Badewanne. Langweile ich dich?"

„Nein, du tröstest mich." In seiner Antwort schwang ein Unterton, den sie nicht verstand. „Du hast oft von Sascha erzählt. So oft, dass ich glaube, ihn zu kennen. Aber gerade hast du zum ersten Mal dabei gelacht." Nun lächelte er doch, aber in diesem Lächeln lag etwas Zerbrechliches. „Seltsam, dass dies ausgerechnet heute passiert."

Erleichtert, wenn auch verwundert über Nicholas' Beobachtung, lehnte sie sich wieder bei ihm an. „Was ist heute besonders?"

Er antwortete nicht auf ihre Frage. Stattdessen sagte er: „Es ist beruhigend zu sehen, dass positive Erinnerungen sich letztlich durchsetzen. Dass man über Trauer hinwegkommt. Eine Weile stelle ich mir schon die Frage, wie es sein mag, jemanden zu finden und wieder hergeben zu müssen, obwohl man es nicht will."

Selten hatte seine Stimme so weich geklungen wie bei diesen Worten, und doch trafen sie Joana schmerzhaft. Glühenden Aschefünkchen gleich, die vom Feuer aufstoben und zum Erlöschen auf ihre Haut fielen, wo sie sie nicht wegwischen konnte, weil ihre Hände gehalten wurden. Er hielt sie sanft und gleichzeitig so fest.

Die Frage, was er damit sagen wollte, lag ihr bereits auf der Zunge, doch sie schluckte sie hinunter. Wieder einmal hatte sie vergessen, dass Zeit für ihn, dem die Ewigkeit offen stand, eine andere Bedeutung hatte. Selbst wenn sie bis ins Alter gesund bliebe, würde ihr Leben enden. Es war kaum zu glauben, dass er so weit in die Ferne dachte. Doch Entfernung war relativ. Fünfhundert Kilometer waren für viele Menschen ein weiter Weg, eine größere Strecke, als manch einer je zwischen sich und seiner Heimat wissen wollte. Für Joana war es eine angenehme Autofahrt von wenigen Stunden. Fünfzig Jahre dagegen galten für sie als Ewigkeit. Was sie für Nicholas bedeuteten, wagte sie sich nicht vorzustellen.

„Bis es so weit ist, dass ich dich verlassen muss, bist du mich möglicherweise längst leid“, flüsterte sie an seiner Brust.

Sein Griff um ihre Handgelenke wurde fester. „Das wäre wahrhaft die bequemere Lösung. Ich fürchte allerdings, dass ich mit dir eine andere Erfahrung machen werde. Eine, die ich noch nicht kenne.“ Dann schüttelte er kaum wahrnehmbar den Kopf. „Vergessen wir das für heute Abend. Meet the time as it seeks us, richtig?“

„Das ist aber ausnahmsweise mal nicht von Poe“, neckte sie ihn liebevoll.

„Nein, heute brauche ich Shakespeare. Und dich.

Wäre es zu viel verlangt, wenn ich dich bitte, dass wir auf die rituelle Jagd verzichten, und du stattdessen dieses heiße, nasse Höllentor im Badezimmer noch einmal für mich öffnest? Und danach will ich ausgestreckt auf diesem weichgespülten Eisbären liegen."

Eine Welle von Zärtlichkeit brandete durch ihren Körper; so gewaltsam, dass sie sich wünschte, ihn zu schütteln und dies wohl getan hätte, hätte er nicht ihre Hände gehalten. „Und was werde ich derweil tun?"

„Du wirst auf mir sitzen", hauchte er ihr ins Ohr, „und deine Haare festhalten, damit sie dir nichts ins Gesicht fallen. Weißt du warum?"

„Nein." Ihr Wort klang mehr gedacht als gesprochen, da sie den Atem anhielt.

„Weil ich dir befehlen werde, mich anzusehen, während du mich nimmst."

15

Nicholas wartete, bis Joana das erste Mal aus ihrem Traum aufgeschreckt und wieder eingeschlafen war. Noch immer roch der Raum nach Sex. Ihr Erschrecken war in dem schweren Duft kaum wahrnehmbar, wie ein falsches Gewürz in einer Speise, das man nur bemerkt, wenn man weiß, dass es da ist. In ihrem Gesicht klebten Haarsträhnen an getrocknetem Schweiß. Die Kerze, die sie angezündet hatte, war zu einem Stummel herabgebrannt und das Licht übergoss ihre Haut mit einem warmen Schimmer. Ein schönes Bild, um es mitzunehmen.

Sein Bild, ganz allein seins.

Er sog es mit einem letzten, vom Duft ihres Körpers und ihrer Emotionen getränkten Atemzug ein, und ließ seinen Körper entspannt neben ihr in die Kissen sinken, bevor er ihn endgültig verließ, und durchs Dachfenster verschwand, ohne sich umzudrehen. Im nächsten Moment hatte er die Bergfestung verlassen und schoss durch die Nacht.

Es tat gut, den Körper zurückzulassen, dadurch fiel es leichter. Nicht, dass der Schattenleib über weniger Emotionen verfügte, doch sie durchflossen ihn sanfter, wie breit gestreutes Licht. Im menschlichen Körper dagegen schienen einige Gefühle sich zu bündeln und wurden zu Laserstrahlen, die genug Kraft hatten, etwas in ihm zu versengen. Diesen Schmerz ließ er hinter sich, er würde sein Vorhaben nur stören.

Der Plan verfügte lediglich über ein Grundgerüst. Darüber hatte Elias sich erfolglos beklagt. Es galt, möglichst nah an den Luzifer heranzukommen, ohne von ihm bemerkt zu werden. Dies erforderte einen neuen Körper. Einen unauffälligen, den niemand kannte. Ob er den offenen Kampf riskieren oder eine List versuchen sollte, war dem Nybbas unklar. Auf seine Spontanität war mehr Verlass als auf die Vorsicht. Das Wichtigste war, den Luzifer nicht noch weiter auf Joanas Fährte zu locken. Das Opfer war so schmerzhaft wie notwendig. Er musste sie verlassen, denn ohne es zu wollen, zog Nicholas eine permanente Spur, die den Fürsten zu ihr führte, wie ein waidwundes Tier, das den Jäger durch Blutstropfen zu seiner Herde führt. Der Ausweg war, die Rollen zu tauschen und den Jäger zum Gejagten zu erklären. Halali.

Dies als Plan zu bezeichnen, war nüchtern betrachtet ein schlechter Scherz. Aber er konnte immerhin hoffen, der Luzifer würde sich totlachen.

Der Nybbas flog so hoch, dass sich das Land nur als finstere Masse unter ihm abzeichnete. Wind durchflutete ihn und führte einen Duft mit sich, der ihn zögern ließ. Ein vertrauter Geruch. Zu vertraut, um hierherzupassen. Er setzte zur Landung an, materialisierte sich noch in der Luft und musste den Aufprall auf der kargen Wiese abfedern, indem er tief in die Knie ging. Die Hände auf den Boden gestützt, zog er die Luft zwischen den Zähnen ein und schmeckte sie auf der Zunge. Nun erkannte er den Geruch.

Der Ilyan war hier. Und zwar in dämonischer Gestalt.

Seine Sensoren hatten auf seinen Freund immer feiner angesprochen als auf andere Dämonen, vielleicht weil er bei seiner Beschwörung im Hinterzimmer einer Kirche dabei gewesen war. Doch seitdem sie vor einiger Zeit kurzzeitig die Körper getauscht hatten, um ihre Feinde in die Irre zu führen, schien er ihm noch verbundener, wenn auch nur in wahrer Gestalt.

Dass er in Island war, hatten sie nicht abgesprochen. Sie hatten sich in England treffen wollen, wo der Luzifer den Nybbas erwarten sollte. Dass der Ilyan trotzdem hier war, konnte zweierlei bedeuten. Der Luzifer jagte bereits. Oder der Ilyan spielte ein falsches Spiel.

Dreck noch mal! Pest gegen Cholera. Die Entscheidung, zu Joana zurückzukehren, hatte nichts Überlegtes. Es waren reine Intuition sowie der instinktive Drang, sie zu schützen, was ihn umkehren ließ.

Die Kerze war erloschen, doch die Fenster waren in dieser Nacht nicht von Schnee bedeckt, daher war es nicht vollständig finster. Der Nybbas fuhr in den vertrauen Körper, gab sich wenige Sekunden, um gierig nach Atem zu ringen und das Herz wieder Blut und Leben durch die erkalteten Adern pumpen zu lassen. Peripher nahm er die provozierende Stille im Raum wahr, während er nach dem Lichtschalter tastete. Keine Atemzüge, keine Gefühle, außer seinen eigenen. Er stieß die Lampe unbeholfen an, sie schwankte und wäre fast vom Nachttisch gefallen, bevor er den Schalter fand und gedämpftes Licht den Raum erhellte.

Joana war fort. Nicholas sprang auf. Das schwammige Gefühl in den Knien ignorierend, zog er sich an und eilte mit wenigen Schritten zur Tür. Der Schlüssel steckte, doch die Tür war nicht mehr abgeschlossen. Er ging den leeren Gang entlang in Richtung der großen Halle. Sicher war sie aufgewacht, wollte nicht neben seinem leeren Körper schlafen und hatte sich stattdessen Gesellschaft gesucht. Doch ein Teil von ihm wusste, dass es das nicht war. Sie war in Gefahr, er glaubte, es im leichten Kribbeln seiner Handflächen zu spüren. Aus einer Richtung drangen Schritte und Gelächter. Geräusche, die wie Geister ungreifbar durch die labyrinthartigen Gänge schwebten, ohne zu verraten, woher sie kamen. Nicholas verabscheute diese Bergfestung mit ihren Hunderten, ohne ein System in den Stein gegrabenen Tunneln.

Als er die Halle erreichte, fluchte er, sodass das Echo nachhallte. Hier war niemand mehr. Nur halb leere Gläser, umgeworfene Flaschen und das ein oder andere in der Hektik der Lust vergessene Kleidungsstück erinnerten noch an die Feier. Er machte sich auf den Rückweg, warf einen Blick ins Zimmer, um zu sehen, ob Joana inzwischen zurückgekommen war. Nichts. Also entschloss er sich, in die andere Richtung zu gehen. Nach einigen Kurven und einer tiefer führenden Schräge gelangte er an eine Tür, die angelehnt war und einen Streifen helles Licht in den düsteren Gang entließ.

Er lugte hinein. Und erstarrte. Er hatte Joana gefunden.

Sie lag auf einem breiten Bett. Für den Moment wandte sie ihm den Rücken zu, war jedoch im Begriff, sich unter einem leisen Stöhnen umzudrehen. Das kaum vernehmliche Geräusch ließ Magensäure seine Kehle hochkriechen. Ihr Nachthemd – das kurze, mit den Spaghettiträgern – war hochgerutscht und verbarg nicht, dass sie keinen Slip trug. In der Drehung zog sie die Decke mit, sodass deren Kante wie eine Schlange über ihren Körper und zwischen ihre Beine glitt. Mit geöffneten Lippen legte sie den Kopf in den Nacken, streckte den Rücken durch, schloss die Hände in den Laken zu Fäusten.

Ein atemraubender Anblick, der Hitze in Nicholas' Unterleib und eisige Kälte in seinen Kopf jagte. Denn es war nicht sein Bett, in dem sie sich lustvoll aalte. Es war nicht er, auf den sie wartete.

Sie wartete auf Demjan Choskeih.

Ein plötzliches Geräusch musste aus seiner Kehle hervorgebrochen sein, denn Joana schlug die Augen auf. Sie blinzelte und noch bevor sie ihn erkannt haben konnte, spürte er schwelende Schuldgefühle von ihr ausgehen.

„Schön", hörte er sich höhnen. „Du hast den Anstand, mich mit einem schlechten Gewissen zu betrügen."

Ihr Kopf ruckte herum, sie starrte ihn an, dann an sich herab. „Nicholas."

„Du hattest zweifellos mit jemand anderem gerechnet."

Es wunderte ihn, wie ruhig seine Stimme klang. Sein Herzschlag schien verlangsamt, als wäre sein Blut zu zähem Schlamm verrottet.

Sie verhüllte ihren halb nackten Körper mit der Decke, warf diese dann von sich, als hätte der Stoff nach ihr gebissen und zerrte ihr Nachthemd tiefer.

„Das … das ist nicht, wie du denkst."

„Wie originell. Mach dir keine Mühe, mich zu belügen."

Er wandte sich ab, durchmaß den Korridor in langen Schritten. Es war seltsam still. Als hätte jemand seiner Welt den Ton abgedreht. Er hörte seine eigenen Schritte nicht; ihre ebenso wenig, doch er spürte, dass sie ihm folgte. Eine kleine Gruppe Fuchsdämonen kam um die Ecke und ihm in die Quere. Sie stoben hektisch in alle Richtungen davon, pressten sich eng an die Wände, um ihm Platz zu schaffen. Er dachte an die erste Nacht, die sie gemeinsam hier verbracht hatten. Sie hatte gesagt, dass sie telefonieren wollte, und war allein mit Choskeih in diesem Zimmer gewesen. Danach hatte sie sich verwirrt gezeigt, wollte unbedingt duschen, bevor sie Nicholas näher kommen ließ.

Ständig hatte sie herkommen wollen.

War Demjan nicht der höfliche Pazifist, den Joana gern hätte? Er bot alles, was sie wollte. Frieden. Sicherheit. Ein Versteck inmitten von Halbdämonen, die ihre Freunde werden könnten. Nie wieder Einsamkeit.

Die Linien verliefen ineinander und fügten sich zu einem Bild, das er nicht sehen wollte. Er zwang sich zum Hinsehen.

Sie trieb es mit Choskeih. Wer weiß, wie lange schon.

Die Tür zum gemeinsamen Zimmer schlug er auf, sodass Holzsplitter aus dem Türstock spritzen. Autoschlüssel. Wo waren die beschissenen Autoschlüssel? Kleidungsstücke flogen, als er sie hektisch durchsuchte, doch er fand nur sein Mobiltelefon.

Joana erschien im Türrahmen. „Nicholas, bitte. Hör mich an. Ich weiß nicht, was da eben geschehen ist."

Ihre Stimme war nur ein Flüstern. Erbärmliches Flehen. Er hörte sie, ließ aber nicht zu, dass sie ihn erreichte. Nicht, als sie lauter sprach und nicht, als sie nach seinem Arm griff.

„Lass mich los. Sofort."

Sie dachte nicht daran und er stieß sie so grob von sich, dass sie mit dem Rücken gegen die Kommode prallte. Auf seinem Unterarm blieben glühende Streifen von ihren Fingernägeln zurück. Er konzentrierte sich auf das Brennen, band seine Beherrschung an dieses Gefühl. Kaum erreichte er die Tür, war sie wieder neben ihm, krallte ihre Hand in sein T-Shirt.

„Bleib hier und hör mir zu!“

„Es gibt nichts, was ich hören will.“ Erstaunlich, wie gelassen er nach wie vor klang.

„Du …“, sie blinzelte gegen Tränen an, die ihm gleichgültig waren, „lässt mich jetzt nicht fallen, oder?“

„Nein.“ Sein Blick glitt unwillkürlich ihren Körper hinab. Diesen Körper, den er für sich wollte, und den sie Choskeih schenkte. Sie mochte mäßig bekleidet sein, doch es waren seine Nerven, die nackt lagen. Aus einem Impuls heraus schubste er sie ein weiteres Mal grob zurück. Sie landete mit dem bloßen Hinterteil auf dem Boden. Für einen Moment war der Wunsch, sie herumzuwerfen und für sich zu beanspruchen – gewaltsam zu beanspruchen – überwältigend. Er wollte sie dabei nicht ansehen, ihr lediglich klarmachen, dass sie ihm gehörte. Ihm allein. Ein kleiner, schwacher Teil in ihm rang dieses Bedürfnis mit viel Mühe nieder. Nein, er würde nicht zum Tier werden. Obwohl das die Sache einfacher gemacht hätte.

„Nein“, wiederholte er klar, zu sich selbst sprechend wie auch zu ihr. „Ich lass dich nicht fallen. Ich schmeiß dich weg.“

Ein Schlag fegte die Vase von der Kommode hinunter. Sie flog dicht über Joanas Kopf und zerschellte an der Wand. Ohne den Autoschlüssel stürmte Nicholas aus dem Zimmer.

„Wo gehst du hin?“, hörte er sie erstickt rufen.

Choskeih jagen.

„Bleib hier!“

Da war etwas in ihrer Stimme, ein bezwingender Ton, der ihn innehalten ließ. Aus dem Augenwinkel sah er, wie sie schwer atmend die Hände hob.

„Bleib. Hier!"

„Oder?" Keine Antwort. „Willst du mich bannen, Clerica?"

„Nein." Ihre Stimme zitterte, ebenso ihre Emotionen. Sie verschloss sich, sodass er alles ahnen und nichts mit Gewissheit spüren konnte. „Das ist das Letzte, was ich will. Aber ich tue es, wenn ich muss."

Nicholas wartete zwei, drei ihrer Atemzüge ab. Spannung vibrierte in der Luft, es war greifbar zu spüren, dass sie ihre Energien sammelte. Er war nicht sicher, ob sie es tun würde. Fakt war, sie wollte es tun; ebenso sehr, wie er sie packen, schütteln und schlagen wollte, um ihr den Verrat an ihm auszutreiben.

Noch einmal versuchte er, ihre Gefühle zu bestimmen, er stieß auf Scham und Erschrecken. Sinnlos, daraus ihre Unschuld lesen zu wollen. Wunschdenken war etwas für Menschen, die redeten sich schließlich alles wahr. Ihr Geruch schmerzte in seiner Brust, ihre Anwesenheit brannte im Inneren seiner Knochen. Er musste hier raus, wenn er nicht lernen wollte, was es heißt zu bereuen.

„Wenn du mich bannst, Clerica", stieß er abfällig hervor, „dann versteck mich gut und weit weg von dir. Sorge dafür, dass ich dich nie wieder sehen muss. Und dass ich dich niemals finde."

~*~

Nicholas ging!

Fassungslos lauschte Joana den leiser werdenden Schritten. Ihre Chance, ihn aufzuhalten entfernte sich mit ihm und sie konnte nichts tun. Nichts. Sie hatte es nicht über sich gebracht, einen Bann zu versuchen, um ihn festzuhalten und es ihm zu erklären. Ja, was sollte sie ihm auch erklären? Sie verstand selbst nicht, was geschehen war. Aus einem Traum erwacht, hatte sie sich halb nackt in einem fremden Bett wiedergefunden. Ohne eine Ahnung, wie sie dorthin gelangt war. In keinem Fall freiwillig, daher gab es nur eine logische Erklärung. Jemand hatte sie manipuliert, auch wenn dies eigentlich nicht sein durfte. Sie war eine Clerica. Dämonen konnten sie nicht manipulieren, jeden Versuch hätte sie gespürt. Selbst Nicholas gelang es nur, wenn sie es zuließ. Niemand war in ihrer Nähe gewesen, es war nicht möglich, dass man sie manipuliert hatte. Wer auch immer es war, er missachtete die Regeln, die Joana für sicher gehalten hatte, und trat das mit Füßen, woran sie glaubte. Die Wut darüber drang auf ihr Entsetzen ein und ließ sie die Fäuste ballen.

Womöglich hatte man ihr etwas ins Essen gemischt. Wie auch immer, sie durfte keinesfalls hierbleiben.

Um sie herum lagen blutrote Porzellanscherben auf dem hellen Teppich, wie dornige Rosen im Brautbett. Mühsam kämpfte sie sich auf die Füße. In ihrem Kopf schien ein schwarzes Loch zu wüten und gierig alle vernünftigen Gedanken zu verschlingen. Sie musste hier raus. Alles andere wurde unwichtig. Der Berg über ihr schien mit einem Mal keine sichere Zuflucht mehr, sondern ein tonnenschweres Gewicht, welches jederzeit über ihr zusammenbrechen könnte. Vielleicht war es das auch längst.

Nicholas' Gesicht war von solch eisiger Kälte gewesen, wie sie nur jemand zur Schau stellen konnte, der innerlich verbrannte. Was immer geschehen war, es hatte ihm schreckliche Qualen verursacht. Sie musste das richtigstellen. Irgendwo musste es einen Weg geben, alles zu erklären.

Hastig schlüpfte sie in ihre Kleidung, griff nach Schal und Jacke und stürmte über die Gänge. Sie begegnete niemandem. Die meisten Fuchsdämonen waren noch auf der rituellen Jagd, alle anderen in den Zimmern, aus denen vereinzelt eindeutige Geräusche drangen. Joana hetzte zum Ausgang. Das Tor stand offen und vor dem Höhleneingang wiesen Reifenspuren darauf hin, dass kürzlich ein Quad den Berg verlassen hatte. Gummi auf dem Steinboden und Kratzer sowie die Spuren von blauem Lack zeigten, dass das Gefährt in der Kurve ins Schleudern geraten und gegen die Wand geprallt war. Nicholas.

Den Wagen hatte er stehen lassen, er parkte im üblichen Versteck hinter einer zerzausten Dornenhecke. Erst als sie am Türgriff rüttelte, fiel Joana ein, dass sie den Autoschlüssel nicht dabeihatte. Doch darauf konnte sie jetzt keine Rücksicht nehmen. Sie riss sich den Schal, den Sunna ihr geschenkt hatte, vom Hals, wickelte einen faustgroßen Stein hinein und schleuderte ihn ans hintere Fenster auf der Beifahrerseite. Ein Knirschen, ein Scheppern, schon war das Fenster zerstört und Joana öffnete die Tür. Mithilfe des Taschenmessers aus dem Handschuhfach hebelte sie die Plastikverkleidung unter dem Lenkrad auf und legte die Kabel frei, mit denen sich der Wagen zünden ließ. Nie zuvor hatte sie ein Auto kurzgeschlossen, doch da ihr die Technik vertraut war, gelang es beinahe auf Anhieb.

Sie folgte den Reifenspuren des Quads bis zur ersten Abbiegung und fluchte derb. Nicholas war nicht auf der Straße geblieben, sondern querfeldein gefahren. Soweit Joana es im Scheinwerferlicht überblicken konnte, war die Schneeschicht nur hauchdünn und die Bodenbeschaffenheit übersichtlich. Trotzdem würde sie den Spuren mit dem Landrover nicht folgen können. Ihre einzige Chance bestand darin, darauf zu hoffen, dass er zum Hotel nach Reykjavik fuhr. Wenn sie sich beeilte, würde sie ihn dort vielleicht abfangen können.

Schnee wirbelte auf, als sie das Gaspedal gegen das Bodenblech trat. Während der Fahrt hatte nur ein einziger Gedanke in ihrem Kopf Platz.

Lass mich ihn finden, oh bitte, lass mich ihn finden.

Er durfte sie nicht verlassen. Das konnte er doch nicht tun! Andererseits erinnerte sie sich zu gut an das Leid in seinen Augen. Er glaubte tatsächlich, dass sie ihn betrog. Sie schlug so fest mit der Hand ans Lenkrad, dass ein schmerzhaftes Vibrieren ihren Arm durchlief. Das Stückchen Straße, das von den Autoscheinwerfern beleuchtet wurde, verschwamm in Tränen.

Verdammt, jetzt nur nicht heulen. Sie fuhr viel zu schnell, da brauchte sie eine klare Sicht. Nicht, dass kein Grund zum Heulen bestand, aber das musste einfach warten.

Anna Nalick sang im Radio einen sanften, romantischen Song von der unglücklichen Liebe zu einem Soldaten.

„And if this life doesn't give you the love you expect, there's always the next."

Der Text machte den Kampf gegen die Tränen nicht leichter, doch sie schaltete die Musik nicht ab.

War es aussichtslos? Seit Nicholas sie von sich gestoßen hatte, fühlte sie sich wie im freien Fall. Sie strampelte hilflos mit Armen und Beinen, doch fand nichts, woran sie sich hätte festhalten können. Sie fiel immer weiter. Aber aufgeben kam nicht infrage.

Plötzlich ging ein Ruck durch den Wagen. Das

Lenkrad wurde ihr aus den Händen gerissen und das Auto brach nach links aus. Ein Schlagloch – verdammt! Joana packte zu und lenkte mit aller Kraft dagegen, doch der Wagen drehte sich bereits auf der glatten Fahrbahn. Die Räder standen. Trotzdem warf die Wucht der Geschwindigkeit den Wagen um hundertachtzig Grad herum. Dann sackte er mit einem scheppernden Geräusch mit dem rechten Hinterrad in den Straßengraben. Alles Weitere registrierte sie, als würde es sich in Zeitlupe abspielen. Überdeutlich hörte sie das kreischende Geräusch von sich verbiegendem Metall. Und die ungerührt weiche Musik aus dem Radio. „Hey, boy. Whatcha crying for?"

Die rechte Wagenhälfte krachte in den Graben und wurde jäh gestoppt. Joana wollte fluchen, doch aus ihrer Kehle kam nur ein Schrei. Panisch krallte sie sich ans Lenkrad und presste den Hinterkopf gegen die Kopfstütze. Die linke Wagenhälfte verlor den Kontakt zum Boden. Überschlag.

Vor ihren Augen wurde es weiß. Ihr Kopf wurde erst gegen das Seitenfenster geschleudert, dann in den Airbag. Wie ein kurzer Stromschlag durchfuhr sie die Erkenntnis, dass sie an diesem Unfall selbst Schuld trug. Acht Jahre unfallfrei durch den Hamburger Großstadtverkehr. Und sie setzte das Auto auf freier, schnurgerader Strecke in den Graben. Brillant.

Schmerzen im Kopf trieben ihr den Anflug von Sarkasmus aus und hinterließen ein im Geist gestammeltes Gebet.

Das Drehen und Rutschen sowie ihr eigenes Keuchen schienen sich endlos hinzuziehen, bevor es endlich aufhörte. Joana spürte sich hilflos im Gurt hängen. Der Wagen war auf der Fahrerseite zum Stillliegen gekommen, ihre linke Hand hing in den Scherben des Fensters. Vorsichtig löste sie die verkrampften Finger der Rechten vom Lenkrad und betastete ihre Stirn. Nass. Aber ihr tat nichts weh. Da war nur dieser stumpfe, wattige Schwindel, als würde der Wagen sich weiter drehen.

Anna Nalick summte sanft aus dem Radio. Außerhalb des Wagens war nur Finsternis. Helle Sterne flackerten in der Schwärze.

16

Fahrtwind biss in Nicholas' Haut und zwang Tränen aus seinen Augen, die er aus anderen Gründen niemals zugelassen hätte. Er genoss den Schmerz, mit dem sein Körper immer kälter wurde. Die Nacht hüllte ihn ein wie Erde einen Sarg, und sie beengte ihn auch auf gleiche Weise. Der Drang, den Körper zu verlassen, und die ganze Intensität des Schmerzes gleich dazu, waren enorm. Hatte er diesen Körper nicht ohnehin eben noch endgültig aufgeben wollen? Der Nybbas tobte vor Wut und ließ sich hemmungslos an seinem Brustkorb aus. Doch Nicholas hatte gerade nichts anderes als dieses bisschen Schmerz. Es war das Letzte, was ihm von ihr geblieben war, und wann er das fortwarf, sollte ganz allein seine Entscheidung sein. Für den Moment konnte es gar nicht genug in ihm wüten.

Er bretterte über kilometerlange Kies- und Schotterfelder hinweg, kämpfte sich mit dem Quad Hügel aus Vulkangestein empor und jagte in halsbrecherischem Tempo wieder hinab. Graues, winterwelkes Moos spritzte unter den Reifen weg und flog in Büscheln durch die Luft. Ob er das ungefragt ausgeborgte Quad an einem Stück, in Einzelteilen oder überhaupt nicht zurückbringen würde, war ihm gleichgültig.

Er wusste nicht, wie lange oder in welche Richtung er gefahren war, als er anhalten musste, da sein Körper kurz vor der Kapitulation stand. Das T-Shirt war nass geschwitzt, der Schweiß vom Fahrtwind zu kleinen Kristallen gefroren, doch die Kälte und das Zittern seines Körpers ließen langsam nach. Der Hass auf Choskeih legte dafür im Takt seines Pulsschlags zu. Der Nybbas zerrte mit Säbelklauen an seinen Eingeweiden. Es fehlte nicht viel, und er wäre gewaltsam aus ihm herausgebrochen, hätte seine Rippen samt Fleisch in alle Richtungen auseinandergesprengt wie Gärung die pralle Haut einer faulenden Frucht.

Doch Nicholas ließ ihn nicht heraus. Er würde Choskeih finden und Stück für Stück an seine Füchse verfüttern. Dazu brauchte er den menschlichen Körper, denn diesen konnte der andere Dämon nicht kontrollieren. Dass er in seiner buchstäblichen Raserei die Spur der Jagdgesellschaft längst verloren hatte, gab der glühenden Wut weiteren Zunder.

Schließlich gesellte sich etwas Weiteres in das rotierende Durcheinander seines Inneren. Etwas, das er nicht erklären konnte. Dass er Choskeih töten wollte, entsprang nicht der Eifersucht. Er kannte Joana besser als sich selbst. Sie war ihm wichtiger als seine eigene, verdammte Existenz. Hätte sie mit einem Wort erwähnt, dass sie das Risiko an seiner Seite gegen die Sicherheit in Choskeihs Bett tauschen wollte, so hätte ihm das das Herz herausgerissen, aber er hätte es hingenommen. Seine Mordlust entsprang nicht dem Wunsch, sie zu behalten.

Er wollte zerstören.

Ihr wehtun, so wie sie ihm wehgetan hatte, als sie sich in diesem fremden Bett suhlte und auf einen anderen wartete. Er wollte ihr diesen Schmerz mit Zinsen zurückzahlen. Ihr, die er eben noch vor jedem Leid hatte schützen wollen. Wie seltsam, dass es ausgerechnet sie war, die seine Rachsucht wachrief; etwas, das er nie zuvor verspürt hatte.

Und wenn sie nun doch nicht freiwillig in diesem Bett gelegen hatte? Nein, unmöglich. Als Clerica war sie nicht manipulierbar. Er sollte aufhören zu hoffen, und damit das Messer immer weiter umzudrehen, sonst endete er noch als ihre Aufziehfigur.

Eine Bewegung weit über ihm ließ ihn den Kopf in den Nacken legen. Der eben noch endlose schwarze Himmel war von grünlich schimmernden Schatten durchzogen.

‚Ob wir Polarlichter sehen werden?', hatte sie ihn bei der Ankunft gefragt. Er sollte den Blick abwenden und weiter nach Choskeih suchen, doch konnte es nicht. Auf das Quad gelehnt starrte er paralysiert in den Himmel und beobachtete die Schlieren aus Blau und Grün, die sich dort in die Schwärze woben. Manche waren schwach und verblassten sogleich wieder. Wie farbig in die Kälte gehauchter Atem. Andere nahmen Konturen an, durchmaßen den Himmel, zogen wellenartige Linien oder Kreise in solcher Intensität, dass sie das ganze dunkle Land mit ihrem Licht übergossen. Sie erinnerten an Dämonen im Schattenleib, und nur die Tatsache, dass er sie hätte spüren müssen, hielt ihn ab, seinen Körper für immer fallen zu lassen, um sich ihnen anzuschließen.

Seine Art nannte diese Wetterphänomen Irrlichter, nicht wenige waren ihnen bereits in die Weiten des Himmels gefolgt. Es hieß, einige Dämonen hätten beim brennenden Wunsch, ihnen näher zu kommen die Sphäre verlassen, in der sie existieren konnten. Wie hoch man wohl fliegen musste, bis der Schatten starb?

Nicholas wusste nicht, wie lange er verharrte und frierend den Polarlichtern zusah. Sie wirkten zugleich faszinierend wie beruhigend auf ihn; zu beruhigend, wenn er bedachte, dass er bei wenigen Graden unter null nur im T-Shirt in der Nacht stand. Der Nybbas wollte nach wie vor ausbrechen, nun nicht mehr aus

Wut, sondern aus Sehnsucht nach den lockenden Lichtern. Nicholas konnte nicht mehr unterscheiden, welches Zittern der Dämon verursachte, welches die Kälte und welches seine Angst, dem ein oder dem anderen zu verfallen.

Er schloss die Augen, kostete die Luft. Nur nicht länger in den Himmel sehen, solange er den Himmel noch nicht aus der Nähe sehen wollte. Er konzentrierte sich auf den Wind, denn der sprach immer die Wahrheit. Heute schmeckte er nach metallischer Kälte, nach vor langer Zeit verglühtem Stein und etwas Schwefel. Höllisch. Da konnte man sich glatt zu Hause fühlen. Außerdem schwang etwas mit, das entfernt an den Duft von Joanas Angst erinnerte. Vielleicht wurde ihr in der Ferne gerade bewusst, dass er sich nicht zum Narren halten ließ. Nicht einmal von ihr.

Sein Handy riss ihn aus der Lethargie. Es war Elias. Nicholas fertigte ihn mit wenigen Worten ab und versprach, ihn später im Hotel zu treffen. Eine Weile starrte er noch in die fliegenden Schatten aus Licht, ehe er über sein Gesicht rieb und sich abwandte.

Als Nicholas das Quad startete, die Nordlichternacht hinter sich ließ und Richtung Reykjaviks matt beleuchteter Skyline fuhr, hatte sich jede Mordlust gelegt. Er war einfach nur noch müde.

~*~

Ein Kribbeln am Augenlid weckte Joana. Zunächst dachte sie, aus einer Ohnmacht zu erwachen, doch Anna Nalick sang noch immer von ihrem Soldaten, Joana konnte demnach nur Sekunden weg gewesen sein. Sie hing in den Gurten des Landrovers, der auf der Seite lag. Der Airbag war schlaff geworden. Wenn sie aus dem Beifahrerfenster blickte, sah sie den nächtlichen Himmel.

Bis auf einen wummernden Kopf spürte Joana keine Schmerzen, aber das wollte nichts heißen. Vorsichtig bewegte sie Arme und Füße und wunderte sich ein wenig, weil alle Körperteile gehorchten. Sie griff nach dem Schalter für die Innenbeleuchtung und drehte den Rückspiegel so, dass er im schwachen Licht ihr Gesicht zeigte. Nur eine kleine Platzwunde an der Stirn, gleich am Haaransatz. Da war ein winziges, über ihr Gesicht gelaufenes Rinnsal aus Blut, das sie wach gekitzelt hatte. Da sie mit ihrem ganzen Körpergewicht im Sicherheitsgurt hing, bekam sie das Gurtschloss nicht auf, konnte sich jedoch herauswinden. Sie holte die Taschenlampe aus dem Handschuhfach und kletterte über die oben liegende Beifahrerseite aus dem Wagen, wobei ihre Füße auf dem Lenkrad und der Handbremse Halt fanden. Ihre Knie zitterten, das linke weit schlimmer als das rechte. Ihre Hände klammerten sich so fest an die Autokarosse, dass sie nur ins Rutschen geriet, aber nicht stürzte. Es dauerte mehrere Minuten, bis sie es geschafft hatte, aber schließlich stand sie schwer atmend neben dem Wagen.

In der Finsternis absoluter Einsamkeit konnte sie nur wenig erkennen. Das Licht der Taschenlampe erreichte kaum die Straße. Langsam gewöhnten sich ihre Augen an die Dunkelheit. Ein paar verkrüppelte Büsche hatten den Schwung des Wagens abgefangen. Von einigen Beulen abgesehen, sah er eigentlich nicht so schlimm aus. Das Blech der Motorhaube war an einer Seite einen halben Meter weit über den Motor zurückgeschoben wie ein verrutschtes Tischtuch. Die

Scheinwerfer lagen in Splittern am Boden, die Fensterscheiben der Beifahrerseite waren eingedrückt. Vermutlich waren die Achsen verbogen, womöglich sogar eine Radaufhängung gebrochen. Doch sie war sicher, dass sie mit dem Auto noch im langsamen Tempo bis zur Stadt käme, wäre da nicht das Problem, dass er auf der Seite lag. Probehalber lehnte sie sich mit dem Rücken gegen das Dach der Karosse und drückte, doch dies ließ nur ihre Stirnwunde pochen. Der Landrover bewegte sich keinen Millimeter.

War ja klar.

Joana hätte am liebsten den Kopf gegen das Metall geschlagen. Sie schlang die Arme um den Oberkörper und scharrte mit den Füßen auf dem steinigen Boden. Es half alles nichts. Sie musste laufen. Bis nach Reykjavik würde sie es nie schaffen, aber mit viel Glück kam jemand vorbei, der ihr helfen konnte. Es war mitten in der Nacht, die ganze Zeit über war ihr niemand begegnet, zumindest bis zur Hauptstraße musste sie demnach allein gelangen. Sie beschloss, vorher zumindest ein Pflaster aus dem Verbandskasten auf ihre Wunde zu kleben und die Rettungsdecke als Kälteschutz mitzunehmen, doch der Kofferraum ließ sich nicht öffnen. Die Karosse war verzogen, die Klappe ließ sich nicht bewegen. Die Idee, das Handschuhfach noch einmal nach etwas Nützlichem zu durchsuchen, verwarf sie wieder. So, wie ihr die Knie wackelten, würde sie sich bei der Kletterpartie ins Auto noch ernsthaft verletzen.

Verdammt. Warum hatte sie ihr Handy nicht eingesteckt? Selbst ihr Asthmaspray lag auf dem Nachttisch im Fuchsbau. Da lag es gut.

Sie war Nicholas so überstürzt gefolgt, dass sie keinen Gedanken an etwas anderes verschwendet hatte.

An ihn zu denken, ließ sogleich ein paar Tränen aufsteigen. Sie schluckte hart und zwinkerte, bis sie verschwanden.

„Nicht heulen“, murmelte sie sich selbst zu. „Einfach der Straße folgen, einfach nur nach Hause gehen.“

Nach Hause. Guter Witz.

Joana zählte die Strecke nicht in Metern oder Kilometern, sondern in den gelben Begrenzungspfeilern, die in halbwegs regelmäßigen Abständen die Schotterstraße säumten. Sie zählte achtzehn, neunzehn, zwanzig gelbe Pfeiler, bis sie in der Ferne die Laternen der kreuzenden Hauptstraße ausmachte, die nach Reykjavik führte. Aufatmend beschleunigte sie ihre Schritte, obwohl ihr linkes Knie inzwischen schmerzte, da der Schock abebbte. Vermutlich geprellt, das würde einen dicken blauen Fleck geben. Sei es drum. Auf der Hauptstraße kam hoffentlich bald ein Auto vorbei. Sie versuchte sich zu erinnern, ob sie auf einer Fahrt Notrufsäulen gesehen hatte, doch vor ihrem inneren Auge wollte kein Bild entstehen. Dafür manifestierte sich etwas anderes. Es war keine Furcht, sondern deren kribbelnde Vorahnung. Das Gefühl, sich umdrehen zu wollen, weil man meint, eine Präsenz hinter sich zu spüren, obwohl man weiß, dass man allein ist. Joana hatte gelernt, auf die gewisperten Hinweise ihres Unterbewusstseins zu horchen. Sie wirbelte herum. Nichts. Nur schwarzer Himmel und schwarzes Land. Und sie irgendwo dazwischen, beim Versuch, von der Dunkelheit nicht zerquetscht zu werden.

War da ein Geräusch, wie das Scharren von Füßen? Oder Pfoten? Nur einen Moment gelang es ihr, sich einzureden, dass sie nur den Wind gehört hatte, dann sah sie die schemenhaften Bewegungen.

Füchse.

Große Füchse, zweifelsfrei Halbdämonen, und es waren viele. Noch während Joana die dem schwachen Lichtkegel ihrer Taschenlampe ausweichenden Fuchsdämonen auf ein halbes Dutzend zählte, bewegten sich auf der anderen Seite schon weitere Schatten im Dunkel.

„Könnt ihr mir helfen?“, rief sie auf Englisch. Ihre Stimme klang belegt und viel zu hoch. Warum hatte sie das Gefühl, dass die ihr nicht helfen wollten? Einer der Füchse begann heiser zu kläffen, sofort antworteten andere. Die Laute machten ihr unmissverständlich klar, dass man sie eingekreist hatte. Es mussten inzwischen mehr als zehn sein, und ein Bellen aus der Entfernung kündete davon, dass sich weitere näherten. Ein schmutzig graubrauner Fuchs von der Größe eines irischen Wolfshundes geriet in den taumelnden Schein ihrer Lampe. Um sein Maul lag eine Maske aus Blut, die sein Fell schwarz befleckte. Seine Augen rollten, die Rute zitterte weit ausgestreckt.

Joana erinnerte sich an das, was Demjan über die rituelle Jagd erzählt hatte, die er nur zu besonderen Gelegenheiten zuließ. Die Fuchsgeister vergaßen sich dann, ließen alles Menschliche hinter sich und lebten ihre dämonische Gier aus. Aus diesem Grund war er stets in der Nähe, wenn sie jagten.

Nur, dass sie ihn nirgendwo entdeckte …

Ein Geräusch hinter ihr ließ sie herumstürzen. Das schwarze Vieh war keine zwei Meter mehr von ihr entfernt, sodass das Licht der Taschenlampe sich in den gelben Augen brach. Joana schloss die Hand so fest um den gummierten Griff, dass ihre Finger zu kribbeln begannen. Dann schrie sie aus vollem Hals um Hilfe.

Ihre Stimme ließ die Füchse zurückzucken. Sie warfen sich Blicke zu, schienen sich gegenseitig Mut machen zu müssen. Das Knurren schwoll wieder an und mit ihm das Adrenalin in Joana, das die Furcht zu verzweifelter Aggression aufpeitschte. Sie schwang die Taschenlampe wie einen Knüppel und stampfte mit Geschrei auf den Fuchs zu, der ihr am nächsten war. Er winselte erschrocken, wich mit eingezogenem Schwanz in die Dunkelheit zurück, doch im gleichen Moment formierten sich zwei der Biester hinter ihr. Sie bleckten die Zähne und sträubten das Nackenfell, wodurch sie noch bulliger aussahen. Joana starrte in schlitzförmig verzogene Augen.

„Haut ab!", brüllte sie und hieb mit der die Taschenlampe zu. Sie verfehlte die schnappenden Schnauzen haarscharf. Geifer troff von weit zurückgezogenen Lefzen. Aus dem Augenwinkel nahm sie wahr, wie weitere Füchse einen Halbkreis in ihrem Rücken formten. Der schmutzig braune mit der Blutmaske war unter ihnen. Ein Kläffen klang wie hämisches Lachen. Joanas Magen zog sich zu einem frostigen Klumpen zusammen, als sie erkannte, dass es genau das war. Gelächter. Die Biester spielten mit ihr. Verspotteten sie. Rückte Joana vor, wichen sie zurück, um dann hinter ihr wieder aufzutauchen und sie nach und nach einzukesseln. Sie drehte sich im Kreis, scheuchte die sich nun hemmungsloser nähernden Nasen von sich, und musste dabei immer schneller werden. Einer schnappte dicht neben ihrer Hüfte in die Luft, sie hörte das Kratzen der aufeinandergeschlagenen Zähne. Sogleich folgte die Berührung auf der anderen Seite. Joana schlug zu, drosch dem Fuchs die Taschenlampe mehrmals auf den Kopf. Erst als er von ihr abließ, setzte der Schmerz in ihrem Oberschenkel ein. Er hatte sie gebissen! So tief, dass Blut sich auf dem Stoff ihrer Hose ausbreitete.

Sie hörte ein Schluchzen, ein Wimmern. Erst als sie das litaneiartig wiederholte „Nein, nein, nein!“ erkannte, wurde ihr bewusst, dass sie es war, die diese Laute von sich gab.

„Lasst mich in Ruhe, ihr verdammten Dreckskköter!“, stieß sie unter Tränen hervor, stolperte in Richtung der beleuchteten Straße und schlug wahllos mit der Lampe um sich.

Die Füchse blieben vorsichtig. Sie riskierten nicht, getroffen zu werden. Joana rannte, den Biss im rechten Bein sowie die Prellung des linken Knies ignorierend. Die Füchse folgten ihr mit Abstand. Die klirrend kalte Luft brannte in ihrer trockenen Kehle und mit jedem Atemzug gelangte die Gewissheit tiefer, dass ihre Verfolger nicht aufgaben. Sie hatten es nicht nötig, es auf einen Kampf ankommen zu lassen und verletzt zu werden. Stattdessen hetzten sie sie einfach bis zur Erschöpfung und konnten sich über sie hermachen, sobald sie wehrlos war. Die Feigheit dieser Kreaturen ließ Joana galligen Zorn hochkommen.

Auf dem kiesigen Boden geriet sie ins Straucheln, ließ sich auf die Knie fallen und grub die Hände in den Boden. Die Nägel brachen ihr ab, als sie Steine zusammenkratzte und sich schließlich herumwarf und zurück auf die Füße kämpfte. Eine Ladung kleiner Steine traf den ersten Fuchs. Er schüttelte den Kopf und rannte an ihr vorbei. Einen zweiten konnte sie abwehren, indem sie ihm den dicksten Stein zwischen die Augen warf. Jetzt blieb ihr nur noch die Taschenlampe. Sie holte aus. Das Glas sprang und das Licht erlosch, als sie einem Fuchs mit aller Kraft vor die geifernde Schnauze schlug. Joana trat mit ihren schweren Stiefeln gegen Rippen unter cremefarbenem Fell, dann von unten gegen eine weitere Schnauze. Die Überreste der Lampe schlugen einem Angreifer einen Reißzahn aus. Dann fiel ihre Waffe zu Boden, als andere Zähne sich um Joanas Unterarm schlossen. Der Schmerz rann wie Säure durch ihren Arm. Ihr Stiefelabsatz verfing sich im Maul eines Fuchses und Joana stürzte. Mit dem freien Arm versuchte sie ihr Gesicht zu schützen, vor den Zähnen sowie vor den blutigen Flecken, die im Dunkeln tanzten. Über ihr durchmaß eine grünliche Schwade die Schwärze des Himmels. Fast wie ein Dämon aus Schatten, doch er kam nicht näher, sondern beobachtete aus der Ferne, wie die Füchse an ihren Armen und Beinen rissen. Ihre Hoffnung zerbarst, als sie erkannte, was sie gesehen hatte. Ein Polarlicht. Mehr nicht.

Alles roch nach Tier, der Gestank nahm ihr den Atem. Eine scharrende krallenbewehrte Pfote riss erst an ihrem Handrücken, dann an ihrer Wange. Ihr Kopf schlug seitlich gegen den Boden, und bevor sie einen tödlichen Biss spürte, senkte sich Schwere über ihren Körper und die Welt verschwand.

17

Elias musste sein ganzes schauspielerisches Geschick aufbringen, um Nicholas nicht auf Anhieb merken zu lassen, wie sehr ihn sein Anblick verstörte. Er hatte Nick in der Hotellobby erwartet, die skeptischen Blicke des Mannes am Empfang ignorierend. Nicholas war bleich, seine Lippen blau und seine Kleidung feucht. Das Haar hing ihm strähnig und verknotet auf die Schultern. Er schwankte sogar, als er Elias durch den Korridor zu seinem Zimmer folgte.

Himmel, wer hatte den denn durchgekaut?

Elias erwartete Fragen, schließlich hatte er den Plan geändert, indem er hergekommen war, doch Nicholas brachte ihm nichts als überwältigendes Desinteresse entgegen. Na toll.

„Ich weiß nun, wo sie die Experimente mit der Droge machen", erklärte er, kaum dass er die Tür hinter sich geschlossen hatte. Folgte eine Reaktion? Schön wär's.

Nicholas ließ sich aufs Bett fallen. Ein Gemisch aus Schmutz, Wasser und tauendem Schnee tropfte aus seiner Kleidung und seinem Haar, um in der cremefarbenen Bettwäsche zu versinken. Das Bettzeug war Ton in Ton dem Teppichboden angepasst, ebenso Vorhänge und Tapeten. Graubraune Schmutztupfer ließen den Preis für das Zimmer vermutlich gerade in astronomische Höhen schießen.

Da Nicholas nach wie vor kein Wort sagte, sprach Elias weiter. „Ich hab das Labor ausfindig gemacht. Ein frei stehendes Haus in einem Londoner Industriegebiet. Dort habe ich auch erfahren, dass der Luzifer", er stockte, weil das männliche Pronomen so gar nicht zu dem zutiefst weiblichen Körper passen wollte, „sich nicht an das halten wird, was er mir in der Nacht auf der Brücke verriet."

„Woher weißt du das?"

Die Erinnerung an seine Informantin ließ Elias' Mundwinkel in die Höhe schnellen und gleichzeitig ein Prickeln in seinen Schoß sinken. „Eine der Assistentinnen hat sich mir als ergiebige Quelle gezeigt." Vor allem als süße.

Er zog einen Bauplan des Gebäudes aus der Schublade des Nachttisches, auf dem seine kleine Freundin sogar die Alarmanlagen verzeichnet hatte. Was mentale Kontrolle anging, war er vielleicht eine Nullnummer, aber so manche Frau ließ sich auch auf andere Art gefügig machen.

„Aber das tut nichts zur Sache, Nick. Wir haben nicht viel Zeit."

Nicholas sah auf. „Was meinst du?"

„Wie ich schon sagte: Ich verriet dem Luzifer, wo du bist, und dass du nach England kommen wirst."

Eine ungeduldige Geste Nicks drängte ihn, schneller zu sprechen.

„Offenbar hat man entschieden, nicht allzu lange dort auf dich zu warten. Der Luzifer will dich hier abfangen." Da alle anderen Sitzgelegenheiten des Zimmers von Elias' Wäschestücken bedeckt waren, setzte er sich neben Nicholas aufs Bett. „Verstehst du, was das bedeutet? Wir können dem Luzifer zuvorkommen und nach England fliegen. Während er hier nach dir sucht, jagen wir den Schuppen, in dem er das Obs11 lagert, in die Luft und verduften. Ohne das Zeug hat auch er wieder nur ganz normale Inanen, die er einzeln kontrollieren muss. Dann sind die Chancen ausgeglichen."

Zu Elias Verwunderung reagierte Nicholas selbst auf diese Idee kaum. Er stand vollkommen neben sich. Elias stieß vorsichtig gegen Nicholas' Oberarm. Er war von eisiger Feuchtigkeit bedeckt. „Hey. Hörst du mir zu?"

„Klar."

„Dann sollten wir jetzt Joana holen und abhau..."

„Nein." Nicholas war mit einem Satz auf den Füßen und machte ein paar energische Schritte im Raum auf und ab. „Joana ist raus."

„Was soll das heißen?" Ein spannungsgeladenes Kribbeln flammte in Elias' Brust auf und breitete sich sternförmig in ihm aus. „Ist ihr etwas passiert?"

„Wie man's nimmt. Leihst du mir einen Pullover?"

Elias nickte. „Habt ihr euch gestritten?"

Ein Schulterzucken. Nicholas zog sein T-Shirt über den Kopf und Elias erstarrte. Sein Oberkörper sah aus, als wäre der Dämon in ihm mehrere Male explodiert. Kaum ein Flecken Haut war nicht von Hämatomen in allen Schattierungen zwischen Blau und Grün überzogen. Elias stand auf und zog den am Boden liegenden Troyer, den Nicholas soeben an sich nehmen wollte, unter dessen Händen weg.

„Was ist passiert, Nick?"

Nicholas räusperte sich, seine Blicke huschten kurz im Raum umher, als sondierte er einen Fluchtweg. Dann sagte er: „Sie hat einen anderen, das ist alles."

„Verarsch mich nicht."

„Sehe ich aus, als würde ich Theater spielen?"

Nicht wirklich. Nie zuvor hatte Nicholas so elend ausgesehen. Und selten so ehrlich.

„Das glaub ich nicht." Elias legte Nicholas eine Hand auf die Schulter, um ihn davon abzuhalten, weiter durch den Raum zu tigern. „Sie liebt dich."

„Hat sie. Aber nur den einen Teil von mir. Der andere", Nicholas schlug sich gegen die Brust, „hat sie geradewegs in Choskeihs Bett getrieben."

„Bist du sicher? Vielleicht war es ein Missverständ…"

„Was gibt es daran nicht zu verstehen, wenn sie sich im Negligé durch seine Laken rekelt?"

Nicholas Atem ging schwer und Elias erkannte, dass der Anblick von Joana ihn entsetzt und gleichzeitig erregt hatte, denn Nicholas hatte eine unübersehbare Erektion unter der Jeans.

Unweigerlich legte sein eigener Herzschlag zu. Er spürte ihn mit einer Deutlichkeit, die ihn befürchten ließ, der andere würde ihn ebenfalls hören. Hier und jetzt bot sich eine Gelegenheit, die so schnell nicht wiederkäme.

„Menschen sind so", murmelte er. Dabei ließ er seine Hand langsam von Nicholas' Schulter in Richtung seiner Brust rutschen und schob ihn zurück aufs Bett. Verdammt, welcher Teufel ritt ihn? „Ihr Leben ist kurz. Sie haben nicht die Zeit, um sich auf jemanden wie uns einzulassen. Egal was sie besitzen, sie fürchten immer, etwas Besseres zu verpassen."

Nicholas öffnete den Mund, offenbar wollte er widersprechen. Doch dann schüttelte er knapp den Kopf. Er stieß den Ansatz eines trockenen Lachens aus, als Elias mit dem Daumen über sein Schlüsselbein strich.

„Glaub mir, Nick. Ich kenne die Menschen besser als ich sie kennen möchte."

„Kleiner, ich glaube, dass du gerade großen Mist baust."

Elias spürte eine hart zusammengezogene Brustwarze unter seinen Fingern und rieb provokant darüber, während er den Blick nicht von Nicks Lippen bekam.

„Willst du vergessen? Ich kann dir ein paar Stunden Vergessen geben." Mehr noch, er würde sogar den Preis dafür selbst zahlen.

Nicholas' Gesichtsausdruck bekam etwas Süffisantes. „Ein paar Stunden, ja? Du solltest nichts versprechen, was dein Hintern bereuen wird. Ich sehe vielleicht nicht so aus, aber ich habe eine hundsgemeine Wut im Bauch. Du solltest sie nicht herauslocken. Verschwinde besser."

„Dir ist klar, dass das hier mein Hotelzimmer ist."

Elias wusste, dass ein Ausbruch dieser Wut Nicholas helfen würde. Im Gegensatz zu ihm, der nur aufgrund von kühlen Racheplänen beschworen worden war und niemals grobe Leidenschaft spürte, ernährte Nicholas sich nicht nur von Emotionen, sondern war aus ihnen geschaffen. Beherrschung stand ihm nicht. Sie war ihm zu eng, so, wie Elias gerade Hemd und Hose zu eng wurden.

Aber das war nicht der Grund, warum er seinen Blick unverändert auf Nicks Mund heftete und die Hand nun bis zu seinem Bauch gleiten ließ. Seit er denken konnte, neidete er Nicholas diese Leidenschaft. Hier war nun sein Moment, etwas davon für sich zu bekommen. Nur ein einziges Mal, mehr wollte er nicht.

„Du willst zu viel, Elias", sagte Nicholas mit sandiger Stimme. „Das hier endet für dich damit, dass du morgen früh allein sein wirst und dem Verlorenen nachjammerst. So wie immer."

Elias schüttelte den Kopf und näherte sich Nicholas, bis seine Nase und Lippen bei jeder Bewegung dessen Oberarm streiften. „Ich bin kein Idiot. Ich weiß, worauf es hinausläuft. Eine Nacht. Einmalig." Die Zweideutigkeit des Wortes gefiel ihm. „Das ist mir genug."

Mit einer Bewegung war Nicholas ihm so nah, dass sein Atem Elias' Ohr berührte. „Du möchtest gern mein Fußabtreter sein?"

Er wollte irgendetwas für dieses Wesen sein. Ob Geliebter oder Fußabtreter war ihm längst egal, solange er nur etwas war, was für Nicholas eine Bedeutung hatte. Statt einer Antwort presste er seinen Mund in Nicholas' Halsbeuge. Er verharrte, wartete auf eine Reaktion. Erwartete, fortgestoßen zu werden. Doch er spürte nur ein Anspannen des kühlen Körpers unter seinen Händen, öffnete die Lippen und schmeckte Salz. Seine Hand musste tiefer gerutscht sein und lag nun über prall ausgefülltem Jeansstoff.

„Keine. Gute. Idee", wiederholte Nicholas.

Beherrscht. Er schien erfüllt von Beherrschung. Und kurz davor, sie in den Wind zu schießen.

„Hast du eine bessere?" Wem wollte der Kerl etwas vormachen? „Vergiss sie einfach, Nick. Sie kann nichts, was ich nicht …"

Jäh riss Nicholas Elias am Pullover auf die Füße und drängte ihn gegen die Schrankwand. Dumpfes Poltern hallte durch die nächtliche Stille. Nicholas' Lippen bewegten sich dicht an seinem Ohr, er sprach leise, gefährlich leise, sodass Elias kaum ein Wort verstand, bis auf: „Sprich nicht von ihr." Nicholas sah aus dem Fenster, starrte in die Schwärze der Nacht. Kurz darauf sagte er: „Zieh dich aus."

Nicholas musterte ihn schweigend, doch das erschien Elias durchdringender als die schroffe Anweisung zuvor. Er gehorchte nach einer Verzögerung, die nichts mit Widerstand zu tun hatte, sondern mit Verwirrung. Um seinen Pullover über den Kopf zu ziehen, musste er den Blickkontakt unterbrechen. Als er Nicholas wieder ansah, hatte sich dessen Gesicht verändert. Die Müdigkeit, die Elias eben noch so verstört hatte, war gewichen und hatte einem Ausdruck von Verlangen Platz geschaffen, der so eisig war, dass ihm heißkalte Schauer die Wirbelsäule hinabregneten. Unter Nicholas' Blick öffnete Elias seine Hose. Den Reißverschluss über seinem nackten, harten Glied nach unten zu ziehen, brachte ihn zum Stöhnen. Nicholas brauchte die spöttische Bemerkung, die ihm sichtlich auf der Zunge lag, nicht auszusprechen.

„Ich trage nie Unterhosen", beantwortete er die unausgesprochene Frage. „Du?"

Nicholas hob nur das Kinn und seine Hände ein wenig an.

Sieh nach.

Vor ihm in die Knie zu gehen rief ein Gefühl des Aufbegehrens und Rebellierens in Elias wach. Er hatte Nicholas zu gehorchen, stand unter seinem Befehl, und das gefiel ihm normalerweise so wenig, wie er es sich in dieser einen Hinsicht wünschte.

Chaos in seinem Kopf. Ein leichtes Surren, das sich durch seinen Körper fraß, immer stärker wurde, seinen Magen vibrieren und seinen Schwanz zittern ließ. Nicks von Schnee durchfeuchtete, enge Jeans ließ sich nur mit roher Gewalt nach unten zerren. Als Elias wieder aufstand, leckte er über Nicholas' Bauch und seine Brust. Bis er an seinem Hals angekommen war, fühlte sich seine Zunge trocken an und die Reibung von Bartstoppeln war unangenehm. Unter seinen Händen spürte er die Kraft des Nybbas. Er fühlte, wie dieser sich machtvoll gegen das Fleisch und damit gegen jede Menschlichkeit auflehnte, und provozierte dies noch, indem er seine Finger an die Stellen presste, an denen er die dämonische Aura am stärksten spürte. Das musste verdammt wehtun und schien Nick doch nicht unangenehm. Elias liebte seinen eigenen Menschenkörper, sodass dieser selten in Konflikt mit dem Dämon stand. Der Ilyan hatte sich tief zurückgezogen, hinterließ nur ein warmes Schnurren in der Wirbelsäule, das an seine Existenz erinnerte. Er war selten mutig, und doch liebte er das Spiel mit der Gefahr. Mit etwas derartig Gefährlichem hatte er allerdings noch nie gespielt. Nicholas zischte einen Fluch, als Elias eine seiner Rippen mit Druck nachfuhr, gegen die sein Inneres sich auflehnte.

„Willst du mich bis aufs Blut reizen, Kleiner? Du bist tatsächlich noch dümmer als ich dachte, oder?"

Genau das. „Glaubst du, ich hätte Angst vor dir?" Elias verkniff sich ein Lächeln. Dies war keine Nacht, um Gefühle zu teilen. Es ging allein um Körperlichkeit, um alles Innere, das Menschliche wie das Dämonische, zum Schweigen zu bringen. Vor allem das Menschlichste. Das Leid einer unerfüllten Liebe. Endlich waren sie sich einmal ähnlich, und dadurch ganz nah.

Als Nicholas ihn anfasste, seine Hände wie musternd über seinen Brustkorb gleiten ließ, durchfuhr Elias ein Zittern. Jeder Muskel reagierte auf die Berührung und spannte sich stolz und präsentierend an.

„Ich bin nicht so zerbrechlich …", wie deine Frau, hätte er beinahe gesagt. Im nächsten Moment glaubte er, Nicholas hätte seine Gedanken belauscht, denn dieser stieß ihn mit einer so heftigen Bewegung herum, dass Elias zu Boden krachte und mit der Schulter gegen die Bettkante prallte. Einen Sekundenbruchteil darauf war Nicholas über ihm. Mächtig wütend. Und erregt. Er griff Elias ins Genick, krallte sich in sein Haar und zog sein Gesicht nah an seines.

„Du ahnst nichts von Zerbrechlichkeit. Rede nicht über Dinge, von denen du nichts verstehst."

Dann küsste Nicholas ihn. Es war kein zaghaftes Aufeinandertreffen ihrer Lippen, kein Kosten von Zärtlichkeit oder Lust. Stattdessen zwang er ihm einen gewaltsamen Kuss auf, der seine Worte wohl untermalen sollte. Elias fühlte sich gewarnt und gleichzeitig bestraft. Noch konnte er zurück. Doch sein Körper und sein Geist waren längst unterworfen, und, hey, genau das wollte er.

Nicholas setzte sich zurück aufs Bett und Elias drehte sich zu ihm um, sodass er zwischen seinen Beinen kniete, die Hände am Boden, als wären sie zu schwer, um sie zu heben. Er spürte jede Teppichfaser, wie sie sich in die Haut seiner Knie drückte und Nicholas' Finger, die durch sein Haar kämmten und dabei einen vagen Eindruck von ein wenig Zärtlichkeit erweckten. Außerdem war da dieses zarte Zucken in Nicks Mundwinkeln, das ihm so vertraut war.

Nicholas würde recht behalten. Elias würde bereuen, von etwas gekostet zu haben, das er nie ganz bekäme. Morgen schon würde er sich dafür zur Hölle wünschen.

„Geh lieber", sagte Nicholas noch einmal, als hätte er die Zweifel in Elias' Augen gesehen, ließ ihn jedoch nicht los.

Elias ging nicht. Stattdessen beugte er sich vor, tastete mit der Zunge nach der sensibelsten Stelle an dem nackten Körper vor ihm. Ein unerwarteter Geruch ließ ihn verharren.

„Du hast sie gevögelt, bevor du gegangen bist?" Er fragte sich, ob Joana noch lebte.

Nicholas zog lediglich eine Braue hoch. Ein deutliches Zeichen, besser still zu sein. Elias gehorchte. Ohne Nicholas aus den Augen zu lassen, glitt er mit der Zunge über dessen erigierten Schwanz und umkreiste die Eichel. Nicholas sog scharf Luft ein und ließ den Kopf in den Nacken sinken. Seine Hände in Elias' Haar zitterten. Öffneten sich, schlossen sich wieder zu Fäusten und pressten ihn dann in seinen Schoß und Nicholas' Glied tiefer in seinen Mund. Genau das wollte er. Er wollte jede Spur der Frau ablecken, ehe er sich ihm hingab. Er wollte Nicholas besitzen, so wie dieser ihn besaß, und er wusste, dass dies die erste Nacht war, in der dieser Wunsch in Erfüllung gehen konnte. Und die letzte.

Elias erwachte allein. Die Erinnerungen an die vergangenen Stunden schienen im ersten Moment zwischen Schlafen und Wachen surreal, und wären da nicht die feuchtkühlen Flecken auf dem Bettlaken, hätte er an eine Wunschvorstellung gedacht. Aber nein, die von Zähnen verursachten Kratzer in seiner Schulter und das haarfeine Ziehen an intimeren Stellen seines Körpers sprachen eine eindeutige Sprache. Ebenso die Gerüche von männlichem Schweiß, Erregung und Befriedigung, die sich im Raum zu einem den Verstand raubenden Cocktail vermischten. Er atmete tief und gierig ein. Das Keuchen und das bis zum Höhepunkt gereizte Knurren schienen noch ein wenig in dieser Luft nachzuhallen. Ebenso einzelne Schreie, und das an die Wände bollern der Hotelgäste aus den umliegenden Zimmern. Er spürte noch Echos der Befriedigung, die Nicholas an ihm gefunden hatte, erst zornig, hemmungslos und danach … anders. Elias konnte es nicht benennen. Er kannte das

Gefühl nicht. Als er lange nach Nicholas gekommen war, hatte dieser ihn geküsst; sanft und zärtlich auf den Mund. Dann hatte er ihm gesagt, dass er gehen wollte. Eine rauchen. Klar.

Nun lag ein Zettel auf der kalten Seite des Bettes. Fast schon ein Klassiker.

Danke fürs Vergessen, Eli. Hab mich wieder erinnert. Erwarte kein Frühstück im Bett.

N.

PS: Ich buche unseren Flug.

Elias nickte.

Eli. Laureen hatte ihn so genannt. Seine Schöpferin, seine Freundin. Aber nie seine Geliebte. In dem Namen lag ein Versprechen, Nicholas hatte es ihm schwarz auf weiß zurückgelassen.

Keine Kämpfe mehr. Keine Leidenschaft mehr.

Aber wenn Elias nicht vollkommen irrte, dann hatte er nun so etwas wie einen … Freund? Nein, Freund war zu viel, aber alles andere zu wenig.

Seine Kehle war trocken. In seinem Mund lag ein eigenartiger Geschmack, den auch die lustgeschwängerte Luft nicht minderte. Zumindest war es eine Nacht der Leidenschaft gewesen. Leidenschaft, die Leiden schafft. Seine Gedanken brachten ihn zum Grinsen, es stimmte in jeder Hinsicht, immer und immer wieder. Er kostete die Vorstellung, nie wieder derartige Nähe mit Nicholas zu teilen.

Bitter.

Manche Wünsche verlieren ihren Reiz, wenn sie wahr werden. Er hatte nicht erwartet, dass es bei diesem auch so sein würde. Aber er hatte darauf gehofft.

18

Es war früher Morgen, fast noch Nacht. Absolut still. Hinter den deckenhohen Fenstern, die über eine Terrasse in den Park führten, herrschte noch Finsternis. Das Schwimmbad im Wellnessbereich des Hotels lag wie ein blank polierter Spiegel vor ihm und reflektierte die bläuliche Deckenbeleuchtung. Nicholas warf seine durchgeschwitzte Kleidung von sich und ließ sich nackt ins Wasser fallen. Er hatte stundenlang im Fitnessraum Hanteln gestemmt und sich an den Geräten ausgetobt; so lange, bis sein Oberkörper in Flammen stand und er nur noch keuchend und mit zitternden Muskeln in den Haltevorrichtungen hing. Das kalte Wasser schien ihm nun durch die Poren bis auf die Knochen zu gelangen, doch es linderte nicht, egal wie brutal er hindurchpflügte.

„Dort können Sie die Seele baumeln lassen“, hatte der Mann an der Rezeption beim Einchecken über diesen Wellness-Bereich gesagt. Nicholas’ Seele baumelte durchaus. An den paar Nerven, die noch übrig geblieben waren.

Die Nacht mit Elias zu verbringen, war eine abgrundtief dumme Idee gewesen. Er hatte gedacht, Elias ohne schlechtes Gewissen zu benutzen; um sich abzureagieren, um sich besser zu fühlen, um zu vergessen. Leider war nichts davon eingetreten. Das hatte er erkannt, als er kurz davor war, in Elias’ Haar zu heulen. Weiterhin hatte er nicht nur Elias benutzt, sondern in erster Linie sich selbst. Um es Joana heimzuzahlen. Ekelhaft. Schwach.

Er wollte sie hassen, weil sie ihn zu all dem getrieben hatte, doch nicht einmal das gelang. Die Emotionen gingen ihm durch, taten losgelöst von seinem Verstand, was sie wollten. Nichts gehorchte, nichts fügte sich in die geregelten Bahnen, die ihm vertraut waren und das winzige Kontinuum an Sicherheit boten, das er brauchte.

Alles lief falsch. Alles.

Das Wasser schluckte die Stimme, die sich plötzlich im Schwimmbad vernehmen ließ. Nicholas sah einen Mitarbeiter des Hotels und neben ihm eine kleine, unscheinbare Gestalt. Er schüttelte den Kopf, bis das Wasser aus seinen Ohren kam und er wieder hören konnte.

„Verzeihen Sie vielmals", rief der Hotelangestellte mit knatterndem Akzent zu ihm herüber, „aber der ... Herr ließ sich nicht aufhalten."

Nicholas schickte ihn mit einem Gedanken weg und ignorierte das verwirrte Gebrabbel über vorschriftsmäßige Badekleidung. Seine Aufmerksamkeit galt allein Tomte, der mit ernster Miene ans Becken trat. Wie hatte der Typ ihn gefunden? Joana musste ihm verraten haben, in welchem Hotel sie wohnten. Oder er war als Fuchs seiner Fährte gefolgt. Der Halbdämon warf Nicholas ein Handtuch zu, nachdem er sich auf dem Rand aufgestützt und aus dem Wasser gehievt hatte. Seine Arme bebten noch immer vor Anstrengung.

„Es gibt Probleme."

Tomtes Ton machte deutlich, dass es sich um Probleme handelte, von denen Nicholas nichts hören wollte. Trotzdem hob er das Kinn, zur Aufforderung, dass der andere weitersprechen sollte, während er sich das Handtuch um die Hüften band.

„Joana. Sie hatte einen Unfall."

Nicholas Körper gefror in der Bewegung.

„Jetzt ist sie im Krankenhaus. Außer Gefahr, aber es geht ihr schlecht."

„Sollte … sollte es mich kümmern?" Nicholas schluckte den Klumpen Ekel hinunter. Ekel vor sich selbst, weil er wissen musste, was geschehen war und besser wusste, dass er nicht fragen sollte. „Geh zu Demjan, soll er ihre Rechnung zahlen."

„Er hat sie hingebracht", sagte Tomte und würgte einen Zipfel seiner Jacke zwischen den Fäusten. „Aber sie hat deinen Namen gestammelt, Nicholas, nur deinen. Ich weiß nicht, was zwischen euch passiert ist. Ich weiß nur eins. Sie braucht dich jetzt."

Aber ich brauche sie nicht mehr, wollte Nicholas sagen. Doch die Worte kamen nicht. Sie blieben weg, so wie der Regen, der immer dann in den Wolken verharrt, wenn man seine Kühlung am dringendsten benötigt.

Tomte sprach weiter: „Eine kleine Gruppe von Skröggandi hat sie gefunden, nachdem sie einen Autounfall hatte. Zuerst wollten die sie nur etwas ärgern, aber dann geriet die Sache außer Kontrolle und einer griff sie an. Jemand sah es über die Überwachungsbildschirme. Demjan wurde informiert, kam ihr zu Hilfe und verjagte die Wildgewordenen. Als wir Joana fanden, war sie ohne Bewusstsein. Ich holte den Wagen und Demjan fuhr sie ins Krankenhaus. Dort angekommen kam sie zu sich, aber …"

Nicholas bemerkte erst bei Tomtes Stocken, dass sie sich längst auf dem Weg durch die Hotelflure befanden. Am liebsten wäre er sofort zum Krankenhaus gefahren, doch nur mit einem Handtuch bekleidet war das vielleicht keine gute Idee. Er steuerte die Treppen an und beschleunigte seine Schritte, sodass Tomte neben ihm herlaufen musste.

„Sie stand unter Schock“, fuhr er fort. „Anders kann ich mir nicht erklären, was dann geschah.“

„Was meinst du?“ Nicholas ahnte es. Das Krankenhaus. Die Abtreibung, die sie nie verkraftet hatte. Sie war in Panik geraten, er wusste es. In seinen Ohren rauschte es, als suchte er bei einem Radio nach Empfang. Er ignorierte ein ihm entgegenkommendes Pärchen und stapfte zwischen ihnen durch. Hastig stoben sie auseinander und tuschelten aufgebracht, als er sie passiert hatte.

„… schlug um sich, schrie wie von Sinnen. Sie mussten ihr Beruhigungsmittel geben, um …“

Nicholas blendete Tomtes Stimme wieder aus und trat ohne ein Zögern die Mahagonitür zu dem Zimmer ein, dass Joana und er bewohnt hatten, denn er wusste nicht mehr, wo die Chipkarte für das Türschloss war. In seinem Handtuch jedenfalls nicht. Rasch war er angezogen und eilte aus dem Hotel, Tomte im Kielwasser mitziehend. Er machte sich nicht die Mühe, die aufgewühlten Gedanken der herumwuselnden Hotelangestellten zu bearbeiten. Um den randalierenden Nybbas im Zaum zu halten, brauchte er seine gesamte Energie. Für eine mentale Kontrolle hätte seine Konzentration ohnehin nicht ausgereicht, solange Joana all seine Gedanken brutal an sich band. Wieder einmal.

~*~

Joana ließ die Augen geschlossen und täuschte vor, noch zu schlafen. Über ihr war nichts als Helligkeit und in ihrer Mitte ein Punkt aus pulsierendem Licht, so weiß, dass es fast die Netzhäute versengte. Das Gleißen fraß sich durch ihre Lider. Sie erkannte die

Schatten ihrer Wimpern, ohne die Augen zu öffnen. Die schnatternde Schar an Menschen war fort, doch sie hörte sie gedämpft in einiger Entfernung. Sie konnten jederzeit zurückkommen. Die Decke über ihrem Körper wog schwer. Sie wagte nicht, sich zu rühren. Jede Bewegung würde wehtun und ihre Ahnung, dass ihr Unterleib nackt war, in Gewissheit umwandeln. Sie presste immer noch die Beine zusammen. Hatte es die ganze Zeit getan, selbst während der Ohnmacht. Ihre schmerzhaft verkrampften Muskeln ließen dies zumindest vermuten.

Ihr Herz krampfte sich um etwas, das sie längst verloren hatte. Weggeworfen.

Das Baby.

Erneut versuchte sie sich einzureden, dass dies lange her war. Doch hier, unter dieser tonnenschweren, nach Heißmangel riechenden Bettdecke, schien ihr die Abtreibung nicht Jahre, sondern Augenblicke entfernt. Zwischen den zugepressten Lidern quollen Tränen hervor, die auf ihren Wangen wie Ohrfeigen brannten. In ihrer Ohnmacht hatte sie geträumt, wie ein weinender Säugling vor ihr auf dem Boden lag.

„Ich lass dich nicht fallen", hatte sie sich sagen hören. Zur Bewegungslosigkeit verdammt, musste sie sich selbst zusehen, wie sie höhnisch lächelnd ihren schweren Stiefel zum Tritt bereit über den kleinen Brustkorb des Kindes hob. Schmutzig braunes Regenwasser tropfte auf weiße Haut und rann über fragile kleine Rippen. Lautlos. Blut mischte sich mit dem Regenwasser. „Ich lass dich nicht fallen. Ich schmeiß dich weg."

Seit sie keuchend aus dem Traum aufgeschreckt war, lag sie bewegungslos wach. Es war ihr unmöglich, nicht an Rut zu denken. Rut, die die Clerica zwangsweise sterilisiert hatten. ‚Sie dürfen dich nicht in ihre Hände bekommen, versprichst du mir das?', waren die Worte der alten Frau gewesen. Hatte sie nun versagt? Hatten die Clerica sie in ihre Hände bekommen?

Sie konnte sich kaum erinnern, was geschehen war. Sie hatte gekämpft, um ihr Leben gekämpft, und verloren. Gegen Klauen, Zähne, Hände, spitze Dolche, die ihre Haut durchstachen. Immer wieder verloren. Dann war nur das stumme, hysterische Kreischen in ihrem Kopf. Der kleine Schrei, immer und immer wieder: *Sie dürfen mich nicht bekommen, sie dürfen mich nicht bekommen! Dürfen nicht … Nein!*

Joana erinnerte sich, dass sie im Stillen zu Gott gefleht hatte, er möge es vorbei sein und sie sterben lassen. Aber Gott kam nicht. Stattdessen schlief sie wieder ein, schrecklichen Träumen ausgeliefert. Und ein Dämon kam zu ihr.

~*~

Nicholas war noch nie in einem Krankenhaus gewesen. Wozu auch? Er stellte fest, dass Hoffnung wie der mit Lavendel parfümierte Bohnerwachs am Boden duftete. Verzweiflung roch dem Desinfektionsmittel ähnlich. All dies wurde hier großzügig versprüht.

So früh am Morgen war es noch still in der Klinik. Eine asiatisch aussehende Ärztin führte ihn und Tomte widerwillig die verlassenen Flure entlang zu Joanas Zimmer. Ihre Gummiclogs klangen auf dem Linoleum, als zerträte sie mit jedem Schritt Würmer.

Nicholas erfuhr, dass Joana im Delirium ihren richtigen Namen, Joana Sievers, genannt hatte, und das machte ihn nervös. Es war möglicherweise zu spät, um etwas zu manipulieren, sie hatten ihre Daten bereits in die Computer eingegeben. Nun war es vermutlich nur eine Frage der Zeit, bis die Clerica erfuhren, dass sie hier war. Tomte hatte recht, sie mussten sie schleunigst fortbringen. Nicholas hatte sie gedrängt, nach Island zu gehen, und was immer sie auch getan haben mochte, die Vorstellung, Schuld daran zu tragen, dass man sie erwischte und als Verräterin vor den Clerica-Rat stellte, trieb ihm eisigen Schweiß aus den Poren. Bis sie in Sicherheit war, musste er vergessen, dass sie sich Demjan Choskeih an den Hals geworfen hatte. Danach würde er mit Elias das Land verlassen und sie nicht wiedersehen.

„Sie müssen leise sein", sagte die Ärztin und betonte jedes englische Wort so stark, als hätte sie Idioten vor sich. „Frau Sievers hat neben den Bissverletzungen eine Gehirnerschütterung und einen Schock. Sie ist sehr erschöpft. Regen Sie sie bitte nicht auf, sondern lassen Sie sie schlafen." Sie schüttelte missbilligend den Kopf. „Es ist schwer zu begreifen, dass jemand solch gefährliche Hunde frei herumlaufen lässt. Aber die Polizei sucht bereits nach den Tieren."

Tomte grummelte etwas Unverständliches. Nicholas erwiderte nichts und die Ärztin schob die Tür auf. Gleichzeitig zog sich Nicholas' Magen zusammen. Bis auf Joana war das ganze Zimmer weiß. Weiße Wände, weißer Fußboden, weißes Bettzeug und weiße Vorhänge. Ihr lockiges, schwarzes Haar lag verklebt auf dem weißen Kissen. Ihre Lippen waren blutverkrustet und zusammengepresst. Er bemerkte das erschrockene Zucken ihrer Lider, die sie nicht öffnete. Auf ihrer Wange klebte ein großes Pflaster. Weiß. Und dann sah er die Gurte. Breite, weiße Gurte, mit denen man sie auf Höhe der Knie, der Hüften und der Ellbogen am Bett festgebunden hatte.

„Wir mussten sie fixieren“, flüsterte die Ärztin. Die Entgleisung seiner Gesichtszüge war ihr nicht entgangen. „Das sieht schlimmer aus, als es ist. Es ist zu ihrem eigenen …“

„Machen Sie sie los.“ Nicholas erkannte seine eigene Stimme kaum, so rau und unwirklich erschien sie ihm.

„Hören Sie, Frau Sievers hat sich versucht, die intravenösen Zugänge herauszureißen, sie …“

„Losmachen. Sofort!“

Die Asiatin versuchte sich an einem strengen Gesichtsausdruck. „Vielleicht sollten Sie besser gehen, Sie scheinen mir nicht zu verstehen, dass …“

„Sie werden gehen!“ Nicholas rang mit seiner Beherrschung und konzentrierte sich ganz auf seine mentale Stimme. Verschwinde! Geh an deinen Computer und lösche die Akte von Joana Sievers. Vergiss uns!

Kopfschüttelnd entfernte sich die Frau und murmelte etwas von „überarbeitet“.

Tomte nickte knapp in Richtung Joanas Bett. „Geh. Ich halte Wache.“

Nicholas betrat das Krankenzimmer zögerlich. Joana war unter der dicken Decke und dem Pflaster in ihrem Gesicht kaum auszumachen. Sie so zu sehen, zerriss etwas in ihm. Sie hatten sie gefesselt.

Gebannt.

Das Wort ätzte sich in sein Hirn und ließ sich nicht verdrängen. Er milderte die lähmende Wirkung, die es auf ihn hatte, indem er eine Salve an brutalsten Vergeltungsfantasien durch seinen Kopf jagte.

„Jo?“ Er berührte einen der Gurte. Sie waren aus

einem elastischen Material und nur sanft gestrafft. Mit den Fingerspitzen folgte er ihnen bis unter die Bettkante, wo sie mit Ösen eingehakt waren. Langsam löste er alle drei Gurte. „Joana. Ich bin hier, hörst du?“

Er berührte ihren Oberschenkel und plötzlich zuckte ihr Körper wie von einem Stromstoß getroffen zusammen. Sie schrak mit einem Schrei hoch. Schlug kraftlos nach ihm. Er ließ es zu, fasste sie nur an den Schultern und zog sie an sich.

„Jo, ich bin’s. Alles okay, alles …“

Alles gelogen.

Sie bebte, als würden Krämpfe sie schütteln, ihre Emotionen nichts als ein heilloses Durcheinander aus Angst und Unverständnis. Es dauerte eine Weile, bis sie halbwegs bei sich schien und ihn anblinzelte.

„Hey“, sagte er leise. „Bist du in Ordnung? Hast du Schmerzen?“

„Nicholas.“

Das Wort klang, als wäre ihre Zunge geschwollen. Ihre Pupillen waren winzig und die Haut unter dem weißen Pflaster, das fast ihre ganze Gesichtshälfte bedeckte, aschfahl. Sie schüttelte den Kopf, als wunderte sie sich über die Frage. Zumindest schienen die Schmerzmittel zu wirken.

„Wo bin ich?“ Sie griff mit der verbundenen rechten Hand nach dem Zugang in ihrer linken Armbeuge. „Es ist so kalt.“

Sie hätte sich die Kanüle gewaltsam aus der Haut gerissen, wenn Nicholas ihre Hand nicht festgehalten hätte. Vorsichtig entfernte er das Heftpflaster, zog den feinen Plastikschlauch aus ihrem Arm und drückte den Einstich mit dem Daumen zu. Die Infusionslösung floss in einem dünnen Rinnsal auf den Fußboden.

Er erzählte ihr das Wenige, das er von Tomte und der Ärztin erfahren hatte und entwirrte dabei ihre Haare, nur um sie zu berühren. Joana begriff nur langsam. Offenbar wirkte sich das Beruhigungsmittel noch stark auf sie aus. Sie starrte auf den Kunstdruck, der ihr gegenüber an der Wand hing. Ein Landschaftsbild nach der Art eines Monets, jedoch wesentlich greller.

Als Nicholas ihr alles gesagt hatte, schlug sie die verbundene Hand vors Gesicht und stöhnte. „Wie konnte ich so dumm sein. Ich glaubte, es wären Clerica und sie wollten mich … ich dachte, sie hätten mich in ihrer Gewalt und …" Ihre Stimme brach, sie grub die Hände in ihren Schoß. „Gott, langsam werde ich verrückt."

Nicholas berührte den Rand des Pflasters, strich über ihre Schläfe. „Du wurdest von diesen halbdämonischen Bastarden angegriffen. Jeder würde die Nerven verlieren."

„Wie dumm von mir, meinen Namen gesagt zu haben. Wie konnte das passieren?"

„Mach dir keine Sorgen, wir regeln das."

Sie sah ihn verzweifelt an, Scham in den Augen. „Ich bin halb wahnsinnig geworden vor Angst. Ich habe die Kontrolle verloren. Die Ärzte wollten mir helfen und ich habe gegen sie gekämpft, als würden sie mich umbringen. Ich glaube, dass ich jemanden niedergeschlagen habe. Hätte ich eine Waffe gehabt, dann …"

„Joana, du hattest Angst."

Er spürte, dass er sie nicht erreichte. Ob es an den Medikamenten, an der Gehirnerschütterung oder an dem Schock lag, aber er kam nicht an sie heran. Sie verrannte sich in Selbstvorwürfen, gab sich die Schuld an dem Autounfall, an dem Angriff der Halbdämonen und daran, dass man sie ans Bett gefesselt hatte. Irgendwann sackte sie entkräftet an seiner Brust zusammen. Für den Moment war der gestrige Abend beinahe vergessen. Nicholas verbot sich, daran zu denken. Nur eines zählte jetzt: Joana hier rauszubringen. Und ihre Panik zu mildern, ehe diese ihm das Gehirn explodieren ließ. Er legte eine Hand auf ihren Bauch. Die Stelle schien eine glühende Hitze zu verströmen, als wäre sie die Quelle all ihrer Schmerzen.

„Es ist wegen des Babys, habe ich recht? Dieser Ort erinnert dich zu sehr daran." Sie sagte nichts, aber dass sie nicht widersprach, war Antwort genug. „Das Krankenhaus macht dir Angst."

Sie flüsterte: „Mehr noch als die Füchse. Gegen sie hatte ich eine Chance. Gegen die Gefühle an diesem Ort nicht." Sie sah gehetzt zur Deckenlampe. „Vergiss, was ich gesagt habe, vergiss es einfach. Ich muss hier nur raus, dann bin ich wieder okay."

„Ja. Exakt bis zu dem Moment, an dem wieder eine Erinnerung kommt und die Wunde aufreißt."

Ihre gesunde Hand bedeckte ihre Augen. „Mag sein. Aber ich komme nicht dagegen an."

„Dann lass es zu. Angst ist nicht lächerlich, Jo. Jeder hat Angst."

Sie schnaubte, nur der Ansatz eines traurigen Lachens. „Aber niemand fürchtet sich in diesem Ausmaß vor absolut ungefährlichen Menschen, die einem helfen wollen."

„Ich fürchte mich vor viel harmloseren Dingen."

Der Stoff seines Hemdes spannte sich enger um seine Schulter, als sie sich daran festhielt. Er genoss es, sie zu halten. Viel zu sehr, bedachte man, dass sie am Abend zuvor in einem fremden Bett gelegen hatte.

„Erzähl mir davon“, bat sie.

Er spürte ihren Atem seine Brust wärmen. Sie holte tief Luft, als versuchte sie, mit seinem Geruch den des Krankenhauses zu übertünchen.

Nicholas brauchte lange, um zu antworten. Ehrlich zu sein fiel in diesem Moment schwerer als je zuvor.

„Dunkelheit“, sagte er schließlich. Sie sah fragend auf und er erklärte: „Dunkelheit ist es, was mir Angst macht. Nicht die Finsternis der Nacht, sondern ganz und gar absolute Schwärze. Dunkelheit kann niemandem etwas tun, völlig harmlos. Mir nimmt sie fast den Verstand.“

Sie hörte aufmerksam zu, nickte leicht und verband die Information mit ihren Erinnerungen zu Zusammenhängen. Die Vorhänge, die er nachts immer aufzog. Seine Panik, als die Deckenfenster im Fuchsbau von Schnee bedeckt gewesen waren. Er sah, wie sie all dies überdachte.

„Es ist wegen des Banns.“ Sie fragte nicht, sie wusste es. „Es ist Dunkelheit, die euch bannt, habe ich recht?“

„Das hast du. Nun, Joana – Dämonenjägerin. Sprich mit mir, dem Dämon, der sich im Dunkeln fürchtet, nicht von lächerlichen Ängsten.“ Sein Grinsen war erzwungen. „Lach mich lieber aus. Glaub mir, es hilft.“

Sie lachte nicht. Stattdessen musterte sie ihn, als sähe sie ihn zum ersten Mal. „Ich hatte Albträume von dem Baby. Träume, in denen ich es getötet habe.“

„Träume sind ein gutes Training. Du trainierst den Umgang mit dem, was im Wachzustand noch zu stark für dich ist.“

Sie lächelte, ganz schwach nur. „Damit kennst du

dich aus, oder?“

„Nein.“ Denn die Träume, die er schuf, waren nicht echt, nur Illusionen. „Wahre Träume sind eine Komposition aus Gefühlen, Erinnerungen, Gedanken und auch unterbewussten Reaktionen. Erfahrungen. Mehrdimensionale Theaterstücke, in die du als Träumender mit etwas Übung eingreifen und ihren Fortgang beeinflussten kannst. Das, was ich schaffe, sind nur Bilder auf einer Leinwand aus Papier, welche reißt, sobald man sie mit dem Bewusstsein touchiert“. Nein, denn er selbst konnte nicht träumen. „Ich habe diese persönliche Schwäche, die Unfähigkeit zu träumen, nur lange genug analysiert und weiß, was mir fehlt.“

Sie nickte bedächtig und flüsterte: „Ich habe solche Angst davor, nie über diese Sache hinwegzukommen. Und gleichzeitig fürchte ich mich, darüber hinwegzukommen, weil es sich nicht richtig anfühlt, es hinter mir zu lassen.“

„Du bist noch nicht soweit, Jo. Schuld ist nichts grundsätzlich Schlechtes. Lass sie zu. Sie geht, wenn es an der Zeit ist.“

„Was weißt du von Schuld? Du sagst immer, dass du nie etwas bereust.“

Das stimmte bis zum gestrigen Abend. Nicholas musste sich räuspern. „Schuld zu empfinden und zu bereuen ist nicht dasselbe.“

Sie schüttelte den Kopf, wirre Hoffnung versprühend. „Kannst du mir die Angst nicht nehmen? Nur diese eine, dieses eine Mal?“

Ohne sich bewusst dazu entschieden zu haben, fand er ihre unversehrte Hand in seiner und ihre Fingerknöchel an seinen Lippen.

„Jo, Emotionen sind wie Blut. Ich könnte dir das

ganze Blut nehmen, jeden einzelnen Tropfen. Aber die Wunde“, er streichelte ihren Bauch, „würde weiter schwelen und dich vergiften. Lass es bluten, das hilft.“

„Tust du das selbst auch?“

Sie presste die Lippen zusammen, sah fast ein wenig trotzig aus. Wenn die Medikamente ihre Bewegungen nicht träge gemacht hätten, wäre ihm ihr knapper Blick an seine vernarbten Handgelenke vielleicht nicht aufgefallen. Er rieb die prickelnden Stellen, an denen die alten Wunden sein Tattoo zerfurchten.

„Ich“, sagte er leise, „verbringe meine Tage und Nächte mit einem der wenigen Menschen, die jederzeit meine ganz persönliche Hölle heraufbeschwören können. Ich könnte nicht mehr bluten, Joana.“

Bevor er weitersprechen konnte, klopfte es an der Tür und Tomtes Wuschelkopf erschien. „Ich störe ungern, aber hier kommt langsam Leben in die Bude. Die Schwestern machen ihre Morgenrunde, vielleicht sollten wir jetzt verschwinden.“

„Wir verschwinden? Wir alle?“ Joana stützte sich im Bett hoch und biss die Zähne zusammen, als sie eine schmerzende Stelle bewegte. „Dann glaubst du mir endlich? Dass ich dich nie betrügen würde?“

Nicholas ließ ihre Bemerkung an sich abprallen wie Wasser von einer Wachsschicht. „Wir verschwinden“, wiederholte er lediglich. Da er nicht wusste, wo man Joanas Kleidung aufbewahrte, griff er nach einem giftgrünen Morgenmantel, der vergessen an der Tür hing, und reichte ihn ihr.

„Hör mir zu. Ich werde ein paar Menschen manipulieren müssen, damit wir gehen können, ohne Aufsehen zu erregen. Wenn ich die Erinnerungen an dich aus möglichst vielen Köpfen löschen kann, erfährt vielleicht niemand, dass du hier warst. Aber ich brauche deine Hilfe. Es ist schwer, mehrere Menschen gleichzeitig zu manipulieren und ich kann es nicht, wenn deine Angst mich so sehr einnebelt."

Sein Blick klebte an dem Pflaster in ihrem Gesicht und immer noch wagte er nicht, sich vorzustellen, welche Verletzungen unter ihren Verbänden warteten. Unter anderen Umständen hätte er sie im Krankenhaus gelassen, aber nachdem man ihren Namen kannte, war das zu gefährlich.

„Deine Angst raubt mir die Konzentration. Schaffst du es, ruhig zu bleiben und an etwas anderes zu denken?"

Sie sah ihn an, als verlangte er Unmögliches, aber dann nickte sie und kämpfte sich auf nackten Füßen auf die Beine, wobei sie sich am Bett festhalten musste. „Ich versuche es. Ich kann gehen."

Nicholas schüttelte den Kopf. „Vergiss es." Zunächst legte er ihr seine Jacke um. Sie knickte unter dem Gewicht des dicken Rindsleders fast ein. Kurzerhand hob er sie hoch. „Reiß dich zusammen. Deine Gefühle machen mich wahnsinnig. Schließ sie ein, ein paar Minuten nur, ich brauche jetzt einen kühlen Kopf."

Tränen füllten ihre Augen. „Ich kann nicht."

„Jo!" Nicholas unterdrückte ein Stöhnen. „Du kannst. Du willst nämlich nicht, dass ich den ganzen Laden hier in die Luft sprenge, um unsere Spuren zu verwischen."

Für einen Moment erstarrte sie, überdachte sichtlich, ob er das ernst meinte und kam zu den richtigen Schlüssen. Sie presste die Lippen zusammen, drückte das Gesicht an seine Schulter und gab sich alle Mühe, keine Furcht zu empfinden, während er sie den Gang entlangtrug und dabei allen Menschen befahl, ihren

Anblick sofort wieder zu vergessen. Nach wenigen Schritten schon standen ihm vor Anstrengung kleine Schweißperlen auf der Oberlippe. Ein hochgewachsener Arzt mit ergrauten Schläfen stellte sich als zu widerstandsfähig heraus und rief etwas auf Isländisch. Joana erzitterte in Nicholas' Armen und brachte seine Konzentration ins Wanken.

„Was hat er gesagt?“, hauchte sie erschrocken.

Nicholas warf Tomte einen warnenden Blick zu, der verstand und log.

„Nichts, was uns betrifft. Ähm, er meckert, weil …“

„Weil die letzte Patientin ihm einen Korb gegeben hat“, improvisierte Nicholas. „Sie findet nämlich, dass er neben Dr. House alt aussähe. Nun überlegt er, sich bei den Kollegen aus der Schönheitschirurgie vorzustellen.“

Joana entspannte sich minimal, während er Scherze machte, und es gelang ihm, den Arzt zum Teufel zu schicken.

„Mich erinnern Krankenhäuser ja immer an Horrorfilme“, meinte Tomte und zog mit zu Klauen gekrümmten Fingern eine Grimasse in Richtung einer hübschen jungen Schwester, die ihn dank Nicholas nicht sehen konnte.

Joanas Lippen entkam ein winziges Kichern.

„Da ist was dran“, flüsterte Nicholas atemlos. „Sehen diese über die Gänge schlürfenden Patienten nicht aus wie Zombies?“

Tomte erwischte seinen Einsatz. „Schau mal, die Frau da hat unter ihrem Morgenmantel bestimmt ein riesen Loch im Bauch. Seht ihr, wie sie auf den Boden starrt? Irgendwo da muss sie gestern ihre Leber verloren haben.“ Er wies mit dem Daumen in eine Nische, in der ein Sessel und ein Tischchen mit Zeitschriften standen. „Ich fühle mich so beobachtet. Gehören die Augen unter dem Tisch einem von euch?“

Von Tomtes weiteren Albernheiten bekam Nicholas nichts mehr mit. Der Nybbas hatte die Kontrolle übernommen und verbrauchte seine ganze Energie auf das Beeinflussen der Menschen. Nicholas verstand kein Wort mehr und sein Sichtfeld schrumpfte immer weiter zusammen, bis er nur noch einen hellen, schlierigen Fleck zu seinen Füßen erkennen konnte. Er folgte Tomtes Schritten blind, Joana fest an sich gepresst, sein Geist in Fragmenten auf unzählige Menschen verteilt, deren Blicke, Schritte und Gedanken er lenkte.

~*~

Unsanft ließ Nicholas Joana auf die Rückbank von Tomtes klapprigem Golf fallen und lehnte sich schwer atmend mit den Unterarmen ans Autodach. Die Sprungfedern aus den Sitzen bohrten sich in ihr Hinterteil und an den nackten Zehen spürte sie, dass die Fußmatten bereits munter vor sich hin schimmelten. Trotzdem verkörperte das Auto in diesem Moment den Inbegriff von Sicherheit. Joana blickte nervös zum Krankenhaus zurück. Jedes Fenster schien ihr grell erleuchtet nachzuglotzen. Sie tastete nach den Verbänden um Hand, Arm und Oberschenkel und fürchtete sich vor dem Moment, in dem die Wirkung ihrer Schmerzmittel nachlassen würde.

Nicholas stieg ein und unter einem schleifenden Geräusch, das die Kupplung von sich gab, fuhr Tomte los.

Nicholas war vollkommen erschöpft. Sie wusste, dass er nie zuvor so viele Menschen gleichzeitig manipuliert hatte, und wie schwer es ihm gefallen sein musste. Er warf ihr im Rückspiegel einen Blick zu, den sie voller Dankbarkeit erwiderte. Das Funkeln seiner Augen schien zu verlöschen, seine Miene wurde kühl.

„Nicholas?“

Er lehnte den Kopf seitlich ans Fenster und schloss die Augen.

„Nicholas“, wiederholte Joana geflüstert, doch er reagierte nicht.

„Lass ihn, kann sein, dass er dich nicht hört.“

Tomte gab sich unbeeindruckt, doch Joana begriff, dass Nicholas sie sehr wohl hörte, ihr aber noch immer nicht glaubte. Nun war sie in Sicherheit und die Schonzeit damit beendet. Sie zog die nackten Beine an die Brust, raffte die Lederjacke über den Knien zusammen und rang plötzlich mit Tränen. Er dachte nach wie vor, dass sie ihn betrog, und hatte sie dennoch aus dem Krankenhaus geholt. Sollte sie ihn dafür noch mehr lieben, als sie es ohnehin schon tat, oder ihm die Wahrheit ins Gesicht spucken, damit er sie erkannte? Letztlich blieb sie stumm, denn die Medikamente hüllten nicht nur ihren Körper in eine Schicht aus Watte, sie dämpften auch die Gedanken.

Joana erwachte von einem Kreischen, das sich als harmloses Bremsgeräusch herausstellte. Tomte hielt vor Ruts Haus und rüttelte Nicholas am Arm, um ihn zu wecken. Dieser gab nichts auf Joanas halbherzigen Protest, sondern hob sie erneut hoch und trug sie hinein. Diesmal ächzte er leise unter ihrem Gewicht, was Joana beschämte. Er war so bleich, dass sie die malvenfarbenen Adern an seinen Schläfen und am Kiefer erkennen konnte. Selbst durch den Dreitagebart schimmerten sie durch. Die Aktion im Krankenhaus musste ihn mehr angestrengt haben, als sie gedacht hatte.

Rut schlug fassungslos die Hände über dem Kopf zusammen, als sie Joanas eigenartigen Kleidungsstil bemerkte, und schlurfte Richtung Küchenzeile, um besonders starken Kaffee zu kochen. Den konnten sie alle gebrauchen. Scheu lugte Sunna um den Türrahmen und flüchtete sich beim Anblick des ihr fremden Halbdämonen in die obere Etage. Der Hund folgte ihr winselnd.

Nicholas setzte Joana auf dem Sofa ab und warf sich in den nächststehenden Sessel, als wollten seine Beine ihn nicht länger tragen. Tomte war es, der knapp erzählte, was geschehen war.

„Aber Himmeldonnerwetter, warum läuft das Mädchen denn alleine in der Wildnis herum!"

Ruts anklagender Blick schien Nicholas zu durchbohren, doch er ignorierte sie und starrte weiter ins Leere. Tomte hatte keine Ahnung und Joana kein Interesse daran, Rut von ihren Beziehungssorgen zu erzählen. Ihr Kopf war so schwer, dass sie ihn auf der Lehne ablegen musste, und sicher wäre sie eingeschlafen, wenn Nicholas sich nicht hastig auf die Füße gekämpft hätte.

Leicht schwankend hockte er sich neben sie und hielt sich dabei an der Sofalehne fest. „Am besten gehst du zu deiner Mutter nach Berlin. Tomte wird den Flug für dich organisieren, du kannst ihm vertrauen."

Joana brauchte eine Weile, um zu verstehen, was er ihr damit sagen wollte. „Was ist mit dir?"

„Meine Aufgabe hier ist erledigt. Es gibt Dinge, um die ich mich zu kümmern habe. Elias ist in Island, ich fliege noch heute mit ihm zurück nach London."

„Du glaubst mir wirklich nicht, oder? Du willst mir gar nicht glauben, dass ich nicht aus freien Stücken in Demjans Bett lag." Dies wiederum wollte Joana nicht glauben. Wie konnte er ihr so misstrauen? Nach alldem, was sie gemeinsam überstanden hatten, war seine Eifersucht lächerlich.

„Niemand manipuliert eine Clerica, wenn sie es nicht will. Nicht einmal Fürsten können das."

„Das sagst du!" Joana kümmerte sich nicht mehr darum, dass Tomte und Rut den Streit mit offenen Mündern verfolgten. Wut schwoll an, die Wunden pochten. Am liebsten hätte sie mit beiden Füßen auf dem Boden getrampelt. „Irgendwer muss es aber können!"

„Choskeih bedeutet dir also wirklich nichts?" Nicholas verengte die Augen. „Es wäre dir gleich, wenn ich losginge, um ihn zu töten?"

Für einen Augenblick war Joana versucht zuzustimmen. Nur Demjan konnte sie gegen ihren Willen in sein Bett gelockt haben. Wer sonst sollte so etwas tun? Andererseits rechtfertigte selbst das keinen Mord, zumal es keine Beweise gab und Demjan sie in dieser Nacht vor seinen Füchsen gerettet hatte. Die er mit an Sicherheit grenzender Wahrscheinlichkeit selbst auf sie gehetzt hatte. Verdammt.

Letztlich wollte sie jedoch keinesfalls, dass Nicholas sich in Gefahr begab.

Nicholas deutete ihr Zögern falsch. „Da hast du es. Er ist dir wichtig." Er fuhr sich hektisch über die Stirn und wandte sich ab. „Vielleicht ist es die beste Lösung für uns alle."

Joana wollte aufspringen und ihm nachlaufen, doch ihre Glieder gehorchten ihr nicht und sie begriff, dass dies nichts mit den Medikamenten zu tun hatte. Da war es wieder, dieses eigenartige weiße Rauschen, das ihren Kopf ausfüllte. Eine Panik wuchs dagegen an. Die Angst, tatsächlich von fremder Hand geführt zu werden. Wenn jemand Gewalt über ihren Kopf erlangte, könnte derjenige sie zwingen, Nicholas zu bannen. Joana hörte sich stöhnen, als sie gegen das Gefühl des Abdriftens kämpfte. Sie spürte, wie sie vor dem Sofa auf Knie und Hände fiel, fühlte den Schmerz, der durch ihre Hand stach. Das Rauschen nahm zu. Sie wusste, dass sie dagegenhalten musste, und ebenso, dass es aussichtslos war.

Ein letztes helles Flackern und alles wurde schwarz.

Ihre Zähne schlugen gegeneinander, weil sie geschüttelt wurde, und ihren Lippen entkam ein schwacher Protest. Dann erst nahm die Welt wieder Konturen an. Nicholas hielt sie fest im Arm, streichelte ihr fahrig über den Kopf und beruhigte sie mit sanftem „Schschsch, es ist vorbei". Seine Nähe gab Sicherheit und Halt. Es hätte sich gut angefühlt, wenn nicht dieses schon bekannte, ekelhafte Gefühl gewesen wäre. Ihr war, als hätte sie in ein Stück Seife gebissen, deren Geschmack sich einfach nicht aus dem Mund entfernen ließ, was auch immer sie versuchte. Was war vorbei?

„Was ist passiert?"

Er antwortete erst, nachdem sie die Frage mehrfach wiederholt hatte.

„Du hattest recht." Seine Stimme klang ebenso müde, wie er aussah. „Jemand versucht, die Kontrolle über dich zu erlangen."

„An was kannst du dich erinnern?", verlangte Rut zu wissen. Auch in ihrem Gesicht stand der Schreck, aber ihre Wangen waren aufgeregt gerötet und sie knetete ihre Schürze wie ein nervöses Mädchen.

„An gar nichts. Nur an Rauschen, und dass ich versucht habe, dagegen anzukommen."

Nicholas verbarg die Augen hinter einer Hand. Tomte spielte mit einer Nippesfigur, die später in seiner Tasche verschwinden würde.

Rut sagte: „Du hast geschrien, Mädchen. Zunächst hast du gestammelt, dass Nicholas weglaufen sollte. Nicht weggehen oder verschwinden, sondern weglaufen, als wäre er in Gefahr. Und dann hast du ‚Nein' gerufen und den Namen des Fuchsherren geschrien. ‚Nein, Demjan, nein Demjan', immer wieder ‚Nein, Demjan!' Und schließlich", die alte Clerica errötete, „hast du geseufzt, als ob …" Rut ließ den Satz unvollendet und schlug sich eine Hand vor den Mund. „Himmeldonnerwetter! Was hat der Kerl mit dir gemacht, Mädchen? Zu was für einem Teufel habe ich dich geschickt?"

Nicholas stöhnte, als hätte Rut ihn mit jedem Wort in den Magen geboxt. Heiße Tränen schossen Joana in die Augen. Sie hielt keine davon zurück und sah Nicholas fest an. „Glaubst du mir endlich?"

Ein mattes Nicken. „Ich glaube dir. Vergib mir, dass ich es nicht getan habe. Aber ich wünschte, ich würde mich irren. Es war leichter zu glauben, du würdest einen anderen lieben, als dich unter fremder Kontrolle zu sehen."

19

„Ich töte ihn."

Auf dem Weg zur Tür schwankte Nicholas unter den Ausbruchsversuchen des hungrigen Nybbas. Ausgerechnet die zerbrechlich aussehende Rut stellte sich ihm in den Weg.

„Das kannst du nicht." Sie senkte die Stimme, sodass Joana, die immer noch bleich auf dem Sofa lag, sie nicht hören konnte. „Ich fürchte, dass er sich mit ihr verbunden hat."

Nicholas konnte sie nur fassungslos anstarren. Jo nach uralten Riten durch eine Verbindung im Blut an Demjan Choskeih gefesselt, wäre der Mount Everest in seinem persönlichen Himalaja der Katastrophen.

„Es ist die einzige Erklärung. Er dürfte nicht Gewalt über sie erlangen. Prinzipiell ist das nicht möglich, das weißt du so gut wie ich. Aber wenn er sich mit ihr verbunden hat, dann …"

Sie brauchte den Gedanken nicht zu Ende zu führen. Wenn sie recht behielt, dann würde Joana sterben, sobald Demjan Choskeih tot war.

„Aber das ist unmöglich", widersprach Nicholas, wissend, dass er sich an Strohhalme klammerte. „Er wurde in Russland beschworen und für die Verbindung müsste er sie zum Ort seiner Beschwörung bringen."

Gleichzeitig war ihm klar, wo der Haken an seiner Argumentation lag. Choskeih hatte gelogen und war nicht in Russland, sondern in Island beschworen worden. Vermutlich in der Bergfeste, in der er lebte, und wo er Joana zu der Seinen gemacht hatte. Durch die geschlossene Verbindung besaß er genug Macht über Joana, um sie das Ritual vergessen zu lassen.

„Ich frage mich, was er vorhat“, mischte sich Tomte ein.

Nicholas pustete sich die Haare aus dem Gesicht. „Tu das. Ich frag ihn selbst.“

Unbehaglich schüttelte Tomte den Kopf. „Heute Nacht sagte er mir, dass du nicht länger willkommen bist. Er will dich nicht mehr einlassen, du wirst gar nicht erst zu ihm vordringen. Dieser dreckige Mistkerl hat das alles geplant!“

Nicholas spürte an Tomtes Emotionen, dass er ihm trauen konnte. Seine Gefühle lagen offen. Er hasste Demjan Choskeih, und Nicholas interessierte der Grund. „Wenn du so redest, stellt sich mir die Frage, was du vorhast, Tomte.“

Der andere sah auf seine schmutzigen Stiefelspitzen und die Dreckspuren, die er auf dem Teppich verursacht hatte. „Ich bin auf eurer Seite, weil ich mir hoffe, die Wahrheit zu erfahren. Meine Mutter behauptete, dass Demjan der Mörder meines Vaters sei. Mein Vater war es, der das Fuchsrudel führte, bis Demjan kam.“

Interessant. Der ach so pazifistische Demjan Choskeih hatte sich das Rudel also mit brachialer Gewalt und Mord zu eigen gemacht. Das passte ins Bild. Von Tomte, der in Choskeihs Niedergang die Chance sah, sein Erbe als Rudelführer anzutreten, ging keine Gefahr aus. Nicholas konnte ihm sagen, was er ahnte.

„Vielleicht wollte er Joana und mich über die Verbindung im Unklaren lassen, bis sie ihre Ausbildung zur Clerica beendet hatte. Er will sie zu seinen Zwecken nutzen.“

„Clerica?“

Erst jetzt fiel Nicholas wieder ein, dass der Halbdämon nicht wusste, dass Rut und Joana Jägerinnen waren. Vermutlich wusste er nicht einmal, dass Clerica existierten. Warum auch? Für die Mischlinge waren sie nicht gefährlich.

Er winkte ab. „Bedeutungslos. Ich erkläre es dir später."

„Es wäre nett, wenn du mir mal erklären würdest, wovon ihr redet." Joana war unbemerkt herangetreten. „Was bedeutet ‚Verbindung' und wer wollte mich worüber im Unklaren lassen?"

Nicholas seufzte. Er fühlte sich wie kurz vor dem Verhungern und Joanas Verwirrung schwängerte seine Atemluft wie der Duft einer exquisiten Speise. Doch er trug Schuld daran, dass sie nach Island gekommen war. Sie konnte diese Antworten von ihm verlangen.

„Ich habe dir von der Bedeutung des Ortes unserer Beschwörung erzählt", sagte er, während er sie zurück zum Sofa führte, wo sie sich beide setzen konnten. „An diesem Ort hat ein Dämon die Macht, jemanden an sein Leben zu binden, üblicherweise aus Liebe. Das Ritual zieht vielerlei Kräfte nach sich. So entsteht eine mentale Vernetzung zwischen den Verbundenen, zum Beispiel die Möglichkeit, im Geist miteinander zu sprechen, egal wie weit man voneinander getrennt ist."

Sie zog die Brauen zusammen. „Aber ich höre niemanden in meinem Kopf. Ich trete einfach weg."

„Er könnte das Ritual nur zur Hälfte durchgeführt haben, sodass nur du an ihn gebunden, und ihm damit ausgeliefert bist. Das ist unter Dämonen nicht möglich, aber du bist ein Mensch und damit schwächer."

Nicholas hielt inne, als Sunna in den Raum trat, Tomte misstrauische Blicke zuwarf und sich dann an

Ruts Seite schmiegte, die ihr berichtete, was geschehen war.

Nicholas fuhr fort. „Das Band endet mit dem Tod. Der stärkere Part, an dessen Ursprungsort das Ritual vollführt wird, nimmt mit dem Tod des anderen all dessen Kräfte in sich auf. Der schwächere Part …“

„Lass mich raten. Er überlebt es nicht, wenn der Stärkere vor ihm stirbt“, beendete Joana den Satz nüchtern.

Nicholas kam sich vor wie zu Brei geschlagen. Fader, grauer Haferbrei.

Joana atmete plötzlich sehr konzentriert. „Kann mir vielleicht jemand neues Asthmaspray besorgen?“

Sofort sprang Sunna auf, eilte zu ihr und streichelte tröstend ihre verbundene Hand. Rut holte Papier und Bleistift und Joana notierte den Namen ihres Medikaments. Sunna flitzte sofort los.

Erstaunlich, mit welcher Selbstverständlichkeit sie sofort wussten, was zu tun war. Nicholas fühlte sich mit einem Mal himmelweit entfernt von jeder Menschlichkeit, und damit auch von Joana. Er rieb hilflos ihren Rücken und erwischte sich dabei, wie er in ihrem Rhythmus atmete. Als würde ihr das helfen. Lächerlich.

„Kann denn niemand eine solche Verbindung kappen?“, fragte Tomte in die Stille.

Nicholas antwortete leise, an Joana gewandt. „Ich weiß es nicht. Aber ich schwöre dir bei meinem Leben, dass ich es herausfinde.“

„Ich fürchte“, bemerkte Rut, „dass dies langsam über unsere Köpfe wächst. Es tut mir so unglaublich leid, in welche Schwierigkeiten ich euch gebracht habe. Hätte ich das geahnt!“

Ihre Worte brachten Nicholas auf eine Idee. „Du

meinst, für uns ist das Ganze zu groß?" Er spürte Joanas hoffnungsvollen Blick auf seinem Gesicht und fragte sich, ob sie den gleichen Gedanken hatte. „Dann müssen wir jemanden finden, der größer ist als Choskeih."

Tomte zog die Brauen zusammen. „Du hast einen Plan, Nicholas. Lass hören."

„Choskeih hat uns während der Feier im Fuchsbau erzählt, dass er einst einem Fürsten die Treue geschworen hat. Wir müssen herausfinden, welchem."

„Und diesen dann überzeugen, die Verbindung zu kappen", vervollständigte Joana und biss skeptisch auf ihre Unterlippe. „Wie stellst du dir das vor?"

Nicholas ließ ihre Zweifel an sich abgleiten und wandte sich Tomte zu. „Choskeih hat diese Datenbank über alle Dämonen, die ihm ein Begriff sind. Wir brauchen Zugriff darauf, und zwar unbemerkt."

Abwehrend hob Tomte die Hände. „Diese Infos sind nicht auf dem zentralen Server gespeichert. Demjan hat sie nur auf seinem privaten Computer. Das Büro ist verschlossen und die Zugänge mit Bewegungsmeldern versehen, die sofort eine Meldung auf sein Comm-Gerät senden. Niemand kommt ohne sein Wissen da rein."

„Doch." Nicholas konnte sich das Grinsen kaum verkneifen. „Über die Küche. Jede Meuterei nimmt ihren Weg über die Kombüse."

Joana richtete sich so unvorsichtig schnell auf, dass sie schmerzerfüllt die Zähne zusammenschlug. „Die Belüftungsschächte!"

„Sie führen aus der Küche in sein Privatbüro. Wenn jemand schmal genug ist, um sich hindurchzuzwängen, kommt er unbemerkt rein."

Außer Tomte war niemand schmal genug, und sein

Gesichtsausdruck ließ erahnen, dass er sich darüber im Klaren war. Er schluckte vernehmlich. Dann straffte er die Schultern und nickte.

„Ich habe eine Bedingung. Ich hole euch die Informationen, die ihr braucht. Aber im Gegenzug besorgt ihr mir die, die ich will."

~*~

Stille herrschte über das Haus. Nicholas war losgezogen, um Elias zu holen und seinen Dämon zu nähren. Tomte spielte im Wohnzimmer mit sich selbst Karten. Rut und Sunna waren einkaufen gegangen. In den nächsten Tagen sollte Joana bei Rut wohnen; nebst ihrer persönlichen Leibgarde, die aus Nicholas, Tomte sowie Elias bestand. Das Haus der Clerica erschien allen sicherer als ein Hotel, denn hier vermutete sie niemand. Rut hatte sich ohne Einspruch auf die Belagerung eingerichtet. Elias und Tomte waren im Gästezimmer einquartiert worden, und Rut vorübergehend zu Sunna gezogen, um Nicholas und Joana ihr Schlafzimmer zu überlassen.

Joana stand allein und von der Stille bedrückt vor dem blind gewordenen Spiegel, einen Verbandskasten neben sich. Die Wirkung der Medikamente hatte nachgelassen und ihr ganzer Körper schien aus Biss- und Kratzwunden zu bestehen. Vorsichtig zupfte sie an einer Ecke des Pflasters, das ihre Wange verdeckte, und riss es mit einem Ruck ab. Sie erinnerte sich inzwischen genau an das Gefühl, als die Krallen ihre Haut zerfetzt hatten. Die Hoffnung, dass es sich nur um Kratzer handelte, machte sie sich nicht, trotzdem war es ein Schock, als die frisch vernähte Wunde zum Vorschein kam. Sie zog sich nah am Haaransatz von der Schläfe am Ohr vorbei bis auf den Kiefer. Sie war tief. Eine hässliche Narbe würde zurückbleiben. Die danebenliegenden Klauenspuren auf der Wange waren dagegen nur oberflächlich und verharschten bereits. Joana hatte sich nie für eitel gehalten, doch die Aussicht, lebenslänglich von ihrem Spiegelbild an diese Nacht erinnert zu werden, trieb ihr Tränen aus den Augen, die auf den Kratzern brannten.

Lange hatte sie warten müssen, doch endlich kehrte Nicholas zurück und kam zu ihr. Sie drehte sich nicht zu ihm um, sah ihn nur durch den Spiegel an. Er wirkte ausgeruht. Der dunkle Schleier über seinen Augen war verschwunden. Sie verzichtete darauf, zu fragen, wie viele Menschen er um ihre Gefühle erleichtert hatte. Wichtiger war ihr in diesem Moment, dass es ihm wieder gut ging. Und wie er auf diesen wulstigen Streifen reagieren würde, der ebenjene Stelle ihres Gesichts verunstaltete, über die er bis gestern so gerne mit den Fingerspitzen gestrichen hatte.

Ihr Magen schien kiloschwer zu werden, während er sie durch den Spiegel lange musterte. Still und ernst. Er stand so dicht hinter ihr, dass seine Brust ihren Rücken berühren würde, wenn er tief einatmete. Aber er tat es nicht. Atmete er überhaupt?

„Sag etwas."

Sein Schweigen war kaum auszuhalten. Sag, wie scheußlich es aussieht. Frag, ob es wieder weggehen wird. Dann werde ich dir sagen, dass es bleibt, und du wirst angeekelt das Gesicht verziehen.

Er sagte nichts. Stattdessen zog er ihren Rücken an seine Brust und verbarg sein Gesicht in ihrem Haar. Erst nach weiterem Schweigen flüsterte er etwas, das sie erst verstehen konnte, als er sich wiederholte.

„Verzeihst du mir?"

Sie wollte ihm sagen, dass es nichts zu verzeihen gab und dass es nicht seine Schuld gewesen war. Aber Nicholas brauchte sie nichts vorzumachen und erst recht nichts schönreden. Fakt war, dass sie unsagbar enttäuscht und wütend gewesen war, weil er ihr nicht geglaubt hatte. Hätte er ihr vertraut, wäre es nie zu dem Unfall und dem Angriff gekommen. Aber änderte es etwas, daran festzuhalten? Nein. Es fühlte sich besser an, sich an seinen tröstlich starken Körper zu drücken, so nickte sie bloß und zog seine Arme um sich. Sie schloss die Augen, als er ihr Gesicht berührte und mit der Spitze des Zeigefingers so dicht an der Verletzung vorbeistrich, dass er sicherlich schon die Hitze der Wundränder spürte. Seine andere Hand glitt auf ihre Hüfte und legte sich warm über eine der tieferen Bisswunden. Erstaunlicherweise linderte es das Pochen.

„Wie viel kannst du noch verzeihen, Joana?"

Die Frage beunruhigte sie. Er war am Abend so zornig gewesen, dass sie ihm alles zutrauen musste, so wenig sie dies auch wollte.

„Was hast du getan, Nicholas?"

„Mist gebaut. Fürchte ich."

Er mied ihren Blick, machte sich daran, den Verband von ihrer Hand abzurollen und begutachtete die Krallenspuren auf ihrem Handrücken sowie die tiefen Wunden am Unterarm, die die Fuchszähne geschlagen hatten.

„Ich sorge dafür, dass diesen Mistviechern jeder Zahn bei lebendigem Leibe einzeln ausgerissen wird", knurrte er, küsste ihre Fingerknöchel und trug eine antiseptische Salbe aus dem Verbandskasten auf.

Dann nahm er einen neuen Verband aus der Verpackung.

Joana zog die Hand zurück. „Nicholas. Was ist letzte Nacht passiert? Wo warst du?“

„Ich war im Bett“, sagte er und klang dabei so niedergeschlagen, als handelte es sich um ein Bett zwei Meter unter der Grasnarbe. Er legte seine Lippen auf ihre Schulter und warf ihr im Spiegel einen knappen Blick zu. „In Elias’ Bett.“

Joana brauchte eine Weile, bis sich die Worte in ihrem Kopf zu einem Bild verwoben, das ihr viel weniger absurd erschien, als sie sich gewünscht hätte. Ein Bild von Elias, so vertraut mit Nicholas, wie es außer ihr niemand sein sollte. Die Eifersucht bohrte sich in ihr Herz, wie von säureartigem Speichel triefende Reißzähne.

„Du hattest Sex mit Elias.“

„Ja.“

„Oh.“ Der Laut sollte lapidar klingen, was kläglich misslang. „Dann hast du dich aber schnell getröstet.“

Er lächelte traurig. „Nichts habe ich. Wirf mir vor, dass ich es versucht habe. Ich wollte dich keinen Moment vergessen – ich wollte dich hassen. Aber glaube nicht, dass es mir gelungen wäre.“

Joana wandte sich ab und verließ das Badezimmer. Es war zu viel. Der Streit am Abend, der fast eskaliert und gefährlich geworden wäre. Der Unfall. Der Angriff der Füchse. Das Krankenhaus – dieses gottverdammte Krankenhaus! Der Blick in den Spiegel und in seine Augen, nachdem er zugab, sie betrogen zu haben, in ebenjenem Moment, da sie um ihr Leben kämpfte, und darum, sich nicht zu verlieren.

Schwer ließ sie sich auf Ruts Bett fallen und krallte die verletzte Hand in die karierte Oberdecke. Lavendelfarbenes Vichy-Karo. Altmodisch. Aber eigentlich ganz hübsch. Ihre Hand tat weh und ein paar

Tropfen Blut sickerten aus den Wunden in den Stoff. Auch hübsch.

Aus dem Augenwinkel erkannte sie Nicholas' Statur im Türrahmen lehnen, finster und unbeweglich. In ihrem Kopf stand Elias neben ihm, legte ihm eine Hand an die Wange, während sie, zwei Meter und eine Welt entfernt, um Atem rang und blutete, bis die hübsche Decke und das ganze Bett in ihrem Blut versinken würden.

„Lass mich allein."

Eine schier endlose Zeit passierte gar nichts. Dann, kurz bevor sie ihre Aufforderung lauter wiederholen konnte, verschwand er in einer schnellen, geschmeidigen Bewegung. Joana fühlte sich so einsam und kraftlos, dass es ihr nicht einmal mehr gelang zu weinen, geschweige denn ihn zurückzurufen. Obwohl sie beides wollte.

Als sie die Haustür zuschlagen hörte, stand sie schwerfällig auf und trat ans Fenster. Nicholas stapfte durch den Vorgarten in Richtung Straße. Sie konnte sein Gesicht nicht sehen, es war hinter seinem Haar versteckt, da er den Rücken gegen den Wind richtete. Im Schutz seines Körpers versuchte er sich eine Zigarette anzuzünden, was nicht auf Anhieb gelang. Seine Hand bebte.

„Warum machst du es mir so schwer, dich zu lieben", wisperte sie.

Ihre Worte beschlugen die Scheibe, sodass Nebel zwischen ihr und ihm entstand. Nicholas ließ die Zigarette fallen, ballte die Faust und warf mit der anderen Hand sein Zippo von sich. Es landete in den Büschen eines Vorgartens einige Häuser weiter und schreckte ein paar Vögel auf.

„Und warum ist es mir unmöglich, es nicht zu tun?"

20

Erst am Abend ging Joana wieder ins Wohnzimmer zu den anderen. Tomte hatte in dem aufmerksamen Elias einen würdigen Gegner für seine Kartenspiele gefunden. Rut stand am Herd und rührte in vier Töpfen zugleich. Sunna saß in der hintersten Ecke des Zimmers, Kopfhörer in den Ohren und den dicken Hund an sich gedrückt, und taxierte Elias wie eine essbare Beute. Beute, die jedoch jederzeit den Spieß umdrehen und selbst zum Jäger werden könnte. Sie trug Parfüm, dessen Odeur den Raum flutete, und war noch stärker geschminkt als üblich. Was das nun wieder zu bedeuten hatte?

Joana trat näher. Elias erhob sich und bat sie um ein Gespräch unter vier Augen. Als sie den Raum verließen, hätte Joana schwören können, dass Sunna für einen Moment den Mund verkniff.

Etwas unbehaglich beobachtete sie, wie Elias sich im Korridor an die Wand lehnte und die Spielkarten nervös zwischen seinen langen Fingern drehte. Sie versuchte, nicht daran zu denken, dass diese Finger Nicholas berührt hatten, aber es gelang ihr kaum. Erst nach einigen Minuten entnervenden Schweigens wurde sie sich bewusst, dass er sie beobachtete, wie sie seine Hände anstarrte. Sie räusperte sich und konzentrierte den Blick auf ein paar gerahmte Fotos an der Wand hinter ihm.

„Mir ist klar, dass du ‘ne Mordswut auf mich hast“, sagte Elias mit sanfter Stimme. „Ich möchte nur, dass du eines weißt. Nicholas glaubte, dass du ihn abgeschrieben hattest. Wir glaubten es beide.“

„Klar.“ Nur ein Wort, doch schon das schwächelte

auf ihren Lippen.

„Ich habe den ersten Moment ausgenutzt", fuhr er fort, „aber ich wollte keinen Keil zwischen euch treiben. Das wäre überflüssig, das macht ihr schon selbst. Ich hatte bis letzte Nacht nie eine Chance bei Nick. Und ich vermute", seine Brust hob sich unter einem lautlosen Seufzen, „es wird auch keine weitere folgen. Falls ich irre, kann ich genauso gut warten." Ein Blitzen, man hätte es beinahe bösartig nennen können, ließ seine Augen funkeln. „Ladies first. Du verstehst."

Joana spürte ihren Herzschlag in der Kehle. Elias hatte recht. Er musste tatsächlich nur warten. Irgendwann würde ihr Leben enden, spätestens dann hatte er freie Bahn. Absurderweise hatte nichts Höhnisches in seiner Aussage gelegen. Es war keine Drohung, nur eine Tatsache. In gewisser Weise tröstlich. Es würde jemand für Nicholas da sein, wenn sie es nicht mehr war.

„Joana, er will nur dich. Ich würde gern was anderes sagen, aber das wäre gelogen."

„Glaubst du?" Ihre Stimme klang bitter in ihren Ohren. „Warum hat er mir dann nicht vertraut? Warum hat er an mir gezweifelt?"

„Ist dir vielleicht einmal der Gedanke gekommen, dass er an sich selbst zweifeln könnte?" Elias lächelte und sah dabei schrecklich traurig aus. „Er traut niemandem. Und er weiß sehr genau, wie schwer es dir fallen muss, es zu tun. Er ist ein Monster, und er weiß, dass Menschen keine Monster lieben. Auch wir leben nicht in einer Märchenwelt. Kein Wunder, dass er der Lüge auf den Leim ging, sie war nur eine logische Konsequenz auf das, was er ist."

„Zwischen uns war nie etwas logisch."

Elias' Züge wurden weich, für eine Sekunde schien

er an etwas Schönes zu denken. Dann hob er die Hände an. „Wie auch? Absolut nichts in dieser Welt ist logisch, und der menschliche Geist am allerwenigsten. Aber sag das einem Dämon.“

Sie konnte es sich selbst nicht erklären, aber es ging ihr besser, denn sie glaubte, Nicholas nun ein wenig mehr zu verstehen. „Ich wünschte, er würde selbst mit mir reden und es erklären.“

„Er ist manipulativ, wenn er mit Worten spielt.“ Elias stieß sich von der Wand ab und ging in Richtung Wohnzimmertür. „Vermutlich will er vermeiden, dich zu beeinflussen. Du musst selbst erkennen, was du willst. Daher bleibt unser Gespräch besser unter uns.“

Joana nickte. „Danke Elias.“

„Keine Ursache. Vertrau ihm. Aber vergiss nie, was er ist. Wenn jemand wie Nicholas auf die Knie geht, dann tut er das, weil er ein zusätzliches Ass am Boden versteckt hat.“ Mit undurchschaubarer Miene reichte er ihr eine Karte. Es war die Herz-Dame. „Aber uns beiden macht es nichts aus, seine Spielkarten zu sein, hm?“

Konfus blieb Joana zurück. Sie grübelte darüber, was er ihr hatte sagen wollen. Warum nahm er ihr Zweifel und schuf sofort neue? Sollte dies eine Warnung sein? Konnte sie ihm überhaupt ein Wort glauben oder war er es, der mit ihrer Wahrnehmung spielte? Ihr fiel keine Antwort auf diese Fragen ein.

Als Nicholas wenig später zurückkehrte, erwartete sie ihn an der Tür. Abwartend sah er sie an. Joana legte ihm eine Hand auf die Brust und spürte sein Herz schneller als normal gegen ihre Haut schlagen. Fragend legte er den Kopf schief.

„Du wolltest eben meine Hand neu verbinden, aber

wir wurden unterbrochen“, sagte sie leise. „Können wir es noch einmal versuchen?“

~*~

Niemand wollte Zeit ungenutzt verrinnen lassen, daher begann Tomtes Einsatz am nächsten Vormittag. Zunächst hatte er Hella überreden müssen, bei der Intrige gegen den Boss mitzuarbeiten, was ihm nur durch eine beschönigte Variante der Wahrheit gelungen war. Doch er brauchte sie, denn ohne ihre überragenden Computerfachkenntnisse wäre er spätestens in Demjans Büro aufgeschmissen. Der Plan stand auf wackeligen Beinen, aber Tomte war zuversichtlich, dass er gelingen würde. Nicholas und Elias hatten ihn geschmiedet. Die beiden waren mächtige Dämonen, die sich gegenüber ihren Herrschern durchsetzten und sich dazu selbst mit Feinden verbündeten. Er vertraute ihnen, denn sie würden Demjan vernichten und ihm, Tomte Raik Svalanson, den Weg an die Spitze seines Rudels ebnen. Die damit einhergehende Macht hätte ihn nicht interessiert. Die Verantwortung noch weniger. Aber es war die einzige Möglichkeit, Hellas Vater dazu zu bewegen, eine Verbindung zu erlauben. Dafür wäre Tomte auch Kaiser von China geworden, wenn es nötig wäre.

Er hielt Hellas Hand. Seine eigene schwitzte, während er in den Korridoren vor der Küche darauf wartete, dass der Koch und seine Helfer ihre Posten verließen, um Pause zu machen. Erst nachdem die Küche ein paar Minuten in absoluter Stille gelegen hatte, zog er den Dietrich aus der Gürteltasche und hebelte gekonnt das Schloss auf.

Hellas Augen wurden kugelrund. „Das tust du nicht

zum ersten Mal.“

Nein. Er legte zwei Finger an ihre Lippen. Aber zum letzten Mal, wenn alles glattging. Er wies sie mit einer Geste an, die Tür zu bewachen, während er auf eine chromglänzende Arbeitsfläche sprang, sich streckte, um den Belüftungsschacht zu erreichen und die fettverschmierte gitterartige Blende mithilfe eines Schraubendrehers entfernte. Dann winkte er Hella zu sich, verschränkte die Finger, sodass sie mit dem Fuß in seine Handflächen steigen und in den Schacht klettern konnte. Er folgte ihr. Im engen Tunnel angekommen zwängte er sich an ihr vorbei, um voranzukriechen. Er küsste sie innig, als er seinen Körper dicht an ihrem entlangrieb. Sie kicherte. Für Hella war die Sache ein Abenteuer. Sein Gewissen kitzelte ihn auf unangenehme Weise und flüsterte, dass er sie in Gefahr brachte. Er hatte ihr gegenüber behauptet, sie würden Informationen stehlen, die ihm einen hohen Rudelrang sicherten. In Wahrheit war alles sehr viel komplizierter. Tomte begriff selbst nicht vollends, was Nicholas plante, daher hatte er beschlossen, Hella eine simple Geschichte zu erzählen und alles andere zu unterschlagen.

Mit einem Seufzer verdrängte er seine Zweifel, entfernte einen Ventilator, der für die richtige Windströmung sorgte, aber seinen Weg blockierte, und kletterte weiter. Er musste eine Weile suchen und fürchtete schon, den richtigen Ausstieg nicht zu finden, als er hinter den Lamellen einer weiteren Schachtblende endlich Demjans privates Büro erkannte. Mit einem Messer entfernte er eine Lamelle, bog sie weg und konnte so eine Hand hindurchzwängen, um auch diese Blende abzuschrauben. Zwei Minuten, und die Luke war offen.

Hella strahlte, als er ihr aus dem Schacht half. Nun lag alles an ihr. Zur Aufmunterung küsste er ihre Nase, bemühte sich, ihren Ausdruck der Begeisterung zu erwidern und nahm seinen Posten an der Tür ein. Hella fuhr den Computer hoch und steckte einen USB-Stick in die Schnittstelle. Ihre Lippen bewegten sich lautlos, während ihre behandschuhten Finger über die Tastatur tanzten. Tomte wusste nur theoretisch, was seine Geliebte tat. Sie installierte ein Programm, welches die Passwortkontrollen umging und nach den entsprechenden Informationen suchte: Der Datei über alle Dämonen, die Demjan ein Begriff waren. Diese speicherte Hella auf ihren Stick, was viel länger dauerte, als Tomte angenommen hatte. Er begriff nicht, wie all das funktionierte. Wieder einmal wurde ihm schmerzlich bewusst, wie wenig er von moderner Technik verstand.

Es schien eine Ewigkeit zu vergehen, bis sie endlich einen Daumen hob, den USB-Stick in ihre Tasche steckte und den Computer wieder ausschaltete. Rasch half er ihr zurück in den Belüftungsschacht und kletterte selbst hinein. Er zog das Gitter heran und wollte gerade seine Hand unter der einseitig vom Rahmen gelösten Lamelle hindurchschieben, um es wieder festzuschrauben, als er hörte, wie der Schlüssel ins Türschloss gestoßen wurde.

Ein kurzer Blick in Hellas Augen offenbarte ihre Panik. Ein Blick zwischen den Lamellen hindurch ließ ihn wissen, dass Demjan sein Büro betrat und dabei aufgebracht in sein Telefon sprach. Tomte verharrte und wies Hella an, es ihm gleichzutun. Sie presste sich eine Handfläche vor den Mund, trotzdem fürchtete er, ihr aufgeregter Atem wäre bis ins Büro zu hören. Er konnte nur hoffen, dass seine zitternde Hand, die

die Schachtverkleidung hielt, nicht zu sehen war.

„Wenn ich wüsste, wer ihn schickt, hätte ich eine Sorge weniger“, blaffte Demjan. „Es muss jemand sein, der Interesse an meinen Firmenzweigen hat, anders kann ich mir das nicht erklären.“ Eine Pause entstand, ehe er erneut die Stimme hob. „Mach dich nicht lächerlich. Wer sollte Interesse an einer Rotte verflohter Bastarde haben? Nein, da will sich jemand meine Firma unter den Nagel reißen. Dass Nicholas dahintersteckt und er mir nur vorspielt, für einen Höherrangigen zu arbeiten, schließe ich aus. Er weiß von dem Vorfall vor dreißig Jahren. Ja, glaub es ruhig. Er weiß, dass dieser verdammte Svalan bei der Sache draufgegangen ist. Hat mich eiskalt am Telefon gefragt, ob ich ihn umgebracht hätte, um die Fuchsfamilien zu einem großen Rudel zu einen. Gerade eben erst, kurz bevor ich dich anrief.“

Tomte perlte ein Tropften kalter Schweiß die Schläfe hinab. Nicholas hatte sein Versprechen also bereits wahr gemacht und versucht, etwas über Tomtes Vater Svalan in Erfahrung zu bringen. Er konzentrierte sich weiter auf Demjans Stimme und stellte sich die Frage, mit wem dieser telefonierte.

„Ich habe ihm die Wahrheit gesagt, was denkst du denn? Das alles ist Vergangenheit und wäre mir gleichgültig. Leider beweist seine Fragerei, dass er mit jemandem zusammenarbeitet. Ich habe mich über die Vergangenheit des Nybbas ausreichend schlaugemacht. Vor dreißig Jahren, als ich die Füchse vereinte, war er noch gebannt. Er wurde erst im Jahr darauf befreit und kam seither nie nach Island.“ Tomte sah, wie Demjan durch den Raum ging und die Hintertür aufschloss. „Nein, ich denke nicht, dass der Leviathan damit zu tun hat. Der Fürst baut auf meine Loyalität.

Vielleicht ist die Dämonin, die vor einigen Jahren hier herumlungerte und meine Füchse dezimierte, seine Auftraggeberin." Seine Stimme wurde nun leiser, da er sich in die hinteren Räume zurückzog. „Ich bekomme es schon noch heraus. Notfalls werde ich seine kleine Freundin mal unter vier Augen befragen, die wird ohnehin noch eine Weile im Krankenhaus liegen. Verdammt, was will noch alles schief gehen dieser Tage?"

Die Tür schlug zu und Tomte und Hella warfen sich irritierte Blicke zu. Hella wies hektisch auf die Schachtverkleidung und Tomte beeilte sich, diese festzuschrauben und wiederholte in Gedanken das Gespräch, um keines von Demjans Worten zu vergessen. Es war Zeit für einen schnellen Rückzug.

~*~

Ein Knall weckte Joana abrupt aus tiefem Schlaf. Nachdem sie in der Nacht von Anfällen und Träumen heimgesucht worden war, hatte sie den ganzen Vormittag geschlafen. Nun fühlten sich ihre Augen verquollen und ihre Zunge pelzig an. Ein Blick aus dem Fenster sagte ihr, dass es Mittag sein musste, denn ein azurblauer Himmel spannte sich über Reykjavik und die Sonne brachte die Dächer der umliegenden Häuser zum Leuchten. Von der Straße aus grinsten Kinder unter bunten Wollmützen entschuldigend zu ihr hoch, ihr Fußball hatte offenbar die Fensterläden getroffen.

Nicholas war nicht da, doch er hatte ihre Sachen aus dem Hotel geholt. Im Koffer fand sie ihre Kleidung, das geliebte Black Beauty Buch und auch John-Boy, den Schrumpfkopf. Warum auch immer, aber seine

Anwesenheit machte ihr Mut. Seit sie ihn besaß, war sie mehrfach als Mordopfer ausgewählt worden und es doch nie geworden. Er brachte Glück, ganz eindeutig.

Joana spielte mit dem Gedanken, ausgiebig zu baden, doch dann hörte sie im unteren Stockwerk Stimmen, die auf einen Streit hindeuteten. Zügig schlüpfte sie in Hose, Wollpullover und Socken, und ging die Treppen hinunter ins Erdgeschoss. Im Wohnzimmer diskutierten Rut, Nicholas und Elias. Sie redeten aufeinander ein, Elias schien verärgert, so blieb Joana stehen und lauschte zunächst, worüber sie sprachen.

„Du hast überhaupt keine Ahnung, worauf du dich einlässt, Nick. Du weißt nicht einmal, ob der Leviathan über die Macht verfügt, diese Verbindung zu kappen."

„Dann werde ich es herausfinden." Nicholas' Stimme.

Rut gab besorgte Laute von sich. „Der Leviathan ist der Herr über Invidia – den Neid. Du solltest dir deinen Plan noch mal gut überlegen."

„Es ist nicht so, dass ich nicht nachgedacht habe, alte Frau", knurrte Nicholas. Joana hörte Finger auf einer Tastatur klappern, vermutlich saß er an seinem Laptop. „Sein letzter bekannter Aufenthaltsort ist Moskau. Da werde ich es versuchen."

Es folgten ein paar Schritte, dann wieder Elias' Stimme. „Du verrennst dich. Das ist doch Wahnsinn, Mann!"

Auch Rut mischte sich erneut ein. „Das wird nie gelingen, Nicholas. Wir suchen einen anderen Weg."

„Es gibt keinen anderen Weg. Gebt euch keine Mühe. Mein Flug ist gebucht."

Elias stieß ein Schnauben aus. „Fuck! Du bringst dich für ein paar verdammte Jahre um Kopf und Kragen, ist dir das klar?“

„Lass meinen Kopf und meinen Kragen meine Sorgen sein.“

Die Tür schlug auf, Elias erschien im Flur und stand Joana starr gegenüber. Sein Blick glitt an ihr hinab, als würde er sich fragen, ob sie es wert war, dass man für sie ein Risiko einging. Er kam zu keinem schmeichelhaften Ergebnis.

„Es ist nichts gegen dich, Joana. Aber was er vorhat, ist Selbstmord auf Raten und das nehme ich nicht hin!“

Damit stürmte er an ihr vorbei und verschwand nach draußen. Beklommen blieb Joana zurück und fror im Schwall kalter Luft, die Elias hereingelassen hatte. Sie konnte ihm seine Ablehnung nicht verdenken. Was war sie auch schon, außer einer untalentierten Clerica, die eine Schwierigkeit nach der anderen verursachte?

Sie ging nicht ins Wohnzimmer, sondern schlich die Treppen wieder hoch, zurück in Ruts Schlafzimmer und von dort aus ins angrenzende Bad, wo sie Wasser einließ und in die Wanne stieg. Ruts Badezusatz roch nach zitronigem Raumdeodorant, wie man es auf öffentlichen Toiletten verwendet und brannte in ihren Wunden, aber die Hitze wirkte sich dennoch tröstlich aus.

Nicholas betrat das Bad wenig später. Er stellte sich ans Waschbecken und rasierte sich. Sie beobachtete, wie er sich sein altmodisches Rasiermesser langsam die Kehle hochzog. Dass der Spiegel beschlagen war, störte ihn nicht, er arbeitete auch blind sauber und präzise. Als er fertig war, kam er zu ihr, setzte sich auf den Wannenrand und blickte in den weißen Schaum, der ihren Körper verdeckte.

„Ich muss los."

„Jetzt schon?" Dass es so schnell ging, erschreckte sie; dass er von ihrem Lauschangriff wusste, wunderte sie dagegen nicht.

„Ja, jetzt schon." Nicholas schmunzelte. „Du hast keine Zeit mehr, um meinen Ausweis zu verstecken. Du könntest mir nackt nachrennen, um mich aufzuhalten. Aber Rut und Sunna stehen auf dem Flur und haben den Auftrag, dich in diesem Fall zur Vernunft zu bringen."

„Ich will nicht, dass du meinetwegen etwas Dummes tust."

„Ich auch nicht", erwiderte er leise. „Aber uns bleibt keine Wahl. Ich habe nur diese Idee. Das macht sie zum besten Plan."

„Der da lautet?" Sie erhielt keine Antwort. Nicholas sah ihr nur in die Augen, so tief, als suchte er etwas in ihren Gedanken. Joana ließ sich tiefer ins Wasser sinken. „Es gibt keinen Plan, oder? Verdammt, ich bitte dich doch nur, dich meinetwegen nicht in Gefahr zu bringen. Ist das zu viel verlangt?"

„Ich tue nur, was nötig ist, Jo, sonst nichts. Und das tue ich ebenso sehr für dich wie für mich." Er strich ihr mit einem Finger über Stirn und Nase. „Du hast große Angst, das ist nicht gut."

Na, das war ja mal eine Erkenntnis. „Ich sterbe fast vor Angst. Ist das ein Wunder?"

Verständnisvoll schüttelte er den Kopf. „Nein. Aber du musst jetzt stärker sein als deine Angst. Du darfst dich nicht unterkriegen lassen. Du hättest dir eine doppelte Portion Selbstmitleid verdient, aber dazu bleibt dir gerade keine Zeit. Hast du mich verstanden?“

Das hatte sie. Fast schämte sie sich für ihre vielen Schwächen, doch dann wischte sie das Gefühl weg wie Dreck von der Haut und beschloss, nicht so schnell aufzugeben. „Ich halte durch, wenn du versprichst, kein Risiko einzugehen.“

„Kein unnötiges.“

„Gar keins wäre mir lieber.“

„Darf ich dich auch um etwas bitten?“

„Sicher.“

„Berühre dich.“

„Wie bitte?“

„Du hast mich verstanden.“

Joana zögerte. Sie machte sich Sorgen. Sorgen um sich, um ihn, darum, wie es weitergehen sollte. Ob es weitergehen würde. Da war ihr nicht nach erotischen Spielchen, erst recht nicht mit sich selbst. Andererseits war es schwer, Nicholas eine Bitte abzuschlagen. Sie legte ihre Hand an die Innenseite des Oberschenkels. Durch den Schaum könnte er ohnehin nicht sehen, was sie darunter machte.

Skeptisch kniff er die Brauen zusammen. „Joana, bitte.“

Sie vermied ein Seufzen und gehorchte. Selbst im warmen Wasser fühlte sich ihre Klitoris heiß an. Irgendwie hungrig nach der Berührung. Nach seiner Berührung. Eigenartig, dass körperliche Bedürfnisse sich nicht einmal von nackter Todesangst beeindrucken ließen. Sie drückte leicht gegen das nasse Fleisch, rieb etwas fester. Nicholas' Blick ließ das warme Kribbeln in ihrem Schoß anschwellen.

„Jetzt stell dir vor, ich wäre es“, flüsterte er rau. „Stell dir vor, es wären meine Finger.“

Sie fragte nicht, warum er es nicht einfach selbst tat.

Die Vorstellung, er würde es tun, kam von allein und sie ließ die Augen zufallen. Den nächsten Seufzer konnte sie nicht unterdrücken. Sehnsüchtiges Ziehen breitete sich in ihrem Unterleib aus. Ihre Finger zitterten. Sie spürte Nicholas' Hand warm an ihrer Wange.

„Mach die Augen auf."

Sie gehorchte.

„Gut." Mit der Zunge benetzte er seine Lippen. „Jetzt sind sie schwarz für mich. Denk an mich, wenn du dich allein fühlst, genau wie jetzt. Sei mein, wann immer jemand anderes nach dir ruft. Ich teile dich nicht. Du gehörst mir."

Dann spürte sie es. Ein feiner Haarriss, der sich wie eine Laufmasche durch ihre Wirbelsäule zu ziehen schien. Die Lust und das Verlangen schwanden, dafür wurden Nicholas' Augen glasig. Er lächelte spitzbübisch und saugte genießerisch an seiner Unterlippe.

„Wow. Du schmeckst unwiderstehlich. Wenn ich zurückkomme, hast du ein Problem, denn dann werde ich mehr davon wollen." Er küsste ihre Stirn und wandte sich Richtung Tür. Die Hand bereits an der Klinke blieb er noch einmal stehen und drehte sich zu ihr um. „Ich bring alles in Ordnung, Jo. Ich verspreche es. Pass auf dich auf. Nimm dich vor Elias in acht. Er wird dich beschützen, aber glaube nie auch nur ein Wort von dem, was er sagt."

Sie räusperte sich mühsam. „Du vertraust ihm noch immer nicht?"

„Ich könnte ihm mein Leben anvertrauen." Nicholas fuhr sich durchs Haar. „Aber ich weiß nicht, ob das auch für dich gilt. Sei vorsichtig."

Damit verschwand er ohne ein Wort des Abschieds. Joana lauschte auf das ungesunde Knattern, das verriet, dass Tomtes Wagen aus der Einfahrt fuhr.

21

Das Flugzeug nach Düsseldorf startete am späten Nachmittag. Von dort ging es nach hektischem Umsteigen weiter in Richtung Moskau. Die spartanisch ausgestattete Tupolew hob sich einer der dunkelsten Nächte entgegen, an die Nicholas sich erinnern konnte. Schwärze presste sich glotzend an die Fensterscheiben. Nicholas starrte eisig zurück.

Seine Gedanken kreiselten um Elias, der in einer einzigen Nacht nicht nur jedweden Respekt, sondern auch seinen Hass aufgegeben hatte, sowie um Joana, bei der er sich fragte, ob ihr Verständnis irgendwann einmal an Grenzen stoßen würde. Wenn er ihr gestand, ihren Vater getötet zu haben, zum Beispiel.

Ihre Lust prickelte noch immer in seinen Adern, nährte den Dämon. Wärmte ihn. Vor allem beruhigte ihn der Gedanke, dass sie, da er ihr diese Empfindung genommen hatte, in den nächsten zwei, drei Tagen keine Lust empfinden würde, was immer Choskeih auch in ihrem Kopf anstellte. Ein schwacher Trost. Die Maschine unterbrach sein sinnloses Grübeln, indem sie durch ein Luftloch buckelte. Er dachte an den Leviathan und an den Neid, den dieser befehligte. Nicholas hasste Neid. Wann immer er Emotionen an sich nahm, versuchte er Neid zu meiden. Er schmeckte dem Nybbas nicht.

Dass er sich dem Herrn dieser Sünde entgegenstellen musste, schmeckte ihm noch weniger. Doch es war die einzige Möglichkeit, Joana und damit auch sich zu befreien, und das machte es zu einem guten Plan.

Es war früher Morgen, als das Flugzeug in Moskau Domodedowo landete. Nicholas gönnte sich einen bitteren, lauwarmen Kaffee und ein gummiartiges Sandwich, ehe er mit dem Taxi nach Solkoniki fuhr, einem Bezirk im Osten der Stadt. Von graublauem Dämmerlicht übergossen, breitete sich die Straße vor ihm aus, deren Namen er in Choskeihs Informationen ausfindig gemacht hatte. Zunächst fürchtete er, zu spät zu kommen. Ein paar Jahrzehnte zu spät. Die Häuser zu beiden Seiten der unebenen Kopfsteinpflasterstraße wirkten verlassen. Kahle Lärchen, zwischen deren Ästen Eiskristalle hafteten, wachten wie gigantische Geister über die Einsamkeit.

Der Taxifahrer hielt vor einem Haus, eingerahmt von Bäumen, Sträuchern und verdorrten Rosengewächsen, die sich um Zäune und einen Torbogen schlängelten. Nicholas drückte ihm ein paar Scheine in die Hand und stieg aus. Er hatte nicht daran gedacht, Geld zu wechseln, doch der Mann war auch mit Euros zufrieden. Das Taxi knatterte in einer nach Öl stinkenden Wolke davon und Nicholas trat durch den verwitterten Torbogen. Reif lag wie eine Schicht aus Spinnweben über dem Anwesen. Es war so kalt, dass er glaubte, das Knistern zu hören, mit dem sein Atem in der Luft gefror. Für einen Moment rief er sich Joanas Bild in den Kopf. Stellte sich vor, wie er sich an ihren Körper schmiegte. Nicht nur, um sie zu beschützen. Auch, um sich an ihr zu wärmen.

Das Haus, das sich langsam aus dem Dickicht schälte, musste vor langer Zeit sehr schön gewesen sein mit seinen Erkern und Türmchen. Nun bröckelten die Reliefs von der Fassade und die Säulen neben dem Eingang waren von grauem Pilz überwuchert. Doch der Zugang zur Haustür war trotz der Tauben auf dem Dach makellos geputzt, was darauf hindeutete, dass hier noch jemand lebte.

Nicholas griff nach dem Türklopfer und ließ den Eisenring gegen das Holz krachen. Eine alte Frau in einer Dienstbotentracht, die ihre besten Zeiten hinter sich hatte, öffnete innerhalb von Sekunden. Er versuchte es zunächst freundlich, um niemanden versehentlich zu verärgern. Niemand bedeutete in diesem Fall: ein Dämonenfürst.

„Guten Morgen, mein Name ist Nicholas Ânjâm. Ist der Hausherr zu sprechen?"

Leider sprach die Dienerin kein Wort Englisch oder Deutsch. Nicholas versuchte es auf Spanisch und Portugiesisch, erntete irritierte Blicke und hatte erst mit seinen angestaubten Französischkenntnissen Glück. Die alte Frau antwortete zwar nicht, doch sie schien die Worte zu kennen und verschwand im Haus. Nach kurzem Warten erschien eine zweite Frau, eine streng aussehende Dame mit spitzem Kinn und hohen, aristokratischen Wannenknochen. Ihr Gesicht war unter zu viel Make-up kaum zu erkennen, doch Nicholas konnte erahnen, dass sie trotz fortgeschrittenem Alter unter der Schicht aus Farbe noch eine ansehnliche Erscheinung sein musste. Vor allem aber spürte er Macht. Macht, die einen Menschen dazu veranlassen konnte, im Angesicht dieser Frau vor Furcht davonzulaufen, um sich im Nachhinein sein gesamtes Leben danach zu sehnen, ihr nahe zu sein.

Er hatte den Fürsten gefunden. Auch wenn dieser in dem dunkelgrünen Kostüm mit goldenen Ketten, Armreifen, und Rubinen im Dekolleté sowie an den Ohren an einen wandelnden Weihnachtsbaum erinnerte. Sehr stilvoll, ja. Oh Dreck, die Hölle ging vor die Hunde.

„Willkommen“, sagte Madame Weihnachtsbaum und bat ihn mit einer Handbewegung hinein.

Neugier troff aus ihrer Stimme. Zwar sprach sie Englisch, doch sie bediente sich eines französischen Akzents, der aufgesetzt wirkte. Sie führte ihn durch eine Halle in einen Salon, der an die Kulisse eines Stummfilms aus den Goldenen Zwanzigern erinnerte. Er hatte gehört, dass der Fortschritt der vergangenen Jahre viele sehr alte Dämonen mit seiner Geschwindigkeit überforderte, sodass sie sich von der Außenwelt zurückzogen und innerhalb der Mauern ihrer Anwesen in einer Illusion der Zeit verharrten, die ihnen vertraut war. Dies zu sehen war faszinierend und zugleich beängstigend. Wie lange sollte es dauern, bis seine Zeit abgelaufen war und er sich vor jedem neuen Tag zwischen Antiquitäten versteckte?

Die Frau setzte sich auf einen mit goldenem Samt gepolsterten Ohrensessel und wies ihm einen Stuhl zu. „Was verschafft mir die Ehre eines Besuches so früh am Morgen?“

„Habt Dank, mich einzulassen.“ Nicholas wägte seine Worte sorgfältig ab. Es war sicher nicht ungewöhnlich, dass ein Dämon den Kontakt zu einem Fürsten suchte. Allein dass man ihn bereitwillig hereingelassen hatte, sprach dafür, dass die Frau, in der sich der gigantische Leviathan verbarg, an unangemeldeten Besuch gewöhnt war. Dennoch war Vorsicht angebracht. Ein Handel mit dem Fürsten über den Neid konnte schnell Dinge kosten, die er nicht herzugeben bereit war.

„Ich komme mit einer Bitte, Fürstin“, sagte er schließlich. In ihren eisgrauen Augen blitzte es. Natürlich hatte sie gespürt, dass er ein Dämon war, doch war sie offenbar nicht davon ausgegangen, er könne von ihrem hohen Rang wissen.

„Ich werde selten um etwas … gebeten“, erwiderte sie.

„Das trifft sich ausgezeichnet, denn ich bitte auch nur selten.“

Sie sinnierte darüber und kam offenbar zu einem passablen Ergebnis, denn sie nickte wohlwollend. Ehe sie etwas sagen konnte, erschien die alte Dienerin mit einem Tablett, von dem sie mit schwerfälligen Bewegungen zwei Tassen mit duftendem Kaffee sowie eine Platte mit Piroggen auf den Tisch lud. „Bediene dich“, wies sie ihn herrisch an. „Oder trinkst du Tee?“

Nicholas winkte ab. Wodka wäre nicht schlecht gewesen, doch dass man diesen in Russland schon zum Frühstück servierte, war augenscheinlich ein Gerücht.

„Dann erzähle mir, mit welcher Bitte du dich an mich wendest.“

Er kaute ein Stück mit eingelegten Aprikosen gefüllten Blätterteig sorgfältig, schluckte und trank einen großen Schluck viel zu heißen Kaffee hinterher, bevor er Antwort gab. „Einer Eurer Untertanen nahm etwas an sich, was mir gehört. Ich erbitte höflich Eure Unterstützung in dieser Hinsicht.“

Sie warf ihm ein süffisantes Lächeln zu, nippte an ihrem Kaffee und betrachtete dann eingehend die Sepia-Fotografien, die in mit Blattgold verzierten Rahmen auf den Seidentapeten hingen. Nicholas folgte ihrem Blick und erkannte sie, oder vielmehr ihren Körper, in den Aufnahmen. Die Bilder zeigten sie jung, allenfalls Mitte zwanzig, auf einer Bühne tanzend, zumeist hoch aufgerichtet auf Spitzenschuhen oder in Sprüngen und Pirouetten. Er hätte schwören können, dass die junge Frau auf den Fotos noch kein

Dämon war. Sah er die Bilder an, so schien es schwer vorstellbar, dass sich in diesem Körper ein Seeungeheuer von der Größe eines Sattelschleppers verbarg. Betrachtete er jedoch die Frau vor sich, so glaubte er fast, die Schuppen des Dämons durch die Haut schimmern zu sehen.

„Ich nehme mir, was ich möchte", merkte sie an.

Der Spott lag in dem, was sie nicht sagte: ‚Du nicht?' Damit war der Höflichkeit genüge getan. Nun ging es an die Verhandlungen. Ans Eingemachte. „Es gibt ein Problem. Ein Dämon fesselte meinen Menschen mit einem Blutsbund an sich. Nehme ich ihn mit Gewalt oder töte den Dämon, verliere ich meinen Menschen."

„Aber du willst ihn nicht verlieren. Um keinen Preis."

Jetzt musste er verteufelt vorsichtig sein. „Ich lasse mir nichts wegnehmen, das mir gehört."

„Ich verstehe."

Ja, dass der Fürst des Neides dies nachvollziehen konnte, war klar.

„Du denkst also, ich würde einen Blutsbund für dich lösen. Einem meiner Kinder seine Beute stehlen. Sein Vertrauen in mich als seine Fürstin schmähen und seine Loyalität riskieren."

Er antwortete nicht, rührte nur bedächtig in seinem Kaffee, obgleich er weder Milch noch Zucker hineingegeben hatte.

„Aber du bist nicht so dumm zu glauben, dass ich dies ohne einen Gegenwert tue."

Chapeau! Madame Weihnachtsbaum hielt sich für besonders helle. Nicholas verkniff sich einen entsprechenden Kommentar. Ihm war klar, was sie wollte. Etwas, das er nicht herzugeben bereit war, vollkommen egal, um was es sich handelte. Der Wert definierte sich allein dadurch, was ihm die Sache wert war und wie schmerzvoll das Hergeben.

Sie erhob sich und schwebte mit langen Schritten auf ihren hochhackigen Stiefeln durch den Raum. Nah am Fenster stand ein anachronistisches Grammofon. Sie pustete Staub von der aufliegenden Platte und setzte die Nadel auf. Klassische Musik erhob sich, vom Knistern der Schallplatte begleitet.

„Tschaikowski", erklärte sie mit einem versonnenen Lächeln und drehte sich anmutig um ihre eigene Achse. „Schwanensee. Sie war Ballerina, damals, und ihr Ensemble führte das Stück im Bolschoi-Theater auf." Sie sprach von der Frau, dessen Körper sie nun trug. „Ich sah sie. Sah, wie sie über die Bühne schwebte, wie ein mit der Strömung schwimmender Fisch im Meer, und war im gleichen Augenblick gewiss, dass sie mein sein würde. Wie war es bei dir?"

Unter ihrem musternden Blick fühlte Nicholas sich wie ein Zuchthengst, der auf seine Tauglichkeit geprüft wurde. Vermutlich wollte sie eine Geschichte hören, die ihr als Herrin über den Neid gefiel. Die Wahrheit würde sie enttäuschen und zugleich im wahrsten Sinne des Wortes seine Haut retten.

„Boston. Er war halb tot und leicht zu haben, und ich war pragmatisch genug, mich damit zufriedenzugeben." Er unterschlug alles, was er zum damaligen Zeitpunkt nicht gewusst hatte: dass der Junge, dem er den Körper genommen hatte, ein Nekromant war, ebenso wie dessen Zwillingsschwester. Danach hatte sie nicht gefragt.

Ihre Unterlippe zuckte, kurz zeigte sich ihre Zunge. Es war in der Luft zu spüren, wie sie nach etwas tastete, das sie als Preis verlangen konnte.

Nicholas kannte diesen Preis bereits. Er war zuvor nicht willens gewesen, es sich einzugestehen, denn dann hätte er vielleicht gekniffen. Doch im tiefsten Inneren seiner Seele wusste er, was er hier und heute hergeben musste. Hatte es von Anfang an gewusst. Nun galt es, ihr das Angebot subtil zu unterbreiten, damit sie glaubte, sie sei auf die Idee gekommen und würde das wählen, was er als Letztes aufgeben wollte.

Es war sicher nur eine Illusion, geboren aus Unbehagen, doch er spürte etwas über seine Haut züngeln und von seinen Schwächen kosten. Der Nybbas regte sich, presste sich gegen seinen Brustkorb. Nicholas ließ es zu, forcierte das Drängen, verschränkte jedoch die Arme, als wollte er die Präsenz des Dämons verstecken.

Sie leckte sich über die Lippen. Angebissen.

„Wer bist du?“, säuselte sie, kam näher und strich über seinen Bauch, fühlte die Bewegungen des Dämons an ihren Handflächen. Sie schloss die Augen und seufzte voller Sehnsucht. „Du bist jung und frei. Erst kürzlich noch mit den Schatten geflogen.“

Mit den Schatten und den Mitternachtslichtern, in der Tat. Er hätte das Seufzen beinahe erwidert. „Ich bin der Nybbas.“

„Der Nybbas!“ Jäh riss sie die Augen auf und starrte ihn an. „Es sind Gerüchte im Umlauf. Ist es wahr, dass der Luzifer nach dir verlangt?“

Zur Hölle, die Sache hätte nicht besser laufen können. Er war dabei, seine Seele zu verkaufen und der Luzifer selbst steigerte deren Wert gerade ins Unermessliche. „Ich habe davon gehört“, gab er gleichgültig zurück. „Scheinbar liegt ihm etwas an mir.“

Das Lächeln im Gesicht der Dämonin wurde so gierig, dass Nicholas gern siegessicher eine Faust geballt hätte. „Der erste Fürst will dich, soso." Sie umschloss sein Gesicht mit beiden Händen. „Ich denke, dass wir uns einig sind. Ich werde den Blutsbund aufheben, den dein Bruder gesponnen hat. Dafür wirst du mir die Treue schwören."

„Und meine Freiheit verlieren." Nicholas hätte bewusst leise gesprochen und seine Stimme vor Scham und Kummer rau klingen lassen, um ihr zu demonstrieren, wie sehr er gerade an dieser einen Sache hing. Doch das Schauspiel war nicht nötig, sein Körper reagierte autark. Es presste ihm dieses verdammte, überbewertete Organ im Inneren seiner Brust zusammen, ließ es kalt werden. Der Nybbas kreischte lautlos. „Abgemacht." Was zur Hölle tat er hier? Und wo hatte Madame Weihnachtsbaum so plötzlich das Messer her?

„Auf die Knie", verlangte sie mit schmeichelnder Stimme, nahm Platz und schlug ihre Beine übereinander. Sie genoss das Spielchen sichtlich.

Nicholas weniger. Widerwillig tat er, was sie wollte und verbot seinem Verstand die Arbeit. Seine Hände lagen flach auf einem muffigen, von Goldfäden durchzogenen Teppich. Sein Stolz rollte sich irgendwo darunter zusammen.

„Du wirst nun den Schwur vor mir leisten und zu dem Meinen werden."

Offenbar hatte sie beschlossen, es hinauszuzögern und sich daran zu ergötzen. Klang nach Spaß. Leider ein wenig einseitig.

„Nenn deinen Namen, mein Sohn."

„Man nennt mich den Nybbas, unter diesem Namen beschworen in Portugal im Jahre 1734." Nicholas sprach mit ruhiger, entschlossener Stimme. „Erlaube mir, mein Fürst, dass ich den Schwur in der

Sprache spreche, in der ich gerufen wurde.“

Sie war traditionsbewusst, sie würde zustimmen. Sie musste zustimmen. Es gab nämlich ein Problem. Auch wenn er nicht wusste, wie und wann es dazu gekommen war, so war eines unbestreitbar: Er war ein Sohn Luzifers. Einem zweiten Fürsten die Treue zu schwören, war der Gipfel dämonischer Blasphemie. Ehrlich gesagt wusste er nicht einmal, ob es möglich war. Romani, die Sprache seines ersten Volkes, war seine gezinkte Karte, ohne die er hier nur verlieren konnte. Sein Leben. Oder Entscheidenderes.

„Sprich in deiner Sprache, wenn es dich glücklich macht.“ Ihre Augen leuchteten kühl und gönnerhaft.

Gut so. Romani war allein die Sprache der Roma und Sinti. Außenstehende hatten zu früheren Zeiten nur wenige Möglichkeiten gehabt, sie zu erlernen. Das fahrende Volk ehrte seine Sprache als einziges Verbindungsglied, gab es doch keine gemeinsame Kultur und Religion. Es war auszuschließen, dass die Fürstin die Worte fließend verstand.

„Mein Schwur bindet mich“, begann diese ihren Text, den Nicholas auf Romani nachsprach, Wort für Wort. Er hörte kaum hin, wiederholte nur mit tief in seinem Inneren weggesperrten Emotionen, was sie vorsprach. Zunächst hatte er Probleme mit der Sprache, denn es war lange her, seit er sie zum letzten Mal genutzt hatte. Doch mit jedem Satz fühlte er sich sicherer. Vertrauter. Die Floskeln ließen sich unverbindlich herunterbeten, ohne dass er lügen musste. Der Lüge hatte er dummerweise in einem der ersten Sätze bereits abgeschworen.

Und dann kam der Punkt, an dem er von ihrem Text abweichen konnte; nein, es musste, um nicht in Einzelteilen sowohl in des Luzifers wie auch in des

Leviathans Küche zu landen. Mal sehen, wie weit man Wahrheit dehnen konnte, bevor sie riss.

„So schwöre ich“, sprach die Fürstin, „nur meinem Fürsten, dem Leviathan, zu gehorchen und ihm ohne jedweden Widerstand zu dienen, wann immer er mich ruft.“

Dies war der Augenblick, an dem Nicholas gleich zwei Dinge tat, die Ruts Worten nach noch nie ein Dämon versucht hatte. Er veränderte einen Blutsschwur und wurde zum Sohn zweier Fürsten zugleich. Nicholas sagte auf Romani: „So schwöre ich, meinem Fürsten, dem Leviathan zu gehorchen und ihm ohne jedweden Widerstand zu dienen, wann immer nur er mich ruft.“

Nichts geschah. Kein Blitz brach durch das Dach und die Erde riss auch nicht auf, um ihn in die Tiefe zu zerren und für diesen Frevel zu strafen. Die Fürstin hatte das Spiel mit dem kleinen Wörtchen ‚nur‘ nicht bemerkt. Stattdessen verlangte sie mit einer auf die Musik abgestimmten Geste nach seiner Hand. Er reichte sie ihr. Ihre Finger waren trocken und kalt, wie Seide über blankem Knochen. Kein Fleisch. Eine Allegorie ihres emotionslosen Geistes. Nicholas sehnte sich in schier unerträglichem Maß nach Joanas Wärme. Er fühlte sich verloren. Wie aufgegeben. Von sich selbst aufgegeben. Das war neu.

„Halt still“, befahl seine Fürstin.

Das Messer glitt mit einem schnellen, glatten Zug durch seine Handfläche. Dunkles Rot tropfte auf ihren Rock. Wie das Blut eines Beutetieres, das im Waldboden versickerte. Er starrte darauf, unfähig zu begreifen, dass er sich mit all seinen körperlichen Reflexen einig war, die Hand wegzuziehen, und doch konnte er nicht einmal zucken. Es war nicht möglich.

Im kalten Schimmer ihrer grauen Augen erkannte er, wie sehr ihr das gefiel. Sie ritzte ihre Fingerkuppe und zog damit den Schnitt in seiner Hand nach. Dann hielt sie ihm den Finger an die Lippen, und er leckte ihr Blut ab, das sich mit seinem vermischt hatte. Und ekelte sich vor sich selbst. Der Dämon schien jede Faser seines Blutes zum Kochen zu bringen, in seinen Venen floss ein sengender Moloch Richtung Herz. Das Brennen löste sich auf, die unwiderrufliche Veränderung jedoch blieb bestehen. Wie eine Handvoll Salz, die sich im Wasser unsichtbar aufgelöste und dieses doch für immer verändert hatte.

Nicholas keuchte, würgte. Er musste hier raus. Nur schnell hier raus.

„Was denn, was denn?“ Sie sprach zu ihm wie zu einem verängstigten Kind. „Wehr dich nicht, alles ist in Ordnung.“

Er fühlte sich in die Zeit mit Lorenna, die ihn beschworen hatte, zurückversetzt. Damals war er weder frei noch glücklich gewesen, und doch war seine Welt, wie sie sein sollte. Er hatte es nicht anders gekannt. Lorenna hatte einen ergebenen Diener gerufen, er hatte diesem Ruf folgen müssen. Doch heute wusste er, was er aufgab. Sich selbst. Willenlos zu gehorchen, was er damals so selbstverständlich getan hatte, würde heute glühende Klingen durch das treiben, was die Menschen Seele nannten. Und was immer an ihm unsterblich sein mochte, die Seele war es sicher nicht. All dem zum Trotz zwang ihre Macht ihn mühelos zum Aufgeben. Ohne es zu wollen, legte er den Kopf auf ihren Oberschenkeln ab. Ließ zu, dass sie seine Wange streichelte.

„Entspann dich.“

Dass sie imstande war, ihn zu trösten, war schockierend, aber er konnte nicht einmal mehr entsetzt sein, solange sie es nicht erlaubte. Alles war in Ordnung. Wann er gehen würde, war nicht länger seine Entscheidung.

~*~

Das Telefon klingelte am Nachmittag. Elias, gerade gelangweilt in einem Buch aus Ruts Bestand blätternd, nahm ab.

„Ich hab's geschafft." Nicholas klang müde. „Der Leviathan hat die Verbindung gekappt, die Choskeih geknüpft hat."

„Klasse", gab Elias zynisch zurück. Er fragte nicht, wie es gelaufen war, weil er es nicht wissen wollte. Lieber wollte er in dem Glauben bleiben, Nicholas sei weiterhin der Alte, ohne einen Makel.

„Ist bei euch alles in Ordnung, Elias?"

„Bestens. Rut hat beschlossen, Tomte und mich so dick und rund zu füttern wie ihren kleinen Köter. Das Mistvieh wuselt ständig um mich herum und versucht mein Bein zu begatten. Sunna starrt mich an, als wäre ich was zu essen. Dafür scheint sie sich vor Tomte zu fürchten. Das tut der Hund übrigens auch, er pinkelt vor Angst auf den Teppich, wenn der Typ sich zu schnell bewegt. Mir stinkt's hier, Nick. Komm zurück und lass uns die Biege machen."

„Was ist mit Joana?"

„Die hat sich Sunnas Skateboard ausgeliehen und liegt jetzt platt unter Tomtes Schrottkarre."

Elias hörte Nicholas leise lachen. „Sie versucht den Auspuff zu reparieren, vermute ich?"

„Ja, aber ich habe ihr schon gesagt, dass das sinnlos ist. Die Kiste wird nur noch vom Lack auf der Karosse zusammengehalten."

„Das weiß sie selbst. Sie sucht Ablenkung."

Elias seufzte. Er hatte wenig Lust, mit Nicholas über Joana zu reden. „Kann schon sein. Soll ich sie rufen, damit du mit ihr sprechen kannst?"

Eine Pause dehnte sich aus, dann sagte Nicholas: „Nein, besser nicht. Sag ihr, dass ich sie … Ach, vergiss es. Sag ihr, dass ich zurück bin, so schnell ich kann."

„Klar, Mann. Und … Nick? Was ist mit dir? Bist du okay?"

„Sicher."

„Schon klar. Und ich bin die Reinkarnation der Heiligen Jungfrau."

„Du warst noch Jungfrau? Wow, ich bin begnadet. Wir sehen uns."

Elias warf das Telefon mit einem Knall auf den Couchtisch und fluchte in sich hinein. Als er sich umwandte, stand Joana im Türrahmen, eine Hand am Holz, als müsste sie sich festhalten, die Jeans und Finger mit Öl sowie Ruß beschmiert.

„Du hattest vollkommen recht", meinte sie, „der Auspuffkrümmer ist durchgerostet, da hilft nur ein neues Teil. Würde sich für den Wagen nicht mehr lohnen."

Sie sprach unbekümmert, aber Elias merkte, wie angespannt sie war. Dabei wusste sie noch nicht einmal, was Nicholas wirklich für sie getan hatte.

„Du hast mit Nicholas telefoniert, hab ich recht? Ist alles okay bei ihm? Wollte er nicht mit mir reden?"

„Nein." Er gab sich Mühe, sie nicht anzublaffen, und es lag ihm nichts daran, ihr zu sagen, dass sie von der Verbindung befreit war. „Das sollte dich nicht wundern."

Sie hakte die Finger ineinander. „Vielleicht ist es unklug, gerade dich zu fragen, aber ich würde gerne wissen, was er gemacht hat."

„Das kann er dir selbst erzählen." Elias wollte sich an ihr vorbeischieben, doch sie stellte sich breitbeinig mitten in den Türrahmen und ließ ihn nicht hinaus.

„Verrate mir nur eine Sache", verlangte sie. Es klang zutiefst provokant. „Sag mir, warum er die Vorhänge jede Nacht öffnet."

„Was für verdammte Vorhänge?"

Da lächelte sie leicht, als hätte sie sich diese Antwort gewünscht, und machte einen Schritt zur Seite. Elias durchfuhr eisiger Zorn. Eifersucht, weil sie etwas wusste, was ihm niemand verraten hatte. Gleichzeitig begriff er endgültig, dass sie etwas besaß, was er nie bekommen würde. Nicholas' Vertrauen. Ohne es zu wollen, spürte er, wie sein Respekt ihr gegenüber wuchs. Wenn Nick alles, was ihm wichtig war, für sie hergab, dann blieb ihm, Elias, auch keine Wahl, als zu akzeptieren, dass sie wohl an der Spitze der wichtigen Dinge für Nick stand und jedes Risiko wert war. Doch ob sie auch mit dem Preis leben konnte, den Nick für sie gezahlt hatte? Er trat nah an sie heran, so nah, dass er die schwarzen Sprenkel in ihren braunen Augen sehen konnte.

„Willst du es wirklich wissen?", fragte er. „Willst du wissen, was Nicholas für dich getan hat?"

Sie hatte Angst und versuchte gar nicht erst, ihn das nicht merken zu lassen. Trotzdem antwortete sie.

„Sonst hätte ich nicht gefragt."

22

Der Rückflug dauerte nervenfressend lange. Dennoch ging es Nicholas mit jedem Kilometer besser, der ihn weiter vom Leviathan fortführte. In Russland hatte er sich gefühlt, als stünde er unter einer riesigen Glocke, die jemand mit voller Kraft geschlagen hatte. Mit taubem Willen hatte er abwarten und darauf vertrauen müssen, dass der Fürst den besiegelten Pakt einhielt, und ihn wieder gehen ließ. Nun ebbte der Nachhall ab, war nur noch als stummes Surren spürbar, das sich hoffentlich ebenfalls verlieren würde, wenn er erst zwischen Joanas Beinen lag und sein Gesicht in ihr Haar drücken konnte. Sie ließ ihn vergessen, was er war. Ein Sklave – von wegen. Nicht für Joana, und nur, was sie über ihn dachte, von ihm hielt, war entscheidend.

Als er in Reykjavik in das blaue Haus mit all seinen Wurmstichen zurückkehrte, merkte er jedoch sofort, dass etwas nicht stimmte. Rut öffnete ihm kurz angebunden, seinen Blick meidend. Die Stille, die ihm entgegenschlug, war so dick, dass man sie in Scheiben hätte schneiden können.

„Joana ist oben", sagte Rut gepresst. „Und sie ist wütend."

Das Ganze war zu verwirrend, um sich zu fragen, warum sie nicht nach unten kam. Nicholas hetzte die Treppen hoch. Er sah Tomte auf dem Gang sitzen wie eine Wache, beachtete ihn nicht, sondern stieß die Tür zum Schlafzimmer auf. Unergründlich sah Joana ihn an. Die Wunde an ihrer Wange war rot und geschwollen, was einen seltsamen Kontrast zur ungesunden Blässe ihrer Haut bildete. Diese Narbe war sein persönliches Mahnmal, ihr nie wieder zu misstrauen. Es war schwer zu akzeptieren, dass er an dieser Narbe schuld war, doch Joana sie für ihn tragen musste.

Ihre Mundwinkel zuckten, als unterdrückte sie Flüche, doch dann stand sie auf, kam ihm langsam entgegen und schmiegte sich in seine Arme.

„Wie konntest du das tun?"

In ihrer Stimme lag ihrer Gesten zum Trotz nichts Sanftes, nur Wut und Verzweiflung. Sie wusste also Bescheid. Großartig, auf Elias war mal wieder Verlass. Sie wusste von den Narben, die er unsichtbar für sie trug. Das hatte er nicht gewollt. Er hatte keine Lust, sich zu erklären oder gar zu rechtfertigen.

„Es ist nicht wichtig. Ich bringe dich hier weg. Es ist jetzt vorbei."

Peng. Sie knallte die Fäuste gegen seine Brust, als sie sich von ihm abstieß und zurückwich.

„Nichts ist vorbei! Du … du Mistkerl, wie konntest du das tun?" Tränen schossen aus ihren Augen, liefen ihr übers Gesicht und tropften in ihren Cardigan.

Verdammt, das lief alles völlig falsch. Sie sollte erleichtert sein, aber doch nicht vor Wut Rotz und Wasser heulen. „Joana, es ging nicht anders. Und es ist weit weniger schlimm, als du glaubst. Zur Hölle, was hat Elias dir erzählt?"

Die Wahrheit vermutlich.

„Das sage ich dir." Sie schnaubte vor Fassungslosigkeit. „Er meinte, dass er dich töten wird, sobald der Luzifer erfährt, dass du dem Leviathan die Treue geschworen hast oder der Leviathan herausbekommt, dass du schon dem Luzifer verpflichtet warst. Kannst du dir vorstellen, warum? Weil keiner der beiden dir einen schnellen Tod gewähren würde. Weil sie dich ganz langsam, Stück für Stück …" Ihre Stimme brach, er nutzte ihr haltloses Schluchzen, um sie zurück in seine Arme zu ziehen. „Elias würde dich umbringen, ehe sie es tun. So sehr liebt er dich! Ich habe schwören müssen, ihm dabei zu helfen. Warum hast du das nur getan?"

„Weil es das wert war."

Wieder drückte sie sich von ihm weg, er musste sie festhalten. „Das war es nicht! Du hast dich für eine Ewigkeit gebunden. Ich bin nicht ewig, Nicholas. Ich werde ohnehin sterben. Ob früher oder später ist nur eine Frage der Zeit."

Ihr kraftloses Zerren berührte ihn. Er wollte sie nicht gegen ihren Willen festhalten. Keinesfalls. Loslassen kam noch weniger infrage.

„Schsch", machte er leise. „Selbst wenn es nur zwei Tage bringen würde, es war es wert. Ich weiß die Zeit zu schätzen, Joana, ich bin alt. Es kommt nie darauf an, wie viel Zeit man hat, sondern immer nur, wie man sie verbringt. Ein Tag kann ein Leben wert sein."

„Du glaubst doch nicht ernsthaft, die Fürsten mit Jahrmarktspielertricks zum Narren halten zu können."

Nicholas fuhr ihr durchs Haar. „Bisher hat das geklappt. Sieh es so: Ich kann nichts so gut wie Jahrmarktspielertricks."

„Wenn sie erst erfahren, dass du sie beide betrogen hast, dann …"

Seine Hand an ihrer Wange, strich er mit dem Daumen über ihre Lippen, sodass sie nicht weitersprechen konnte. „Dann wird das Konsequenzen haben, ich weiß. Konsequenzen, die uns Probleme bereiten, wenn wir Pech haben. Dann lasse ich mir etwas einfallen. Sollten wir Glück haben, werden nicht wir es sein, die die Konsequenzen tragen."

Der Rückflug war lang gewesen, und er hatte ihn genutzt, um verschiedene Szenarien durchzuspielen. Womöglich fand er eine Möglichkeit, den Luzifer und den Leviathan gegeneinander auszuspielen. Vorerst gab es aber Wichtigeres zu tun. Joana beruhigen. Ein weiteres Mal streichelte er mit dem Daumen über ihre vorgeschobene Unterlippe, die er gleich innig küssen würde.

„Ich habe schon einige zweifelhafte Entscheidungen getroffen, Kleines. Keine davon war vollkommen falsch, schließlich bin ich jetzt hier."

Sie warf ihm einen verbitterten Blick zu, der schmerzhaft in seine Augen schnitt. „Du bist jetzt hier. Schöne Worte, Cicero." Nie zuvor hatte er sie derart zynisch erlebt. „Leider war alles umsonst."

„Was meinst du?"

„Dass sich nichts geändert hat. Ich habe weiterhin diese Träume, diese Anfälle … und ich werde noch verrückt davon."

Nicholas spürte wie sein Herz aufhörte zu schlagen und stattdessen zu boxen begann. „Das ist nicht möglich. Der Leviathan hat bei seinem Blut geschworen, den Bund zu lösen. Ein solcher Schwur kann nicht gebrochen werden."

Sie setzte sich schwerfällig aufs Bett und versteckte das Gesicht in den Händen. „Was wohl bedeutet, dass Demjan die Sache auf andere Weise macht. Du hast dich umsonst verkauft."

Es war erschreckend, wie sich Joanas Anfälle entwickelt hatten. Elias erzählte Nicholas, dass sie die anderen mit einem Messer bedroht, und es sich selbst an den Hals gesetzt hatte. Tomte und Sunna war im letzten Moment gelungen, es ihr zu entwenden. Seitdem wollte sie das Schlafzimmer nicht mehr verlassen. Elias hatte alle Waffen versteckt, selbst Sunnas Stricknadeln sowie alle Scheren und Küchenmesser. Joana hatte darum gebeten, man solle ihr die Hände fesseln, um zu verhindern, dass sie Glyphen zeichnete.

Rut verging in Schuldgefühlen, weil sie Joana nach Island gebeten hatte. Auch Sunna schien die ganze Sache schwer zu verstören, sie kam kaum mehr aus ihrem Zimmer, und wenn sie es tat, streifte sie stundenlang mit dem Hund umher. Akribisch mied sie Tomtes und Elias' Nähe, bedachte nur Joana hin und wieder mit einem tröstenden Besuch.

Nur eine halbe Stunde nach seiner Ankunft erlebte Nicholas selbst, was mit Joana geschah. Sie wurde still. Ihr Blick ging nach innen und sie grub die Hände in den Stoff ihrer Hose. Plötzlich schrie sie wie eine Furie. Erschrocken zog er sie an sich. Joana stieß unartikulierte Laute aus, trat um sich, schlug und kratzte ihn und verpasste ihm schließlich einen gehörigen Kinnhaken, bevor sie – Demjans Namen stöhnend – in Nicholas' Armen zusammensackte.

Einen Moment blieb sie wie ohnmächtig liegen, nur ihre Brust hob und senkte sich hastig. Dann sah sie auf. Forschte blinzelnd in seinem Gesicht, wo sie vermutlich nur Verzweiflung fand.

„Geht es dir gut, Jo?"

„Nein. Ich fürchte mich vor dem Moment, an dem ich zu mir komme, und erfahre, dass ich wie in ‚Der Exorzist' Erbsensuppe durchs Zimmer gekotzt habe."

Nicholas konnte kaum glauben, wie hartnäckig sie an ihrem Galgenhumor hielt. Er bemühte sich um ein Lächeln, er bemühte sich wirklich, aber da war nichts zu machen.

Dass sie sich nach den Anfällen an nichts erinnern konnte, war ein geringer Trost, denn diese gewährte Gnade war wohl kaum gnädiger Natur. Vermutlich wollte Choskeih sie bei ganzem Verstand. Er wollte sie alle mürbe machen, aber Joana nicht vollends brechen. Wahrscheinlich brauchte er sie noch.

Ekel füllte Nicholas' Kehle. Er würde diese Momente auch in hundert Jahren nicht vergessen.

„Wir beenden das noch in dieser Nacht", knurrte er, kaum dass Joana sich erholt hatte.

Keine zehn Minuten später hatte er alle im Wohnzimmer versammelt. Selbst Sunna saß mit reichlich Abstand zu den anderen in der Nähe des Fensters, die Arme um den zierlichen Leib geschlungen. Nicholas Plan war simpel und in seinen Augen absolut Erfolg versprechend, da er die Existenz von Zweifeln leugnete.

„Ich hole mir Demjan Choskeih. Niemand ist verpflichtet, sich mir anzuschließen."

Tomtes Augen verengten sich zu Schlitzen, er leckte sich über die Unterlippe. „Du willst ihn töten?"

„Wenn ich kann."

„Das darfst du nicht mehr", mischte Elias sich ein. „Und das weißt du selbst."

Nicholas ignorierte Ruts und Joanas Abneigung gegen seine Zigaretten und steckte sich eine an. Zu rauchen beruhigte wenigstens seinen Körper und irgendein Teil von ihm brauchte jetzt ein wenig Ruhe. „Ich entscheide, was ich darf und was nicht. Es besteht kein Blutsbund zwischen Joana und Choskeih und damit kein Grund, es nicht zu tun."

„Aber zwischen Choskeih und dir gibt es jetzt eine Verbindung", erwiderten Elias und Joana wie aus einem Mund.

Ja, nur ging diese Tatsache Nicholas kilometerweit am Allerwertesten vorbei.

Elias setzte nach: „Du machst eh wieder, was du für richtig hältst. Die Meinung anderer hat dich nie interessiert, Nick. Tu, was du willst, aber erwarte nicht, dass ich mitmache."

„Bestens. Dich brauche ich ohnehin hier. Du wirst Joana beschützen, solange ich weg bin. Wir können sie kaum mitnehmen, solange Choskeih Gewalt über sie hat." Er registrierte, dass Elias widersprechen wollte, und verhinderte es mit einem scharfen Blick. „Das ist keine Bitte."

„Wenn du die Verluste unter den Skröggandi gering hältst, kannst du auf mich zählen", ließ Tomte sich vernehmen.

Er wirkte euphorisch, als hätte er lange auf diesen Moment gewartet. Joana bedachte ihn mit einem fassungslosen Blick.

Nicholas wandte sich an Rut. Von ihr könnte viel abhängen. Sie war alt und schwach, aber immerhin eine Clerica. Rut schien unentschlossen. Sunna eilte an die Seite ihrer Freundin und redete in Zeichensprache, Rut flüsterte auf Isländisch zurück. Nicholas verstand nicht mehr als einzelne Worte, doch er merkte, dass das Zwiegespräch zum Streit wurde, ohne dass Rut die Stimme erhob. Schließlich sagte sie: „Ich fühle mich mitverantwortlich, daher werde ich helfen, sofern ich kann."

Sunna erhob sich mit Zorn im Gesicht, doch sie nickte ihm zu und klopfte sich auf die Brust. Auch sie war an seiner Seite, wenn auch nur, weil sie Rut nicht allein gehen lassen würde.

Joana war still geworden und hatte sich kaum gerührt. Nun erhob sie sich. „Nicholas? Ich möchte dich unter vier Augen sprechen.“

Sie nahm ihren Mantel und den von den Füchsen zerlöcherten Schal vom Haken und gemeinsam traten sie nach draußen. Das typische graue Zwielicht des isländischen Winters lag schwer wie eine Decke über der Straße und schien sogar Geräusche zu dämpfen. Joana ging mit gesenktem Blick und versteckte den Mund hinter ihrem Schal, den sie wie einen bunten Schleier um den Kopf gewickelt hatte. Ihr Schweigen stach ihm ins Hirn wie ein Pfeil, der die Schädelknochen durchdrungen hatte. Sie war strikt gegen seinen Plan, und zwar in solcher Deutlichkeit, dass sie kein Wort sagen musste, um es ihn wissen zu lassen.

„Was erwartest du?“, fragte er in dem sanften Ton, den er immer anschlug, wenn er sie eigentlich anbrüllen und schütteln wollte. „Hast du eine bessere Idee? Oder nur eine andere? Hast du irgendeine Idee, was wir tun sollen?“

Sie verneinte mit einem Blick, aus dem Hoffnungslosigkeit sprach. „Dort einzufallen und Demjan zu töten kann es doch nicht sein. Was ist mit den Füchsen? Sie sind unschuldig, aber Demjan wird sie gegen euch kämpfen lassen. Es werden unzählige sterben. Ist dir das völlig egal?“

Die ehrliche Antwort ersparte er ihr. „Wir haben Tomte. Er wird dafür sorgen, dass möglichst wenig Skröggandi in der Nähe sind, wenn wir uns Choskeih holen.“

„Mir gefällt das nicht. Überhaupt nicht. Es ist zu gefährlich. Was, wenn du nicht zurückkommst?“

„Bin ich jemals nicht zurückgekommen?“

Sie stieß ein Schnauben aus. „Aber jetzt meinst du, es so lange darauf anlegen zu müssen, bis es einmal nicht mehr gut geht.“

„Vertrau mir.“

„Dir vertrauen?“ Sie brüllte die Worte fast. Hinter dem Fenster eines Wohnhauses erschien der Schemen eines Menschen, der auf die Straße spähte. „Mit dem Kampf gegen Demjan ist es nicht getan. Der Leviathan wird dich verfolgen, wenn er es erfährt. Ich will nicht, dass du deinen Kopf immer tiefer in die Schlinge steckst und den Henker unnötig provozierst.“

„Ich soll dich aufgeben?“, fragte er scharf.

„Sag mir, was du vorhast und sei ehrlich zu mir! Ich will wissen, worauf ich mich einlasse. Hat es etwas mit mir zu tun? Ist es dir deshalb so wichtig, dass ich die Glyphen trainiere, weil du mich für einen Kampf brauchst? Du musst doch einen Plan haben. Sag, dass du verdammt noch mal einen brillanten Plan hast!“

Dem war nicht so. Die Wahrheit bestand aus einem leeren Blatt Papier, dort, wo eine komplizierte Strategie aufgeschrieben sein sollte. Sein ganzer Plan lautete, Joana am Leben zu halten, doch das war zu erbärmlich, um sie damit zu ängstigen.

Nicholas wiederholte seine Frage lauter. „Ich soll dich aufgeben. Ist es wirklich das, was du willst?“

Sie zuckte zusammen und rammte die Hände in die Manteltaschen. Ganz leise kam ihre Antwort. „Ja. Du zahlst zu viel. Mein Leben ist begrenzt. Die Strafen, die man dir antun würde, wären es nicht. Ich will weder die Schuld daran tragen noch verstehe ich, was du dir von mir erwartest.“

Mit anschwellendem Entsetzen lauschte er ihren Worten. Wie viel Macht mochte Choskeih wirklich über sie haben, dass sie so sprach?

Sie straffte die Schultern. „Hör auf, dich meinetwegen in Stücke zu schneiden und zu verkaufen. Das bist du mir schuldig!"

Fassungslosigkeit mischte sich mit unmenschlichem Zorn. Nicholas packte Joana grob an den Oberarmen, zog sie zu sich und verhinderte mit einer Hand an ihrem Kinn, dass sie das Gesicht abwandte.

„Nichts bin ich dir schuldig", zischte er und sah sie gegen Tränen anblinzeln. „Gar nichts. Hast du eine Vorstellung davon, was ich alles für dich tue? Ich verrate meine Art. Ich habe meinen Mentor in die schrecklichste aller Höllen gelockt und hatte widerlichen Spaß dabei. Ich scheiß auf meine Ehre und auf meinen Stolz."

Sie starrte ihn an, ihre Augen schwarz und im Licht einer Straßenlaterne vor Nässe glänzend.

„Ich laufe feige vor den Konsequenzen meines Handelns weg, um dich in Sicherheit zu bringen. All das, was ich jahrhundertelang für meine Stärken hielt, habe ich weggeworfen und mit Füßen getreten. Hast du die geringste Vorstellung, wie sich das anfühlt? Und ich tue es gern. Aber nicht aus Schuld, Joana. Ich bin dir nichts schuldig. Ich bin niemandem etwas schuldig."

Wie ruhig sie blieb, während er sie anbrüllte. Sie war so sonderbar, dass ihm die Worte im Hals stecken blieben. „Ich … liebe dich nur. Das reicht mir und es wird auch dir reichen müssen. Mehr kann ich dir nicht geben, denn mehr habe ich nicht."

Zwei Tränen liefen über ihre Wangen. „Und wenn ich dich bitten würde, es nicht zu tun?"

Dann war vermutlich alles verloren.

Es war erschreckend, wie schnell Wut sich in Nichts auflösen konnte. So rasch wie ein Schatten, den fließendes Licht verschlang. Er folgte einer feuchten Tränenspur mit den Fingern.

„Tu das nicht. Tu mir das nicht an. Darum bitte ich dich.“

„Okay“, gab sie nach einigen Minuten des Schweigens zurück. „Geh, wenn du musst. Komm nur zurück.“

23

„Mädel, du läufst Spuren in den Teppich."

Joana kommentierte Elias' Worte mit einem Blick voller Vorwürfe. Sie verstand nicht, dass er sich mit einem von Ruts Büchern auf dem Sofa ausstreckte, während Nicholas auf dem Weg zu Choskeih war. Lieber pflegte sie ihre Angst, indem sie sich ihr auslieferte. Sinnlos, oder wurde es dadurch etwa besser? Sie konnten nun beide nichts anderes tun, als abzuwarten. Elias sah keinen Sinn darin, diese Zeit durch Panik in die Länge zu ziehen. Außerdem fand er es interessant, durch die Clerica-Bücher zu erfahren, wie die Jäger wirklich über Dämonen dachten. Vorurteile über Vorurteile!

Er hätte sich über die halbwahren Darstellungen geärgert, wenn sie nicht eine gute Ablenkung gewesen wären. Elias steckte seine Nase wieder tief ins Buch.

Joana blieb mit verschränkten Armen stehen. „Du hast wohl nie Angst, was?"

Elias klimperte affektiert mit den Wimpern. „Engel haben keine Angst. Wovor auch? Vorm Himmel?"

„Für gewöhnlich lügen sie auch nicht."

Da war etwas dran. Er seufzte, versuchte, es genervt klingen zu lassen. Aber ihr Blick machte klar, dass sie ihn durchschaute. Ob Engel Angst empfinden konnten, wusste Elias nicht. Dämonische Racheengel konnten es.

„Was, wenn Nicholas nicht zurückkommt?", fragte Joana und ließ sich in einen Sessel fallen. Die Polsterfedern quietschten schrill auf und sie sank so tief nach unten, dass sie fast in dem Möbelstück verschwand. „Er ist so aufbrausend, er denkt nicht nach, bevor er sich in Gefahr begibt.“

„Das glaubst du nur“, erwiderte Elias, ohne von seinem Buch aufzusehen. „In Wahrheit entscheidet er lediglich schnell.“

Joana schnaubte. „Ja, und dabei denkt er an alles, nur nicht an seine Sicherheit. Ich begreife nicht, wie er so sehr von sich überzeugt sein kann, und im nächsten Moment losmarschiert und sich opfert.“

Er schützt kompromisslos, was ihm gehört, dachte Elias, aber er sprach diese Worte nicht aus. Stattdessen sagte er: „Du musst begreifen, dass wir anders funktionieren als ihr Menschen. Wir sind nicht aus dem Drang zu leben auf die Welt gekommen, sondern durch die Wünsche anderer. Wir wurden gerufen, um Aufgaben zu erfüllen und Befehle auszuführen. Wir“, er spürte, wie seine Stimme dünner wurde und räusperte sich, „verlieren mit dem Nekromanten, der uns rief, auch den Sinn unserer Existenz. Viele überleben diese Bewährungsprobe nicht. Wenn wir einen neuen Sinn gefunden haben, verteidigen wir ihn mit allem, was wir haben. Bis zum Letzten.“ Er zuckte mit den Schultern. „Für viele wird Macht oder Geld zu diesem Sinn, doch Nicholas hat sich nie etwas daraus gemacht. Er glaubte, er wollte gar keinen Sinn, weil dieser gleichzeitig auch einengt. Wer einen Sinn im Leben hat, kann nie vollkommen frei sein. Das kapierst du doch, oder? Was dir etwas bedeutet, bindet dich.“ Elias hob den Kopf und betrachtete Joana, die die Arme verschränkt hatte und die Finger in ihre Oberarme grub. „Nicholas’ Sinn hat ihn offenbar trotzdem gefunden. Daran ist nichts zu ändern.“

Sie sah ihn aus großen Augen lange an. „Warum erklärt er es mir nicht so wie du?“

„Erklärst du ihm, wie deine Gefühlswelt sich dreht?

Nein, das tust du nicht, weil das für dich selbstverständlich ist. Du und er, ihr beide vergesst manchmal, dass ihr anderen Arten angehört und unterschiedlich tickt." Elias ließ den linken Zeigefinger neben seiner Schläfe rotieren und tippte sich gleichzeitig mit dem rechten an die Stirn, um seine Worte zu untermalen. „Er versucht dich zu verstehen, aber begreift so gut wie nix. Nach all dem, was er über dich und Menschen im Allgemeinen weiß, müsstest du ihm bei der ersten Gelegenheit das Licht ausknipsen."

„Er weiß, dass ich das nie tun würde", warf sie empört ein.

Elias grinste bitter über ihre menschliche Naivität. „Ja, aber er versteht deine Beweggründe nicht. Und mal ehrlich, Mädel. Du verstehst es doch selbst nicht. Ihr wisst beide, dass du dich noch immer vor dem fürchtest, was in ihm ist. Du verachtest den Nybbas für das, was er tut. Du verachtest dich selbst dafür, weil du ihn nicht aufhältst, und weil du spürst, wie du ihm ähnlicher wirst. Ein kaltblütiges Monster. Viel absurder geht es eigentlich nicht. Nicholas weiß das und versteht es ebenso wenig, wie du verstehst, was er für dich tut." Wieder kitzelte ihn die Lust, sie zu provozieren. Er konnte es einfach nicht lassen, diese Beziehung auf den Prüfstand zu stellen. „Ihr wartet beide nur darauf, das Interesse am anderen zu verlieren." Was nicht so schnell geschehen würde, das wusste er selbst.

Sie ging nicht weiter darauf ein. „Er weiß, dass er mir vertrauen kann."

„Nicholas vertraut niemandem." Niemandem so sehr wie dir, fügte er in Gedanken hinzu, aber das war nicht für ihre Ohren bestimmt. Sie war eifersüchtig und das gefiel ihm. Wenn er schon keine Konkurrenz für sie war, so blieb ihm doch die Genugtuung, dass sie ihn als solche sah. Das war besser als nichts. Als Mensch konnte sie kaum verstehen, dass er nie in Konkurrenz zu ihr stünde. Der Platz, den Elias in Nicholas' Herzen wollte, war kein Ort der Liebe und stand nicht im Konflikt zu dieser. Es hatte einige Zeit gedauert, bis er es selbst begriffen hatte. Elias wollte schlicht und ergreifend Nicholas' Respekt, das würde ihm reichen. Nicht länger von ihm abgewiesen werden. Körperliche Nähe war nicht mehr als ein Versuch, auszugleichen, dass Elias niemand war, den man respektieren konnte. Bei seinem Körper war das etwas anderes. Der war stark und gut aussehend. Man sah ihm nicht an, dass er ein düsteres Wesen verbarg, welches jederzeit Verrat beging, um den eigenen Hals zu retten. Sein Innenleben allerdings war seit Laureens Tod ein Scherbenhaufen, aus dem er verzweifelt ein Gebilde zu formen versuchte, dass ihm zeigte, wer er eigentlich war. Und warum.

Ja, ein Existenzsinn wäre schon eine feine Sache.

„Du musst mehr mit ihm reden", fuhr er mit sanfter Stimme fort, bemüht, Joana zu beschwichtigen. „Dich ihm erklären, vor allem was deine Ängste betrifft. Sonst endest du wie ich."

„Und du glaubst, das macht es besser? Reden?" Joana gab ein missmutiges Grummeln von sich. Doch sie schien nur noch aufgewühlt, nicht mehr trotzig. „Die Dinge die im Inneren der Seele auf einen lauern verschwinden nicht, wenn man darüber redet."

„Vielleicht ist es wie mit einem Koffer." Elias schwieg bis Joana ihn mit einer fragenden Geste zum Weiterreden aufforderte. „Die Seele, meine ich. Na ja, du packst all deinen Mist da rein, auf den du nicht verzichten kannst. Am Ende ist er so voll, dass du ihn nicht geschlossen bekommst, und darum kommst du nicht vom Fleck. Die Reise beginnt, aber ohne dich, denn du stehst da mit dem verfluchten Koffer, der nicht zu geht. Aber du willst auch nichts zurücklassen." Gedankenverloren blätterte er die Buchseiten hin und her. Unruhe schwoll an, weil der Rat, den er da gab, vielleicht mehr für sich selbst bestimmt war als für Joana. „Ich weiß wovon ich rede. Ich will nicht sagen, dass der Mist weniger wird, wenn man darüber redet. Aber man verteilt ihn dadurch neu. Irgendwann entwickelt man eine Methodik, wie man den Koffer zu bekommt."

„Wenn man sich mit seinem ganzen Gewicht drauf schmeißt, meinst du."

„Ja genau." Elias musste grinsen. „Ohne Gewalt gehen die Scheißdinger nie zu."

Für lange Zeit blieb Joana still. Dann sagte sie unvermittelt: „Laureen muss eine unglaubliche Frau gewesen sein."

Ihre Worte schnitten wie Scherben in seine Brust. Er sah fast das Blut darauf glitzern. Nach all den Jahren erfüllte ihr Name ihn immer noch mit diesem hilflosen Schmerz. „Wie kommst du darauf?", fragte er schwach.

„Vielleicht kannst du das nicht erkennen. Vermutlich willst du das gar nicht erkennen. Du verleugnest es. Aber meine Sicht auf die Dinge ist anders. Ich sehe, dass sie einen Engel erschaffen hat, der Dinge erkennt, für die andere blind bleiben, so sehr sie auch hinsehen."

Elias war versucht, seine Hand zu heben und den Mittelfinger auszustrecken, um auf den Spott zu reagieren, wie er es immer tat. Nur, dass eines hier und heute anders war. Da war kein Spott. Sie meinte es ernst. Es machte ihn beinahe wütend, wie schnell diese Frau das Ruder herumgerissen hatte und nun über ihn sprach, obwohl er sie eigentlich nur ärgern wollte. „Bullshit“, brummte er, den Blick im Buch versteckt. „Vielleicht solltet ihr besser doch nicht reden. Da sind Dinge, die du nicht wissen willst, Joana Sievers, Clerica-Kind.“

Sie ignorierte seine plötzliche Abwehrhaltung und fuhr ungerührt mit sanfter Stimme fort. „Schade ist nur, dass ich nie begreife, auf welcher Seite dieser Engel steht.“

„Immer auf der richtigen“, antwortete er und schämte sich fast, denn es war die Wahrheit.

„Ach so.“ Joana betrachtete ihre wackelnden Zehen unter den geringelten Strümpfen. „Nenn mich naiv, aber manchmal wünschte ich mir, jemand wie du wäre auf meiner Seite.“

Ihre Worte bewegten etwas in ihm, doch bevor er darauf eingehen konnte, fokussierte sich seine ganze Aufmerksamkeit plötzlich auf das Buch in seinen Händen. Irgendetwas war ihm beim Durchblättern ins Auge gesprungen, aber er hatte an dem Eindruck nicht festhalten können.

Joana war sein angestrengter Gesichtsausdruck offenbar nicht entgangen. „Was ist?“

„Gleich“, meinte er und blätterte die Seiten erneut hastig mit dem Daumen durch. Und dann verharrte er regungslos. Adrenalin schoss ihm durchs Mark in den Kopf. „Aber hallo. Schau dir das an!“

~*~

Tomte wartete hinter einer Gruppe kleinerer Vulkankegel in der Nähe des Baus auf Hellas Zeichen. Angestrengt lauschend konzentrierte er sich auf jeden Laut, der die Nacht durchdrang. Da war es endlich, Hellas heiseres Kläffen, gefolgt von einem Heulen. Ihr Zeichen und ihr Schwur. Sobald Demjan erst geschlagen war und er die Rudelführung übernehmen würde, sollte sie Tomtes Gefährtin sein. Bereits heute rief sie ihn als solche, was sein Herz erwärmte. Bald …

Mit dem Signal gab sie ihm zu erkennen, dass sie bereit war, und so viele Artgenossen wie möglich in Sicherheit gebracht hatte. In erster Linie Kinder, was ein Leichtes für sie war, da ihre Schwester die Schule leitete. Er küsste sie in Gedanken, dann überprüfte er seine Waffen. Nicholas hatte ihm Joanas Pistole überlassen, außerdem ein Messer. Tomte war ungeübt in der Handhabung, denn normalerweise kämpfte ein Skröggandi als Fuchs. In diesem Fall wäre das ein Fehler, denn in Fuchsgestalt besaß Demjan absolute Macht über ihn. Die Schwierigkeit würde darin bestehen, trotz der Hitze des Gefechts einen kühlen Kopf zu bewahren, die Instinkte zurückzudrängen und nicht versehentlich den Fuchsleib anzunehmen.

Ein letztes Mal atmete Tomte tief durch und warf einen Blick auf die Uhr. Das Timing stimmte. Nun lag alles an ihm. Er startete das Quad und fuhr zum Bau.

~*~

„Was meinst du?“ Joana starrte so konzentriert auf die Seiten, dass die Buchstaben vor ihren Augen zu flackern begannen. Sie verstand nicht, was Elias Besonderes aufgefallen war. Es war eine normale, in Leinen gebundene Dämonen-Enzyklopädie, vermutlich aus den Sechzigern.

Elias blätterte zwischen zwei Seiten hin und her und

warf ihr zwischendurch ungeduldige Blicke zu, als könnte er nicht glauben, dass sie nicht erkannte, worauf er hinaus wollte.

„Die Seitenzahl“, sagte er scharf.

Dann sah Joana es auch. „Auf die 276 folgt die 279. Da fehlt ein Blatt. Aber was ist daran außergewöhnlich?“

Elias sprang auf, war mit einem Satz am Bücherregel und zog eine weitere Enzyklopädie hervor, diesmal ein breites Buch mit verkratztem Papierumschlag. „Mir ist es nur unterbewusst ins Auge gefallen, ich habe zuerst nicht drauf geachtet“, murmelte er und ging das Buch rasch durch. „Aber als ich in dem zweiten Buch die fehlende Seite entdeckte, fiel es mir wieder ein.“ Er knallte das Buch auf den Tisch. Joana trat heran und legte das andere dazu. „In diesem Buch fehlt auch eine Seite. Ganz sauber herausgetrennt, sodass es nicht auffällt.“ Elias riss zwei Stücke Papier aus einer herumliegenden Zeitschrift heraus und legte diese wie Lesezeichen an die Stellen, an denen die Seiten fehlten. Dann sah er den vorderen Bereich beider Bücher durch. Als hätte man ihm eine Vermutung bestätigt, nickte er.

„Schau her“, wies er Joana an. „Die zur damaligen Zeit bekannten Dämonen sind in beiden Büchern alphabetisch geordnet. Im vorderen Bereich, wo das Gegenstück der Seite fehlt, befinden wir uns einmal beim Buchstaben E und einmal bei F. Hier fehlen also Informationen zu zwei verschiedenen Dämonen. Aber jetzt halt dich fest!“ Er schlug wieder die markierten Stellen in beiden Büchern auf. „Der letzte Eintrag vor der entfernten Seite ist in beiden Büchern ‚Sparatan‘. Danach folgt“, er schlug die Seite so hastig um, dass sie am Rand einriss, „die ‚Sphinx‘.“

Joanas Herz schlug plötzlich schneller. „Jemand hat gezielt Informationen über einen bestimmten Dämon aus diesen Büchern herausgerissen. Aber wer? Und warum?“

„Ich hab ein paar Ideen“, meinte Elias. „Aber keine davon gefällt mir. Wir müssen herausfinden, wessen Existenz Rut hier verheimlichen will.“

Joana wollte nicht glauben, dass die alte Clerica etwas damit zu tun hatte. „Rut hat mir diese Bücher immer wieder gegeben, und sie hatte auch nichts dagegen, als Nicholas und du darin lesen wolltet. Wenn sie die Seiten herausgetrennt hat, dann bedeutet es nichts.“

Elias zog die Stirn kraus. „Wer sagt, dass Rut nicht ebenso getäuscht wurde?“

„Aber wer sollte …?“ Dass sich unweigerlich der Name Sunna in ihre Gedanken drängte, behagte ihr nicht. Entschlossen griff sie zum Telefon.

„Was hast du vor?“, rief Elias erschrocken. „Verdammt, mach bloß keinen Mist. Denk an mögliche Rückverfolgung der Anrufe.“

„Ich habe nicht den Eindruck, dass wir auf dieses Risiko jetzt Rücksicht nehmen können.“ Joana wählte mit fliegenden Fingern die Nummer ihrer Mutter und wartete, bis diese sich endlich meldete. „Mama? Ich brauche deine Hilfe. Schnell. Ich erkläre dir alles später, frag jetzt nichts. Du musst eine Telefonnummer für mich herausfinden.“

Wenig später wählte Joana erneut eine deutsche Nummer. Ihr Herz raste. Ob Tina ihr helfen würde, stand in den Sternen. Es war unwahrscheinlich, denn Tina war Ratsmitglied bei den Clerica. Aber Joana wusste nicht, wen sie sonst anrufen sollte. Tina war zumindest freundlich zu ihr gewesen, als man sie im

Sommer ins Haupthaus entführt hatte.

„Ja hallo? Momentchen bitte", hörte Joana Tinas Stimme, dann sprach diese leicht gedämpft weiter. „Nein, mein Schatz, die Fernsehzeitung kannst du nicht essen. Hier hast du deinen Beißring, lass Mutti telefonieren." Ein kleines Kind brabbelte vergnügt im Hintergrund. Dann sprach Tina wieder in den Hörer. „So, jetzt höre ich. Wer ist denn da?"

„Joana."

„Jo… wer bitte?"

„Du hast mich schon verstanden. Ich brauche deine Hilfe, Tina. Nur eine Kleinigkeit."

Tina zischte verächtlich in den Hörer. „Du hast Nerven, mich um Hilfe anzubetteln. Du glaubst, ich helfe Verrätern? Du hast einem dieser Ungeheuer zur Flucht verholfen."

Das stimmte nicht ganz. Es waren zwei, und noch ein weiterer Dämon war ihretwegen entkommen. Aber das musste Tina, deren Sohn im Hintergrund begeistert quietschte, nicht wissen. „Er hat mir auch geholfen, Tina. Er hat mir damals das Leben gerettet, während ich in eurem Hauptquartier fast umgebracht worden wäre." Joana biss die Zähne zusammen, als sie sich daran erinnerte. „Für das Verbrechen, keine Weiße zu sein."

„Das stimmt nicht", echauffierte sich Tina, aber Joana hörte ihr an, dass auch sie mit Unbehagen an den Tag zurückdachte. „Arnd hat dich angegriffen, weil er dir den Verrat ansah, und …"

„Spar dir das. Du weißt, dass es nicht stimmt, denn du hast gehört, wie er mich damals nannte."

Tina schwieg für lange, entnervende Sekunden.

„Eine winzige Information, mehr will ich nicht", bat Joana und setzte nach, da Tina nicht antwortete.

„Niemand wird je davon erfahren. Bitte, Tina. Ich habe so gut wie keine Clerica-Kräfte und stecke tief im Schlamassel."

Tina japste erschrocken auf. „Du bist schwanger, oder?"

„Wie bitte?" Joana fragte sich, wie sie denn nun darauf kam. „Ich …"

„Aber doch wohl nicht von einer dieser Bestien!" Tina klang, als stünde sie kurz vor einem hysterischen Anfall.

„Natürlich nicht!" Auf die Vermutungen fiel ihr keine Antwort ein. Erneutes Schweigen dehnte die Zeit und Joana fühlte sich immer elender. Dass Elias unverhohlen in ihrem Gesicht forschte, erhöhte den Druck.

Endlich fragte Tina zögerlich: „Wobei brauchst du Hilfe?"

Joana konnte nur mühsam ein erleichtertes Stöhnen unterdrücken. „Ich brauche den Namen des Dämons, der in den Enzyklopädien", sie schlug rasch das Jahr der Erstveröffentlichung nach, „aus den sechziger Jahren zwischen Sparatan und Sphinx steht."

Tina seufzte, legte den Hörer beiseite und für eine Weile vernahm Joana nur das Gurren und Brabbeln des Babys. Für den Bruchteil einer Sekunde wagte sie sich an die Vorstellung, wie alt ihr eigenes Kind heute gewesen wäre, und fast meinte sie, einen kleinen Jungen mit Saschas klugen Augen im Geist zu sehen. Sie blinzelte, das Bild verschwand und kehrte nicht zurück.

„Speculara", unterbrach Tina ihre Gedanken mit kalter Stimme.

Joana musste sich auf die Worte konzentrieren. Um sie herum verschwammen die Konturen. Ein erneuter

Anfall kündigte sich an. Bitte nicht jetzt, flehte sie und klammerte sich Halt suchend an den Hörer und gleichzeitig an Tinas nüchternen Bericht.

„Weiblicher, vampirartiger Dämon, Untertan des Luzifers. Ist in der Lage, kurzzeitig andere Gestalten anzunehmen. Bevorzugt Körper junger Mädchen. Trinkt mit dem Blut des Opfers dessen Fähigkeiten und Talente, und spiegelt diese einen Mondlauf lang. Das steht in den Büchern. Soviel ich außerdem gehört habe, wurde ihr für eine Lüge von ihrem Fürsten die Stimme genommen und sie wurde ins Exil verbannt. Reicht das oder musst du noch mehr wissen?“

Statt einer Antwort ließ Joana den Hörer fallen.

~*~

Lässig streifte Tomte durch die Korridore Richtung der Quartiere und mischte dabei seine Karten. Ein Bild, das jeder kannte. Niemand beachtete ihn, niemand schöpfte Verdacht. Er begegnete nur wenigen Skröggandi, Hella hatte offenbar ganze Arbeit geleistet und viele von ihnen unter Vorwänden vom Bau weggelockt. Tomte erreichte die Kommandozentrale, von wo aus die Umgebung sondiert wurde und gab den Code ins Tastenfeld ein. Die Tür öffnete sich geräuschlos und schloss sich gleich wieder, kaum dass er den Flur betreten hatte. Hinter der zweiten Tür saß Olaf an den Terminals und kaute gelangweilt auf seinem Daumennagel herum.

„Hey“, begrüßte er Tomte mit einem fragenden Unterton. „Was willst du hier, Mann?“

Zum Glück hatte Tomte sich eine Lüge zurechtgelegt. „Hatte gestern Dienst hier und hab was verloren.“ Er bückte sich unter den Tisch und tastete dort über den Boden, damit Olaf ihn nicht erröten sah. Tomte hatte kein Problem damit ihn anzulügen, doch zu wissen, was er gleich tun musste, jagte ihm das Blut in den Kopf.

„Seit wann hast du Dienst in der Kommandozentrale?", erkundigte Olaf sich misstrauisch und stieß ihm die Stiefelspitze in die Seite. Tomte wandte sich in einer Geste der Unterwerfung ab, ballte jedoch versteckt die Faust. „Dein Verstand reicht nicht mal so weit, wie mein Telefonkabel lang ist. Wie willst du ein Dutzend Monitore überwachen?"

„Es sind sechs Monitore", murmelte Tomte und spannte die Muskeln an.

„Was faselst du Trottel da?"

„Sechs. Ein Dutzend wären zwölf, Vollidiot." Tomte sprang auf und rammte Olaf die linke Faust unters Kinn, sodass sein Kopf nach rechts geschleudert wurde. Im gleichen Moment holte er mit der rechten aus und schlug sie dem anderen so hart vor die Schläfe, dass Olaf noch während des Versuchs zu schreien das Bewusstsein verlor. Erstaunt blickte Tomte auf den vom Stuhl rutschenden Gegner und schüttelte seine schmerzenden Fäuste. Nicholas hatte recht behalten. Ein Schlag auf die entscheidende Stelle zwischen Ohr und Auge hatte ausgereicht, um Olaf im gleichen Augenblick das Licht auszuschalten. Und, Junge, Junge, wie gut es sich anfühlte, diesem arroganten Kerl Paroli zu bieten. Tomte kam nicht umhin, Olaf die Armbanduhr vom Handgelenk zu nehmen und sie als kleines Andenken in seiner Tasche verschwinden zu lassen. Dann fesselte er Olaf mit Kabelbildern an den Füßen, schnürte ihm die Handgelenke auf dem Rücken zusammen und knebelte ihn mit einem Baumwollschal. Der würde keinen Alarm schlagen, und sich gefesselt auch nicht verwandeln können. Tomte schaltete die Videoüberwachungsgeräte ab und verließ die Kommandozentrale, nicht ohne unauffällig das empfindliche Tastenfeld vor dem Eingang mit einem Schraubendreher zu zerkratzen, damit niemand die Tür öffnen konnte. Ein weiterer Blick auf die Uhr. Nicholas und die anderen starteten in wenigen Minuten und würden unbemerkt bis vor die Tore der Feste gelangen. Perfekt. Tomte musste nur noch öffnen.

~*~

Elias versuchte zum dritten Mal, Nicholas anzurufen. Wenn Joana ganz genau hinhörte, vernahm sie das Freizeichen. Shit, warum nahm niemand ab? Vermutlich war Nicholas schon in den Bau gegangen. Ihr Magen hob sich bei der Vorstellung und sie schluckte heftig gegen das Gefühl an, sich übergeben zu müssen.

„Geh nicht rein“, murmelte sie vor sich hin. „Dreh um, es ist eine Falle.“

„Keine Chance.“ Mit einem Scheppern warf Elias das Handy auf den Tisch. „Wir müssen hin.“

Joana stöhnte getroffen. „Du musst, Elias. Ich kann nicht mitkommen, das ist zu gefährlich. Wenn ich wieder einen Anfall bekomme, greife ich euch womöglich an.“

„Mit dir werde ich schon fertig, Mädel. Ich muss dich mitnehmen, Nicholas röstet mich am Spieß, wenn ich dich allein lasse.“ Er lief in den Flur, zerrte Joanas Mantel so ruppig von der Garderobe, dass der Aufhänger abriss, und warf ihn ihr zu. „Außerdem ...“, eine feine Röte färbte seine Ohren, „war ich noch nie dort und mein Orientierungssinn ist eine Katastrophe. Gut Auto fahren kann ich auch nicht."

Das waren Argumente. Andererseits war Joana nach ihrem Unfall nicht mehr selbst gefahren. Nicht, weil es sich nicht ergeben hatte, sondern weil ihr die Angst im Nacken saß. Zu allem Überfluss war das einzige noch verfügbare Gefährt Tomtes schrottreifer Golf.

Vorsichtshalber nahm sie einen Zug von ihrem Asthmaspray und redete sich mit Nicholas Worten Mut ein. Du musst jetzt stärker sein als deine Angst. Du darfst dich nicht unterkriegen lassen. Entschlossen griff sie nach Tomtes Schlüsselbund, den dieser dankenswerterweise auf dem Tisch zurückgelassen hatte. „Dann los."

Sie konnte nur hoffen, dass die Kiste ihnen nicht unterm Allerwertesten wegrostete, bevor sie angekommen waren.

~*~

Der geliehene Jeep war nahe dem Höhleneingang in einem Gebüsch verborgen und mit Zweigen getarnt. Rut sollte nicht mit in den Fuchsbau kommen, sondern in der Nähe des Wagens in einem sicheren Versteck warten. Die Frau war alt und gebrechlich und hatte den Halbdämonen nichts entgegenzusetzen. Sie würden sie töten, noch bevor sie in Choskeihs Nähe käme, daher hatte Nicholas beschlossen, dass die Clerica beim Auto warten, und Choskeih bannen sollte, falls dieser seine Menschengestalt verließ und zum Dämon wurde. Rut würde dies spüren und könnte dann agieren. Zu allem bereit blieb sie mit dem Bannnefäß bewaffnet zurück.

Nicholas und Sunna trafen Tomte beim Eingang.

Tomte verströmte die typischen Gefühle junger Männer, die in eine erste Schlacht zogen und noch nicht wussten, dass auch Sieger das Feld selten als strahlende Helden verließen. Sunna dagegen ließ Nicholas die grimmige Entschlossenheit spüren, die sie hinter ihrem Mädchengesicht verbarg.

Gemeinsam machten sie sich auf den Weg ins Innere des Berges. Ein misstrauisch schauender Mann kam ihnen entgegen und bellte Tomte etwas zu, das wie ein Befehl klang, doch Tomte rollte nur mit den Augen und wies ihn barsch ab. Als sie um die nächste Ecke gebogen waren, sprach Tomte Nicholas an, ohne den Blick zu heben.

„Wir können davon ausgehen, erwartet zu werden. Ich habe behauptet, dass ihr einen Termin habt, aber der Typ wird das abklären, fürchte ich."

„Nicht zu ändern." Nicholas war es egal, solange er Demjan nur rasch vor die Fäuste bekam. Altvertraut schmiegte sich seine 10-mm-Glock unter dem Hosenbund gegen seinen Bauch. Ein gutes Gefühl, aber nicht gut genug, um Zweifel vollends darunter zu verbergen.

Seltsam. Je eher man bereit war, für eine Sache zu sterben, desto weniger wollte man es.

24

Sie traten ihnen zu fünft entgegen. Zwei Männer und drei Füchse. Sie waren nervös. Spannung schwappte in Wellen durch den Raum.

„Nichtangemeldet, nichtwillkommen“, kläffte einer der Männer ihnen entgegen.

Sein Akzent war so stark, dass Nicholas zuerst kaum erkannte, dass der Halbdämon Deutsch sprach. Ein deutliches Zeichen, dass Tomte nun nicht mehr Vermittler war, sondern mit Misstrauen betrachtet wurde. Nicholas trat einen Schritt vor.

„Wir verlangen ein Gespräch mit Choskeih.“

Tomte versuchte es seinerseits mit einer Erklärung, doch der Mann, der gesprochen hatte, zog von ihren Worten unbeeindruckt eine Pistole und schoss. Offenbar hoffte er auf das Überraschungsmoment, doch Nicholas hatte das feine Surren der angespannten Nerven gespürt, welches ihm verriet, dass der Mann etwas plante. Überraschen konnte er auch! In einer Drehung in Richtung der Gegner warf er sich rücklings an die Wand, wich dem Schuss aus, stieß sich nahezu in der gleichen Bewegung mit beiden Händen kraftvoll am Gemäuer ab und nutzte den Schwung, um den Schützen zu Boden zu reißen. Binnen Sekunden entbrannte ein wilder Kampf. Gegner suchten und fanden sich. Tomte ballerte schlecht zielend aber umso wütender auf zwei der gewaltigen Füchse ein. Der zweite menschliche Halbdämon ging auf Sunna los, die er wohl für ein leichtes Opfer hielt. Sie kommentierte seine Dummheit, indem sie ihr Messer um die linke Hand tanzen ließ und es dem Mann dann Richtung Brust schlug. Er konnte einem tödlichen

Treffer nur ausweichen, weil er sich halb herumwarf und die Klinge seinen Oberarm durchbohrte.

Nicholas hatte keine Mühe, seinen menschlichen Gegner niederzuringen und unter seinem Gewicht festzunageln. Schon drückte er dem Mann dessen eigene Waffe unters Kinn. Da schlug ihm einer der verbleibenden Füchse die Zähne in die Schulter und versuchte, ihn nach hinten zu reißen. Nicholas drosch dem Tier den Lauf vor die Schnauze und schoss. Im Moment, als der Schädel barst, wurde Nicholas von einem weiteren Fuchs am Arm erwischt. Die Zähne drangen so tief in sein Fleisch, dass er sie über den Knochen schleifen fühlte. Schmerz spürte er nicht, nur eine frenetische Wut, die er dem Vieh entgegenbrüllte. Der Dämon tobte in seinem Körper, drang jedoch nicht mit Gewalt hinaus. Nicholas griff mit der linken Hand unter seinen Pullover und riss seine Glock hervor, die sein Gegner mit einer Pfote fortzuschlagen versuchte. Das Reißen an seinem Unterarm nahm zu. Aus dem Augenwinkel erkannte er, dass Tomte von seinem Gegner zu Boden gerungen und in arge Bedrängnis gebracht wurde, doch Sunna näherte sich bereits. Blut troff von ihrem Messer. Der unter Nicholas liegende Mann begann, sich ebenfalls zu verwandeln. Das Fleisch platze mit dem Geräusch von nassem, reißendem Stoff. Der Fuchs schälte sich hervor, das Fell besudelt von Blut und Schleim, sodass Nicholas ihn kaum noch mit der Kraft seiner Oberschenkel in Schach halten konnte. Das Mistvieh war glitschig wie ein Aal und entwand sich ihm. An Nicholas' rechtem Arm biss der zweite Gegner das Fleisch in Fetzen, er spürte einen Muskel reißen und seine Hand schlaff werden. Die Waffe einhändig und mit links nachzuladen, war nicht so einfach. Der frisch verwandelte Fuchs konnte sich dabei so weit befreien, dass seine laut schnappenden Zähne Nicholas' Kehle bedrohlich nahe kamen. Schaumiger Geifer spritzte ihm ins Gesicht. Nicholas spuckte angewidert vor Wut und Ekel zurück. Ein Ruck, und der schleimtriefende Körper entwand sich ihm, ein weit aufgerissenes Maul schoss auf sein Gesicht zu. Im letzten Moment gelang es Nicholas, die endlich durchgeladene Glock zu entsichern. Er schlug dem Fuchs den Lauf in den Rachen und drückte ab. Die Zähne schlossen sich um seine Faust, doch ehe sie erneut durch das Fleisch drangen, wurde der Halbdämon schlaff und sackte zu Boden. Nicholas riss die Waffe aus dem zerschmetterten Schädel und schoss blind vor Wut und Schmerz auf den zweiten, in seinen Arm verbissenen Gegner, seinen eigenen Körper nur knapp verfehlend.

Schwer atmend fand er sich in einem Durcheinander aus Blut und Leichen kniend. Seine linke Hand zitterte, die rechte lag kraftlos über einem zerfetzten Fuchsschädel, die Finger in das weiche Fell gegraben. Er warf Tomte und Sunna, die ihre Gegner inzwischen besiegt hatten, einen flüchtigen Blick zu. Ersterer war nur leicht verletzt, die kleine Blutsaugerin schien schadlos aus dem Kampf gekommen zu sein. Durchatmend ließ Nicholas den Kopf wieder sinken und gab sich einen Moment zur Bestandsaufnahme. Sein Unterarm war vollkommen zerbissen. Doch es war der Anblick seiner bleichen Hand über dem graubraunen Fell, der ihn nicht mehr losließ. Er erinnerte ihn an einen Augenblick, der mehrere Hundert Jahre zurücklag. Damals hatte Lorenna ihm zum ersten Mal befohlen, einen Menschen zu töten. Nicht, weil Grund dazu bestand, sondern weil sie neugierig war, ob er es für sie tun würde. Was für eine Frage. Ein gebundener Dämon verfügte nicht über Wahlmöglichkeiten. Seine Hand hatte ebenso schwach und geschlagen im Haar des Mannes gelegen, und wie heute war sein Widerwille durch Körper und Geist geflossen wie ein reißender Strom durch ein ausgedörrtes Flussbett. Er hatte es nicht tun wollen und doch keinen Moment gezögert.

Blut quoll aus seinem Unterarm, rann in die offenstehenden Augen des getöteten Skröggandi und verdunkelte sie. Der Geruch von Tod kroch in Nicholas' Atemwege. Verursachte Übelkeit. Tief in seinem Inneren grollte der Nybbas gierig nach Blut und ließ Nicholas endgültig würgen.

Nein, der menschliche Körper war nicht zum Töten bestimmt. Nicholas wollte das nicht. Alles, was er brauchte, war Demjan Choskeih, und dies nur aus einem einzigen Grund: Um seine Frau zu schützen. Niemandem sonst wollte er etwas antun, nicht hier und jetzt. Töten konnte sich fantastisch anfühlen. Aber es war ein abgrundtief beschissenes Gefühl, Wesen zu töten, die man nicht töten wollte. Joana hatte recht gehabt. Sie starben alle schuldlos. Sinnlos. Die Erkenntnis, dass es ihm leid um sie tat, schockierte ihn.

„Die Vorhut hätten wir ausgespielt“, meinte Tomte trocken und wischte sich die Handflächen an der Hose ab. „Weitere formieren sich vermutlich bereits um Demjan herum.“

Nicholas kam auf die Füße und schob den besudelten Fuchsschädel mit dem Fuß beiseite. Gewaltsam zwang er die Gedanken aus seinem Kopf und die Kontrolle zurück in seinen rechten Arm. Er schmerzte, als tauchte er ihn in weißglühende Kohlen. Als fräße sich die Glut durch den Knochen bis in seinen Brustkorb. Doch die Faust ließ sich ballen. Was brauchte er mehr?

„Dann lassen wir sie mal nicht warten."

~*~

Joanas Unterarme zitterten, so fest umklammerte sie das Lenkrad. Es war eine Herausforderung, die Spur zu halten. Unter dem Gaspedal hörte sie Rost bröckeln, wenn sie es bis ans Bodenblech durchtrat, und die Drehzahlen in die Höhe trieb. Sie hatte durchaus schon in älteren Autos gesessen, doch dass dieser Wagen überhaupt noch fuhr, kam einem Wunder gleich. Ganz zu schweigen davon, dass er sie und Elias mit 120 Sachen über die Schotterwege zu Demjans Bergfeste brachte, ohne dabei in seine Einzelteile zu zerfallen.

„Geht's nicht schneller?", brüllte Elias gegen das Klappern des Wagens an.

Joana hätte ihm am liebsten den Mund verboten. „Nur wenn du im Graben landen willst. Überleg dir lieber, was wir tun sollen, wenn wir da sind, statt mich nervös zu machen. Es reicht auch so."

Darauf antwortete Elias mit Schweigen. Sie hatten beide keine Idee. In die Feste zu spazieren und laut herauszuschreien, dass es nicht Demjan war, der sie manipuliert hatte, sondern Sunna mittels Nicholas' Fähigkeiten, war Joanas einziger Plan. Was ihn Nicholas früheren Worten folgend zum besten Plan machte. Na fantastisch.

Dass sie vor kurzer Zeit noch geglaubt hatte, zwischen ihr und Sunna würde eine zaghafte Freundschaft aufkeimen, ließ Joana vor Wut noch brutaler gegen das Gaspedal treten. Unter dem Zorn ließ sich die Enttäuschung gut verbergen; ohne Wut im Bauch wäre sie in Tränen ausgebrochen. Sie fragte sich, ob auch Rut etwas mit dem bösen Spiel zu tun hatte. Die Erinnerung an die Schnitte in Ruts Arm ließ jedoch einen anderen Verdacht aufkommen. Sunna hatte sie vermutlich nur manipulieren können, da sie neben Nicholas‘ Blut auch Ruts getrunken hatte, und damit auch gewisse Kräfte einer Clerica spiegelte. Sie hatte Nicholas' Fähigkeit der Geistesmanipulation nur anwenden können, weil Ruts Clericablut dafür sorgte, dass Joana nicht wie sonst immun gegen die dämonischen Kräfte war. Sunna hatte die Fähigkeiten von Clerica und Dämon vermischt, ein Cocktail, der es ihr ermöglichte, sie alle hinters Licht zu führen. Aber warum?

Sie schüttelte den Kopf und versuchte ihren Kiefer zu entspannen, der durch das Zusammenbeißen der Zähne schmerzte. Fragen konnte sie später stellen, nun war nur eines von Bedeutung: Rechtzeitig anzukommen.

Das Heck rutschte weg, als sie einen Straßenschlenker mit Höchstgeschwindigkeit nahm. Elias krallte sich in die Türgriffe und fluchte. Doch die Bergkette, in der Demjans Feste lag, baute sich nun schon groß, dunkel und drohend vor dem grauen Abendhimmel auf, durch den erste Sterne blinzelten. Joana wollte keine Sekunde auf der Straße liegen lassen.

~*~

Zu Nicholas' Überraschung gelangten sie ungehindert bis zu Demjans Büro. Das Empfangskomitee bestand lediglich aus vier Füchsen, die ihnen mit gebleckten

Zähnen entgegenstürmten. Vier Schüsse später war der Weg frei. Während er seine Waffe nachlud, registrierte Nicholas unbehaglich, dass die Munition knapp werden würde, sollte Demjan ihm seinen ganzen Hofstaat entgegenschicken. Tomte starrte angestrengt an den erschossenen Füchsen vorbei, die diesmal ohne jede Chance gefallen waren. Von Sunnas Gesicht schneite kalt der Hauch eines siegessicheren Lächelns.

Mit entsicherter Waffe trat Nicholas die Tür auf. Demjan war nicht in seinem Büro, stattdessen mehrere Halbdämonen in menschlicher Gestalt unter Gasmasken.

Gasmasken?

Nicholas vernahm ein leises Zischen und spürte, wie seine Arme im gleichen Moment schwer wurden. Er schoss auf den Ersten, der sich ihm entgegenwarf, wich dem Zweiten aus und schlug einen weiteren mit der Pistole nieder. Das Gas ließ ihn schwanken. Vor seinen Augen verschwamm alles zu abstrakten Gebilden. Für eine Sekunde wusste er kaum mehr, warum er hier war. Jemand versetzte ihm einen Tritt in die Nierengegend, der ihn gegen Demjans Schreibtisch prallen ließ. Gläser kippten um, fielen klirrend zu Boden und wurden zu Mosaiken aus glitzernden Fragmenten. Das Bild der Scherben tanzte träge und erinnerte Nicholas an die klassische Musik in der Villa des Leviathans. Vielleicht war nur dies der Anhaltspunkt, an dem er sich festhalten konnte, um sein Ziel nicht aus den Augen zu verlieren.

Dreck noch eins, er musste Choskeih finden.

Sein unter der Gasmaske versteckter Angreifer versuchte, einen weiteren Tritt zu platzieren, doch Nicholas gelang es, seinen Fuß abzufangen. Mit angehaltenem Atem drehte er das Bein des Mannes ruckartig herum. Er spürte Knochen brechen, sah den Gegner fallen und ließ ihn vor Schmerz brüllend auf dem Boden liegen. Schüsse und gellende Schreie ließen ihn registrieren, dass Tomte sich seinen Weg verbissen freikämpfte. Wo Sunna war, konnte er nicht sagen, aber die konnte auf sich selbst aufpassen. Ein weiterer Mann stellte sich in seinen Weg, Nicholas riss ihm die Gasmaske vom Gesicht, platzierte stattdessen einen Faustschlag vor seine Nase und gelangte an ihm vorbei. Endlich hatte er die Tür zu den Privaträumen Choskeihs erreicht. Tomte schlüpfte mit ihm hindurch. Auf der anderen Seite schlug ihnen kühle, saubere Luft entgegen und beide nahmen sich einen Moment, um keuchend durchzuatmen, ehe sie weiterrannten und schließlich einen Salon erreichten, in dessen hinterem Bereich Choskeih mit verschränkten Armen wartete. Ein paar menschliche Skröggandi drängten sich ängstlich um ihn herum. Nicholas erkannte das puppenhafte Mädchen, das ihnen Getränke serviert hatte, als sie zum ersten Mal hier gewesen waren.

Zwei Füchse bauten sich drohend in der Mitte des Raumes auf.

„Da… das sind Joanas Angreifer“, stammelte Tomte. „Ich dachte, du hättest sie verbannt, Demjan. Du mieser Lügner!“

Demjan Choskeih würgte ein freudloses Lachen hervor. „Ich werde nicht auf meine besten Krieger verzichten, wenn ihr grundlos in meine Feste eindringt und mein Leben bedroht. Erklärt mir sofort, was dieser Angriff zu bedeuten hat.“

Nicholas spürte ein Zittern seinen Leib durchlaufen, als der Nybbas in ihm grollte. „Erkläre du mir, warum du dich feige hinter deinen Schoßhündchen versteckst, statt mir entgegenzutreten."

„Weil es keinen Grund gibt, dir entgegenzutreten, Nybbas."

Choskeih spuckte aus, nachdem er den Namen genannt hatte, doch Nicholas ließ sich nicht provozieren. Ihm war klar, dass sein Gegner den Nybbas in seinem Inneren so weit zu provozieren versuchte, bis dieser ausbrach. Wodurch er als hilflose Marionette enden würde. Mit tiefen Atemzügen beruhigte er sich.

„Ich bin dir keine Rechenschaft schuldig, was deine Menschenfrau betrifft", fuhr Choskeih fort. „Ich habe getan, was in meiner Macht steht, um Joana …"

„Nimm ihren Namen nicht in dein stinkendes Maul!" Nicholas hob die Waffe, worauf der erste Fuchs ihm entgegensprang. Der Schuss streifte das Tier am Rücken, doch es stand nun vollkommen unter Choskeihs Befehl und zuckte nicht einmal zusammen. Reflexartig schützte Nicholas seine gesunde Hand, mit der er noch schießen konnte, und rammte dem Tier den verletzten rechten Arm zwischen die Zähne. Er brüllte auf, als Zähne erneut das Fleisch zerschnitten, und schoss in schmerzverzerrter Wut zweimal, dreimal, ehe der Angreifer auf dem Boden zusammenbrach und röchelnd sein Leben aushauchte. Der Schmerz fraß durch seinen gesamten Körper. Der Boden verlor seine Festigkeit. Auf der Suche nach Choskeihs Blick sah er in die Mündungen mehrerer Waffen. Ohrenbetäubendes Knallen schien aus allen Richtungen zu kommen. Es dauerte einen Moment, bis Nicholas begriff, dass Choskeih das Feuer nicht eröffnet hatte, sondern nur die Echos seiner eigenen Schüsse durch den Raum jagten, ebenso schockierte Schreie. Und inmitten dieser Kakofonie eine Stimme, die hier nicht hingehörte.

„Aufhören!"

~*~

Joana stürzte in den Raum und hob beschwichtigend die Hände. Elias stand mit der Armbrust im Anschlag gleich hinter ihr, doch auch er richtete die Waffe nach oben.

„Hört auf!", rief sie, so laut sie konnte. „Nicht schießen! Es ist ein Missverständnis, gebt mir eine Minute, um es zu erklären!"

In ihrem Kopf rotierte alles. Sie glaubte nicht, es erklären zu können. Zu groß war der Schock, den sie auf dem Weg durch den Berg erlitten hatte. All die getöteten Skröggandi! Vor jeder Ecke war Panik in ihr aufgewallt, um sich in ein paar erleichterten Tränen zu entladen, weil es nicht Nicholas' Leiche gewesen war, die sie fand.

Demjan starrte ihr fassungslos entgegen und nun wandte sich auch Nicholas gefährlich langsam zu ihr um. Rasch war sie an seiner Seite.

„Es war nicht Demjan", flüsterte sie. Lieber hätte sie geschrien, aber ihre Stimme revoltierte. Es war schwer genug, nicht dem Zittern ihrer Knie nachzugeben und einfach auf den Boden zu sinken.

Mit bebenden Händen tastete sie über seine Brust, als suchte sie nach tödlichen Wunden, die all das Blut auf seiner Kleidung erklärten. Ihre Finger erkämpften sich einen Weg über seine Kehle, spürten seinen Puls und wanderten höher, bis sie seine Wangen berührte. Seine Lippen, seine Schläfen.

„Danke, dass du lebst", wimmerte sie und merkte erst jetzt, dass sie ohne Unterlass Tränen vergoss.

Er blinzelte verwirrt, seine Lippen formten ein „Gern geschehen“, sodass Joana beinahe ein wenig lachen musste.

„Wo ist Sunna?“, rief Elias, worauf Nicholas mit den Schultern zuckte.

„Was hat das alles zu bedeuten? Was zur Hölle macht ihr hier?“

„Er war es nicht.“ Sie räusperte sich und blinzelte gegen den Tränenschleier. „Es war nicht Demjan, der mich in seiner Gewalt hatte. Es war Sunna.“

Joana hätte nicht geglaubt, dass es möglich gewesen wäre, aber unter den Blutschlieren in Nicholas’ Gesicht sah sie ihn noch weiter erbleichen, als sie erzählte. Ihre Stimme stockte, aber es gelang ihr, so laut zu sprechen, dass Demjan ihren Worten folgen konnte.

Es herrschte absolute Stille, während Joana redete, nur hin und wieder ergänzte Elias ihr Gestammel. Sie berichteten von ihren Blackouts, von der Vermutung, Demjan stecke dahinter. Schließlich von Elias’ Entdeckung, dem Verdacht, Sunna sei die Specülara und spiegele Fähigkeiten über das aufgenommene Blut.

„Wir mussten glauben, dass du für meine Anfälle verantwortlich warst, zumal du plötzlich nicht mehr zu Gesprächen bereit warst“, schloss sie und bemühte sich, Demjan in die Augen zu sehen.

Dieser stand für eine schier endlose Zeit bewegungslos, erwiderte nur ihren Blick, bis sie die Lider senkte. Er jedoch wandte die Augen nicht ab und Joana erkannte, dass er nicht sie angesehen hatte, sondern Nicholas. Er musterte ihn prüfend.

Schließlich nickte Demjan. Er tat es bedächtig, beinahe widerwillig. „Ich verstehe. Ich verstehe nicht gerne, aber ich tue es.“ Traurig sah er auf den gefallenen Fuchs nieder. „Nachdem Joana von einer Gruppe meiner Füchse angegriffen wurde, glaubte ich, dies zunächst intern klären zu müssen, bevor ich erneut mit euch sprechen wollte. Ich erwartete eure Rache und wollte mich dem nicht stellen, bevor ich einen genauen Überblick hatte. Mein Rückzug muss euren Verdacht vermutlich noch bekräftigt haben. Nur frage ich mich, warum diese Information nicht zu euch gelangte, denn das sollte sie." Sein Blick traf Tomte und wurde gefährlich kalt.

„Tomte?" Nicholas sprach gedehnt. „Hast du mich belogen?"

„Nein", kam die Antwort, gepresst und viel zu schnell.

„Aber du hast die Wahrheit gedehnt."

Tomte schob die Unterlippe vor und zog die Brauen zusammen. „Möglicherweise ist mir das eine oder andere Detail entfallen."

„Klar", meinte Nicholas.

In Demjan dagegen schien Wut zu schwelen und Joana hoffte, Tomte wäre klug genug, um nicht im Rudel zu bleiben, sondern im vorherrschenden Tohuwabohu zu verschwinden.

Nicholas' Miene blieb hart. Auch Joana war nicht sicher, ob sie Demjan trauen konnten, schließlich blieb immer noch zu befürchten, dass er und Sunna gemeinsame Sache machten. Doch bis auf das Skröggandi-Püppchen hatten alle ihre Waffen gesenkt, die meisten schienen sich zu entspannen. Joana hatte mehr erreicht, als sie zu hoffen bereit gewesen war.

Dann ließ Nicholas die Pistole fallen, befreite sich aus Joanas Umarmung und trat mit seitlich ausgestreckten Armen auf Demjan zu.

Was er ihm sagte, konnte sie nicht verstehen, doch dann ließ Nicholas seinen Blick über die Halbdämonen schweifen und sagte mit fester Stimme: „Durch meinen Fehler wurde heute Blut vergossen. Ich stelle mich den Konsequenzen.“

Er warf Elias einen Blick zu und dieser trat mit erhobener Waffe neben Joana. Zuerst begriff sie nichts, doch dann durchfuhr sie die Erkenntnis mit dem kalten Prickeln, dass sie immer in der Nähe eines Schattendämons verspürte. Nicholas wollte seine dämonische Gestalt annehmen. Joana schluckte einen schockierten Schrei hinunter und hielt stattdessen den Atem an. Nicholas wäre Demjan auf Gedeih und Verderb ausgeliefert. Der Preis war zu hoch, selbst wenn er für so etwas wie Frieden gezahlt wurde. Nun verstand sie, was Nicholas’ letzter Blick Elias gesagt hatte.

Schütze Joana. Wenn nötig gegen mich selbst.

Demjan hob beide Hände, als wollte er sie Nicholas auf die Schultern legen, was er dann doch unterließ. „Ich bin ein Schutzdämon“, sagte er ruhig. „Beschworen nur zu einem Zweck. Wie sollte ich verurteilen, dass auch du schützt, was dir das Teuerste ist, mein Freund?“ Zum ersten Mal klang die Anrede ehrlich. „Alles, was ich von dir verlange, ist eine gemeinsame Jagd auf den Dämon, der uns gegeneinander ausspielte und für die Verluste in meinem Rudel verantwortlich ist.“

„Nein!“ Ein plötzlicher Schrei gellte durch den Raum. Tomte schien fassungslos vor Verzweiflung. „Ihr seid wohl verrückt geworden, euch hier zu verbrüdern. Das geht nicht! Diese Diktatur über das Rudel muss doch ein Ende haben!“

Es ging so schnell, dass Joana nicht einmal ein Warnschrei gelang. Tomte riss die Waffe hoch, als wollte er auf Demjan schießen. Elias ließ seinen Menschenkörper fallen. In Gestalt des Racheengels warf er sich Tomte entgegen, um ihm die Waffe abzunehmen. Im gleichen Moment jedoch schmiss Tomte die Pistole mit einem frustrierten Schrei auf den Boden. Auf der anderen Seite stieß Nicholas Demjan und das neben ihm stehende Püppchen zu Boden. Püppchens Waffe spie Rauch aus. Echos schossen hin und her.

Tomtes Waffe schlitterte über den Boden. Er wirbelte herum und schlug die Stirn an eine Wand, drang mit Fäusten auf das Gemäuer ein und ließ seine verlorene Hoffnung auf einen neuen Rudelführer am Stein aus. Nicholas und Demjan kamen auf die Beine und zogen Püppchen, deren Augen weit aufgerissen waren, in die Aufrechte.

Nur einer stand nicht auf. „Elias?“ Joana gelang nur ein Hauchen.

Wie in Zeitlupe drehte Nicholas den Kopf. Jemand rief etwas. Aber Joana hörte nur noch ihren eigenen Herzschlag. Erneut drohte ihre Welt dunkel zu werden und zum ersten Mal wünschte sie sich fast die Gnade einer Ohnmacht herbei. Stattdessen sah sie zu, wie Nicholas langsam an den am Boden liegenden Ilyan heran trat. Dieser lag auf einem grotesk verdrehten Flügel auf dem Rücken, den anderen zur Seite ausgestreckt. War da eine Bewegung? Joana blinzelte angestrengt. Sie wollte zu ihm, aber ihre Beine waren wie aus Eis.

Elias’ menschlicher Körper lag leer am Boden. Doch der Ilyan bewegte sich tatsächlich. Da war ein schwaches Zucken seiner Hände.

„Sie hat ihn getroffen“, hörte Joana jemanden sagen, vielleicht war sie es selbst. Es musste ein Querschläger aus Püppchens Waffe gewesen sein. Aber das war doch nicht möglich! Sie verstand nicht, wie eine einzige Kugel ihn niederstrecken konnte. Er war unsterblich!

Nicholas kniete bei dem Ilyan nieder, hob dessen Kopf behutsam in seinen Schoß. Und dann sah sie das Blut, welches aus der Augenhöhle der glänzenden Maske quoll, dem einzigen wunden Punkt, den der Racheengel hatte. Sie hörte ein Krächzen aus seiner Kehle. Verzweifelter Versuch, etwas zu sagen, oder nur Atemreflexe? Nicholas senkte den Kopf und lehnte seine Stirn mit geschlossenen Augen an die seines Freundes. Seine Haare wurden zu einem Schleier, der die beiden vom Rest der Welt abgrenzte.

„Ist gut", murmelte er kaum verständlich und das Krächzen verstummte. Nicholas' Stimme zitterte auf eine Art, die Joana nie an ihm erlebt hatte. „Ganz ruhig, Eli. Alles ist gut."

Joana registrierte Bewegungen aufseiten der Füchse, sie sah Tomte konsterniert auf die am Boden liegende Pistole starren. Bevor er sie ergreifen konnte, schwankte sie vor, riss die Waffe an sich und presste sie an ihre Brust, während sie neben Nicholas und Elias auf die Knie ging. Sie berührte Nicholas' Schulter, versuchte einen Blick auf sein Gesicht zu erhaschen, irgendwo eine Antwort zu finden, auf die entscheidende Frage.

Kannst du ihn retten?

Als hätte er sie gehört, schüttelte er den Kopf, die Lippen immer noch an der Stirn des Ilyan.

Er flüsterte: „Es ist zu spät."

Elias bäumte sich auf, als wäre er nicht bereit, es hinzunehmen. Das aus der Augenöffnung rinnende Blut wurde urplötzlich schwarz.

„Hör auf", sagte Nicholas ruhig, strich ihm durch die Haare, über den Nacken und dann über einen der bebenden Flügel. Die Federn bewegten sich lebendig unter seinen Händen. Es war so still, dass Joana das seidige Geräusch hören konnte, das die Berührung verursachte. „Hör auf, Eli“, wiederholte Nicholas leise. „Gib auf, es ist vorbei. Du hast alles richtig gemacht. Es ist gut.“

Dann ein absterbendes Stöhnen. Ein Schwall schaumiges Blut quoll über das ewige Lächeln der Maske, und jemand, Nicholas oder sie selbst, schluchzte kehlig. Joana berührte Elias’ Unterarm, der kalt und unbeweglich dalag, sein Handgelenk, und suchte nach einem Puls. Sie fand nichts mehr.

Ob Sekunden vergangen waren oder Minuten konnte sie nicht sagen, als Nicholas die Stimme hob und zu ihr sprach. Sie verstand ihn kaum, er musste sich wiederholen.

„Wir müssen ihn gehen lassen, Jo. Wir müssen von ihm weg.“

Ungeachtet seiner Worte hielt er seinen Freund noch immer im Arm. Joana fröstelte heftig. Sie glaubte, im Augenwinkel etwas in der Luft flimmern zu sehen. Eine Gestalt? Als sie genauer hinsah, war da nichts zu erkennen. Vermutlich hatte sie sich geirrt. Der Schock ließ alles unwirklich erscheinen. Nichts davon war wirklich geschehen. Oder?

Sie zog Nicholas an der Schulter zurück und er legte Elias’ Leichnam ebenso behutsam wie widerwillig auf den Boden, stand auf und half ihr auf die Füße. Wortlos hob er eine Feder auf, die der Engel verloren hatte, schloss die Faust darum, ohne auch nur eine Faser zu knicken. Seine Arme zitterten, als er sie an seine Brust zog, sodass sie mit dem Rücken zu dem toten Dämon stand, Nicholas ihn aber über ihre Schulter ansehen konnte.

„Er glaubte, ich würde ihn beschützen können.“ Nicholas sprach so leise in ihr Haar, dass nur Joana ihn hören konnte. „Ich wusste immer, dass das schiefgehen würde. Darum wollte ich ihn nicht. Deshalb habe ich ihn seine ganze Existenz lang zurückgewiesen. Ich wollte ihn nicht sterben sehen. Ich wollte ihn nicht enttäuschen.“

Es gelang ihr nicht, etwas zu erwidern, sie presste das Gesicht in den blutbesudelten Stoff über seiner Brust und versuchte zu weinen, aber da kam einfach nichts.

Sein ganzer Körper verhärtete sich plötzlich und er stöhnte unterdrückt auf. „Aber ich kann ihn immer noch rächen. Das würde ihm gefallen, meinst du nicht? Doch, ich glaube, das würde ihm gefallen.“

Joana erstarrte. Nicholas schob sie von sich und trat an Elias menschlichen Leichnam heran. Schaudernd registrierte sie, dass der dämonische Leib verschwunden war. Einfach fort. Dort, wo soeben noch der wunderschöne Racheengel gelegen hatte, war nichts zurückgeblieben außer einer Spur Asche. Auch in Nicholas' Handfläche war Asche, und verbrannte Haut zeichnete die Umrisse der Feder nach, die er festzuhalten versucht hatte.

Er kniete neben Elias' menschlichem Körper nieder und schloss dessen halb geöffneten Augen. Dann wischte er sich mit dem Handrücken über die Nase, zog seine Pistole und schoss Elias mitten in die Brust.

Joana schrie vor Schreck auf. In Demjan und seine Füchse kam Bewegung. Waffen wurden erneut gezogen, Gemurmel erhob sich. Ungeachtet all dessen stieß Nicholas zwei Finger in die Schusswunde und zog sich mit Elias' Blut eine Zwillingslinie quer über Stirn, ein Auge und die Wange. Ein Ritual, das er auch mit Alexanders Körper nach seinem Sieg über ihn vollführt hatte. Nun begriff Joana, dass es kein Zeichen der Schmäh war, wie er damals behauptet hatte. Es war ein anderes Symbol, das Blut des Gefallenen mit sich zu nehmen. Ein Zeichen dafür, dass man sich erinnerte, im Guten oder im Schlechten.

Ohne zu zögern, kniete auch Joana nieder und machte es ihm nach. Das Blut fühlte sich seltsam auf ihrer Haut an. Seltsam, weil es ihr gut und richtig erschien, so befremdlich dieses Ritual auch sein mochte.

In Nicholas' Gesicht wirkten die Zeichen wie eine grimmige Kriegsbemalung, und passend zu dieser legte er nun den Ausdruck von Trauer ab. Er fuhr sich über die Augen und wischte ihn einfach fort. Seine Züge wurden entschlossen.

Doch er stand nicht auf, stattdessen ließ er den Kopf auf die Brust des Toten sinken. Im gleichen Moment wallte eisige Kälte durch den Raum und der Nybbas erhob sich aus Nicholas' Körper.

Joana wich vor ihm zurück, als er sich materialisierte. Immer noch erfüllte sie es mit Entsetzen, das Monster unvermittelt zu sehen, und sie schämte sich dafür. Das Mädchen, aus dessen Waffe der tödliche Schuss gefallen war, kreischte panisch. Sie presste sich in den hintersten Winkel, das Gesicht verzerrt, die Waffe erhoben, und hörte nicht auf, hysterisch um ihr Leben zu flehen. Der Nybbas trat gemächlich auf sie zu.

„Nein!" Joanas Schrei gellte durch den Raum. „Nicholas, nicht! Das nützt ihm nichts mehr. Sind heute nicht genug gestorben?"

Er durfte diesem Mädchen nichts antun. In mechanischen Bewegungen, zu denen sie sich nicht bewusst entschloss, hob sie die Hände, ließ die Pistole fallen und bereitete sich auf die Cisto-Glyphe vor, mit der sie ihn zur Bewegungslosigkeit zwingen konnte.

„Ich tu es!“, brüllte sie. „Hör auf! Ich banne dich, wenn ich muss!“

Er drehte sich nicht zu ihr um, er hob nur die Arme, die Handflächen nach oben. Joana wusste nicht, was die Geste bedeutete. Ich vertraue dir? Oder: Tu, was du tun musst?

Sie wusste nicht, was sie tun musste. Alles, was hier geschehen war, war falsch. Egal was sie tun oder nicht tun würde, es lief unweigerlich auf einen erneuten Fehler hinaus. Es gab nur noch Fehler.

Joana ließ die Hände sinken.

Doch zu ihrer Überraschung trat der Nybbas auf Demjan zu und neigte vor ihm den Kopf. Es schien, als spräche er still zu dem anderen Dämon, und dieser lächelte, wenn auch bitter.

Erleichterung überkam sie. Es war kein Angriff, sondern ein Symbol. Sie hätte es als ein Zeichen von Vertrauen benannt, wenn das Wort nicht so deplatziert zwischen all den Toten stünde.

Allerdings überstand ihre Erleichterung nur wenige Sekunden. Denn das weiße Rauschen kehrte in Joanas Kopf zurück. Lag es daran, dass sie versucht hatte, ihren Geist zu klären, um notfalls den Bann sprechen zu können? Blitzartig überkam sie die Erkenntnis, dass dieser Zustand sie vermutlich angreifbarer machte. Doch es war zu spät, das Rauschen legte sich bereits über ihr Bewusstsein. Sie mühte sich damit ab, den anderen eine Warnung zuzurufen, doch schon schien sich alles zu drehen. Sie kippte auf die Knie. Plötzlich spürte sie Stein, über den ihre Fingernägel kratzten, dann den Griff der Pistole wieder in der Hand. Kaltes Metall. Sie sah, wie sie zielte. Auf eine dunkle Silhouette. Vor ihr drehten sich Demjan und Nicholas zu ihr um. Ihre Hand zitterte. Und dann versank ihre Welt im Strudel einer Illusion, in der sie nicht mehr länger sie selbst war.

25

Der Nybbas fauchte, als ein Schuss ihn streifte. Jeder Instinkt brüllte danach, den Angreifer in Fetzen zu reißen. Er brauchte seine ganze Kraft, um sich bewusst zu machen, dass die Angreiferin Joana war, seine Joana. Und noch mehr Kraft, um sich zu überzeugen, dass er ihr nichts antun durfte. Sie war zu einer Marionette der Specülara geworden, und die Fäden waren seine eigenen Fähigkeiten der Manipulation, die die Dämonin über sein Blut in sich aufgenommen hatte.

Mit einem Sprung war er bei ihr, presste sie mit den Unterarmen gegen seine Brust, um sie mit den Klauen nicht zu verletzen, ihr aber auch keinen zweiten Schuss zu ermöglichen. Sie kämpfte, es war anzunehmen, dass sie in ihm jemand anderen sah. Schrie ihre Zauberformeln. Schlug nach ihm. Sie biss in seine Schulter, bis Blut hervortrat. In seinen Armen tobte ein Feuerwerk an wilden, frei gelassenen Emotionen. Und er war hungrig. Ihr Geschmack war überall, umwarb ihn und reizte seine Gier auf unerträgliche Weise.

Er hörte sie röcheln und bemerkte zu spät, dass er sie viel zu brutal an sich drückte. Doch sie gab nicht auf, und ihm kam nur eine Idee, sie ruhigzustellen, ohne ihr zu schaden. Für den Bruchteil einer Sekunde wurde er zu Schatten. Es gelang ihr, die Arme zu heben und ihre Glyphe in die Luft zu zeichnen. Doch ehe sie sie vollenden und ihn bannen konnte, hatte die Berührung seines Astralkörpers ihr bereits das Bewusstsein entzogen. Warum sie durch seinen Schattenleib ohnmächtig wurde, verstand er nicht. Es war nicht typisch für Clerica, und doch war ihm diese

Schwäche nicht gänzlich unvertraut. Es gelang ihm nicht, sich rasch genug wieder zu materialisieren, um sie aufzufangen. Sie fiel zu Boden wie eine weggeworfene Hülle, aber es blieb keine Zeit, sich um sie zu kümmern. Demjan Choskeih hatte seinen menschlichen Körper bereits verlassen und alle Füchse fortgeschickt. Als Koshchei wartete er in Gestalt einer fünf Meter langen, von Stacheln bedeckten Schlange auf ihn. Sie mussten die Speculara finden, um Joana aus ihrem Bann zu befreien. Gemeinsam würden sie jagen. Sie hatten sich zu lange aufhalten lassen.

Fessel Joana!, wies der Nybbas Tomte mental an, dann wurde er erneut zu Schatten und jagte an der Seite des Koshchei der fliehenden Dämonin nach.

~*~

Tomte konnte nicht glauben, dass er recht verstanden hatte. Er sollte Joana fesseln? Aus den Gängen drangen Klagelaute, die ihn ablenkten. Überall winselten Füchse oder weinten Menschen um die getöteten Freunde.

Er selbst hockte im Salon und kämpfte gegen den Drang, sich die Ohren zuzuhalten. Sein Blick ruhte auf den antiken Möbeln der Sitzecke, in der Demjan es sich gerne gemütlich machte. Selbst eine Karaffe Wein und mehrere Kristallgläser standen bereit.

Tomtes Welt, die sich darum gedreht hatte, sein Volk aus Demjans eiserner Faust zu befreien, stand still. Alles war aus den Fugen geraten und hing nun schief. Als Nicholas und Demjan ineinander Verbündete gegen die Speculara fanden, hatte Tomte alle Hoffnung verloren.

Er würde das Erbe seines Vaters nicht zurückerlangen; niemals seinen rechtmäßigen Platz im Rudel einnehmen. Demjan würde weiterhin Wein trinken und die Füchse befehligen. Alle Regeln, die aus Tomtes Leben eine unwürdige Existenz machten, würden weiterhin bestehen. Hella blieb unerreichbar.

Er hatte versagt.

Sein Leben lang hatte er gestohlen, was er haben wollte, doch nun, als er sich zum ersten Mal etwas aus tiefstem Herzen ersehnte, blieb es ihm verwehrt. Wie ungerecht das war!

Ein Scharren von Metall auf Stein ließ ihn innehalten. Er drehte sich um und bemerkte, wie Joana nach der Waffe tastete. Der Gedanke, sie würde sich im Bann der Speculara auf den menschlichen Körper von Demjan stürzen, gefiel ihm. Vielleicht würde sie auch ihn angreifen. In dem Fall sollte es wohl so sein. In einem plötzlichen Anfall von Fatalismus wandte er sich ab und drehte ihr den Rücken zu. Seine Gedanken waren bei Hella. Womöglich, nein, ganz bestimmt war sie ohne ihn besser dran. Sie würde jemanden heiraten, der ihr geben konnte, was sie brauchte. Glücklich werden. Kinder bekommen, mit denen sie durch die isländischen Nächte streifen konnte, um sie zu unterrichten.

Er betrachtete eine gerahmte Fotografie an der Wand, die bunte Nordlichter in tiefster Nacht zeigte. Vielleicht war draußen inzwischen eine ebensolche Nacht. Dort, wo das Bild schwarz war, spiegelten sich nun schemenhaft Joanas Umrisse. Tomte sah die Waffe, wie der Lauf ein Ziel anvisierte.

Jäh entriss das Bild ihm all sein Selbstmitleid. Er wirbelte herum, warf sich mit einem Hechtsprung auf die Frau, die ihm eine Freundin gewesen war, und verhinderte in letzter Sekunde, dass sie sich in den

Kopf schoss.

Fessle sie!, echote Nicholas' Stimme durch seinen Kopf, während Joana schrie und um sich schlug.

Verdammt, er war ein solcher Idiot! Warum konnte er nicht ein einziges Mal eine Anweisung befolgen, ohne sie infrage zu stellen? Joana wehrte sich nach Leibeskräften und versuchte, sich aus seinem Griff zu befreien. Immer noch stand sie unter fremdem Befehl. Tomte konnte ihr die Waffe abnehmen, fing sich jedoch mehrere Faustschläge ein, bis es ihm gelang, der tobenden Frau die Arme auf den Rücken zu drehen. Sein Kiefer pochte ihm bis in die Ohren. Heiliger Strohsack, wie konnte eine weiche Menschenfrau so hart zuschlagen? Aus vollem Hals brüllte er um Hilfe. Zwei seiner Artgenossen eilten herbei, hielten Joana fest, während er Kabelbinder aus der Tasche zog und ihr die Hände auf dem Rücken fixierte.

Erschöpft sackte er neben ihr nieder. Er fürchtete sich vor dem Moment, an dem sie wieder klar denken konnte und nach einer Erklärung verlangen würde. Als sie schließlich ohnmächtig zusammenbrach, entschied er, dass es dazu nicht kommen sollte, und verschwand.

~*~

Der Nybbas und der Koshchei fanden Rut in ihrem Versteck. Tot. Die Speculara hatte sie achtlos zwischen verkrüppelten Dornengewächsen liegen gelassen. Es hatte ihr nicht ausgereicht, die Frau zu töten, sie hatte ihr die Kehle buchstäblich herausgerissen. Die weit aufgerissenen Augen der Clerica offenbarten den Horror ihrer letzten Sekunden. Der Nybbas hatte es vermutet. Die Speculara hatte ihrer jahrelangen

Gefährtin die Zuneigung nur vorgespielt. Geduldig hatte sie den perfekten Zeitpunkt abgewartet, um sich diese einseitige Freundschaft irgendwann zunutze zu machen. Von dem Moment an war die alte Frau für die Dämonin nur noch Schlachtvieh gewesen.

Beide Dämonen blieben in Schattengestalt, um durch das Blut, das immer noch aus dem zerfetzten Hals der alten Frau tröpfelte, nicht in Versuchung geführt zu werden. Die Dämonenkörper hungerte es immerzu nach Fleisch und Blut. Instinkte waren stärker als Prinzipien.

Zaghaft berührte der Nybbas die Stirn der Clerica zum Abschied mit einer Schattenkralle. Das menschliche Flackern in ihm hätte gerne ihre Augen geschlossen, oder ihren Mund, der zu einem stummen Schrei verzerrt war; wollte die Illusion von ein wenig Frieden für diese Frau schaffen, die seinen Respekt verdient hatte. Doch die Wahrheit war nicht manipulierbar. Nicht einmal für ihn. Das blassrote Haar der Frau bewegte sich wie vom Wind berührt, als er darüberstrich.

„Bevor ich das Rudel an mich nahm“, erklärte der Koshchei mit seiner fauchenden Stimme, „gab es oftmals Angriffe auf Skröggandi. Man fand ihre Leichen ausgeblutet, oft zerfetzt. Aus diesem Grund verloren die Füchse das Vertrauen in ihre damaligen Anführer. Irgendwann erwischte es dann auch Svalan, das Oberhaupt der größten Familie, und ich bot ihnen an, die Rotten unter meiner Leitung zu einem großen Rudel zu vereinen. Wir schufen Sicherheitsmaßnahmen und die Angriffe hörten auf. Ich glaubte, das Wesen, das nach dem Blut der Füchse trachtete, sei weitergezogen und hätte Island verlassen. Stattdessen nistete sie sich gemütlich ein und wartete auf den

Moment, mich von hinten zu erwischen." Er lachte, ein scheppperndes, humorloses Geräusch. „Sie ist nicht einmal selbst gekommen, sondern hat dich und deine Frau gegen mich ausgespielt."

Sie muss alt sein, erwiderte der Nybbas. *Sehr alt, wenn sie über zwei Jahrzehnte ausharrt, ohne die Geduld zu verlieren.*

„Zu alt, oder was denkst du, mein Freund?"

Bei Weitem alt genug, um heute Nacht zu sterben.

Der Koshchei öffnete das bärenfallengroße Maul und züngelte. Ein Laut, als glitten kleine Kiesel über eine metallene Fläche. Er kostete die Luft mit seiner gespaltenen Zunge.

„Folge mir. Ich habe ihre Fährte."

Der Vorteil der Jäger bestand darin, dass die Speculara ihren menschlichen Leib nicht verlassen konnte, ohne sogleich zwischen die giftigen mentalen Fänge des Koshcheis zu geraten. Sie folgten ihrer Spur durch die Nacht und hörten bald das Grollen des Motorrads, auf dem sie floh. Wenig später kesselten sie sie ein und materialisierten ihre Körper.

Die Dämonin versuchte gar nicht erst zu entkommen, sondern legte das Motorrad auf die Seite und verschränkte abwartend die Finger. Ihre Miene war zugleich furchtsam und bitter, als sie zwischen ihren Jägern hin- und herblickte. Ihren Plänen nach hätte einer den anderen töten sollen. Den Überlebenden hätte sie durch Joana in Schach halten können und für den Fall, dass der Nybbas überlebte, an den Luzifer ausgeliefert. Zumindest vermutete dies der Nybbas. Ob er richtig lag, würde sie ihm nicht sagen können. Ihre Enttäuschung über den misslungenen Plan war so gewaltig, dass er das Gefühl säuerlich in der Luft schmecken konnte. Ein an Katzenurin erinnernder Geruch, der ihm die Nase brennen ließ.

Es war anzunehmen, dass sie sich eine Belohnung vom Luzifer versprach. Vielleicht erwartete sie, in dessen Gefolgschaft heimkehren zu dürfen, oder ihre Stimme zurückzuerhalten.

Daraus würde nichts werden.

Langsam trat er auf sie zu, bereit, ihre Existenz zu beenden. Ihr hilflos anmutender Menschenkörper hätte ihn nicht aufgehalten, ebenso wenig ihr gebrochener Blick. Was diese Dämonin ihm angetan hatte, war genug, um seine Rachegelüste über alles andere zu erheben. Joanas Anfälle standen ihm vor Augen. Die Folgen derer. Und Elias, dem das Leben schwarz aus dem Auge sickerte.

Doch der Koshchei hielt ihn mit einem einzigen Wort zurück.

„Warte."

Die Specülara kniff die Augen zusammen, legte den Kopf schief.

„Sie soll ihre faire Chance bekommen", zischte der Schlangendämon.

Der Nybbas hätte gelacht, wenn es ihm möglich gewesen wäre. *Für sie gibt es keine Chance.*

Ungerührt fuhr der andere fort. „Ich halte an den Regeln meines Schöpfers fest, das musste ich ihm schwören. Du wirst deinen wahren Leib annehmen, Speculara, und du wirst gegen mich kämpfen. Ich werde meine Macht nicht einsetzen. Alles was ich will, ist ein fairer Kampf."

Es kam für den Nybbas überhaupt nicht infrage, zuzusehen, wie dieses Miststück bezwungen wurde. Das war seine Aufgabe. Ganz allein seine!

Ich werde gegen sie kämpfen!

Zu seinem Erstaunen nickte sie und ein wenig Hoffnung würzte die Luft. Erwartete sie, ihn schlagen zu können? Nun, vermutlich eher als das gewaltige Schlangenwesen, welches die andere Option darstellte. Dieses glitt ein Stück zurück und senkte in einer gönnerhaften Geste den Kopf. Für einen Augenblick glaubte der Nybbas, an dem Koshchei etwas zu spüren, das ihm missfiel. Eine gewisse Neugierde, wer hier die Oberhand behielt. Als ob er ihm nicht zutraute, die Specülara zu schlagen, was ihn jedoch nicht beunruhigte. Natürlich nicht. Er könnte sie auch danach in seine Gewalt bringen. Und war den Nybbas damit auf überaus elegante Art losgeworden.

Diese chimärische Schlange beobachtete, ließ andere für sich die Risiken eingehen und nutzte die Situationen, wie sie sich ergaben, um Vorteile herauszufiltern. Es war kein Wunder, dass Choskeih es als Industrieeller zu Reichtum gebracht hatte.

Doch es blieb keine Zeit, sich Gedanken zu machen. Die Speculara legte ihren menschlichen Körper mit äußerster Vorsicht auf dem felsigen Boden ab. Sie bettete ihr Messer auf ihrem Bauch, kreuzte die Hände auf der Brust und löste sich von ihrem Menschenleib. Gespannt musterte der Nybbas ihr wahres Aussehen. Sie besaß kaum Umrisse, wirkte wie die Kontur von Wasser, das aus großer Höhe in die Tiefe stürzte. Durch ein paar wellenartige Bewegungen schälte sie Arme aus ihrem Leib hervor. Lange, schmale Hände. Doch ein Gesicht hatte sie nicht, weder Mund noch Augen. Sie griff nach dem Messer, ließ es aufschnappen und in den Klauen kreiseln. Dann hob sie die Arme provokant an, ein Zeichen für: „Ich warte."

Sie wartete schon viel zu lange.

Der Nybbas griff sofort an. Sie wich in fließenden Bewegungen aus, seine Klauen verpassten sie immer nur um Haaresbreite. Dafür erwischte ihr Messer ihn, streifte seine Wange. Er fauchte. Und erkannte im gleichen Moment seine eigene Schwäche. Die Wut war zu groß, machte ihn kopflos. Wut darüber, dass sie ihn an der Nase herumgeführt und als Waffe hatte einsetzen wollen. Wut, weil sie ihn und Joana benutzt hatte. Er wich einem ihrer Vorstöße aus und traf sie mit der Faust an die Stelle, wo bei einem menschlichen Wesen die Rippen gewesen wären. Ihr Leib war eisig, ließ seine Hand von der Berührung brennen.

Mit tiefen Atemzügen versuchte er, sich zu beruhigen. Er musste aufhören, blindlings auf sie einzudreschen, sondern endlich überlegt kämpfen, wenn er siegen wollte.

Die Schmach ließ sich niederringen. Nicht aber der Zorn, den Elias' Tod wachgerufen hatte.

Verdammt, Elias!

Erneut stieß er mit einem markerschütternden Schrei vor, schlug auf sie ein, ignorierte die Treffer, die sie landete. Ein peitschender Schlag mit dem Handrücken fegte ihr das Messer aus der Faust. Sein Kopf schnellte vor und seine Zähne gruben sich in etwas, das man Schulter hätte nennen können. Ihre Hände schlossen sich um seinen Hals. Sie war so kalt, dass glühender Schmerz in seinen Kopf stieg. Schmerz, dessen Druck ihn fürchten ließ, die Schädelknochen würden ihm bersten. Ihr Blut schmeckte nach Wasser und brannte doch wie Säure und vereiste seinen Atem.

Plötzlich wand sie sich in seinem Griff und im nächsten Moment – es zog ihm beinahe den Boden unter den Füßen weg – lagen allzu vertraute Frauenhände um seinen Hals und er verbiss sich in einer milchkaffeebraunen, nackten Schulter. Joana! Mit einem Keuchen stieß er sich zurück und verfluchte sich im gleichen Moment für seinen Fehler. Die Specular hatte die Fähigkeit, eine andere Gestalt zu spiegeln – natürlich. Dennoch war es ihm nicht möglich, anzugreifen, während sie ihn aus Joanas verschreckten, großen Augen ansah, und die Hände nach ihm ausstreckte, als brauchte sie Schutz.

Reiz mich ruhig weiter! Mach mich richtig wütend und verspiel das letzte bisschen Hoffnung auf die Gnade eines schnellen Todes.

Diesmal stieß sie vor, er wich in einer Drehung aus. Joanas Gestalt begann zu verwässern. Offenbar konnte sie das fremde Aussehen ohne Blut nur kurzzeitig halten, es floss ihr regelrecht davon. Na bestens, dann konnte er sie ja doch noch vermöbeln, bevor es wieder hell wurde.

Er griff unvermittelt an, sobald er nicht mehr in Joanas Augen sehen musste, und überraschte sie. Ihre Hände packten erneut in Richtung seiner Kehle, doch er fing sie ab und hielt sie an den Unterarmen. Seine Zähne zielten auf ihre Gurgel, doch es gelang ihr, sich seitlich wegzudrehen und wieder erwischte er ihre angeschlagene Schulter. Sie blieb stumm, doch er spürte, wie der Schmerz sie durchfuhr. Es war so deutlich, als hätte sie laut aufgeschrien. Ihr Körper zuckte, bäumte sich auf. Erwartungsvolle Euphorie kribbelte in seinen Venen, er hatte so gut wie gewonn…

Sie wechselte erneut die Gestalt. Für einen Sekundenbruchteil sah sie aus wie Elias und versetzte ihm damit einen weiteren herben Schlag in sein Inneres. Er zwang sich zu widerstehen. Da veränderte sich ihr

Aussehen wieder.

Der Nybbas hätte gern gelacht, als er seinen eigenen menschlichen Körper zwischen den Zähnen hatte. Wenn sie glaubte, dass sie ihn durch seine Eitelkeit schlagen konnte, lag sie falsch. Er drehte ihr einen Arm um. Es knirschte, als Knochen brachen und er ließ los, um ihre Kehle zu fassen. Interessant, wie verletzlich sich sein eigener Leib anfühlte. Die Haut war so weich, die Knochen fragil. Ein Ruck und …

Der Gedanke verschwamm.

Die Wut verließ ihn.

Der Nybbas löste die Zähne aus dem gegnerischen Körper und schüttelte verwirrt den Kopf. Er wollte nicht kämpfen. Warum auch? Jedes Bedürfnis danach war verschwunden.

Was zur Hölle ging hier vor?

Ihre Hände, die aussahen als seien es seine, verließen seinen Hals. Sie strich seine verletzte Wange hoch, bis zwei Finger über seinem linken Lid lagen. Er wusste, was sie vorhatte. Sie wollte durch das Auge hindurch in sein Hirn stechen. Das Gehirn war empfindlich, da hatten Dämonen den Menschen nichts voraus. Es ängstigte ihn nicht, es ärgerte ihn nicht einmal. Es war ihm egal. Sie indes amüsierte sich über seine Kapitulation. Er spürte ihre höhnische Freude, mit der sie den Moment hinauszögerte. Es war alles, was er fühlte.

Und endlich begriff er. Sie spiegelte seinen eigenen Hunger nach Gefühlen. Dämonische Gefühle taugten nicht, um sich daran zu nähren, aber der Nybbas konnte sie durchaus stehlen, wenn der Gegner ihn nicht daran hinderte. Genau das hatte sie getan. Gegen seine eigene Kraft war er machtlos. Er war erneut in ihre Falle gegangen. Sie hatte ihm alle Emotionen gestohlen und gleichgültige Leere zurückgelassen.

Wirklich alle Emotionen? Sein Verstand arbeitete auf Hochtouren. Kühl und berechnend, ungestört von Gefühlen. Er durchwühlte sein leergefressenes Inneres nach etwas, das sie übersehen hatte. Da musste noch etwas sein, sonst empfände er schließlich auch nicht den Drang, es zu finden.

Joana.

Er lächelte innerlich. Seine Liebe zu ihr hatte sie nicht genommen. Vermutlich, weil sie darin keine Gefahr sah. Ein böser Fehler, denn er wollte Joana um jeden Preis der Welt wiedersehen, was sich als schwierig erweisen würde, ließe er zu, dass sie sein Hirn auf zwei Finger spießte.

Indiskutabel.

Langsam legte er beide Handflächen aneinander, holte Atem und stieß ihr die Hände mit den Klauen voran tief in die Brust. Ihr Herz war durchbohrt, noch bevor sie den unerwarteten Angriff registrierte. Mit einem Krümmen seiner Finger schnitt er es entzwei. Das Blut sprudelte um seine Klauen, als hätte er glühendes Eisen durch kaltes Wasser gezogen. Ihr Körper wurde schlaff, sackte zusammen und rutschte zu Boden, als er die Arme senkte. Dort zerschellte sie zu Abermillionen winziger, spiegelnder Tropfen. In jedem davon konnte er sich selbst erkennen.

War da ein bewunderndes Lachen in der Luft, als ihre Überreste in einer silbrigen Schwade verdampften?

Selbst wenn. Es war gleichgültig.

Der Nybbas drehte sich zum Koshchei um, der den Kampf still verfolgt hatte. Er betrachtete ihn aus skeptischen Augen, die schlitzartigen Pupillen schmal trotz der Dunkelheit. Für eine Weile erschien es, als überdachte er, wie seine Chancen standen, den Nybbas zu töten, und ob ihm dies einen Vorteil bringen würde. Dann stieß er ein Seufzen aus, das mehr Fragen aufwarf, als es beantwortete. Auch das blieb dem Nybbas egal.

„Komm, mein Freund", sagte der Koshchei. „Gehen wir heim."

26

Er fand Joana allein in Demjans Privatzimmer, sah man von den beiden leeren Körpern ab. Die Füchse hatten offenbar bereits aufgeräumt. Auf dem Hinterteil wich sie zurück in eine Ecke des Raumes, als die Dämonen hineinflogen. Ihre weit aufgerissenen Augen verfolgten den Schemen des Koshcheis, bis dieser mit einem Stöhnen wieder in seinen Menschenkörper gefahren war. Auf die Möbel gestützt, kam er auf die Beine.

„Wir haben es geschafft.“ Seine Stimme klang angeschlagen.

„Gott sei Dank!“, stieß Joana hervor, was Denjam zum Schmunzeln brachte.

Auch der Nybbas strebte auf seinen Leib zu, doch er verharrte, als sie ein zaghaftes „Warte“ rief. „Warte. Ich möchte dich ansehen.“

Er verstand und wurde erneut zu Fleisch und Blut. Dass Demjan den Raum verließ, spürte er mehr, als dass er es sah, denn sein Blick gab sie nicht mehr frei. Wie ein Raubtier, schwer und doch lautlos, schlich er näher, wissend, dass er auch wie ein Jäger aussah. Erst dicht vor ihr blieb er stehen. So dicht, dass er das Blut in ihren Adern roch. Er hätte den Atem vor dieser Versuchung verschließen sollen. Stattdessen sog er die Luft nur gieriger ein.

„Mach mich los.“

Sie drehte ihm vertrauensvoll den Rücken zu und blickte ihn über die Schulter an. Ein schmales blaues Plastikband schnitt in die zarte Haut ihrer Gelenke. So behutsam wie möglich schob er eine Klaue dazwischen und zertrennte ihre Fesseln. Eine kleine Schürfwunde zog seinen Blick auf sich. Es gierte ihn danach, darüberzulecken. Nein, nicht in diesem Körper! Er wusste, dass es ihn dann überwältigen würde. Joana würde erst einen Tropfen Blut verlieren, dann ihren Arm und letztlich ihr Leben. Sie ahnte nichts von diesen Trieben, die sie nie verstehen würde. Nein, sie seufzte nur leise, während sie sich umdrehte und ihre Handgelenke rieb. Das Bild schien mit zärtlichen Fingern nach einer seiner Erinnerungen zu tasten, aber er fand sie nicht und gab das Sinnieren auf.

Sie bemerkte die hastigen Blicke, die er seinem Menschenkörper zuwarf, und beruhigte ihn: „Nur ein paar Minuten. Ich möchte dich so gern einmal in Ruhe ansehen."

Das hast du schon getan. Er wusste nicht, ob sie seine Stimme hören konnte, doch die Frage ließ bereits wieder eine kleine Welle aus Interesse anrollen. Erste zurückkommende Emotionen. Vermutlich heilten auch seelische Wunden bei einem Dämon schneller.

„Ich weiß", sagte Joana, es klang, als würde sie belanglos plaudern, „dass ich dich schon einmal ansehen durfte. Aber da warst du halb tot und ich vollkommen hysterisch. Darf ich?"

Sie hob die Hand. Statt einer Antwort machte er einen Schritt nach vorne. Sie wich das gleiche Maß zurück, doch streckte den Arm, sodass ihre Hand auf seiner Brust zum Liegen kam.

„Wie warmer Stein." Sie wisperte, als spräche sie nur zu sich selbst und fuhr Millimeter für Millimeter über seine Muskeln. „Hart, aber irgendwie samtig. Und dein Herz schlägt langsam und so stark, dass ich es bis in den Magen spüre. Wie ein lauter, ruhiger Bass."

Mein Herz rast gerade. Das tat es wahrhaftig. Aus Liebe zu ihr. Aus Verlangen, sie im nächsten Moment in

Stücke zu reißen. Und weil beides mit jedem Herzschlag anzuwachsen schien. Ah, er spielte so gern. Aber dies hier war kein gutes Spiel. Verdammt gefährlich. Verflucht aufregend. Und er wollte ewig mit ihr spielen. Es weckte die Emotionen wieder auf, eine nach der anderen.

Ihre Hand glitt über seine Schulter, seinen Bizeps und den Unterarm. Ihr Blick wanderte tiefer. Bis hin zu dem ledernen Lendenschurz, der das Nötigste verdeckte … und der sich nun deutlich bewegte.

„Oh“, hauchte sie. „Das funktioniert also auch auf übliche Weise.“

Das Rauschen in seinem gesamten Körper, das die ‚üblichen‘ Reaktionen der Lust begleitete, hatte die Macht, jeden Rest von Verstand zunichtezumachen. Das Menschliche in ihm flackerte wie eine Flamme, dem sie den Sauerstoff nahm. Ihre Finger umschmeichelten nicht nur sein massiges Handgelenk, sondern gleichzeitig eine Katastrophe.

Es ist genug, Joana.

Sie schien ihre Hände fast widerwillig von ihm zu lösen, doch dann wandte sie sich ab und drehte ihm erneut den Rücken zu, wobei ihr Haar um ihre Schultern hüpfte wie der Köder vor dem Maul eines Fisches. Der kurze Anblick, den er Fänge bleckend bot, blieb ihr erspart, da sie sich nicht umsah. Er fuhr sich mit der Rückseite der Hand über die Stirn, als müsste er Schweiß fortwischen. Rasch, aber widerwillig flüchtete er sein überkochendes Gemüt in die fahle Kälte des Menschenkörpers, neben dem sie bereits kniete und auf ihren Geliebten wartete.

Er hatte kaum die Augen geöffnet, als sie ihre verengte und die Stirn runzelte. „Nicholas, geht es dir gut?“

Mehr als ein tattriges Nicken gelang ihm noch nicht. Sie zog seinen Kopf in ihren Schoß und kämmte mit den Fingern durch sein Haar.

„Du siehst verändert aus. Müde. Ausgelaugt."

„War ein … schwerer Kampf." In Wahrheit waren es zwei schwere Kämpfe gewesen.

Sie schluckte. „Erzähl mir davon."

„Ich bewundere dich", gab er atemlos als Antwort. Diese war lange nicht so zusammenhanglos, wie sie glauben musste. „Weil du es mit mir aushältst. Jo, ich habe eine Ahnung bekommen, was ich bin. Was ich dir angetan habe. Und was du zu lieben imstande bist. Himmel und Hölle können sich nicht vorstellen, was dir damit gelingt, denn möglich sein dürfte das nicht."

„Was ist denn nur passiert?" Ihr verwirrter Ausdruck nahm noch zu, und ließ ein paar winzige Fünkchen aus Amüsement in ihm aufglimmen.

„Nichts Schlimmes", sagte er. „Ich stand mir nur selbst gegenüber."

~*~

Der Friedhof, auf dem Demjan seine Toten beerdigt hatte, wirkte, als wäre er seit Dekaden vergessen. Das Dorf, zu dem er einst gehörte, bestand nur noch aus von Flechten überwachsenen Ruinen und überwucherten Straßen. Die Holzkreuze waren verfallen und die wenigen Grabmale aus Stein schienen unwirklich wie Nebelgeister.

Nicholas hatte Joana ihrem Wunsch folgend hergebracht, nachdem die Füchse gegangen waren. Groll stand nicht zwischen Demjan und ihm. Dafür vierzehn Tote. Elias mitgezählt, auch sein Körper war hier begraben worden, ebenso wie Ruts.

Ihr Tod schmerzte Joana, es gelang ihr nicht, darin etwas Positives zu sehen, wie Demjan gesagt hatte. Nun gut, Rut war schwer krank gewesen und hätte einen langen Leidensweg vor sich gehabt. Zu erfahren, dass die langjährige Freundin sie nur benutzt hatte, hätte der alten Frau das Herz gebrochen. Sie wäre nicht mehr darüber hinweggekommen.

Doch auf diese Weise zu sterben, von der getötet, die sie für ihre Tochter hielt – das hatte sie nicht verdient.

Ebenso wenig wie Hella die Einsamkeit verdient hatte, unter der sie litt, seit Tomte geflohen war. Joana blieb ein Hauch von Hoffnung, dass er sie irgendwann zu sich holen würde. Ohne ihn, dessen war sie sicher, würde Hella kein Glück finden. Käme er nicht zurück, würde Tomte schließlich auch nie erfahren, dass nicht Demjan seinen Vater getötet hatte, sondern die Speculara.

Doch die größte Schwere empfand sie bei dem Gedanken an Elias. Sein Tod war unnötig, so ungerecht. Sie erinnerte sich daran, was sie in einem von Ruts Büchern über die Racheengel gelesen hatte. Sie galten als schwach, aber risikofreudig, hieß es, und wurden meist nicht so alt wie andere Dämonen. Allerdings fielen sie selten im Kampf. Stattdessen schienen Unfälle sie magisch anzuziehen. Als schützte sie das Schicksal mit Vorliebe vor wahren Gefahren, nur um sie hinterrücks zu erdolchen, wenn niemand damit rechnete. Als rächte sich das Schicksal an denen, die aus Rachsucht entstanden. Auch Elias hatte diese Absätze gelesen und sich darüber lustig gemacht.

Joana ließ sich auf den Überresten der Friedhofsmauer nieder. Näher wollte sie nicht an die frischen Gräber heran. Nicholas stand dicht neben ihr und sie lehnte die Schulter gegen seine Hüfte. Aus dem Augenwinkel beobachtete sie, wie er die unsichtbaren Linien mit dem Finger nachfuhr, die er mit Elias' Blut gezeichnet hatte.

„Du spürst es noch, nicht wahr?"

„Ich werde es spüren, bis ich ihn vergessen habe."

„Sieh mal." Sie wies mit der Hand über den Friedhof. Eine einzige christlich anmutende Statue stand aufrecht zwischen den einfachen, gedrungenen Steinklötzen, und obwohl nur noch der Torso vorhanden war, Kopf, Arme und Flügel fehlten, ahnte Joana, dass es früher ein Engel gewesen sein musste. Sie schmiegte die Wange an Nicholas' Bauch und spürte ihn atmen, als würde es große Mühe bereiten. „Du wirst ihn nie vergessen."

„Glaubst du immer noch an Wiedergeburt?", fragte er leise. „Wenn nicht, dann sag es mir nicht. Ich kann nicht glauben, aber ich würde es gerne, und wenn du es für mich tätest …"

Sie fühlte sich zu erschöpft, um ihn mit einem Lächeln aufzumuntern, aber versuchte es trotzdem. „Wie könnte ich an meinem Glauben zweifeln, nachdem ich einen Engel gekannt habe."

„Du hast einen Engel sterben sehen", erwiderte Nicholas und fuhr sich in einer abgehackten Geste durch die Haare. „Als er starb … da fühlte ich nichts an ihm. Nichts, rein gar nichts. Es war schwarz in ihm. Absolute Finsternis. Vielleicht ist es ja das, was uns erwartet, wenn wir sterben. Vielleicht …"

„Nein." Joana schlang beide Arme um seine Taille und lehnte sich so weit von der Mauer, dass er sie festhalten musste. Was wiederum ihm Halt gab, das wusste sie. Sie steckte die Finger unter den Ärmel seiner Jacke und streichelte über seinen verbundenen

Unterarm. „Da ist mehr. Ich glaube es. Ich glaube es so fest, dass es für uns beide reicht.“

Er rieb sich über die Augen, bis seine Lider gerötet waren. „Es wäre einfacher, wenn du mir einreden würdest, er wäre fort. Ausradiert. Dann könnte ich einfach gehen. Ihn vergessen und mit ihm alles, was er von mir wollte. Aber wenn ein Teil von ihm noch existiert, geht das nicht. Dann bleiben noch Dinge, die ich klären muss.“

Eine Ahnung sagte ihr, dass er nicht allein von Elias sprach. Konnte es sein, dass die Toten blieben, solange sie noch nicht zufrieden waren, mit dem, was sie erreicht hatten? Doch daran wollte sie zu diesem Zeitpunkt nicht denken. Der Gedanke war falsch und entweihte den Moment. Statt einer Antwort verflocht sie ihre Finger mit seinen.

„Was denkst du, Jo. Ob wir in die USA fliegen und Annie suchen?“

Er hatte ihr von dem Mädchen erzählt, das Elias retten wollte. „Mit nichts in der Hand als einer Stadt und einem Vornamen?“

„Es könnten weniger Informationen sein. Dich fand ich ohne eine Stadt, ohne einen Namen und ohne zu wissen, dass ich dich suchte.“

„Das geht nicht.“ Sie flüsterte nur und wandte den Blick mit einer stillen Entschuldigung von der Engelsstatue ab. „Wir können sie doch nicht einfach entführen und von ihrer Familie wegreißen. Auch nicht, um sie zu beschützen.“

„Nicht einmal, wenn ich ihr ein Pony kaufe?“

Nicholas erwartete keine Antwort außer einem Lächeln, aber Joana gelang nur eine Grimasse.

Obwohl er nichts sagte, glaubte Joana fast zu hören, wie er Elias ein letztes Versprechen gab, signiert mit seinem eigenen Leben. Er würde dieses Mädchen für ihn befreien, koste es, was es wolle. Wenn sie nicht so müde gewesen wäre, hätte sie protestiert, doch in Wahrheit wusste sie, dass der Kampf gegen den Luzifer ohnehin nur eine Frage der Zeit war. Besser, Nicholas entschied den Zeitpunkt und trat ihm mit mehr Zielen als nur dem blanken Überleben entgegen.

„Wollen wir gehen?“, fragte er, als die ersten winzigen Schneeflocken vom Himmel taumelten.

Eine davon verfing sich in seinen Wimpern. Sie schmolz nicht.

„Noch nicht.“

Joana hatte nie verstanden, wo der Sinn darin lag, auf einem Begräbnis letzte Worte zu sagen. Sie hatte diese Sitte belächelt und gedacht, es würde ohnehin niemand richtig zuhören, waren doch alle zu beschäftigt mit weinen. Was niemandem mehr nützte. Doch nun, mit einem kurzen Blick in Nicholas’ kaltes Gesicht, begriff sie die Wichtigkeit von beidem.

„Es ist nicht dunkel“, sagte sie und sprach die ersten Worte, die ihr in den Sinn kamen. Eine Indianerweisheit, die sie in einem Buch gefunden hatte.

„Stehe nicht an meinem Grab und weine“, rezitierte sie frei aus der Erinnerung, bemühte sich um eine feste Stimme und scheiterte. Die ersten Tränen rannen, als hätten die Worte etwas in ihr geöffnet. Nicholas vergrub eine Hand in ihrem Haar, zog sie näher an sich und sie wusste, dass sie nicht nur für ihn glaubte, sondern auch für ihn weinte.

„Ich bin nicht dort. Ich schlafe nicht. Ich bin die tausend Winde, die wehen. Bin das Glitzern der Sonne im Schnee. Ich bin das Sternenlicht der Nacht. Weine nicht an meinem Grab. Ich schlafe nicht. Bin nicht vergessen. Ich bin nicht tot.“

27

In London war es nachts gut zehn Grad wärmer als in Island bei Tag und doch fror Joana entsetzlich auf der Rückbank des gestohlenen BMWs. Sie hatte eines der getönten Fenster zur Hälfte heruntergelassen und die Armbrustspitze auf der Scheibe aufgelegt. Durch das Zielfernrohr beobachtete sie den von Graffiti übersäten Backsteinbau, der abseits der Stadt einsam in einer Talsenke lag. Viel konnte sie im Mondlicht nicht erkennen, doch Bewegungen fielen ihr ins Auge. Immer wieder huschte ihr Blick zurück zu der Lücke, die Nicholas in den Z-Draht geschnitten hatte, ehe er hindurchgekrochen und in das Gebäude eingedrungen war. Er vertraute darauf, dass der Bauplan, den Elias besorgt hatte, fehlerfrei war. Da bisher kein Alarm angeschlagen hatte, war dem wohl so. Stiller Alarm existierte für die Nacht nicht in Joanas Welt, die Option hätte sie zu nervös gemacht.

Tausend Stolpersteine lagen in seinem Weg. Würde er zurückkommen? Ein weiteres Mal?

Sie hatten sich versteckt gehalten, bis der Luzifer die Geduld verloren und die Stadt verlassen hatte. Geradewegs Richtung Island, wo Demjan, sollte der erste Fürst ihn aufsuchen, erzählen würde, sie wären beide gefallen. In Wahrheit spionierten Nicholas und Joana längst das umgebaute Fabrikgebäude aus, in dem der Luzifer die Inanen in großer Anzahl schuf und mit der Droge Obs 11 gefügig machte.

Ihren Beobachtungen zufolge hielten sich nahezu alle Inanen bei Nacht in dem Gebäude auf. Tagsüber dagegen waren die menschlichen Wissenschaftler anwesend, weshalb sie darauf bestanden hatte, dass

Nicholas seinen Plan nachts in die Tat umsetzte. Es war schlimm genug, ein Dutzend Inanen zu töten. Doch diese Menschen waren ohnehin verloren. Die Wissenschaftler waren es nicht.

Eine Wolke trieb vor den Mond und für eine Weile wurde es so dunkel, dass Joana die Hausfassade kaum mehr erkannte. Ihre Möglichkeiten, Nicholas den Rücken freizuhalten, sanken ins Bodenlose. Andererseits war da kein Rücken, den sie freihalten konnte. Wo blieb er nur? Wie lange dauerte es, unbemerkt ein halbes Dutzend Ladungen Plastiksprengstoff in einem Haus zu verteilen?

Entschieden zu lange.

Shit, sie konnte nichts sehen, ihr mögliches Ziel nicht mehr anvisieren.

Es hätte sie entsetzen müssen, mit welcher Kaltblütigkeit sie die Armbrust hielt, bereit, jedem Dämon oder Menschen, der Nicholas zu nahe kam, einen Bolzen in die Brust zu jagen, als wäre er nichts als einer der Baumstämme, an denen sie regelmäßig übte. Statt sich zu fürchten, erinnerte sie sich an Nicholas' Worte.

Wenn es hart auf hart kommt, musst du dein Leben retten. Mit allem, was du hast.

So war es. Genau so. Und da ihr Leben das Seine mit einschloss, war die Sache plötzlich sehr einfach, als der Mond hinter der Wolkendecke hervorkam, Nicholas' Umrisse auf der Feuerleiter freigab, und neben ihm eine zweite Silhouette, hinter einem Mauervorsprung verborgen, sodass Nicholas sie nicht bemerkte.

Der Bolzen schnitt pfeifend durch die Luft. Joana unterdrückte einen Fluch, da er verfehlte und ins Gemäuer schlug. Doch Nicholas reichte dies als Warnung. Es gab ein ploppendes Geräusch, als der Schallschutz seiner Glock den Knall schluckte und der Angreifer die Kugel. Nicholas sprang aus drei Meter Höhe, während Joana mit schnellen, sicheren Griffen die Armbrust nachlud. Ein zweiter Mann kam um die Ecke und Joana schoss. Sie achtete nicht darauf, wo sie ihn getroffen hatte. Er lag am Boden, bevor er einen Schuss abfeuern konnte, damit gab sie sich zufrieden. Nicholas rollte sich durch die Lücke im Zaun und Joana ließ die Armbrust auf den Rücksitz fallen und sprang auf den Fahrersitz. Der Wagen schoss vor, ohne dass sie durch quietschende oder durchdrehende Reifen eine Sekunde Zeit verlor. Sie bremste dicht bei Nicholas und jagte weiter, sobald er auf dem Beifahrersitz saß.

Er sah sich über die Schulter um und dann auf seine Uhr, während Joana beschleunigte und den Berg hochraste. Ein Schuss erwischte das Auto. Vermutlich am Kotflügel. Vierzig Meilen, zeigte der Tacho, fünfzig, sechzig. Dann bremste sie abrupt.

„Jetzt“, raunte Nicholas im gleichen Moment.

Die Explosion im Tal stach schmerzhaft laut in ihre Trommelfelle. Das Wummern war bis in jeden Knochen zu spüren. Etwas zeitversetzt loderte das Inferno auf. Ein plötzliches Lichterloh aus blauen, gelben und roten Flammen, die zwischen Unmengen schwarzem Qualm hervorzuckten.

Joana schluckte mehrmals, während sich auf Nicholas' Gesicht der Hauch eines mokanten Lächelns abzeichnete. Ein Tropfen Blut lief ihm die Schläfe hinab, er musste sich am Draht verletzt haben.

„Da wird jemand sehr, sehr wütend werden“, überlegte er laut. „Aber nun muss der Luzifer wieder mit Wasser kochen, und das kann ich auch.“

„Wir.“ Ihre Stimme klang heiser, sie räusperte sich. „Wir können das auch.“

„Ja. Es sei denn, es gelingt mir vorher, dich irgendwo anzuketten, wo es sicher für dich ist.“

Sein Blick bekam unvermittelt etwas derart Zärtliches, dass sie nicht wusste, ob die plötzliche Hitze der Explosion und der Brände entsprang, oder aus ihrem Inneren kam. Er strich ihre Narbe entlang. Ein stilles Versprechen, dass Wunden heilten. Auch die neue, die seelische, die dieser Anschlag in ihr verursacht hatte, und deren Schmerz sie noch nicht spürte, weil die Siegeseuphorie sie betäubte.

„Und jetzt warten wir ab?“

Er nickte. „Er wird kommen. Und ich … nein, wir werden ihn gebührend empfangen. Lass uns nach Hause fahren. Keine Flucht mehr.“

„Nach Hause klingt gut. Gott weiß, wo das sein soll, aber es klingt gut.“ Sie stutzte, als sie noch einmal ins Tal zurücksah, wo alles in Flammen zu stehen schien. „Sieh mal, Nicholas.“

Die Schneeflocken waren dicker geworden und taumelten wie trunken vom Himmel. Es sah aus, als stürzten sie direkt in das brennende Inferno.

„Hatte ich doch recht“, meinte Nicholas. „Ich sagte mal, dass es an dem Tag, an dem wir gemeinsam Dämonen jagen, in der Hölle schneien wird.“

Danksagung

Danksagungen sind immer so eine Sache. Ich sitze drei Stunden an 200 Worten, nur damit mir hinterher einfällt, wen ich alles noch hätte namentlich erwähnen sollen. Nach einer Umfrage lesen nur 25% der Leser die Danksagungen. Diejenigen, die sie lesen, tun dies übrigens oft zuerst und diejenigen, die sie lesen sollten (weil sie erwähnt werden), lesen sie oft gar nicht. Na, wer fühlt sich ertappt?

Daher an dieser Stelle ein gesammeltes Dankeschön an jeden, der in irgendeiner Weise an diesem Buch beteiligt war.

Eingeschlossen sind ausdrücklich alle Leser von Nybbas Träume – euren tollen Mails, Rezensionen, Leserundenkommentaren und Buchkäufen ist es letztlich zu verdanken, dass mir das Schreiben auch im zweiten Teil so viel Spaß gemacht hat. Das rein zufällig der Vulkan Eyjafjallajökull vor Wut rauchte, während ich ganz in der Nähe die Dämonen tanzen ließ, tat sein Übriges.

Vielen Dank Vulkan, die Muse war begeistert.

Die Autorin

Verspielt. Maßlos. Begeisterungsfähig – nein, frenetisch. Amoralisch. Erschreckend unsensibel. Blauäugig (in jedem Sinne) und ungeduldig. Ich bin Baujahr 1980, aber wenn ich Alkohol kaufen möchte, muss ich immer noch meinen Ausweis zeigen. Den Zwang, ein guter Mensch sein zu müssen, habe ich vor Jahren abgelegt, seitdem kann ich wirklich nett sein. Meine große Klappe und meinen Sarkasmus darf man mir sowohl positiv als auch negativ auslegen und ich verberge meine Arroganz unter Schüchternheit und die Schüchternheit unter Arroganz. Vermutlich rede ich zu viel und sage zu wenig.

Ich schreibe mit ganzem Körpereinsatz. Paralysiert von meiner Muse, bewegungslos – bis auf meine Finger, die auf die Tasten einhacken. Nächtelang. Hemmungslos. Oder auch mal fluchend, herumrennend, lachend, jammernd, Türen zuschlagend, mich selbst hassend, oder vor Euphorie auf dem Sofa hüpfend. Das sieht leider sehr albern aus. Und wenn ich dann noch beginne, Dialoge nachzuspielen …

Außerdem habe ich einen Heidenspaß an Formulierungen. Verspielter Stil? Ja. Gradlinig verschnörkelt. Meine Figuren sind mehr als nur das. In ihrer penetranten Sturheit sind sie mir oft lieber als reale Gesellschaft und wichtiger als Schlaf oder Nahrungsaufnahme. Sie sind meine Engel und meine Dämonen, nicht selten in einer Person. Gerne nehmen sie mir die Arbeit ab und drängen den Plot in völlig neue Richtungen. Wie ich, tun sie grundsätzlich was sie wollen.

Wenn ich schreibe brauche ich dazu immer Musik und grundsätzlich Kaffee. Ich bete zur heiligen Senseo.

Die Phase, in der ich mich vor Drama, Action und Romantik fürchtete, habe ich schon lange überwunden. Real romance is not for sissies!

Blutsvermächtnis

Kathy Felsing

ISBN: 978-3-941547-31-5

Man nennt Menschen wie sie Dream Shaper, doch Nevaeh Morrison, eine Paläopathologin aus Los Angeles verdrängt ihre paranormale Gabe.
Sie begegnet dem ältesten denkenden Wesen der Welt: Elasippos, eine geheimnisumwobene Persönlichkeit von ganz besonderem Blut. Dem seit Jahrhunderten zurückgezogen lebenden Elia drohen seine unbedacht gelegten Spuren der Vergangenheit zum Verhängnis zu werden. Sie lassen Nevaeh in das Fadenkreuz eines blutrünstigen Vampirs auf der Suche nach dem Blutsvermächtnis rücken. Ein persönlicher Feind hat zudem eine Rechnung mit ihr zu begleichen und zusätzlich steht die erste Begegnung von Nevaeh und Elia unter keinem guten Stern: Sie sieht in ihm den Entführer ihres Vaters.

Die Braut des Wolfes
Söhne der Luna 02
Lara Wegner
ISBN: 978-3-941547-17-9

Aurora Braglia ist eine Hexe ohne erkennbare Fähigkeiten, dafür aber mit einem Fluch belegt, den ihre Zunft vor Generationen auf sich gezogen hat. Als die Gefährtin ihres Vormundes verschwindet, soll Aurora sie finden. Um Aurora das Risiko schmackhaft zu machen, wird ihr ein Beschützer und Gemahl in Aussicht gestellt: der Vagabund und Werwolf Ruben de Garou. Schnell stellt sich heraus, dass sich der Einzelgänger nicht freiwillig in die Rolle des Bräutigams gefügt hat. Obwohl sie das weiß, kann sich Aurora ihrem Schicksal nicht entziehen und wagt sich mit ihm in die nächtlichen Straßen von Rom. Dort wartet auf sie eine Bedrohung von ungeahntem Ausmaß. Der Fluch der Larvae. Ohne die Kraft und Liebe ihres Begleiters droht Aurora der Tod. Doch wie soll sie einen Werwolf erobern, der sein Herz verschließt?

Meeresblau
Britta Strauß
ISBN: 978-3-941547-36-0

Nach dem Tod seiner Eltern kehrt der Meeresbiologe Christopher Jacobsen heim auf die Isle of Skye, um sich um seine jüngere Schwester zu kümmern. Nicht nur der tragische Verlust verändert das Leben der Geschwister schlagartig, denn seltsame Wandlungen gehen in Christopher vor und das Meer übt eine magische Anziehungskraft auf ihn aus.

Auf einer Tiefseeexpedition, die ihn zusammen mit einer Crew von Wissenschaftlern vor die Küste Chiles führt, gewinnt der tödliche Zauber seiner wahren Natur an Kraft. Hin- und hergerissen zwischen seinem Leben an Land, seiner Liebe zu der Tiefseeexpertin Maya und der Verlockung, in seiner wahren Gestalt in die undurchdringlichen Abgründe der Meere zu tauchen, muss er sich entscheiden, bevor es zu spät ist.